春天的来客
陈布文文集

李兆忠——编

人民文学出版社

图书在版编目(CIP)数据

春天的来客:陈布文文集/陈布文著;李兆忠编.—北京:人民文学出版社,2020

ISBN 978-7-02-016231-4

Ⅰ.①春… Ⅱ.①陈…②李… Ⅲ.①中国文学—当代文学—作品综合集 Ⅳ.①I217.2

中国版本图书馆 CIP 数据核字(2020)第 071557 号

策划编辑	脚　印
责任编辑	王　蔚　张梦瑶
装帧设计	崔欣晔
责任印制	任　祎

出版发行	人民文学出版社
社　　址	北京市朝内大街 166 号
邮政编码	100705
网　　址	http://www.rw-cn.com
印　　刷	三河市中晟雅豪印务有限公司
经　　销	全国新华书店等
字　　数	415 千字
开　　本	890 毫米×1290 毫米　1/32
印　　张	15.5　插页 8
印　　数	1—3000
版　　次	2020 年 9 月北京第 1 版
印　　次	2020 年 9 月第 1 次印刷
书　　号	978-7-02-016231-4
定　　价	59.00 元

如有印装质量问题,请与本社图书销售中心调换。电话:010-65233595

陈布文画像（张仃画）

1946年在佳木斯当记者时的陈布文

1941年鲁迅逝世五周年,大家与张仃创作的鲁迅肖像合影,左一为张仃抱女儿乔乔,身后为陈布文与萧军

1937年冬的陈布文与张仃,摄于西安

1946—1947年间陈布文与张仃合影,摄于哈尔滨。此时,陈布文为《东北日报》记者,张仃为《东北画报》主编

1960年北京朝阳区白家庄,陈布文与张仃

1955年全家合影。后排左起:张郎郎、陈乔乔;前排左起:陈布文抱着张寥寥、张仃抱着张大伟

春天的来客　　蓝翎

　　我做了一夜的梦，一梦见我窗前的玉兰苞盛开了。

　　然而，当我挽起帘子的时候，哪字，玉兰的绿色枝干，仍然只有几个娇嫩的笔芭，在朝阳中微倚着头。

　　我拂去了书桌上的图灰尘，掂洇小圆杯去潜水，我实在弄不好了，先买一枇随便什么样的花草插起春心，春天而没有花，是怎样扫兴的事作！

　　周门的小铃怱怱地动起来，我的朋友俞走进来了，他捧着一把紫丁香，高兴而又有点写体的说："真巧，我送花来，您却正在摆情怀了！——我小园裡的丁香开了，找他此可了！"

　　我们把那捷满丁香的洋名的小瓶放到书桌上

《春天的来客》手稿

《望海》手稿

望海
（一九四〇年故事）

凌寺郑雅俊一面镜子，夕阳至水面上，沙滩上，郑妮出现，满利平的景色。
但王一块等立于海边石大岩石上，一个六七岁的女孩却立大声叫喊着，最后，叫喊已影出以海水，海水上阳充殷里，纷纷闪光不明。
她向下却布阴心向海水叫喊着：海，望海呀……

陈布文给张郎郎
的书信手稿

郎儿：
　秋天来了，粗、佳住在小角屋里，进从窗子给她打开，为了让来阳光屋睡靠近，我们都有西晒，找了次可以遇些学，但仍有西晒。
　庆例爸、他们将有探亲假，他定去年五月廿日下乡以来最近将开始探亲。十天，输流，不知爸之轮在什么时候。他常来信，他的字手似的坏好，正努力动和学习中，努力改造自己的世界观。你以学习好行？努力怎样？
附上小照片，全家小苹拍的。孩子都长大，你你嫂子似的似不佳，也苹心一直有病，他今又像犯肝炎，姐、都胖了，正努力向他……
毛主席万寿无疆！

布文 七〇、九、六

1960 年代初的陈布文，摄于香山

目录

■ 第一辑　小说

童年记忆 003

在 S 城 017

到南京去 030

青云里 035

漂泊者一日 041

青年文化公寓 054

桃花坞剧社 060

姊妹 071

假日 088

不见黄河心不死 098

离婚 110

望海 125

五姊妹 163

曼莉的爱情故事 182

罗戈夫 191

虎妞 207

黑妞 227

第二辑　散文　诗歌　短剧

假如我有了爱人 241

把自己交给了工作 243

海里的庄稼——海带 248

鲐鲅鱼的丰收（节选）251

苏州的刺绣 253

服饰漫谈——从孔明说起 258

从朗诵诗谈起——读《关于带徒弟》后 261

樱桃沟 267

鬼见愁 274

水仙 280

关于"立此存照" 282

画家张仃 284

画跋四则 289

《张仃的焦墨山水》序言 292

关于哪吒的形象 294

中国首都国际机场的壁画 296

艺苑新花——记张淑敏的小型泥塑 300

张仃焦墨 302

张仃的漫画 305

李立三二三事 310

吊梅 314

海 315

美式化 318

顽右点头 320

■ 第三辑　书　信

致张仃 325

致陈乔乔 343

致耿军 375

致张郎郎 381

致张大伟 383

致张寥寥 390

致邬枫 392

致陈宗烈 432

致梁任生 446

致张新华 450

代张仃复李骆公 454

致韩羽 456

致黄苗子 457

致李世济 458

致有关部门 462

■ 第四辑　日　记 467

■ 陈布文小传 490

第一辑 小 说

童年记忆[①]

看着天上有七朵云彩飘过去，红的，黄的，白的，黑的……最后一朵是蓝的云彩。这朵蓝色的云彩没有飘过去，她却落下来了，变成一个仙女，一个穿着蓝色衣裳的仙女，一个年轻美丽的仙女，她向我走来……她就是我的妈妈。我的心剧烈地跳动起来，泪水充盈了双眸，"妈妈……"我从心中发出这一声呼喊……然而，我醒来了，我躺在竹林里的一张破竹床上。盛夏的蝉鸣，如噪音的罗网笼罩着我，我的头有些昏痛……

从竹林的空隙中，可以看到那碧蓝的天，和闪闪发光的银色的白云……

也许我没有做梦，我根本就未睡着，我不过在沉思默想中，把我所听到的故事编织起来……因为我头痛，我常常头痛，也常常出现这样的梦境，似乎是睡着了，又似乎是醒着的，想的……

我没有妈妈，我只有一个叔叔，但他不在这个村子里住。我盼望他回来，我已记不得他什么样子了。

我和好奶好爷住在这个村上的大房子里，他们是给我叔叔看守房子的人，他们对我都好，但是我想要有一个妈妈，村子上别的小孩全有妈妈……

[①] 作于 1950 年代，未曾发表，手稿无题，篇名为编者所加。

好奶会讲故事。有一次她讲了七仙女的故事，她说："七朵云彩是七个仙女，但是第七个仙女，就是最小的仙女，她最美也最温柔，而且她有一个孩子在世上，就在我们中间。他也是一个孤儿，给一个凶恶有钱的人放羊，这个放羊孩子常常遭主人毒打，他在放羊的时候，偷偷地靠着大树哭泣，他却不知道，在树顶上飘过的彩云中，就有他的妈妈，如果他认定那最后一朵云彩，跳过去抓住她，并且高声地叫妈妈，那么云彩会立刻变成一个仙女，她就会落到地上变成他的妈妈了……"

我们村上也有一个放羊的孩子，名叫金海，他的主人姓黄，也常常毒打他，但是他不是孤儿，他有妈妈，他妈妈不是什么仙女，而是一个脾气不好的生病的女人，脸黄而肿。

我常常想着云彩的事，忽然我想到，我的妈妈也许是云彩变的，他们不是说过，"我的妈妈在天上吗？"我这样去问好奶的时候，她笑了。她摸摸我的头说："先别想天上的妈妈吧，她现在不会变了云彩来看你的，等你长大出嫁的时候，她要赶来与你穿耳朵，你妈妈要给你穿了耳朵，给你戴上金耳环，你才可以上轿……"

我不明白我的妈妈为什么现在不能来，但我知道自己耳朵上没有眼儿，不能戴环子。出嫁的人全都戴了环子的，我很喜欢环子，有一个金圈的，有一串珠子的，还有金片或宝石的，晃晃悠悠，十分好看，但是穿耳朵是可怕的，要用很大的针扎下去……不，我太怕了，我不要出嫁……

但是，我仍在想着妈妈和云彩……

竹子用荫凉庇护着我，但天上的云彩在竹枝的空隙中留住，她似乎仔细地在凝视着我。是的，她不是无心的停住的云彩，她是我的妈妈；我虽然头已经很痛了，仍然飞快地爬了起来："妈妈！"我高声叫，并用手去摇竹子，"妈妈、妈妈……"我的声音哭起来了，因为我无法抓到云彩。

"多多，小多！"好奶从角门赶着跑来："你醒了吗？"她用芭蕉扇扇着我，并且叫我去洗洗脸，喝凉的麦粥。

白天的炎热过去之后，晚风就从河面上吹来。我们的小村在运河边上，不远的地方就是长江口子，所以水路如网，晚凉是宜人的。

农民们吃过饭，洗过澡，换上干净的布衫。男子带着烟管，妇女拿着芭蕉扇，都坐到平整光净的打麦场上。在我们那里，晚上乘凉，可以说是农民们的一种夏天最美好的休息，甚至是享受了。

我们家的场子最大，好爷又是说书的能手，所以一到晚上，人们就搬了竹椅或小凳，围拢着坐下来，破竹床移到场子上，我躺着，好奶扇我，帮我赶蚊子，坐在我身边。好爷坐在一张又大又高的竹椅上，在大家推嚷中间，他高亢的声音，带着活泼生动的语气开讲了。我听着他的《三气周瑜》《七擒孟获》或《武松打虎》《哪吒闹海》……似懂非懂，渐渐的瞌睡来了，我努力大睁着眼睛，看着好爷烟管头上那一点红火光，一明一灭，一明一灭……

我总是听不完便睡着了，然后好奶抱我回去放到床上。

我是单独睡在一间小屋里，一边是厨房，一边是好奶的卧室。我的薄纱帐子总洗得洁白。有一次半夜我忽然惊醒，朦胧的月光，从天窗上斜射进来，而我房间的百格窗子却是黑沉沉的。白纱帐子似乎轻轻地波动着，似乎有什么东西在它四周引动，我吓得屏住气息，闭上眼睛，逼得浑身出汗，实在怕得似乎要窒息了，我又不得不把眼睛睁开极细的一条缝，窥探那可怕的帐子——帐子外边，直直地站了一个人，是的，一个鬼，"好奶啊……"我绝声一叫便不知人事了……

后来听说，可能是一个贼，当时虽然没发现丢了什么，但后来知道，厢房里的铜暖锅和锡酒壶遗失了，它原是装在一个没上锁的老木柜子里的。但也有人说，那一定是什么鬼，失窃的事也许早就发生了……

更多的人是认为，不该让我独自睡，一个才七岁的孩子。

"唉，这丫头的怪脾气，你们不知道，那次吓病了，在我大床上睡了三天,一退烧,她明白过来了,就不肯睡在我那儿了,非回她自己屋里不可。那间小屋你知道……"好奶悄悄地用眼色和暗语给听的人讲了什么,然后又用普通的话说:"我们也不放心,但别的房间离我们更远了……"

人们甚至不相信,在背后悄悄地问我,是否我真的要独自睡一屋,我的回答是肯定的,于是他们都说我怪……

好奶的房间很宽敞,但我不喜欢那花纸糊的墙,和她那些五颜六色、面目不可亲的画轴,甚至于不喜欢她红花绿底的被面和梆硬的绣花枕头。虽然好奶好爷对我好,但他们屋子里有一股陈旧的气味,一股老人的气味,尤其不可忍受的是,他们不断地唠叨,妨碍我沉思默想,而沉思默想是我最大的乐趣,在那时候,甚至可以说是我全部的乐趣。

但是这些我当然都没有讲,一个儿童是不能用语言表达自己最隐微的感受的,同时,一个儿童又不能批判自己想的对或错,所以她是胆怯的,但又非常执着……

于是我就成为一个怪孩子,一个固执的孩子……

是的,不知在七岁或更早些的时候我就来挑选自己的用品,尤其是衣服花布,我宁可穿旧的,也不肯穿我自己不喜欢的新花衣服。不知从什么时候开始,我的被子被罩枕头,墙上挂的字画,一切目所能及的东西,都要是自己选择的。这是任性的,但也简单,他们尽可能地由我办,因为,我们虽然有二十几间房子,却只有三个人,我又是一个小孩子,虽然异常,却并不胡闹。

人们在儿童的时期,有不少同样年岁的朋友,这或许是快乐的。我在儿童的时期,没有什么朋友。那时村子上也有不少小孩,与我大小相近,好奶也带我去和他们玩,也让他们到我家来玩,但似乎更爱孤独,我与他们玩不多久,便独自走开。因为玩,不能满足我,比方玩一种"过家家",小姑娘们慢吞吞的,一边讲着"过年"或是"闯亲戚"的情节,一边摆上小碗小碟子,当然都是瓶盖或小纸匣,还有抱小枕头当娃娃，我觉得太粗陋了，太不美了，尤其是节拍太慢了。有一次，金海来玩，他比我大五岁，是最聪明的一个牧童，他用玉米秆儿做了一只鸟和一匹马。

我们在院子里的扁豆棚架子下边玩，用这马和鸟做道具，口内随意编着故事："有一天，我骑了马来看你，我是一个军官，我挂着手枪，穿着皮鞋……"他似乎见过军官，但我也不示弱，我说："我就骑了鸟飞到天空，找我妈妈，她穿了蓝色的衣裳，她的耳上戴了金耳环，她手上也戴了金镯子，她……"

"你没有妈妈……"

"我妈妈在天上……"

"哈哈……在天上就是死了，她死了……"

"什么？"我不明白死，然而我知道了死就变鬼，而鬼是丑恶的，于是我就哭起来，摔了他做的马和鸟，转身奔回我的小屋去……

诸如此类的事情一再发生，小朋友们不常找我玩儿了，我也只在他们身边，旁观他们自己的玩乐，当我以为无味的时候，便独自走开。

我宁可冥想，在冥想中，我可以自己安排一切美好的情节与人物，我的故事是有头没尾的，但它满足我……

我们农村也有非常热闹的时候。当秋天一切全收获上场之后，佃农们挑着谷瓜豆米入仓，于是开了前边的大房子，有的人称量，有的人算账记册子，有的人搬运，有的人评价。这时屋里屋外，全是笑声，骂声，互相调侃或打闹，大厨房也开开了，大锅煮饭，大盆盛菜，开饭的时候，有的人在厅屋的桌子边做客，有的人在院子里饭桌上喝酒，有的人就蹲在竹林里的矮木桌边吃饭。

我也把自己的小木碗小木盆盛的饭菜，端到竹林子里，像他们似的坐在小凳上或光滑的青石上，那豆腐青菜和十香豆煮在一起的菜多么鲜美啊！

忽然有一个陌生的农民用筷子指着我说："多多，你该吃鱼肉，怎么与我们在一起,你是一个小姐啊!"

一个农妇阻止他:"你别跟小孩子说这话,她可精着呢,她什么都懂,你瞧那一双大眼睛……"但是我低下了头,眼泪要流出来了,我端起我的碗,独自回到小屋,我什么也不吃了,我伏到床上一直哭到睡去。

我不明白为什么哭,但我感到孤独无倚,我感到我缺少什么,那是好爷好奶的善良与和蔼,都不能补偿的,没有什么能补偿。缺少的是什么呢?我想不出来,也许就是妈妈吧,我没有妈妈……

有一天,无意中我听到惊心动魄的消息,那时我正在午睡,或者不是,也许我正在生病,我在儿童时期常常生病,好奶坐在一边拍着我,她以为我睡着了,村子上的农妇阿林嫂急匆匆地走来,"哎呀,吓死我了……"好奶叫她低声说,并轻轻地问:"你看到了吗?""看到了。"她说的其中几个字太轻,我听不明白,但下边的话就很清楚了:"吃鸦片膏死的,还穿了新衣服,小珍看见她抚摸衣服还问:'妈妈换衣服上哪儿去?'她说:'进城去……'这不是到鬼门关去了吗?"

"真是到鬼门关去了,找她男人去了,可怜的小珍,这孩子怎么办?"

"她叔叔既然要卖她,小珍还有好日子吗?大人能卖,小人更好卖……"

小珍也跟我玩过,她比我大两岁。她说她也住在叔叔家,但她有妈妈,她妈妈虽然不是仙女,但又年轻又好看,我心中也想过,我愿意有那样一个妈妈。

他们的对话我不完全明白,但我知道小珍妈妈死了,吃什么糕死了,而且穿了新衣服,他们叔叔要卖她,像卖鸡卖鸭那样。我的叔叔是不是也会卖我呢?卖了干什么,也像卖鸡卖鸭那样杀吗?我这样想的时候,眼泪出来了,而且说出了声:"别杀我,别杀我……"

好奶一直与阿林嫂在低声说着,我这一喊使她们吃惊。我自己也大吃一惊,以为说了不好的话,要受责备了,于是乘势改为大哭,并在床上翻滚着身子,我是为我的不安,为小珍的可怕的前途,为她妈妈的死，为一切我所不理解的事在哭叫。

好奶更加用力地来拍我。

"这孩子好怪，她常常这样吗？"

"常常这样，无缘无故地哭，说莫名其妙的话……"

"听说她妈妈也是……"我蒙蒙眬眬地听着，由于哭，叫，翻，滚，过分疲乏了，我正在真的睡去，我没有听到什么话，也许是对我更为重要的话。

我似乎常常有一些大惊小怪的事，我不是故意的。

秋天有的日子也很热，有一夜我竟然热得睡不住，快天亮的时候，我就拿了一条毛巾向东沟走去——这是清清的沟，很浅，就在我家大屋东边，从我们竹林子边上流过去的水，它是那样的小，三尺长的石板就可以当它的桥架在上边，我常常坐在这石板上洗头，水一直平到石板，又清又凉爽！这是好奶所允许的。

天将破晓了，夜用一只眼在暧昧地斜视着大地，我看那青石板恍恍惚惚地横在反映着夜色的水波上。我匆匆地奔去坐下，让两只小腿一直浸到水里，把辫子打开，我低头入水……

忽然一声粗大的喘息，水波大动起来，黑沉沉的一个庞然大物正从水底抬起身子……

"啊……"我大叫一声便晕倒在水里了，在刹那间还感到冷水的一激，心里还闪过："死了，这就是……"

当然并没有死，牧童金海把我从水里捞起，背回家来了，他说那不过是一头水牛……

我清清楚楚地记起，在水中两个光亮的大眼，别的什么也看不见，只有两个光亮的大眼从清水中向你注视而来。那是恐怖的，即使只是一头水牛，我也仍然怕……

大家都以为我胆子小，由于下边一件事，我胆子小得特别，就被大家肯定了。拿今天的话来说，竟不只是胆子小，甚至于近乎神经病了。

不记得是哪一天，总之是下着雨，好爷睡了午觉，好奶在剥着豆子，我先也在她身边剥豆，但我倦了，就洗了手回到自己的小屋。阴雨天，我室内的这窗子又小又高，光线暗，灰沉沉的气氛。我想在床上躺一下，忽然看见墙上挂的一面镜子，在灰色的屋子中闪闪发光。——我不想睡了，我爬起来取下那面大圆镜子，在桌子边坐下，对着镜子看起来。我先看着自己苍白的小脸，摇一摇头，看到两条晃着的小辫子，我做着鬼脸，把眼睛眯起来，又龇一龇白牙。玩了一阵累了，于是我静静地对着镜子看起来，我与镜子中那个脸上的眼睛对视凝注了一阵，我觉得那鼻子长得不好，平庸，眼睛虽然好，然而含着哀愁。慢慢地，我忽然觉得不熟悉镜子中的人，"那是谁？"这个念头一开始，身上便有些寒战，"我怕她……"这一念头出现的时候，我就如面对一个怪物那么恐怖起来，越恐怖越对着镜子看，越看越恐怖……神经紧张到要崩裂了。"啊！"我简直是在狂叫着，丢了镜子，飞奔出来……

等到人们一再问清楚了，我是自己看镜子看得害怕了的时候，人们用奇异的怜悯的眼光看着我，他们以为我有什么与生俱来的怪异的毛病，这是他们所不理解的，然而他们可怜我……

好爷却从另一方面来爱惜我，因为无意中我背会了他常念的两句诗。他以为我在这方面有特具的聪明，所以他向人们夸耀我，并且每天教我一些诗句。渐渐地成为一种规则，并且每天早上我学一首或两首，晚上就背给他听，于是他开始带我散步，因为他要我"对景生情"。

"竹外桃花三两枝，春江水暖鸭先知……"他高兴地指给我看。恰巧我家竹林边就有一棵老桃树，春天开着红艳艳的花，花瓣落地的时候，真是"落红成阵"，"满地落花无人扫"，"花谢花飞花满天，红消香断有谁怜"，"洛阳女儿惜颜色，坐见落花长叹息……"他也教我这样的诗，至于"黄梅时节家家雨，青草池塘处处蛙"，"采菊东篱下，悠然见南山"，"山中无历日，寒尽不知年"等等是都教了，他也教"少壮不努力，老大徒伤悲"之类。

拿今天的话来说,好爷就是小村上的知识分子了。那时候读书是一种奢侈,念书人是独成一个等级,因为农民中文盲太多,所以会写字论文的人,就特别受到尊敬。好爷年轻的时候,是个郎中,到处跑着摇串铃的大夫,过了五十岁才住到小村。好奶是我叔叔的奶妈,我叔叔到 S 城去经营工厂的时候,就叫他们看守乡下的房子,并且收租催息,然后他派人下来取款或取货,这都是我以后才知道的。那时只知道对好爷广博多知而崇敬,村子上的农民也与我同样崇敬他,有了纠纷请他解决,有了疑难,请他分析。他立礼立法,济困扶危,过年的时候,偷偷地给人家送米,并且欢天喜地地给人家写春联,挂年画……

他教我诗,自然也教我对对子。他说我对好对子,慢慢地就会作出好诗来了。他是随地取材,告诉我:"红花"对"绿叶","青山"对"绿水","千竿竹"对"万卷书",比方"门对千竿竹,家藏万卷书"等等,词的虚实,音的平仄。

于是在散步的时候,不但是对景谈诗了,又加上即景对对子了。好爷是高而瘦的,穿了长袍,飘飘然,花白胡子。他的眼睛是慈和的,线条分明的嘴角,表示他情操的高尚。他常常穿一件竹布长衫,月白色的,我则是一身水红布小衫裤,披着头发,像个刘海。人家也叫我们是"借东风",说像是舞台上的孔明与琴童,——当然,这些在那时候我是不知道的。只听见好爷说:"青牛",我应声:"白马";"旧新桥","大小村";"新桥早旧","小村已大"。

"好,"好爷笑笑说,"我还必得开始教你认字了。认得多了,你才能进一步对对子写诗,今天先教你:一、人、大、天……"

好奶也头发白了,但眉毛又长又黑,眼睛是弯弯的总似乎笑着。不过在生活上,她坚持着常规。我任性的脾气也许多半是好爷惯成的,比方我披了头发,好奶就不许,一定拉过来梳上辫子,虽然她给我扎上最艳鲜的丝辫线,我也仍是躲着她。有一次她在东沟边的栀子树下找到我,就在那给我梳起来,她是带了梳子来找我的。东沟那边就是小珍家，小珍没有妈妈，似乎又瘦又黄，但她的头发比我长。她比我大三岁，已经改梳一条辫子了，而且在顶把那儿扎了一朵盛开的栀子花，白得如玉的栀子花。我要好奶也给我编一条头辫，而且给我戴花，但是好奶说我年纪小，梳一条辫太老气，而且头发短，梳了也不好看。小珍高兴地跑过来说，她要与我梳一个双丫髻。她虽然只比我高一点，但像真正大人似的梳得那么熟练。好奶称赞她，她在树上挑了两朵半开的栀子花给我戴上。我觉得她慷慨极了，因为那是她家的树。人家都笑着说我梳那样的头好看，说得我不好意思了，就钻到好奶怀里，并且说以后不是"小珍姐姐"，我就再不梳头了……

好奶却与小珍谈着什么，叹息着，似乎小珍说不久要到 S 城去，她叔叔送她进工厂做工。

我原就喜欢小珍，自此更加借口要找她梳头而常去找她。我不敢到她家去，我怕她叔叔，也怕那阴沉沉的房子，我只在沟这边等着。有时候失望地独自回去，披着头发；有时候等到了，就高兴地说着笑着。她也有不少故事，但多半是鬼故事，什么淹死鬼、无头鬼、吊死鬼……吊死鬼尤其可怕。我要求她讲一个没有鬼的故事，她想了想，就一边给我梳头，一边讲起祝英台来。她的声音很细，但说得清楚。不过我还太小，也许是迟钝，我没有听进去多少。头梳好时我叫起来："哎哟，栀子花没有了！"她爬到树上，那树的一半差不多横在水面上，我怕她掉进沟里，但她在那翠绿的叶子中间，竟找到了一朵未开的花，还包了浅绿的嫩叶，她说这也许是最后一朵了。

"这树开了一个月的花——要明年再开了……"她一边想一边说。我看着她，她不单声音小，而且眼睛小鼻子小，嘴巴小，真是樱桃小口，很秀气的脸。"明年我不在这儿了……""为什么？"我大声问。虽然明知道她要到 S 城去做工，因为不懂做工是什么，所以仍然欢天喜地地说："你刚才讲，祝英台去念书，把一块红缎子包了金子埋在桂花树下边，三年后回来挖出来，红缎子和金子全没坏，就证明她是好的。

你也埋一点东西，过三年回来看看多好玩……"

"那是故事，"她慢慢地说，"我埋什么……"

但是我心中自语，我将给你埋，就埋在这栀子花树下……忘了在什么时候什么情况下，小珍离开故乡的。只记得她走后，我确实用手帕包了一根好奶的银挖耳，和我兜肚上的一对碧桃银环，或许还有几支彩色丝线，我埋在栀子树的老根下，心中做着祷词。似乎没有什么人看见，我不知道，是否它如今还睡在那湿润的土地里。

我不过是一个梦想家，自小就做梦……

对人间的真正悲苦，那时我还未感受到，我并不明白……

小村虽然是江南偏僻的农村，那时候却保有古老朴实的风气，过年的时候，尤其隆重而热闹。

我最感兴趣的是跳狮子，舞龙灯。我不知道这些与年老的好爷有什么相干，但他分外起劲，把那些扮演的人带到家中来，讲解，出主意，闹哄哄的。人走了之后，好爷还笑着，精神旺盛地对好奶再说一遍。我懂的都是比较熟悉的人和事，比方说："咱们一对狮子太好了，别的村子，哪里出得来这么一对棒小子！"他是指金海和阿福。这时候金海有十四五岁了，阿福还要大些，是从江北过来的雇工，他的哥哥叫小老虎，有二十多岁，用我好爷的话说，都长得"一表人才"！他们哥俩都在老财洪家做雇工。

有一天，我与好爷在下棋，阿福与金海来了，先站在一边看。下完一盘之后，好爷与他们谈事去，我因为输了，所以我仍坐在那儿研究。我不知道过去了多久，忽然金海来了，他愣了一下说："和我下一盘好吗？""你会吗？"我们都长大了一点了，现在不常见面了，在一处玩可以说从来没有过。

"会一点。"他于是坐下来，虽然还没有过年，他穿得已很干净，他妈妈听说早死了，现在他一个人在老黄家当长工，不再放羊了。小时候我只和他顶嘴生气，现在觉得他很文静，并且又大胆又细心，从他的棋路上看得出来，我每动一子，他都要再三思索，而我是不那么肯动脑子的，只是大刀阔斧，无所用心地随手放子——当然又输了。但他笑着说："你下得好，因为你太聪明了，不在乎，否则我是决赢不了你的……"他沉吟了一下，抬起眉毛看着我说："你还记得小珍吗？""她在S城……""是的，她在纱厂做工，听说她吐了血……老黄儿子回来说的。""她不回来吗？""她怎么会回来？谁接她回来？她没有一个亲人了……"

没有一个亲人？我也没有，无意中看了金海一眼，他也没有。是的，他乌黑的眉毛紧紧锁起，虽然是个放羊的，但他的脸多么白呀，他会吐血吗？……

眼泪充盈了我的双眸，我回身走进我的小屋，站在镜子前边，我随手抓住长长的辫子，现在我也改梳为一条长辫子了，但小珍姐姐在吐血，她在哪儿？……

我还记得最后一次在家乡度过的清明。

早一天，我与村上的姑娘们去挑蓬——这是一种野菜，清明节要吃一种糯米团子，包芝麻糖馅，但必须用这种蓬和在粉里，使粉揉成翠绿的颜色，蒸出团子来，发出比松柏更可口的香味，又十分好看，我不知道别的地方有没有这种乡风。我们在村后边五棵松的地方，遇见了金海和阿福，他们驾了牛去犁田的，裤管卷到大腿，河泥沾了半身。姑娘们和他们谈起来，不知说到什么当口，我听金海用坚决果断的语气说："……将来我要赶铁牛犁田，它不喝水不吃草，一昼夜工夫，我就把小村周围几百里地都翻过来……"于是大家全哈哈呵呵地笑起来和他打趣起哄。我想起来他以前讲当军官骑马的事来，抬头望了他一眼，他也笑着，露出雪白的牙齿，回答着众人的哄闹，眼睛却瞧着我，点了点头，似乎说："你比他们聪明，你不会笑我的。"这是可能的，我真心这么想……

清明一早，金海穿着崭新的衫裤，抱着一捧柳枝和一把桃花，给我家大门上插了些，多数全给插在角门边了，因为角门是我们现在进出实际上的大门。好奶说："我们自己的桃树也开花了。"金海说："你们的桃树好，又舍不得折枝，这是我在那些没出息的野桃树上折来的。"当他见到我的时候，他说："今天清明，你戴一点花……"好奶拦阻说："不行，桃花不能戴的……""是红色的呀！""桃花不可以戴，不在于红色白色。"

好奶给我穿了新的水红布衫裤，都沿了白色细孔花边，撑了一把黑伞。好爷陪我去赶娘娘庙的庙会，我们站在石板桥边，等待村子上的人结伴走。忽然金海奔来，他举着一枝三朵带叶的栀子花说："这可以戴吧！"好奶笑着给我戴上辫根，三朵在一起，香浓到我自己都闻见了。金海看到没有遭到拒绝，很高兴，走在我旁边说，以后他可以天天给我采。我问："哪儿的？""老于家的吧！""小珍家的吗？""小珍家的。""你再别去采了……"他沉默了。提起小珍，我心中难过，声音里也听得出来。同行的男女老小，又说又笑，甚至于打着闹着……

庙会就是人山人海，人声鼎沸。我们走了一阵，就转到娘娘庙后身，一边歇脚，一边等同村的人回去，看到小老虎推了车送老洪家老婆孩子四口人来赶会。十七八岁的阿福，推了老洪那个大胖子，足有二百来斤，随后也来了。老洪家五口人摇摇摆摆逛庙去的时候，阿福和小老虎，一边在地摊喝着水，一边说："这可不成，清明不歇工……"有人问："老洪那只猪不轻吧？""哼，回家还要重呢，他还真得买两只小猪装我的车呢……"金海挤回来了，买了一个新草帽戴着，还捧着一个蒲包。阿福等人都羡慕金海好，今天总算歇了一工，又都来看他买的什么，他买了一棵树秧，他说那是玉兰花。

在那一天的午后，大人们有的在庙会未回，有的回来歇了睡觉。金海悄悄地来找我，他要把玉兰花栽到我家来，因为他没有地方可以栽一棵树。

好爷同意了，但他说那种树太娇贵，不容易栽活。

金海选好了,种在东沟边,正对小珍家的栀子花树,中间是大片的竹林,西沟边是那棵老桃树。

"玉兰与栀子花对沟站着,就像你与小珍似的……"

"你这玉兰太小了……"

"她会长大的,她开的花比栀子花还好看……"

我忘了我是否去浇过水,金海似乎常去浇水。我不知道玉兰花究竟活了没有,因为,不久,我的叔父就派人来,接我到 S 城去了。

我的头脑也许是不健全的,从来就不善记忆,回忆童年好似翻阅褪色的照片,而且偏偏还失去了其中较为重要的。我爱我那朴实敦厚的好奶,我更爱我那博学良善的好爷。对小珍、金海,甚至阿福、小老虎等的友谊,我也极为重视而且珍惜,然而我现在想不起来什么了,一切都似褪了色的照片,十分模糊,只留下惨淡的痕迹。

在 S 城[①]

我似乎还没有醒来。

我见到叔叔的时候,是在晚上。

那楼房,那电灯刺目的光,那玻璃门窗,那玻璃杯盘,一切都在闪闪发光,一切都似玻璃做的。那光滑的地板,甚至叔叔的皮鞋,他的容貌以及他的笑声与眼色,都像玻璃那么光亮而冷硬。坐在一边的,穿着黑缎子旗袍,满口金牙的,我所不认识的婶母,尤其像是玻璃的。——凡是这一切,使我惶恐而恍惚。再加以火车上的拥挤,火车开时一切杂物向后急退的怪异,电线杆一排排迅速地倒过去,田野与村庄都围着火车转动,那旅途上的离奇刺激,这些还仍然激动我。现在不熟悉的城市与不熟悉的这个家,又加倍地使我无措。——所以,我站在叔叔面前,什么也说不出,根本我也什么都听不见。我所看见的,我也全不理解。

第一个与我亲近的是一只狗。这只狗不大,黄色的,有长长的头毛,像庙会上卖的泥狮子,它睡在厨房里。它一上来要咬我,但是被喝住了,它就改为摇尾巴。好爷说过,狗摇尾巴是招呼人的意思,所以我就摸摸它……

我也住在厨房里,另外还有一个叫阿三的女人,一脸麻子。她管

[①] 作于1950年代,未曾发表,手稿无题,篇名为编者所加。

做饭的，很凶，叫我自己铺床，自己洗碗，后来还叫我给狗洗碗，但她对叔叔很和气，对婶母尤其好。

这个厨房，似乎在地底下，有一排小窗子，可以看到走路人的脚，怎么样也看不见天，只有灰墙，晚上有些风，白天就只有走路的脚，男人的、女人的脚……

阿三一早就出去，她要买一天的菜。晚上也出去，她换了干净衣裳，嘻嘻哈哈的，有人来找她，有时她去找别人，有男有女，我想她是玩去了。

只有做饭的时候在家，炉子火旺，房内热，锅上冒着热气，她嘴内还叼着烟。她忙的时候更凶了，骂我，骂狗，骂炉子，骂天气，骂水……什么全恨，什么全骂……

开始时，她出去叫我看家，后来叫我帮她洗碗、洗菜，再后来她要我洗楼上收下来的碗，而且叫我等着吃楼上收下来的剩菜，我不吃。自小，好爷告诉我：不能吃人家碗里的东西，多穷多饿，也不要吃人家碗里的好菜好饭，"喂！吃去！"这是人家赏下来的东西，决不能要，要了太下贱了，除非是人家请你吃，他尊重你，就是吃野草、菜汤也是好的！

我就白口吃饭。

阿三起先没有注意，后来发现了就大惊小怪。当然，骂我不识抬举，不知好歹，然后又要我回答为什么不吃。最后，指着我鼻子狠狠地说："不吃，好，你永远别吃！我这儿没有给你准备菜单，你也没有那个命……"

我吃不下白饭的时候，想吃一点儿咸菜，她不许，放一点儿酱油，她也不许，我就放一点儿盐……

城里热得早，才过清明不久，就热极了，又闷又寂寞。我只有与狗在一起，它现在很依恋我了。阿三说它老了，主人不喜欢它，现在主人有一只小哈巴狗，名字叫苏三，天天吃好牛肉。因此我更爱它了。我不知道它叫什么，我给它起名字"小狮子"，我一叫它就来。那天，我躺在床上，它就坐在我旁边，我不想吃东西，我头疼口渴，我想喝一点儿凉的麦粥，当然这里不会有，我就对小狮子讲。它静静地听我说，有时还高兴地站起来摇摇尾巴，再坐下去。它似乎同意我讲的一切，甚至表示同意我回乡间去的计划，它也去，是的，它会去的，它一再站起来摇摇尾巴……

我想梳梳头，然而我没有力气，我把我好看的红丝线给小狮子扎了一把头发。它多么好看呀……

阿三似乎在骂我，但隔着那么难闻的炒菜味和烟味，我看不清楚她，我也听不清……我头晕极了。

什么时候，阿三似乎端来一碗汤，似乎好爷在我身边，似乎有人说，那里边有毒药，所以我不吃，而且我把汤碗摔在地上，她似乎大吵大叫着要打我，我光了脚往门外跑，似乎金海在门口，听见小狮子大叫的声音，我一抬头，看见一个吊死鬼，伸着血红的舌头。我吓倒了……

婶母叫我，似乎有叔叔，他们拉我，骂我，抱我……

我热，我渴，水牛多好，浸在水里……水牛……

我回到了乡间的小屋，金海来了，装着不认识我。"我渴……"我喝了凉凉的麦粥，真凉，我大口喝着，忽然有甜甜、咸咸、酸酸味……，什么，不是麦粥，是毒药……

"我被害了……"我恶心地吐起来，心怦怦地跳……

"我要死了……"是的，心在往下沉，死就是这样，死……

"我渴……"似乎是好爷，他摸摸我的头，我的头并不痛，我又可以睁开眼睛来："我渴……"

这是谁？不是金海，不是阿福，也不是小老虎，谁？我不认识。他端一碗水给我喝，似乎笑着，他的样子不凶。

"你干什么……"我想说你是谁，但说错了。想到阿三，对了，他一定是找阿三的，"阿三哪里去了？……"我无意中说出。我并不要找阿三，但是阿三真的来了，也端了一个碗，她笑着用和气的声音说："醒啦,好了吧……"

"不吃……"我推开她送来的碗,但我无力,手刚一动就垂下了,"不吃……"我坚决地说,一急身上就出汗,我头晕……

我再睁眼看时,房内没有阿三了,有一个穿白衣服的人和给我喝水的人在讲话,似乎有金牙的婶母也来了,叫那个人:"青儿……"忽然想到了小狮子,我告诉他们:"别把小狮子弄死,阿三会弄死它……"虽然我无力,声音讲不高,但我说的每个字都清楚,这似乎使他们吃惊。他们全看我,但是我头晕,心又往下沉、沉、沉……

"你吃一点,你瞧,这是专为你熬的粥,你吃一点试试。"我睁眼看到那个名叫青儿的人,一个人坐在床边,端了一碗粥……

"那是剩食,你知道吗?楼上吃剩的……"我恨恨地告诉他。他笑了,他用匙子盛了一勺给我看。他说,因为我病了,我吃得太少,只要吃多一点我就会好起来,他又到窗子那边去端来一个锅,那是一个可爱的小小的白铜锅,他告诉我,就是这个锅刚刚给我熬的粥,谁也没吃过一口。他说我吃了粥之后,他就叫小狮子来,不吃没力气,我不能和小狮子玩。他用一方好看的花手帕给我铺在颏下,他一匙一匙喂我吃,像好奶似的。

"你认识好奶吗?"我问。他笑笑说不认得,但他知道这是个好人,因为听我在昏迷的时候一再叫她……

"你认识我叔叔吗?"他看了看我说,我的叔叔就是他的父亲,他叫周青,他问我听说过没有。

这真使我大大地骇异了,我从没有听说过叔叔有儿子,我小时在乡间似曾见过一面的婶母没有了,这个装金牙的怎么来的呢?"你是这个有金牙的婶母生的?"

他沉默了一下说:"不是。"他想了想说,"你知道我是你哥哥就得了。以后你不要再住到地下室去了,你住在我这个房间里,我跟爸爸讲好了……现在,你睡一会儿,我给你把小狮子找来。"

我闭了一忽儿眼。我再看屋子内时，只有我一个人了，这是一间明亮的小屋子，有两张床，一个摆满了书的桌子，窗子上挂了白布帘子，红的地板也很干净。

忽然门一开，小狮子欢喜地跳进来了，但我看了一忽儿已经很累，不能与它玩了，我觉得对不起那个热心找它来的哥哥，只勉强地向他笑了笑……

我似乎总在睡觉。醒来时哥哥便给我吃东西，有时是粥，有时是好吃的糕和饼。有一次在晚上，他用一个红木小碟盛了一块儿雪白的糕来给我吃。

"我也有一个好看的木盆。"我问他："这是什么？"

"这是雪片糕。"

"这吃了会死吗？"

"什么话，这是甜的，我才买来。"

"小珍妈妈就是吃雪片糕死的。——你买的，我吃，也许这儿的雪片糕没有毒……"他用奇怪的眼睛盯了我一阵。才笑笑说："小妹，你真是一个怪孩子，说来人家都不会信的，你不像一个十来岁的姑娘。"

我不知一共病了几天，现在觉得已经很好了，我不知为什么还躺着，我坐了起来，我要梳梳头，但想起了阿三的梳子就难受，不但是脏，而且她在梳头时还不断地向梳子上吐口水……

哥哥今天也换了好看的衣服。他在雪白的衬衫外边穿上一件浅蓝的绸长衫，飘飘然地笑着走进屋子来。"你要起来吗？""是的！"他的整齐美服，与我的披衣散发对照之下，使我羞愧，于是我红着脸伏在被子上。

"要我出去你才穿衣服吗？还要什么？"

"我要梳头，——我不要阿三的脏梳子……"

"好，好——"他一边笑着，一边在桌子边找了一阵，拿来一把白的象牙梳子，干净极了，完全新的一样，他并且即刻走出去，关上了门。

"我的衣服在哪儿？"我光了脚下到地板上，头昏眼花地四顾，身上穿的小红花衫裤已经皱得不成样子了。

这时候，婶母进来，她说的话我不全懂。但是，她叫我去洗一个澡，她叫春来领我去洗，就在婶母房后的小屋里。春来也见过一面的，大概是婶母的丫头吧。我换了春来给我的哥哥小时候穿过的白裤褂。回到房里，坐在窗子口吹头发，因为我洗了头……桌子上有一本翻开的簿子，我拿来看，上边是写的诗，有的字认识，有的字不认识……

门开了，哥哥领着一个客人走进来。

"这是谁？"

"这是我的小妹妹……"

"哦！"客人走到我面前，打量了我一下，口内说着什么话，又问我，"你看什么？""我看诗……"

"诗！"我哥哥也大声惊讶了，问我："你怎么知道这是诗，你识字吗？"

"我识一点，——我念过几首千家诗和唐诗……"

"令妹真是不同凡响，——在什么学校念书？"

"才从乡下接来，正在考虑送她上学的事……"

"不同凡响，不同凡响。"走的时候，客人还一再地提起我，哥哥笑着介绍，说他名叫李志真，要我叫他志真哥。

春来给我梳好了辫子，换上了我好看的水红小衫，领我到叔叔那儿去。

房间里仍是刺目的灯光，叔叔似乎很高兴，婶婶对我也和气些了。屋中摆了大圆桌，放满了碗筷，今天晚上似乎过年请客的样子。果然，哥哥回来了，除志真哥外又来了一个客人，大家团团坐下。我虽然坐在婶母旁边，有些拘束，但是对面就是我哥哥，他多么好，他总是微笑，乌黑的长眉和闪光的大眼，有些像金海，但没有金海壮实，他的脸色是苍白的。

大家都很高兴，男人都喝酒，女人都谦让，我的碟子上也装满了菜。后来他们忽然谈起我来，有一个女客，说我像×××。于是大家全看我，并且说：真有些像，哥哥也笑着点点头，大概不是坏人吧！又说到送我上学的事。

"才来的时候，我们以为她在闭塞的农村长傻了，以为她脑子不灵，现在看看，似乎还聪明，青儿又一再提议要让她读书，不读书也不是办法，所以……"叔叔说。

"我已经打听了一下，"哥哥说，"现在还可以入学，虽然迟一点，但是她在乡间似乎已经读过一点书了，可以赶得上……"

"你念过什么？"婶婶问。

"我念过几首诗。"

"诗，"叔叔也有兴趣地说，"你背一首我听听，会背吗？"

于是我想了一想，现在既然是三月中，我就背了一首"渭城朝雨浥轻尘，客舍青青柳色新。劝君更尽一杯酒，西出阳关无故人。"

那个志真哥在我背诗的时候就挤眉吐舌，做各种怪相。我一背完，他就两手一拍，大声说，"好极了，好极了……"一边站起来给大家斟酒，口内说着话，当时似乎人人都抢着讲话，所以我也听不清。只见志真哥举杯对我哥哥说："劝君更尽一杯酒，东游苏杭多故人。哈哈哈哈……"又拍拍我的肩问："你知道今天是给他送行的吗？"

"什么，什么送行？"

"你不知道你哥哥明天去苏州吗？"

这是从哪儿说起，我还没有完全认识他，他又要走了，我似乎一下子又落到孤独无依中去了。心中觉得一阵空虚，头就有些晕。耳内听着大家都欢天喜地谈话，我就低了头努力吃饭，但什么也咽不下去，我只好装着吃的样子，努力去听他们讲话，但也听不清。拿筷子的手都软了，我只好对婶婶说："我饱了……"

"饱了也多坐坐。"

我坐不下去了，我决然走了回来……

我坐在黑屋子里哭，小狮子走过来，我就抱着小狮子哭。说不出为什么难过……

忽然房间灯一亮，哥哥进来了。他端了一个盆子，见我坐在屋角哭，他把盆子放在桌子上走来说："哭什么？我给你拿来两个豆沙包子。你不是爱吃甜的吗？……"他沉默了一下又说："把包子吃了，你就睡吧，你病刚好……"

他放下窗帘儿，给我铺好被子，走过来摸摸小狮子就出去了。遥遥地可以听到叔叔的房内还很热闹的人声……

我感觉睡不着。我又不敢动，怕闹醒了哥哥，他很迟才回来睡的，并且将一个新书包挂在我的帐钩上。

我喜欢有一个新书包，但我不要念书。我不知道这个哥哥又上哪儿去，好爷好奶还在小村吗？那竹林，那小河，金海，阿福……他们都在那儿吗？什么时候再见到呢？

不知什么时候睡去的。我醒来的时候，哥哥已经走了。叔叔叫我去，吩咐我说："我已经给你找好了学校，吃过饭叫春来送你去，记好路，晚上春来再接一次，明天就要自己去了，好好听先生的话，不要耍脾气……"

离小村二里地就有学校，我没有进去过，是个祠堂。——城里的学校什么样呢？

春来很和气，一路上和我讲着话，告诉我城里的小孩全上学，我如果好好念书，说不定将来还可以上大学呢。她说我哥哥就是上大学去了，上大学要花很多钱，大学生都有学问。她一再表示大学生多么了不得，她说李志真也是大学生。

"现在，女孩子不上学都嫁不了人……"春来说到这儿，我们已走进了那个私立××小学了。

春来是这么崇拜学校，但她却不敢走进去，她领我跨过门槛，转身就跑了,好像有人追她似的,跑到门外才回头大声告诉我:"晚上我来接你,你在门口等我!"

以乡下的眼光看来,这个小学实在太大了,房那么高,墙那么白,地那么平,似乎连空气都规规矩矩的。我完全慌了,站在那儿一动不动。

校役走来问我,我也不能全听懂他的话。他问了好久,似乎明白了什么,走进去找了一个先生来,是女的,在我眼里她很老了,有麻子,但比阿三文雅,穿了褐色格子布旗袍,胖胖的。她把我领到教员办公室。我看到那么多生人,戴眼镜的,穿华美衣服的。这些先生们全是多么潇洒而美富啊!我更加无措了,什么也听不明白,说不明白了。

"你是几年级?"

我摇摇头,我哪儿知道什么叫几年级呢?

先生们互相看一眼。麻先生皱了眉又问:"你念过书吗?""念过!""你念到第几册?"

我算了算,《百家姓》《千家诗》《唐诗三百首》《孟姜女唱本》《祝英台唱本》《琵琶记唱本》《九美图》……

"七八本。"我低声说。

"念过第七册了吗?"我点点头,因为七字一句的唱本,我念过不少,虽然并不全懂。不识的字,只要绕过去,仍可以往下看。

"那么是上四年级啦!"麻先生笑笑说。别的先生也说些什么,有人说:"别瞧她糊涂,她才从乡下来发蒙。这孩子是聪明的,看她眼睛就知道,王先生,就在你班上吧!"

我就被带到王先生班上,就是那个麻脸的。

同学们在我眼里是出色的漂亮,全是女的,全穿旗袍,不少人穿了皮鞋,还有烫发的,用细细的嗓子讲话,笑的声音尽量清脆,走路时扭动着腰……

与我同排坐的是个大圆脸,穿了蓝地小玫瑰花旗袍,嘴里一直哼哼着,唱着那时流行的《毛毛雨》。

我领来了书和本子。上课没有趣味，先生板着脸，不知讲些什么，全是哄小孩儿的话。同学们还应和着笑，用不真实的声调，那是轻飘飘的，于是我想起了好爷讲的话，诗句中有："商女不知亡国恨，隔江犹唱后庭花。"以前好爷讲时我不大懂，现在我才明白，商女就是这种样子的。

我糊糊涂涂上了三天。

这一天，先生发算数本了，她先讲，同学们成绩不好，居然很容易的复习题都做不对。说了很久，最后大声说，"有的人根本没有上过四年级，硬要插这么高的班！你们看看她做的练习！"她就在教室前揭开白纸的大本，高高地对全班展示，那一页上，可以做十道题，却用一个占满全页的红墨水的大×批了，同学们哄堂大笑："谁、谁……"坐在我旁边的那位，欠起身子，仔细瞧了瞧，回头说："她，周多……"哈哈哈哈哈！全堂人大笑，不少人站起来看我，因为我小，坐在第一排。先生也讽刺地冷笑着，将本子一下摔到我桌子上，全堂再次大笑起来！

我怕吗？不，我哭吗？不，我臊吗？不，我羞吗？不、不、不……

因为我是无辜的，我没有学过，我连阿拉伯数字1、2、3、4、5都未见过，我从来不知道何为算数。而你们却如此嘲弄我，你们这些不善良的人，你们这些蠢货，你们这些浅薄的家伙，你们可怜，你们才可羞啊……

我默默地收起我的书包，对谁也不看一眼，我回去！

当然，我预料到叔叔婶婶的咆哮，春来、阿三的冷眼，但是我什么也不说。我不上学了，真的，我再也不上学了。

固执的性格，使叔叔大怒之后感到棘手，他竟找来了志真哥。那天我正在与小狮子玩，志真哥进来的时候，使我大吃一惊，我从他脸上看出，他知道了一切，但是他不是来辱骂我的，他微笑着走近我。

"你哥哥来信总提到你，他特别关心你，所以我来看看你好不好……"我想，什么哥哥关心我，分明是叔叔找你来教训我的。

他坐在我对面说:"你想你哥哥吗?他可真关心你……"

"哼,嘿……"我冷笑一下,他显然大为吃惊。

我自己也吃惊,好爷说过,冷笑是不好的,只有阴险的人才冷笑。这话,现在我知道不全对,真正的痛苦也叫人冷笑,这是一言难辩的痛苦。明明是要骂我,偏偏拐这么大的弯,明明心中认为我很坏,反而要说哥哥关心我,说不定今夜回去,他就要写信告诉我哥哥,说我多么坏!这种欺骗是可恶的,而且,周青并不是我同胞一母的亲哥哥,他关心我什么,他哪里还有我这个人在心上?人是多么狡诈啊,我说不出这么多意思,然而当时从心上说起的想法,比这多得多,那种情绪上的对抗和屈辱感,以及对伪善的厌恶,使我不知不觉发出了冷笑。

一个孩子需要用冷笑的时候,命运也够苦的了。

"你不信吗?"志真哥从衣袋里掏出几张纸来,找了其中的一张递给我,但随手又拿回去,念道:"这个小妹妹是一直在乡间住的,她也不是这个妈妈生的……我觉得她很聪明,因为有孤儿特具的固执,她容易遭到不幸,我不放心。她上学可能有困难,你常常去帮帮她,希望你像她哥哥一样……"

这些话完全是新鲜的,我从未听到过,多么亲切,多么温暖,多么友爱啊!那时我太小,只能感受不能说明,但是眼泪却泉水一样涌来。于是我低下头来哭泣,后来竟大声痛哭起来。

志真哥一直在屋内走来走去。

"这不能怪我,"我努力止住了哭声说,"因为我没有学过算数,他们就羞辱我……"于是,我对他仔细讲了一遍经过情况,并且把本子给他看,"如果我学过,我绝不会比任何人差!"

"你没有错,他们自己把你错放在四年级了,你叔叔给你报的是一年级……"

"一年级?"我现在已经知道一年级是什么意思了,"一年级我决不上……"

"你还小,你想比你大得多的都上一年级呢!"

"一年级决不上,要上就上四年级。"

"那么你就要补算数,得从1、2、3、4补起,我可以给你补,你有这个决心吗?"

"有,"我擦干了眼泪,"你教我吧。"我直视着他说。这时我才发现,志春哥的脸是圆的,又红,他戴了一副眼镜。我不知道在生理上是否儿童有一个时期,脑力会异乎寻常地强。而且我自己也不相信,在两个礼拜之内,我从1、2、3、4开始学到了加减乘除,一直到分数四则,然后我从半途改入了S市最大的一个女师附小。从此,一直以第一名的优秀成绩列为班首,小学毕业,又以第一名,优秀生保送入初中。初中又以第一名保送入高中。学习是好了,但脾气从此却更坏了,因为我深深感到人们,是根据你表面的、世俗的、一般的所谓"好"或"坏",来评判你的价值,他们无法公平。由于长期沉湎于庸俗的、市侩的、私利的、浅薄的生活中,他们也无法获得洞悉崇高心灵的修养,所以他们的评价是一无可取的,对他们的赞美毋须高兴,对他们的咒骂也毋须哀伤。

中学里的国文教师章先生,经作文中发现了我的气质与僻性,他对人讲:"这孩子真少见,她的文句竟像鲁迅似的……"

我不知道鲁迅是谁。但学校里的先生和同学们似乎都知道,他们告诉我这是一个文学家,有人说:这是一个名人。有一个北方同学特地把我拉到校园里,悄悄地知心地告诫我说:"你知道,鲁迅是骂人话,说你像他,并不是称赞你。鲁迅,在北方都知道,他就会骂人,他是个恶讼师。你要当心,我舅舅亲口对我们讲的……"我知道他舅舅是一个教授。

于是我专心致志看鲁迅的作品。

我至敬挚爱的先师啊,你是圣人,你是英雄,你是一切真美善的代表!你是痛苦的化身,你因为爱世人太深了,所以受着最大的屈辱与最深的痛苦。

自从我接受了你的作品,我的心灵再不孤寂,我才能够在恶浊的泥沼中屹立起来,我的心病才有了药,我的灵魂才有了光,在我脆弱至极的躯体里,才有了坚强不朽的意志的力量!

鲁迅先师啊,在你的面前我是微小的,如一棵禾谷在太阳光下,但因为植根于这苦难的大地,我同样也遭到虫灾、旱灾、火灾、暴风雨和电雷的袭击。在我细小的枝条上布满了创痕。如果我低低地垂下了头,不光因为谷粒饱满了,而是我空虚的茎秆上创口在流血,而使我痛楚不已……

到南京去①

小娟到南京的时候是十七岁,她是苏州一个教会中学的毕业生。

她为什么到南京来,上大学吗?

不,自从她白发苍苍的老母,暗示她如果不同意家庭选好的一门亲事,那么,这个家庭就不会再担负她上大学的费用了。——于是,她就决意不上大学了。

不上大学是使她痛苦的,可以说是她青年时期一个致命的打击。因为,在中学里已经一再听到几位老师说过:"林小娟一定要上大学,她在文学上有发展,她是未来的一个女作家。"

文学,是的,她喜欢文学,在十四岁的时候,就应《妇女生活》杂志的"我理想的爱人",以这个为题的征文,她竟得了第一名。虽然,她那瘦小的身材还未发育成人,那穿着家制布鞋的小脚,更加可以看出来,她还是一个孩子。但往上看去,那个略微见大的头,宽大的额,披散着长长的乌发,一直垂到肩上,蜜桃似的脸,焕然发光,尤其是一双灵动的眸子,它深不可测,蕴藏着些什么,带着一点危险与魔气,那是十四岁的女孩们所绝不会有的。

在那时候,似乎公认为从事于文学工作,则必定得先从大学毕业,不上大学,就是终止了小娟文学的前程。

---

① 作于1950年代,未曾发表,手稿无题,篇名为编者所加。

所以在毕业留别会上,小娟演木兰从军,刚刚打完仗要"愿借明驼千里足,送儿还故乡"的时候,女友王美华正化了妆,下一节目,是她跳舞《月明之夜》,穿了一身白裙衫,飘飘然走来,指着小娟尖声叫着说:"多好看,穿了戎装多好看!——怎么办,娟,你恐怕真要投笔从戎了吧?"

"是的,"她说,"我当了兵,十二年也不回来!"

然而到哪里当兵去呢?

在长长的暑假中,同学们都风流云散了。小娟较好的几个女友——白春花、沈莲考上了中大美术系;葛清到上海演电影去了,已经改名达妮,并且寄了一张酒窝很明显的照片来;走路婀娜的王美华正在恋爱,据说不久将与她在报馆里工作的表哥结婚。

阴历七月十五,家家结鬼缘。

虽然小娟沉溺于古今中外的文学名著里,并且为了思考人生而常常通宵不眠,当紧的前途问题又迫在眉睫,……但她对民间这一习俗,却异乎常情地喜欢。她花了半天的时间,将那堆买来的、压了金钱印痕的长方形毛边纸,一张一张卷成筒形,把书桌上蓬蓬的纸卷,砌成了一座山。这是在天黑的时候,用大篮小筐装着,手中点上一筒,在各个僻静的河滩小巷走着,烧完再接上一筒。家家有人出来,孩子多的人家,成群结队地出来烧纸。小娟是个独生女,与六十来岁的父母同住在一座小小的白楼上,别的什么活动,她家照例无人参与,只有七月十五结鬼缘的事,小娟却一定参加的,而且钱纸筒比别家都做得多。她差不多是第一个出现,开始点上了火,直到深夜与最后点完纸筒的一批人一同回来。

这是好玩的事。古城苏州,有着无数条幽静而奇秀的小巷,垂杨纷披,有几条流着清清泉水的小河。盛暑刚刚过去,在初秋的夜里,点着松松纸卷的火炬,曲曲折折地巡游街头巷尾,儿童们稚气的笑语,水榭林边,映现着姑娘们飘飘的群衫。远远近近的小火光,断断续续地闪动着……

小娟穿了一身浅蓝色的衣裙，抱了一个长长的元宝篮，她以自己的家为中心，以一篮纸卷烧化的过程为长度，选择着不同的小径，一筒接一筒地烧化那纸钱，再回到家时，又添满一篮。

当她走到一个池塘边，她站在小石桥上，看到碧清池水中自己的影子，长长的头发纷披着，一手举着火炬，衣裙飘飘地站在蓝天与亮月中间，多么好！她想起《水仙辞》，不觉瞥了一眼池塘边滋长的菱草，身上微微有一阵寒噤。于是她快快走过石桥，沿着池塘转，自己对自己说："我不相信有鬼。至少，我相信在我四周，默默跟随我的绝不是鬼；至少我相信，绝不是狰狞可怕的红头发绿眼睛的鬼。即使是鬼，那鬼也是与神仙一样的美妙，她们是那么温柔，那么钟情，那么委婉，……也许正因为有她们，这个夜才显得如此可爱！"

"我向你们问好，我是你们的朋友！"小娟轻轻地说出声来，并且高高举起火把，靠着野生的一株老树说："是的，你们是我的朋友，你们是善良的，一定也是美丽的！"

"哈哈哈哈……"忽然身后发出一阵哄笑，真把小娟吓怔了，但即刻明白了那是王美华的声音，于是她举了火把转过身来。老树的后边有一排房子，那种临河的小房，她刚才走过的时候未加注意，而王美华她们都一直注意看她，并且躲在房后听她的独白。

"你真是个小妖精，还与鬼叙话，哈哈哈，这个神经病！"王美华仍然笑着说，"我与你介绍，这位是伍梦蝶，这位是王国贤，都是我的表哥！"她又嚷着对他们说："这就是林小娟，女文学家，女画家，女诗人，女……"她这样嘻嘻哈哈地说下去，小娟任纸卷烧光了也不再点，她觉得心境完全受毁损了，她没料到美华这个时候来找她，并且是用这种方式。

"我明天一早就回武汉，所以非今晚见见你不可……"她又大又有深意地眨了几下眼，暗示她到武汉去之后，便要与她表哥结婚了。这两个表哥，到底哪一个是她未来的丈夫呢？

小娟只好领了客人往回走。这时候，那个叫梦蝶的已把她篮子拿过去代抱着了，而叫国贤的那位用火柴点起了余下的纸卷，笑嘻嘻地举着，他的脸上有麻子。

把众人送走之后，小娟是十分疲乏，真是话不投机半句多。她倚着楼栏眺望，夜深了，远远近近仍是火光点点，她还余下很多纸卷，但再也提不起兴趣来了。这一场聚谈，除了心里明确地送别了中学时代的朋友外，一无所得。这些人多么俗，尤其那个王国贤，那个麻子！言语阿谀，笑容谄媚，是个坏货。"麻子，王麻子，可怕！"小娟又自言自语了："鬼好得多，绝对比他们好，我要结鬼缘，至于这种人，我与他们永世无缘的了！"

"张资平的小说培养了王美华，她还照小说写的去实践了。"小娟在无眠的夜，这样想，"高尔基说：社会大学，我要上社会大学，我要看看这个社会！"

"但是，"她翻了一个身又想，"娜拉离开家之后怎么办？易卜生把娜拉鼓动出来了，但他并没有解决她到了社会上怎么办的问题。"她想到，一个女人，一个姑娘，到了社会上，特别是一九三七年的中国社会上，怎么办？处处密布着陷阱与圈套。她翻来覆去地想，一夜未眠，头昏极了，她起床打开楼窗，破晓的风凉凉地透进，她靠在窗口深深地呼吸了几口，点点头说："我要到社会上去，是的，我不怕，我不会屈服的，因为我有死！"她又向东方点点头，这时太阳还没有出来，天边似乎有些白气，说不清是夜雾还是朝雾，夜空蓝得发黑，冷冷地倾听着她的决心。

她选择了南京，是破釜沉舟的意思。她是一个中产阶级的女儿，在上海的亲友很多，她要把自己甩向举目无亲的场所，只许自我奋斗，不许得到支援。她要立足于无人之境，既不受人爱护，也不怕人诽谤，一切将要发生的，全由自己来承当，她的成败，决不能影响这个末代秀才的家庭名声。

小娟的父亲是个秀才，如果皇帝不退位，也许能做举人和状元，但他倒也不恋旧。武汉革命军到苏州的时候，他就把小娟乌黑的一条大辫子剪了。现在他六十多，做着苏州市的开明士绅，在乡下有几亩良田，几间祖遗的老屋。母亲受过苦，在父亲读文章努力考功名的时候，母亲曾给附近地主人家充过短工。她到四十五岁才有了小娟，那时家境已在中农以上，因为小娟读书要进好学校，所以把地租给人家种，这个小小的家就搬到苏州城里来了。她母亲的理想，是只求小娟读毕中学，嫁个小学教员，自己也教书，夫唱妇随。家中的收支，是可以供小娟上大学的，但是父亲威胁她一下，希望逼成已经在进行的婚事。不料小娟反抗到底，而且自动要求不再升学了。这两天，小娟忽然说，接到女友的信，在武汉找到了一个教书的工作，立刻就将离开故乡了。

自小在身边长大的爱女，要远别是难过的，但十七岁的孩子，就能工作赚钱，这不能不使老母产生一种光荣与自豪之感，何况她知道，女儿的脾气倔强得很，要取消她的决定，根本是不可能的呢！

告别时，父母是老泪纵横，百感交集；小娟是横眉冷对。——她横眉冷对自己的决定，自己的幼稚，自己的梦，她蔑视自己的勇敢与抱负！

她的心是痛的，她觉得对不起父母，还能再见吗？然而不走怎么办？亲爱的爸爸妈妈，原谅我，我是一个叛逆，我是不会使你们得到幸福的，恐怕我自己也永不会得到幸福！

青 云 里[①]

每天早上去学校的时候,她总是显得匆匆忙忙的样子,不是因为走迟了怕迟到,也不是因为她的性格是属于匆匆忙忙的那种人,——她是S女中有名的好学生,从来没有迟到早退过,连着得过几年勤学奖状。同时,像一切好学生似的,她有着极为温和的性格,虽然在学生会中,担着宣传部部长的职务,年纪又是最轻的,但却在工作中赢得了极好的名声。不像有些女子,稍有才能,便具有种种怪癖和特别强烈的个性,或是稍有几分姿色,便功课品行都相对地差下去,过早地与异性来往,成为一个轻浮的卖弄的女子。

但是林娟匆匆忙忙的缘故,却也是为了一个"他"。

她不知道"他"叫什么名字,以及关乎他的一切,只是因为每天走到"青云里"的时候,总一定遇见他。他从西口往东来,她从东口往西去,他与她一样,夹着书包,身上有"男中"的校徽。

这事真也平常,因为在S市这个城里,两个最负盛名的学校,男中和女中,由于校址的关系,有不少学生,都因为通过这条青云里而要打个照面。青云里这条巷子,又僻静,又长,所以,有些高班同学,竟因为这种偶然的邂逅而闹过不少恋爱故事,这是林娟在过去也听说过的。

[①] 作于1950年代,未曾发表。手稿无题,篇名为编者所加。

她开始遇见他的事是在这一年中发生的（一九三六年）。可以说，就在高三暑期开学的第一天，林娟在去学校的路上，不知心里因为在想什么，脚步机械地走着，在青云里东口转弯的时候，差一点撞到一个人怀里，当她惶然地抬头看时，却是一个男学生，他微笑地看了她一眼。

　　接着第二天，在青云里中段又遇见了他。他似乎还向她点了点头，但是，她因为不好意思，又怕别的同学看见（以为她有了男朋友），所以就面色绯红地低着头，匆匆一走而过。

　　以后，差不多每天在青云里必然会遇见他，即便是天天约好，也不至于那么准确的，风雨无误。在九月中，学校举行秋季旅行，林娟与同学们去了一趟太湖，假后上学时，林娟忽然想起他来，以为必定不会再遇着了。但是，古怪，仍然在青云里遇见了他，他的眼光也表示出一种："多巧呀，我们又见着了……"林娟来不及读完他眼里的语言，赶紧低下头，匆匆地过去。

　　林娟开始不安了。每天，有时，早晚两次，但一次是必然的，就是说每天一定会与他"见"一面。有一天，林娟因为要赶到学校里去编板报，特别走得早些，到青云里的时候，心中立刻想到，今天不会遇见他了吧？但是，真有鬼，走到西口了，快要转弯了，忽然看到他从对面匆匆而来，两人不觉一怔，他眼中似乎说："这么早，我们还是遇见了……"她仍然不去读完他眼中的语言，便红着脸匆匆地走了。

　　有一天早上，真的没有见着他，晚上因为在校排戏，回家的时候住校的同学都吃过晚饭了，林娟心中似乎丢了什么东西似的，有一种莫名的怅惘，在暮色中缓步回家，走到青云里的时候便想，今天，可是一整天，没有见他的面啊……忽然，奇迹似的，他从对面走来，也似如从梦想中惊醒一般，远远地便用眼睛对她说："这是怎么回事？……"当时，他确乎真要出声地说出话了，因为实在，在两个人心中，其实都存在这个心情。由于早上未见到而郁闷，一下子居然又见着了，恍惚极久都在思念着的，那心中的语言已说过不少，所以冲口而谈起来是完全可能的。但林娟忽然非常害怕，害怕他真的开口说话，于是用一种恳求他抑制的神色瞧了他一眼，仍然匆匆地走了过去。他似乎踌躇了一下，但也就默默地过去了。

"这是干什么？"林娟有时候也想，"说话就说话，正当地做朋友，难道不可以吗？""什么朋友？"她反驳自己："男女之间会存在什么正当不正当的关系吗？一个女子与一个异性来往，那便是恋爱，不管事实如何。"

于是她想到自己班上的王美华，口袋里装着张资平、张依萍的小说，嘴巴里哼着《昨夜的梦》或《桃花江》，书包里藏着男朋友的信。这是多么为人所不齿。所有的人，先生或同学都用另样的眼光看她，可是她毫不在乎，也照样升级，但是林娟不能够。

"当然，我决不会像王美华那样……唉，不管怎么样，我也决不能与一个男孩子说话……不是为了怕别人议论，而是我自己不能，这是不是封建呢？不，我不是受外来的社会习俗的限制，我是出自内心，我本性如此……也许这正是封建思想根深蒂固所使然吧？……那么，我便封建好了，我爱这样，我是纯洁的……"

于是林黛玉说的："我是干干净净的……"这句话便一再在心头泛起……

难道与一个男子说说话便不干净了吗？林黛玉与贾宝玉那么相爱，也仍然是干净的吗？

他的形象，也一再在眼前出现，真是如剑似的两道浓眉，和特别光彩的两个大眼睛，能那么讲出无声的语言的两个眼睛。唉，这印象是愈来愈深了，所以每天匆匆地走着，是由于这样的心情，既怕在路上相遇，又怕走在路上不相遇，匆匆地走，仿佛想躲开那一面，又似乎是为了赶上相会那一面……唉……

她很想知道他叫什么名字，有一次她与另外两个女友在一路走，他从对面而来。林娟正在惶乱的时候,听到她的女友李清,竟与他招呼起来。她吓了一跳,过了一阵才恢复神志,勉强用平淡的口气问道:"你认识那个人吗?"

"不,他是男中高三的,我去男中找表哥的时候见过他!""刚才你与他讲什么?""我问他我表哥这次参加不参加市学生会的球赛。""他们一班吗?""不,他是男中的足球队长……"她感到李清似乎用一种探索的眼光来打量她的问话了,于是赶紧调转话题,既没有敢问他叫什么名字,便是李清的表哥在哪一班,参加球赛与否,也不能再打听了。她不断地找些无意义的小事件与李清谈笑,比哪一天说的话都多。回家后,她十分不满意自己的失措,这种近于恼怒的心情,接连了很多天。幸而李清她们,似乎并未当真注意,以后一直没有提起,甚至暗示的口吻也从未有过,这才使林娟放下心来,同时,也放弃了一个可以弄清楚这个"他"的机会,反而把这种心情藏得更深更隐晦了。

今天,林娟特别匆忙地在赶路。她那种唯恐遇见,又唯恐不见的心情,今天是矛盾到顶点了,因为她已在女中毕业了,昨夜已举行了毕业生留别晚会,今早到校,与全校同学老师们举行本学期的暑假休学典礼,也是她们毕业班的离校典礼。在这个学校,从小学到高中,读了十年,从孩子到成人,班上最大的同学王美华,都二十一岁了,林娟是最小的,也十六岁了。

在昨夜的晚会上,谈谈说说,老师们都流下泪来,同学们有的都哭出声来了。林娟也满面是泪的抬不起头来,李清一再在她耳边说:"当心眼睛,当心嗓子……"因为她们要演出莎翁的《罗密欧与朱丽叶》,是选的英文剧中的一幕。

所以昨晚回家之后,一夜都未睡好,想到毕业后怎么办?同时他的影子又一闪,"他也毕业了,他又上哪儿去,以后还会见着吗?"

越想越空漠,恨不能立刻便去问问他,但又想到,怎么可能呢?凭什么呢?也许同学们谁都是,至少绝不会就她一个人有这种际遇,既然男中女中的路线如此交叉，一定有不少人都是天天见面。人家并不如此失魂落魄地放在心上，即便是"他"，可能同时有几个女友天天见面的，并不以她一人为念，至于那眼目中的沉默的语言，不过是由于异性的敏感罢了……

说不定他每天专诚欲见的是另一个人，说不定他书包中正放着他女友的书信，甚至有照片。唉，说不定他早就订婚了，说不定中学毕业后，他就要结婚呢？人家常常如此，特别是宝爱儿子的人家，或儿子少的人家，总早早地便给订了婚，早早地便要他结婚。林娟学校中，便有一个高二的女生已结了婚的，至于高三毕业后要结婚的，似乎听说有好几个呢！甚至王美华都有可能结婚，她与男友都合拍过照片了。

林娟实在烦躁起来了。她觉得自己做了非常不好的事，简直是使自己处于难堪的地位，由于自小爱幻想，由于过分敏感，竟至于陷于十分糊涂的情况中，一定已经被"他"看出自己的内心波动，他可能正在讪笑她的多情，他一定用卑下的心思来打量过她，甚至于用不堪的念头来估计过她，以为她是到了所谓"动情"的年龄的可笑的女子……林娟苦恼得要哭，但眼睛却发干，头发因为演剧烫得那么卷，如果给他看见，还以为故意打扮了引他注目的呢，王美华不就是常常烫发的吗？高二那个结过婚的女同学也总烫得卷卷的，唉……

天没亮，林娟就起床，把头发梳而又梳，然后倒了暖壶中的水，用热毛巾包起来……

即便"他"这个人不那么坏，"他"绝不会像我似的，如此刻骨镂心地难受，真好像是一种"相思"啊，林娟悄悄地心想。即便在心中想，在她也分"外露"的与"内藏"的两种，而一触及"相思"这样的字眼，自己就羞报得不行，对自己也如此缄默地保密，对自己的心灵也是悄悄地耳语，即便如此，也还是满面通红了。他也不过对我这个人觉得有趣，好奇，甚至对我的羞涩和胆怯，视为可怜，甚至视为可笑的呢？唉，就算他像理想中的人那么善良与高尚，他也只是怀着研究一个不很分明的物象那么审视，或怀着一个同情与体谅的心情来观察我罢了。

当毛巾除去时，乌黑的头发便纷披下来，虽然平展了一些，但仍然有弯转的波纹，一夜未眠的脸色，还是那么光艳。记得多年不见的姑妈，上个月来做客的时候，曾挽着她的手，细细端详，笑着对妈妈说："真是'如卷美媚者'啊。"姑妈是一肚子诗书的老姑娘，当她这么说时，听到的人全笑了，把她羞得反身便向内堂奔去，差点把身边的椅子都绊倒了。

她在镜中注视了一阵，头都痛了，不知是因为失眠还是将要生病，脸上在发烧，于是就把镜袱放下了。夏日天长，太阳已很晃眼了，她匆匆收拾下楼，一想到"他"，便更加匆匆起来……

这一天，路上的行人仿佛特别多，也特别匆忙，似乎都与她的心情一样。她匆匆的竟与一个横过马路的老太婆相碰，她匆匆的被路边的什么果子皮滑了一下，甚至于她会与迎面而来的洋车相持起来，她靠左边，车也正往左，她靠右边，车也正往右，虽然没有撞上，总是慌乱了一阵，心跳个不住。转弯又到"青云里"了，说不清是什么原因，她恰与一辆拐弯的自行车撞上，车子上的人一个急刹车，跌下来了，她本能地贴墙站住，恍惚地看到那个人从地上爬起来，怒目横眉的要破口大骂，但见到她那怯怯的羞涩至极的表情，便狠狠地瞥了她一眼，推着车走开去，只说了句："走路瞧着些道啊！"她还惶惑失神的时候，腾地眼前出现了"他"。他从地上拾起她刚刚掉下的一把黑折扇，用一种非常关切的眼神看着她，嘴唇在动着，似乎说什么的，但她没有听见，顾不得如何了，迅速地夺过那柄扇子来，便急匆匆地走了，头也不回一下。

这是怎样的失策啊，这是最后一面了，从此天涯海角，在人生漫长的旅途上，什么时候，什么地点，能够再相见呢？然而，一切全过去了。

漂泊者一日[①]

  她不慌不忙地走着，故意摆动着腰肢，拧出蛇一样的姿态，——但却是那一种蛇，是上海文明戏里，用洋卷布棉被卷出来的那种臃肿丑笨的死蛇。这是她自己所不知道的。

  "怎么样？"她回过头来，望着申问："到我家去吗？"因为申并不回望她，一直沉默着。在她用一种略带羞涩的少女似的坏表情给他讲话的时候，他仍是沉默而严峻的，仿佛只是他独自在走路，仿佛刚刚不是从旅馆的小房间里一同出来的，仿佛昨天夜里的一幕不是他的主角，仿佛他只是南京早晨大雪路上的一个陌生过客，与她毫无干系。这使她有点儿惶惑，转而便恼怒起来。

  "怎么不开口？"她等了一步，与他并行，并且不高兴地说："你装起正人君子来啦，你就想白白的……"她开始粗暴起来，不用昨夜那种挤出来的柔媚语气谈情了，而用哑涩的浊音，不拣辞藻的，带着明显的江北腔嚷起来了。

  "洋车！"申叫住路边一辆车子。

  "你上哪儿去？"她看到他坚决地不告而别，又惊慌起来，一把拉住了他："你别生气，小申，今天不是礼拜吗？"

  申跳上洋车，挥手叫走。

  [①] 作于 1950 年代，未曾发表，手稿无题，篇名为编者所加。

"小申，"她差不多带着哭声追上两步，"今天到我那边吃晚饭，我给你做红烧牛肉……"

申不回答。她看他的洋车远去了，并且看着他洋车上飘出来的烟气。

"哼，"她急匆匆地往家走，一边想："我真是白送！这小子，穷得香烟都买不起，还装蒜，占了人家便宜还摆架子，他凭什么？……"下意识地，知道经过菜市场了，于是拐进去。市场里与冷清清的马路上不同，挤满了人，红的绿的白的黄的，各色菜果，堆得高高的，发着温润的光，有着泥土的清香，在这八月的早晨，使人神清气爽。

她吐了一口宿气，挺一挺胸，从人丛中挤着走。一早来买菜的，多半是大饭馆的厨子，老妈子，也有几个少年妇人，没涂脂粉，带着肿眼泡，青黄的脸色，拖着一双破鞋，懒散地张望着。"这些是破鞋吧？"她打量一下她们，语带双关地想，但人家也用探询的眼光打量过她的全身。她穿了浅蓝的绸旗袍，新的黄皮高跟鞋，挽着蛇皮花钱包。这种打扮的人，在菜市场，十一点过后，也许会有些上百货公司购物的妇女拐进来带点菜回家，但在早六点，小户人家的主妇，还都并不出门的时候，"这人是哪一类的货呢？"仿佛人家这样估量她，使她不安，于是不多买菜了，只匆匆地买了一斤牛肉，便赶快出来。

自己住处的大门还没有开，她呆等了一阵，如果叫开来，那开门的人便会又向她抛出一个问号。然而，仿佛故意拉长时间，竟没有一个人起来开门，而脚又痛起来了，这双高跟鞋本来便不伏脚，自己脚背高，所以不合脚，因为早上走了不少路，一停下来却反而涨痛得不堪了。想到申，他倒会雇辆洋车走，为什么自己就不坐车，为什么不一出旅馆便坐上车？旅馆门口总停了一排车，而且还上来打问的，她似乎非常吝啬似的说："不坐！"但是昨夜的酒食与旅馆的房钱，不全是自己出的吗？省几毛钱车资干什么？她越想越生气，街道上的人也多起来了，她故意在邻近的小巷走了一圈，买了两个糯米团，这才看到大门开了。

她向自己的房间快步走去，但房门却关着，这一下，她可再也耐不住怒气了，她狠狠地敲着门，厉声呵叱：

"小娟，小娟，小娟……"门开了，小娟吓得脸色苍白，愣瞧着她，她大骂起来："你睡死了，你这懒丫头，昨夜什么时候睡的？又给小彭谈情说爱了吧？说不定小彭还在这里睡觉了吧……"

她看到小娟把房门关上，胆怯地靠房门站着，眼泪从两只大眼睛里直往下掉，不禁狞笑着说："你这死丫头，别装林黛玉给我看了，要是小彭在这儿，就你那一副哭的鬼脸便把他迷住了，长那么好看干什么？我又不开窑子……"她愈说愈粗，自己觉得痛快一点。但当她看到小娟已经不掉泪，也不望她，沉默着垂着那长长的睫毛，这种表情使她又气又恨："所以小申也喜欢你，你这副表情与他一个样子，他是搞文学的，你又会写诗，小申也爱你呀，要是我开……"她走到小娟的面前伸手托起她的头来说："那保险有主顾啊，将来我可以靠你当摇钱树啦……"于是她哈哈哈地大笑起来，一直笑到倒在床上，翻滚着，"我是讨厌的，我是下贱的东西啊，我老啦，……"于是她歇斯底里地哭起来："宝光、宝光，我的小宝光啊……你的妈妈活不下去啦！"她先是唱，自编自唱，唱她怎么恨那个做官的丈夫，怎么他与她离婚又骗走了三四岁的儿子，怎么她没有了希望没有了寄托，怎么她在想念儿子到废寝忘餐，最后没有词了，只是宝光、宝……、宝光、宝光……，而且真的哭得声嘶力竭。

关于这种哭与诉述的哭词，不但小娟已经非常熟悉，而且这房子的住户全都听惯了，所以虽然她哭得很高，也没有一个人来查问，相反地，如果她一两天不哭，才使邻居们奇怪呢！

她唱着，哭着，在床上翻滚着，当她哭毕坐起来的时候，真正像个疯子了，头蓬得又高又大，脸上青黄色与脂粉的红红白白加上眼泪的痕迹，弄得污糟丑陋而可怕，虽然只有二十八岁，却显得十分衰老，简直把小娟吓住了。小娟努力收拾屋子，已经扫过地，正在拭抹家具。

"来给我……"她指指脚,"帮我脱鞋呀!"小娟过去,蹲在地上帮她把那紧紧卡住脚的新高跟鞋脱下来。她两脚一松,便迅速地往床里一滚,拉过被子蒙头盖上,过了一刻,她从被子里伸出头来问:"我带回来的饭团呢?"

"在这儿!"小娟捧过装了饭团的盆子来。

"你这小精灵,是聪明,是可爱……"她有了笑容,盯着小娟说,"你都吃了吧,挺好的饭团,——我不吃,我很闷。"她又蒙上头,一忽儿又伸出头来说:"牛肉呢?——好,你把炉子生上,要走就走吧,晚上回来的时候,去找小申,请他来吃牛肉,你宝芳姐姐烧的牛肉可好吃呐,叫小彭也来,都是些馋鬼穷鬼。"她看到小娟在吃饭团,又坐了起来,"好吃吗?给我尝一口。"她拉小娟在床边坐下,"别生宝姐姐的气,宝姐姐最疼你了,我把你当亲妹子呢。"当她去咬小娟手中的饭团时,小娟却分下一块递给她,她一边吃一边说:"怕我脏,不叫我咬,你与彭波没有 kiss 过吗?"

"你胡说!"娟倏地从床边退后几步,把饭团往盆子里一搁,气得嘴唇发抖地说。

"瞧,还发小姐脾气呐……"但她怕闹僵了,今晚谁去请小申呢?小申恐怕也只有小娟才请得来,虽然因此她更加妒而恨,但却不得不转变一点语气。她知道,只要自己一软,小娟就会像小鸟似的又倚到自己身边来,于是推开被子,光了脚下地把小娟拉过来,一边用哄小孩的口吻说:"宝姐是个粗人,缺乏高尚的教养,你可怜她是不是?她不幸的命运,使她精神失常,我的娟妹会原谅她的,原谅不原谅?……"

"你不能再说那样的话……"小娟含泪说。

"我如是个男人也会爱你的。"她说,亲一下小娟的脖子便笑着上床去睡了。

"记好去找小申啊……"当她听见小娟收拾好一切,炉子也生好了,换上鞋预备走的时候,她又从被子里伸出头来说。

林娟虽然很气愤,特别当她说着粗话的时候,恨不得立刻搬出去,永不再见这个人,但确实更多地是可怜她。这个弃妇,盲目地迷恋着申远,对一切人都阿谀,除找她出气外,不敢得罪任何人。她原也是一个大学生,怀着一个女子都有的梦想,在与一位国民党什么委员当秘书的时候给奸骗了,虽然与她结了婚,那人乡下还有一夫人,没有幸福是可想而知的了。终于在不到四年时间又被离弃了,那人把孩子也领走,只扔给她五百元大洋。她现在就靠这一点钱过日子,除了住房吃饭,还要打扮,特别是为了申远,她得多花不少冤枉钱。而申远说过,决不会爱她。这女人真太可怜了。

林娟想去找申远谈谈,也想去找彭波,但他们一定全忙着自己的工作。天气这么好,而且是礼拜,不知不觉地走到《南京日报》门口。

"林娟!"一个清脆的招呼,使她赶紧回过头来,高兴地说:"维娜!"维娜是记者郑大仑的爱宠,现代剧团的演员,因为有着混血儿式的脸型,郑大仑第一次见她便赞为维纳斯,后来她便改名为维娜了,原来的名字就从此不为人知。

"我来找大哥的。"维娜说,"你上编辑部吗?"

郑大仑不在,校对胡胖子却捧出一叠儿报纸来说:"怎么搞的?还有两千份没发出去,现在都十点了!"

"啊,这全是画和照片啊,还有娟的诗呢!"维娜要过一张来翻着,林娟也取过一张来看自己的诗:《七月的夜》竟排在第一条!这是一页星期增刊,是这个礼拜首创的,所以稿件特别整齐,有彭波的三张画、申远一篇游记、副刊编辑刘耿的发刊词,其余就是照片了。翻过来,也有几张照片,配田汉的一篇杂文,把林娟很久以前写的几首旧体诗作了补空,署名"欧尼",不知哪个给她把"林"用英文字母暂代了。旧诗又用这种洋名,未免不伦不类,但同时发表两篇东西,还是使林娟高兴的。

"叫谁卖去呢?太迟了!"胖子说。

"我们去卖报。"维娜说,"林娟,咱们去卖报!"

"好,真的,——我们可以去卖!"林娟笑着说。

"你们卖的话,全都归你们,卖多少钱都归你们!"

"真的?那好,给我!"维娜抢过那卷报来,"多少钱一份啊?"

"两分。"

她们两人,带着恶作剧的心情,在这样天气,在百无聊赖的心情中,在烦闷而又厌倦一切的年龄,这两个少女,笑着,决定上玄武湖去卖报!

礼拜天的人群,喧嚣着,泛滥着,似乎使玄武湖沸腾了,各式的小伞和初夏的新装,五光十色,争奇斗妍。

"怎样卖报呢?"这难题却使林娟的心沉重起来,再也感不到良辰美景的宜人了。到公园门口后商定,与维娜分头各奔一方,维娜向右边转过去,林娟走左边这条路。这样卖出更为方便些,说不定两人巡回到一处时已经把报纸卖完了。

"要报吗?"林娟终于问一对走着的男女游客,并且一只手挟了大卷的报纸,一只手拿一份单的展示着。"不,不要。"那女的瞥了一眼说。男的好奇地打量她一下,她不觉满面通红,急忙转入一丛树林里,平静了一下情绪,又奔向一个茶亭,对坐在亭侧的一个胖子说:"要报吗?有诗还有画。"那胖子从她手中取过报来,嘴角叼着香烟,慢慢地展开报纸,看看她,又看看报,她局促而惶恐地等着。

"多少钱一份?"

"二分。"

"不要。"胖子把报纸慢慢地还给她,继续打量她,她似乎抢一样地取过报纸,带着要哭的心情,急急转过另一条小径去。

这是怎样恶毒的人呀,他故意慢慢的,他根本就是不想买的,只是开玩笑……

当她看到有两个四十余岁的绅士夫妇,带了三个十岁上下的孩子,在树荫下喝着茶，男的却用眼睛在张望，"他也许正需要一张报。"林娟赶快走过去："先生，要一张报吗？"

"不要，不要……"

"什么报？"太太问。

"不要，不要……"绅士好像瞧见不祥之物似的一边拒绝一边还转过身去。

"有画，还有照片哪……"太太已从林娟手中夺过一份来看，孩子们也全围过来看画。

"不要，不要。"绅士站起来说，似乎要来推开林娟："不要买报，——没有零钱。"

"我要看画……"一个孩子说。

"有田汉的文章呢……"太太用四川话说。

"没有零钱，没有零钱……"绅士站到太太身后瞧着报纸说。

"你去换钱。"太太从皮夹取出一张五元纸币，林娟拿着票子跑了一大段路，到茶座房子里的账房那儿："请兑换一下零钱吧！"

"可以。"账房从眼镜边下边溜了她一眼，接过钱："哦，这么大票子，换一元的吗？"

"请兑四元一元的，还有一元要铜板。"

"一元的铜板？"

"不，不，对不起，九毛的角子，一毛的铜板。"柜台里的另一个人厉声说："什么也不买，我们是不兑钱的，太麻烦了，没有这闲工夫！"

那戴眼镜的把票子要退给她了，她很难过，眼泪汪汪的，戴眼镜迟疑了一下，一边叨咕着"真太麻烦了，没有这闲工夫！"一边仍然给她兑了，她捧着钱回来时，太太对她说："没有什么意思，这报我们不买了。"那十多岁的大孩子用可怜她的眼光扫了林娟一下说："买了吧，才两分钱。"

"才两分钱，"太太盯着那孩子说，把两分钱放到桌子上，"两分钱也是浪费呀！"太太用四川话说。"我说不买，不买……"绅士的嗓子很高地嚷着，林娟拿了那两分钱，心都抽缩得痛了。

　　林娟想，既然已开始做的事，一定做到完毕，不管怎样的困难与受屈辱，她仍然坚持做下去，走走，快到公园中心了，将与维娜会合了，数一数卖报的钱是两角四分，其中倒有一角是五个伤兵买的，他们五个人在一处，都是断了腿支着拐棍的，他们未必多么需要看这种报，而且顶多买一份也够了，但他们却每人买了一份，这使林娟十分感动。

　　有钱的人，为了寻欢作乐，可以一掷千金，即使是那绅士茶桌上的糖果，任取一枚，也绝不止两分钱。但如果买文化，那两分钱也是浪费，真是浪费，因为是既不能吃，也不能玩。

　　"林娟，娟呀……"维娜远远地奔来，神色紧张。在林娟身边，从一辆急行而止的自行车上跳下一个人来，是满头大汗的胡胖子。

　　"快给我。"胡胖子一把抢过林娟挟的报纸，骑上车便走，对她说，"维娜告诉你为什么。"

　　"唉，哈！"维娜拉着林娟的手说："你卖了多少钱？——"维娜自己从手提袋中掏出一卷毛票来说，"卖了七毛二分！"

　　"唉，还是演员有办法……"林娟惊讶于她的成绩，一边听维娜说："这是《星期增刊》，原是随报附送的，刊头上印着'随报附送'，不知发行上怎么搞的，老胡又发给他们卖，岂不要闹出大笑话来吗？现在只有收回去，再送给各老订户了。"

　　林娟觉得十分的无聊，两个人坐到垂柳荫下，无目的地望着湖上穿梭似的游舟。

　　"喂，密司林！"

　　"维娜，维娜……"

　　远远的一只小船，努力向她们这边划。已经看清楚了，那高个子，有着洋人似的卷发的是穆亚，戏剧学校的学生，他在招呼维娜。叫密司林的是诗人冯斐，船到近边时看到那用劲一直在划的小伙子却从未见过的。

"上船,上船。"穆亚摇摇晃晃地站起来,那划船的小伙子却轻快地一下子跳上了岸,转身拉住了船头的环,让她们上去。

"上船,上船。"冯斐也笑嘻嘻地说,并问:"就你们两个吗?"

她们两人坐上船,对面是冯斐与穆亚,背后是那个陌生的小伙子,独自划着这一船人。

关于诗人诙谐的谈词,与戏剧家风度翩翩的表现,林娟早就熟悉了,只淡淡地应对着,茫然地瞧着湖上。维娜兴高采烈地在交际,并且描述了她们今天卖报的情节,咯咯咯地笑个不住。冯斐大声说,我要写《两个卖报的姑娘》!

"啊,姑娘,你们卖报啊,却使我受伤……"穆亚模拟着诗人的姿态用诗的调子皱着眉吟道。

"我受伤而又彷徨,彷徨在这玄武湖旁……"林娟接着往下诵,用着当时流行的诗的句法。

"这才是真正的诗人呢,这才是天才,真的,密司林,您虽然在开我的玩笑,但我却真正要拜倒了!"

"拜倒就拜倒,下跪呀!"穆亚按着冯斐的肩推他。这时船正在湖心,剧烈地摇晃起来。

"别那样,当心船要翻了!"维娜回过头去一笑问:"怎么尽让一个人划呀,我划划!"

"哎,还没给你们介绍呢,"穆亚指着小伙子说,"这是我的小弟弟炮兵上尉康迪!"

维娜无论如何要去划船,终于和康迪对换了位置。在大家惊呼着,笑着,说着的中间,康迪总算坐好了,就在林娟的身边。

中午的太阳晒得很,林娟叫维娜向树荫处划去,康迪递过他戴的草帽来。林娟最怕用别人的东西,但更怕为极小的事大费口舌,所以她看也不看康迪,便把草帽戴上。

船在树荫下泊了一阵，冯斐削了一个苹果给林娟，而后大家便弃船登岸了。

虽然他们一再邀请她们去吃饭，但她们自然不去，尤其是林娟。她这半天烦闷极了，她不能从诗人的雅致的谈吐中发现什么趣味，至于穆亚的胡扯，更觉乏味。对于那个康迪，萍水相逢，以后未必还见到，所以她根本正眼也未瞧上一眼。维娜却说得很多，也很愉快，她在卖汽水的亭子边打了一个电话，找到了郑大仑，于是更加高兴了，因为林娟不肯与她同去，两人便在公园门口分手。

林娟在船上便想好了，下午到中央图书馆去，她觉得只有在图书馆中，才有希望来填补心上的空虚，特别是这半天的空虚之感。

她正在看法国小说，这几天是迷上缪塞（法国十九世纪作家诗人——注）了。他那《四夜》组诗，其中不少句子已深深印上她的心田，永不会消失的了。她接着看了《乔治·桑传》。

在下午五点，她到了A公寓。

彭波的门没有锁，人却不在。林娟坐在彭波的矮方凳上，面对的一整幅墙刷成浅红色，上边画了毕加索的《马戏团的踩球的小孩》。桌子是一块大木板架成的，木板上铺了灰色毯子，用一块干净的瓦当笔匣，在瓦凹里大大小小地躺了几支画笔。除了画画的纸、墨、砚台、颜色之外，最夺目的便是一枚人头骨了，白如象牙的人的骷髅骨，放在一个红漆盘上。在这骷髅头上，有半截白蜡，那是没有电的夜里，把它当烛台的。另外便是一张单人棕床，上边也蒙了灰毯子。有一个衣架挂在后窗上，上边挂了一件崭新的十分讲究的黑呢冬大衣。在后窗台上，随便丢着一件蓝布长衫。

床底下有两只半新不旧的皮鞋和一个破皮箱，加上墙角的一扇布屏风，这便是全部屋内的物件了。

"我当是谁？"林娟猛然听到人声，吃了一惊，进来的却是申远。

"我正要找你呢！"

"找我？"

"是的，今天晚上宝姐请客，红烧牛肉……"

"我不去……"

"有红烧牛肉吃还不去？"林娟笑着问，打量着他那一身草绿色西装和紫红的领带。

"吃什么？"彭波进门便问。

"你上哪儿去了，宝姐请你们吃晚饭。"

"有酒吗？"

"有牛肉，也许会有酒的，申远要喝，宝姐就会买……"林娟说，瞧着彭波一身处处沾了黄泥。

"我爬了一天山……"

"哪儿？——你一个人去玩的吗？"

"清凉山，我找申远去，他在家睡觉，天这么好，不玩太可惜，我就自己去胡玩了一天！"林娟想，为什么不找我同去呢？一边嘴里回答他的问话："我与维娜上玄武湖玩了一趟。"彭波从屏风后边换了衣服出来，他穿了一件黑白格上衣，一件黄咔叽长裤，林娟不觉想道，"唉，你穿了这衣服虽是好看，但我今天正也是穿的黑白格连衣裙，虽然我格子细一些，颜色淡一些，但我们两人岂不表示对服装的趣味同一起来了……"

"走吧，我早饿了，有人请客还不去？"

"不喝酒就无聊了，这个小气鬼，不会预备酒的。"申远迟疑地说。

"咱们要呀，非叫她买酒不可……"

在彭波的一力催促之下，申远随着一同到宝芳家去。虽然他很不愿意，特别在昨夜的事情之后，他一想及便心中发呕似的不好受，但他知道吃一顿好菜好饭不容易，可能还有酒，同时，也冷眼看看这种女人做了坏事之后的表情。

南京小市民的平房，做饭便在天井里放个煤球炉子。他们三人一走进大门便闻到牛肉的香味了,接着便是宝芳娇着细嗓迎上来,身上带着刺鼻香水精味儿。

在灯光下,宝芳显得年轻些,换了一件半旧的浅绿色绸旗袍,腰上系了一条雪白的有木耳边的小围裙,她正在忙着弄菜呢!

"宝姐,小申要喝酒呐。"彭波说。

"小彭,我知道是你自己要喝,却拿别人出面……"

"你问问……"宝芳向申远瞅了一眼,笑着叫林娟去买一瓶绍兴来。

一瓶绍兴有一斤半,除了林娟一口不喝外,他们三个人全用茶杯喝。"一瓶太少了……"申远自言自语。

"那就再买一瓶,——小娟,再去买一瓶酒。"宝芳脸上红扑扑地叫。

第二瓶又喝光了,申远从自己口袋里扯出一张票子来:"请你再给买一瓶。"

"喝得太多了吧?"林娟看着他们已然要醉的脸说,但宝芳竟叫起来:"叫你买就去买,小彭还不是你的丈夫呢,你还管不着……"

"我去买,"彭波拿过申远的票子站起来说,"我去买好了。"他便步履不稳地走了出去,都有醉态了。宝芳眼中射出淫邪的光,睨视着申远笑嘻嘻地说:"怎么样,你更爱喝酒是不是?"于是咯咯地矫情地怪声笑起来,并且用穿了高跟鞋的脚,去碰申远的腿。林娟转身走了出去,房门外的过道上没有灯,但仍然可以看到彭波抱了酒回来了。是有点醉了,他竟没有看到林娟,步履不稳地但却很快地向房里走去。

"两瓶?"是宝芳的怪嗓子。

"今天过过瘾吧……"彭波说。

"好……"申远拍着椅子背高兴地喝彩。

林娟在过道边的一只小凳上坐下,"这干什么?"她想,平日彭波总是理智清明的,他画得多么好,尤其是他对林娟关于人生的一切疑问,都答复得那么深刻透彻,他解剖所遇到的一切人与事,都是深刻而准确,为什么他却在这儿酗酒呢?申远简单,宝芳是个歇斯底里……

于是林娟跑进去，揽住最后一瓶说：
"别喝了，你们都醉了……"
"哈哈哈哈哈——"申远笑着向彭波点头。
"咯咯咯咯咯——"宝芳一边笑一边指着彭波说：
"可怜，这一下不敢喝了。"

青年文化公寓[①]

娟妹：

　　告诉你一件新闻，我结婚了，当然是与大仑。因为我没有办法，我已经有了孩子，在剧院里，存身不住了。

　　我们住在莫愁路，到湖边去很近，这个公寓里住了十几家，全是搞文化工作的，所以就叫"文化公寓"。还有一间空房，希望你能搬来住。

　　彭波常来与大仑喝酒，谈到你目前住的那家，似乎有一个怪女人，有点神经病，我们很不放心，大仑叫我立刻写这封信。

　　快来，见信就来一趟，盼着。

　　握手！

维娜
一九三六年九月五日

　　林娟按地址找到这个"文化公寓"，是一排灰秃秃的平房，一个大院子，两面是灰墙，两面是住房，院中毫无风趣地耸立着一棵不知名的大树。林娟去的时候，郑大仑正在大树底下扇炉子。本来每家的炉子都放在自己房门口，但是郑大仑必然会穿了洁白的仿绸裤褂，拿

[①] 作于1950年代，未曾发表，手稿无题，篇名为编者所加。

一把芭蕉扇,在大院正中的树下生炉子,仿佛是给全院住户表现似的。二十六七岁就留了小胡子,像日本仁丹的广告,——郑大仑做事喜欢夸张,他写的文章也是如此。当他一见林娟的时候便大嚷:"颦儿来了,维娜,维娜……"

维娜飞一样地从一间屋内跑了出来,穿了一身细花的紫罗兰色连衣裙,真是花枝招展,一下子扑到林娟身上,笑着,问着,拉扯着到了房间里。

房间不大,但布置得正如一个新房样子。床上叠着大红大绿的绸被子,桌上摆了一对绘了嫦娥奔月图的新热水瓶,一盘六个五彩圆纹的玻璃杯,墙上,一边是一幅和合二仙的民间版画,一边是刘耿的行书,写了一首即兴诗:"湖上来狂客,南国有佳人,月色无限好,何处不生春。"另一边墙上,却是郑大仑自己写的草书:"难得糊涂,不求甚解",真是龙飞凤舞。林娟还没看毕新房,维娜又把她拉到另一个房间,是他们的厨房,开间反而大些,但没有什么东西。前半截放了一个破橱,一张饭桌,安置了一套锅碗瓢盆,靠后墙放了一张单人小铁床。这间房子正在转角处,所以有两扇大窗子是对着外边小巷的,光线好,也安静。另外,离他们三家门面之处,有间空房,特别小,夹在人家中间,如一狭笼,豆腐似的有两扇小窗子。这就是那尚未租出的空房。

于是维娜不停口地讲,总的意思是,希望林娟搬过来,而且就与他们住在一处,再三解释那间不是厨房,如果林娟来,他们就在院里做饭。而那一张小床便是给林娟架的,他们根本用不着两间房,但把两间全粉刷了,是诚心诚意为林娟办的。

他们是这样热情接待,耳内一直是维娜在讲话,口内还吃着她捧来的花生、糖、橘子,眼睛又泛觉着房子、家具、维娜的新衣,以及照相簿等等。

一直到吃饭的时候,才与郑大仑正式见面。林娟坐中间,一边是维娜在絮絮地讲,一边是郑大仑在放菜,添饭。郑大仑把桌面上一切办毕之后，自己才坐下来，倒一杯白干，维娜也拿了葡萄酒来倒了两杯。

"来，先干一杯吧，为了我们即将做新邻居。"郑大仑笑对林娟说。

林娟举起杯子来比了比放下，维娜一口喝完对林娟说："你没有喝，怎么回事？"

林娟笑着把杯子放到她面前说：

"我是一点不能喝的，你代我喝了吧！"

"什么？"维娜瞅了一眼郑大仑说："你能喝，你还喝绍兴呢，彭波说的。"

林娟一下子满面通红，但很快面色便复原了，她沉默了一下，抬头望着维娜，坚定地说：

"但是，今后，我是决不再喝一滴酒的了。"

"吃牛肉，吃牛肉，咖喱的，阿娟怕辣吗？"

郑大仑叫她，不是"阿娟"便是"鞏儿"，他喜欢称呼人也独创一格，有些熟朋友也跟他好，随时选择称呼来叫林娟。郑大仑喝得已经醉眼蒙眬了，忽然问维娜，用绅士的口吻——

"亲爱的，我还可以喝一杯吗？"

维娜取过酒瓶照一下，顶多也只存一二杯了，于是笑着说："你喝我也喝。"

"咱们平分秋色！"郑大仑将自己杯子斟满，然后给维娜斟上。

"干杯！"维娜笑着与郑大仑碰了一下杯子，两人都一饮而尽，想不到维娜喝白干这么有本事。

"还是不喝的好，——喝了酒就做不成好人了。"林娟说。郑大仑听毕这番话，大有深意地瞧了瞧维娜，维娜也瞅了他一眼，笑着说：

"只要不与坏人一起喝酒，就变不了坏人。我与小娟喝一辈子也不会出事……"

忽然听到大院里有人摔东西怒吼，夹了女人哭泣与小孩子大哭的声音。

"又是刘耿……"郑大仑放下筷子便往外跑。

"刘耿常打老婆，他老婆还是日本留学生呢！"维娜一边收拾桌面一边说。

"怎么样，老郑呢，我买了酒来了。"一个穿青哔叽中山服的青年闯了进来，脸特别白，头发梳得油光，把一瓶五加皮放在桌子上。

"这位是林娟小姐吧，我是小昆，——久仰得很……"

"算了吧，文抄公，我们都吃过饭了……"

郑大仑推了刘耿进来，手里还抱了一个胖胖的小姑娘，穿了一件褪色的花布裙衣，光了屁股光了腿，才哭过的脸，半个都抹着泪水与鼻涕。刘耿只穿一件短袖线衫，中式白布裤子，一只脚管还卷着，没有袜子，拖一双旧黑布小圆口鞋，头发胡子特别稀，毛三爷似的，进屋便向新床上一坐，接过小昆递来的香烟，低头狠狠地吸了一口，自言自语：

"他妈的，我这日子过不好，他妈的，她要上日本大使馆当保姆去！真他妈的，她还要当汉奸去呢……"一抬头看到了林娟，才收口说：

"林小姐在这儿，你瞧瞧我们这批吃新闻饭的，本身就是最恶劣的新闻……"于是摇了摇头。

郑大仑因为看到了酒，又重整杯盘，把炒锅里存下的牛肉全倒了出来。维娜又要热饭给小昆吃，所以林娟便把小女孩抱过来，跟着维娜在厨房里忙。维娜一边埋怨着小昆找麻烦，一边把饭倒上开水煮，在菜堆里扯出一个胡萝卜来，洗净给小女孩——

"小黑，这丫头，她妈都不与她穿裤子，放她下地吧，一岁多了，能走了。"维娜从厨房内忽然大声说："在这儿呢，小黑在这儿……"

一个穿阴丹士林布旗袍的女人，无精打采地走进来，似笑非笑地招呼一下，便把小黑抱起："谢谢，谢谢，唉……"

"她是谁？"

"小黑妈妈，刘耿的夫人啊！"

"她怎么,是个知识分子吗?"

"比咱们学问全大呢,在日本学法律的,留了五年东洋,她与刘耿是在日本同学的,人家说她的成绩比刘耿还好呢。现在,六个小孩,什么也干不了,刘耿自己的钱都喝光了,家里常常没米下锅,还不能说,一说就打架。你瞧,她比人家老妈子还落宕……"

"学法律……"

"是啊,学法律,用了几年功,有什么用?刘耿这样精明,还改了行搞新闻,一个女人学了法律有什么用?"维娜的谈吐,完全是郑大仑的翻版了,开始使林娟惊讶,慢慢也习惯了。这个女友,原来一派天真烂漫,两个月不见,完全变成"可爱的人了"。她又大声谈着小昆的事,也不怕他会听见:"这家伙,专吃白食,他写什么,东抄抄,西抄抄,靠卖稿子生活。别瞧他打扮得像花花公子,常常一天吃一顿饭,实在饿了就到我家来揩油……"

当她们走进房内时,三个人全醉醺醺的样子,另外又来了一个戴眼镜的胖子,还拿一支手杖,坐在他们床上高谈阔论。

"这位是谁?"胖子一见林娟便问。

"你慢慢地调查就知道了,不必介绍了。"郑大仑笑着对林娟说:"当心这个胖子,一肚子坏花样,他是国民党的特务分子,叫王四之,住本院一号,专门当这文化公寓密探的……"

"什么话,什么话,老郑,你胡扯什么……"

"真的,他是特务……"维娜嗓子很高地对林娟说。林娟淡淡地微笑着,说要回去了,有些别的事要奔走。

维娜送她出来,在大院里看到那个小女孩在院墙边爬着走,林娟把她拉起来。小女孩脸上糊了泥和鼻涕,但对林娟笑着,拍拍手,林娟蹲着对她说:"小黑、小黑,这么白为什么叫小黑呢!"刘耿忽然大踏步赶了来,抱起小黑就亲,脸上脖子上,一直去吻她的小腿、屁股,孩子又叫又笑,他吻了一阵,对愣在一边的林娟说:

"你瞧，我这丫头有颗黑痣，在这儿，"他把孩子横抱过来，在耳朵后边，有块豆瓣大的黑痣，"所以叫小黑，说不定将来当皇后呢！……"他抱了小孩一直送出大门，恳切地对林娟说：

"搬来住吧，这儿热闹，——你的文章已引起不少人的注意，回头我要与您细谈一次……"

桃花坞剧社①

亲爱的哥哥：

　　我不想当医生，对解剖刀我不感兴趣，我要到处走走。

　　我已经决心这样做了，就不必找我，我不会做出玷辱门楣的事。

林佳
一九三六年七月

　　她把信投入车站信箱之后，便上了火车。

　　这列车是最干净漂亮宽敞的蓝钢皮，是礼拜六专为南京的要人们到上海的特别飞快车。

　　林佳靠着车窗，从手提包里取出了一个浅红色的信封来，上边写的发信人地址名是：苏州，桃花坞剧社，李进。

　　李进是在中学时期认识的，"九一八"之后，学生会的工作都放到抗日宣传上，当时李进是市学联宣传部部长，林佳是女师学生会的宣传委员。中学毕业后，她去考了医大，李进却在苏州一个剧团社当演员了。她并不十分了解李进的为人，但她爱艺术，特别是在舞台上，每次她参加的演出都得到比意料更多的声誉，所以她毅然抛弃了医大高才生金字招牌的光辉前景，而奔向艺术，这条不可知的渺茫前程！

---

① 作于1950年代，未曾发表，手稿无题，篇名为编者所加。

苏州，以荒漠原野的着色接待了她。桃花坞使她想起了唐伯虎，以及与之有关的一群才子佳人的风流故事来，然而，桃花坞剧社，却在阊门外小河边，菜地中的一个破庙里！

"啊，四凤来了！"从哼哈二将的身后，忽然跑出来一个穿黑旗袍的高个子女人，画着弧形很大的嘉宝式眉毛，她没听完林佳问话，便大声嚷着，一边走一边笑，拉着林佳说："我们真盼死了，天天叨念你呀。"等走到四大金刚宝殿的时候，在光线暗淡的菩萨身边，已经聚了不少剧团的人，显然都十分热烈表示欢迎，有的自己报名，有的彼此介绍，但林佳一个也未弄清楚，只记住了这穿黑旗袍的女人叫彭秀，又被爱称作秀姐的。

秀姐拉着她转了几个弯，走进一间小屋，开了电灯也仍然黑，没有菩萨，但堆了不少布景板，一块画了东北之家的布景板当桌子架在中间，另外一个画了倒在血泊中的难民，宣传画似的长板架成床。秀姐拍拍那个流血的人像，对林佳说："您的床，您愿意与我睡一个房间吗？"一边指指桌子那边的床说。

真是沸腾的剧团生活啊，人们来来去去，热烈地交谈着，七手八脚地来帮她打开铺盖，并且毫无必要地把她的箱子也打开了，翻阅着一切小物件，不时发出惊叹与笑语。

"这个人多么好看啊，他是谁？"秀姐抽出了一张普希金画像来，立即便把画像用图钉钉在自己的床头。有人反对她，说她不礼貌，于是她努着嘴，从床单下边小心地抽出一张秀兰·邓波儿（好莱坞前童星——注）画片来，给林佳钉在床头："我给小妹一张最好的画儿……"秀姐说，瞥一眼林佳，看她是否受了感动。

其次是吃饭，为了欢迎新客，也为了大家解馋，合份子叫了桌就近饭铺子四菜一汤的席来。因为客人显得十分疲乏，吃不下什么，于是挤了六七个人来吃，大家抢着菜笑着打闹着，一个名叫王元的，一直钻到桌子底下去，拾那块掉下地的炒鸡蛋，以至于直起腰来的时候，咳得满脸通红。

艺术生涯的开始,林佳原以为第一天最有意思,但这个第一天,却乱糟糟的什么也想不出个头绪,一直想到头痛而睡去。

觉得有些冷,林佳惊醒过来,灯似乎特别亮堂,秀姐穿了汗背心和三角裤,坐在床上,伏案写作呢。

"我每夜都写,写到两三点钟。"她说,她不觉得冷,因为文思不畅,所以不断地吸烟。

林佳拉了拉被子,听到隆隆的雷声,窗外大雨倾盆,有时闪电一亮,可以看到这个房间唯一的窗子外边,是一棵枝叶丰茂的大树,"所以这屋子暗。"林佳睡意蒙眬地想。

因为几天都下雨,林佳只在庙内待着。她走遍了这破败关帝庙的全部,也认了一遍这剧团的全体成员。团长孙禹是个四十来岁的东北人,热情而粗鲁,不修边幅。第一次接见林佳的时候,在早上十点钟,他光着上身坐在床上,满嘴胡子,一口东北话。他的妻子坐在椅子上嗑着西瓜子,有两个金牙,趿着绣花拖鞋,用眼睛斜着打量人,是一个从良的妓女。

那个极瘦的王元,居然是剧团的智多星,主要的编导,肺病已进入第三期,晚饭后常常与秀姐等女演员背《西厢记》。

秀姐是编导与主演者,曾住过苏州反省院(关押改造左翼思想犯的国民党监狱——注),女革命家,崇拜喜宝,自命为尤三姐,喜欢哼《武家坡》。还有一个反派名角叫白莲,据说是刘湘(四川军阀——注)的一个姨太太,在南京当过女招待,瘦小苍白,不说话的时候是美人,说起话来便露出文盲的格调了。她总穿很高跟的鞋,但走路是八字脚。

男角的主要人物叫申苇,李进也是好演员,他们几个人这几天不在团内,去给一个电影厂帮忙去了。

"他们一回来,我们便排《雷雨》,"秀姐对林佳说,"为了等你这个四凤,不然早排了,申苇是大少爷,李进是二少爷,莲儿是繁漪,我是鲁妈，我们要以这个戏来打炮，你的四凤是早闻大名的了！"

这是一个特别热的日子，晚饭后发现电又没来，于是大家都散到院子里乘凉去。大殿西廊下有一口井，大殿的前院面积很大，一半是方砖，一半却蔓长着野草。野草有一人来高。

剧团总是这样，说说笑笑，唱流行歌，唱京戏，还有背《西厢记》的王元。

林佳顺手在井边吊水洗头。她头发很长，自己洗不过来，秀姐与莲儿就帮她，也说笑得没完。

忽然，听得一阵叫嚷，人们扰乱起来。白莲已奔着找她爱人刘大个儿去了，秀姐也转身便跑，一边嚷着："我害怕，我害怕，小顺子，小顺子，哎哟，五爷呀……"

据说发现了贼，于是女士们全找保护人去，男士们全当勇士，舞棒抓棍地乱动起来。

林佳用手巾包住头发，站在那儿发怔。她没有特别熟的人，没有一个人足以在贼来时做她的保护者，她无处投奔。再说，真心当一名演员的日子还不久，她还不善于如此处理情节。但井边原就阴森森的，虽然有月光，梧桐树的高枝大叶落下极大的黑影，院子里的野草总似一动一动，大殿里的菩萨全十分狰狞，林佳是有些怕了。

忽然听到手杖击地的声音，林佳肃然转过身来，看到一个运动员似的人，向她打量一眼，又匆匆从另一道门出去了。但不一会儿这人又转回来，一直走到廊下把电灯打开，因为忽然明亮，林佳不觉往后退了一步。

"你怎么一个人在这里？"他问，一边向大殿走去，这时，大殿等各处的灯全亮了，她也跟了往大殿那边走。

"真有贼吗？"林佳忍不住问。

"有。"那人一笑说，"你就是林佳吧？"

"是，贼抓到了吗？你是谁？"

"抓到了。"他指一指大殿，回过头来说，"我叫申苇。"

"真抓到一个贼？"林佳惊异地问，但她心中想，你就是申苇吗？申苇微笑着对她说："他们围着的那个人就是贼！"

林佳走进大殿，发现所有的人都笑着嚷着，秀姐一把拉住她的手笑得转不过气来说："你瞧瞧，这个贼淘气不淘气？"这时从人群中挤出来一个人，伸出大手握住林佳说："我真高兴！"她才发现，李进，李进回来了！他那有酒窝的圆脸，比过去黑了些，但长成真正的男子汉了。"我给你介绍，"李进转身指一个人说，"这是申苇！"申苇微笑不语，林佳突然有些头眩，于是用手扶住了头，略一招呼便走开了！

因为李进等回来时，发现大门未关，人全不在房子里，电灯又不亮，所以装了一下贼，闹了一个乐子，逗得大家非常快乐，直谈笑到半夜。真不能想象，如果这夜李进等不回，或者虽回来而不装贼，人们将怎样寂寞地度过这炎热的夏夜啊！

《雷雨》在开排之前，导演先找主要演员们谈角色。在大马路旁边的老榆树下，有一个茶棚，卖一个铜圆一碗的茶，给洋车夫和过路的小工喝，也泡五分钱一壶的龙井，给客人们坐喝。有三条长板桌，七八条长短不齐的板凳子，同时有个吃食小摊，卖瓜子、香烟、绿豆糕和各式不入品的糖果。这茶棚的主要客人就是剧团里的男男女女了。成天总有人在那儿泡时间，有的用一只脚踩在凳上，解开襟扣，形象和洋车夫与小工一样。秀姐甚至都不扣好她的黑旗袍，一边走，一边风扇着长袍片子，露出大腿和花裤衩来，口里叼着烟，还指手画脚地说话。

林佳不喜欢这样，她头痛，所以在家中床上躺着。她想：艺术家就是这样的吗？做的与人家不同，不是有什么本事，只是表面上特别，他们似乎全不爱看书，但个个都高谈阔论，多么空虚！林佳不由得说出声来：多么空虚！

她没有关门，白布帘子一动，走进一个人来。林佳一下子坐起来，原来是李进。

他捧了一个西瓜，笑嘻嘻地放到桌子上说："你有刀吗？这个西瓜不错……"他听说没有刀，就找了块手巾擦抹了一下绿瓜皮，于是用手轻轻一拍打，西瓜便分成两半了。林佳笑着说：

"你是有特技的人啊！"一边接过西瓜说，"还真是红瓤黑籽呢！"李进又出去找来一把匙子给她，他用一双筷子夹着吃。

"哪儿买的？"

"茶棚里。"

"他们不是在那谈角色吗？"

"他们谈他们的，我买我的瓜！"

"你不去谈行吗？"

"我吃过西瓜再去喝茶。谈什么？王元导演他讲的那些都是从我嘴里听去的，真的，——或许你以为我吹吧，以后你自己会看出来，我们这儿就是这样。王元为什么是导演，因为他别的什么也干不来的缘故，你信不信？"

"孙禹什么也不懂，但是他拼命爱艺术，就跟王麻子爱茶棚一样。他不能不爱艺术，因为他要靠这个吃饭啊！我们这儿都是这样的人，一股劲抱住艺术不放，艺术本饭碗也……"李进看到林佳发怔，也不吃西瓜了，才笑着说："你听了难受吧，事实如此，在这里为艺术是扯淡，没有一个人懂得艺术是什么，但是，你给我的信上写的是，为了'人生'。我们这儿的'人生'可是不少，团长是东北流亡出来的艺术贩子，王元是宁波油盐店的小会计，还有天津狗不理的跑堂呢，就是那个大个儿高，白莲的相好。白莲是四川军阀的姨太，你已知道了吧？那个彭秀，是剧团的革命家，因为住过反省院，但是不知道马克思是谁。小顺子是扬州的船户。唐五弟是上海稻香村的点心师傅……"李进把西瓜皮叠起来捧出去，一边笑着问："有趣不有趣？——我还可以告诉你一个秘密……"李进去丢瓜皮走了，林佳洗了手，听了这一番话，心情倒轻松一点，就好比解开一个难题之后似的。过去，对剧团生活、明星生活，抱了美丽的幻想，现实将拿出另一面来，这是林佳所不知的，但既然如此，那就非彻底看出不可。她急切地等待李进再来，以至于直接出去。她走到小院里的石榴树边，看到李进满头大汗地又抱着西瓜皮快步返回来了。

"你干什么？"

"人家告诉我，西瓜皮可以杀蚁子和跳蚤，所以我想把它放到你的床下……"

"千万不要，决不会的，我不要……"林佳竭力阻止，"他们骗你的，你自己试试好了，我不要，别给我……"她直接挡住路不让李进过去，李进想仔细解释几句，但动了动嘴又说不出。瞧了瞧林佳，她是坚决不纳的样子，李进叹一口气，转身又往外走。

"他怎么想的？"林佳看着他魁梧的背影想。他穿了一条工装裤，像一个钳工，大脚大手的。

林佳一直等着他，他没有回来。一直等到演员们全从茶棚回来了，秀姐跑过来瞧她，问她："头疼好些吗？"

"我们谈得很有意思。"秀姐说，带着浓重的山西腔，"团长也去了，请每人吃两块绿豆糕，李进给你拿来没有？"

"什么时候？"

"刚才呀，——莲儿呀！"秀姐对窗外嚷着。白莲来到窗口，用扇子柄敲着窗子说："干什么？"

"进子没把绿豆糕带给小妹啊！"

"你让他拿还有个好？"白莲说。

"李进和申苇上酒店去了。"小顺子也把头伸到窗口，瞧着林佳说。

"他们又喝去啦，他们哪来的钱呀？"

"申苇收到了稿费……"

"敢情咱们大作家又得稿费了啊……"秀姐拉着林佳要走："咱们

也去,有稿费不请客算哪门子朋友啊!"林佳不肯去,秀姐说她封建,于是约了王元和白莲去。临走时,王元向林佳点点头说:"下午两点半,你到西廊井边找我,咱们分析一下角色。"

这一天特别热,吃饭的时候,每个人都汗透了衫子。团长对林佳说:"生活过得惯吗?天天吃豆芽菜拌黑面条。你是个教授小姐,没有受过这种苦吧?"他又向大伙儿说:"咱们这些人都是野生野长的老粗,但心眼儿全不错,申苇最近一篇文章写的是什么,什么题目?"有人告诉他,他哈哈笑着说:"对了,他写了一篇文章,题目《伙伴》,当然不是写的我们这一伙,他写他流浪时期,在广东的码头工人。申苇做过码头工人,写他的伙伴,心地厚实,跟我们这伙人一样。"

"写得不错,你可以看看。"团长又问:"那张《自由谈》(上海《申报》副刊——注)在谁那儿?……对,对。问王元要,王元那有,申苇发表过的文章王元全收着。小妹呀,"团长也叫她小妹,并且用温和的低音说,"小妹呀,咱们团里还真有几个人才,申苇、李进全能写,戏也演得好,秀姐也能写写……"

两点半到井边的时候,王元没在,大个子独自躺在廊下午睡呢,看见林佳便爬了起来。

"您要打水吗?"

"不!"林佳对他说了谈角色的事,并问他,鲁大海的角色创造。

"我不讲究那些,"大个子扭捏地说,"到时候上了台就做出戏来了,我就熟背台词,记不住话才急死人呢!"大个子穿了一件白背心,黄短裤,球鞋,但不像运动员。他说鲁大海就是如此。

"你会做包子吗?"忽然林佳问出这句话,使她自己也惶恐了。

"不会!"大个子说,"我有手艺就留在天津了。"

"小妹,小林子,小林佳呀!"秀姐尖而高的嗓门远远地就震动过来。

"我在这儿!"林佳说。

"在这儿呢!"大个子大声说。

于是从侧门里一下子进来不少人,秀姐跑在最前,抱着一个大西瓜,哈哈哈地笑着。

"大个子也在,太好了,就是说你们两个人的。我们全吃过了!"在她后边是白莲、李进和申苇。

林佳退后两步说:"高方吃吧,我不吃了。"她瞧了一下李进,李进、申苇、王元都瞧着她,她更窘了。

不知怎样谈定的,西瓜由高方和白莲抱走了。他们都留下来研究角色,乱糟糟的,不知谈了一阵什么。申苇站起来便走,李进、秀姐也走了,只留下林佳与王元谈。

沉默了一刻,王元说:"你已经演过四凤,当然比较容易了。但同时,大家对你的要求也就更高,所以还得努力创造,使这个角色发挥得更充分。"他们全坐在石头台阶上说话。王元穿的是本色柞绸长裤,他用瘦削的手指,一边讲话,一边慢慢地卷裤管。一双白皮鞋,刚刚刷过粉已在剥落了,衬衫是白的,全身都干干净净,但似乎发出一种霉气,不是从身上,而是从更深的一种什么地方,所以林佳有些敬畏。

"你恋爱过吗?"王元声调含混地问。

"没有。"

"没有?"他看着脚下,一边说一边用手拉扯那砖缝里的青草,"那有好的一面,那你的表演一定会纯洁而真挚,但注意,同时也有不好的一面……"林佳想,因为恋爱不是纯洁而真挚了?但她没有说,只把脚缩过一边,以便让王元继续拔草。

"李进可是有不少女朋友,他的恋爱故事在我们这批人中间是最多的了……他与你同学吗?"

"是中学时期认识的……"林佳正面瞧着王元的脸。他的脸小而长圆,像一个苦瓜,小眼睛小鼻子,一切都往干和瘦里收敛。薄薄的嘴唇也发白,脸色却与柞丝一样,是靓黄的。"如果他真是一个小会计,"林佳盯住他想,"那真是一个会计中的才子了!"但她不能再想下去了,在王元干而涩的小眼睛中，忽然一闪，冒出一缕烟雾来，使林佳悚然站了起来，一边扇扇子，一边找话说："刚才大个儿高在这儿讲，他会做包子就不当演员了，这个人很坦率！"

"因为他是文盲，所以这样说，他并不知道自己说了坦率的话。"

"他是文盲吗？所以他说对背台词最感困难……"

"那简直要命，专要有一个人给他提词，有时候提词人的嗓子连台下观众全听清楚了——他还一点接不上，因为他根本不懂……"

"这样，戏能演得好吗？"

"也都对付过去了，剧团里都是这样！"

这时候，有人来通知，团长召集《雷雨》的全体人马谈话。

于是大家都到大殿上去。

在如来佛的正中案子边，孙禹坐在一张竹椅上，一些人围着他说笑，秀姐的嗓子越发清晰。

李进坐在罗汉身边看《晚报》。申苇却就正面的对大门站着，瞧着一个一个进来的人，微笑着招呼，好似大会的招待员，穿了一身洗褪了色的青布裤褂，十分土，也十分潇洒。当他用同样的微笑着招呼过林佳后，她觉得他那一双又黑又大而光彩逼人的眸子，一直追随在她身后，使她不安，便一直走向大殿昏暗的角落。那儿有一尊紫檀木菩萨，使得角落更暗而阴森。林佳靠黑紫的菩萨坐下，觉得心里松快些。

团长拍拍手，算是开会了。他讲：要好好排这个戏，这个戏要给剧团打炮，成功了咱们还拍电影。排戏的时候可以喝汽水，一人一瓶，团里请客。一直谈到招待新闻记者，主要角色要准备好照片等等的话。

"小林佳呢？"团长主要发言完了，忽然说出这句话来，有人指给他看。

"啊，这姑娘，一个人坐在那儿，你听见我说的话吗？……好，这次你可得帮忙，昨天就有一个记者打听我四凤谁演，他还知道你呢。哈哈，这都是好兆头——你们瞧。"他对大家介绍似的摊开双手，"这小姑娘怪不怪,那角落,月珍一个人至今不敢走,她却坐到黑菩萨身边去了。"他提高嗓子,爱怜地问:"你不怕吗?……这孩子不平凡,一来我就看出来了,她随便哪一个动作姿态,全是美的,这孩子有艺术修养。"

月珍就是他妻子,她趿着绣花鞋走过来对林佳说:"在夸您哪!"一边拿出香烟和站在一旁笑着的小顺子对火。

这时候,工友挑着一担汽水进来,大家欢呼着一拥而上,一人一瓶。男子打趣,女子笑骂,使昏暗的大殿,充满了喧嚣。

李进打开一瓶汽水递给林佳,自己再去拿已没有了,但申苇拿了两瓶,给了他一瓶。这时候团长又打开一条红锡包,于是又抢着抽烟。

"你吸烟吗?"林佳问李进。

"吸,也可以不吸!"他向申苇瞅一眼,笑笑说:"我们都是这样,没有瘾,但也爱吸!"

"快去拿,又要没有了……"

"不,今天不吸了!"

申苇捧了一叠刚油印好的剧本来,递给林佳一本,李进顺手也取了一本。

"每人一本吗?"

"主要的……"申苇迟疑了一下,没说完,又继续找人送剧本了。

"给我一本呀,喂……"远远传来秀姐的声音。

姊　妹①

"咯咯咯咯咯咯……"妹妹又笑起来。

"你笑什么？"小莲低声地，然而语气却是重重地告诫着妹妹，阻止她这种稚气的表现，同时，不由得也斜睨过眼光来——她猜度到妹妹笑的意义，一定又看见"他"了。

正是，他离她们不远，就在紫色的窗帘那儿站着，而且他也发现了她们，正向妹妹点点头，就要走过来了。

一支舞曲结束了，舞池中的人向四边漫溢过来。——她迅速地立起身，随着波动的人们，转到舞池的另一边。

"大林！……"小莲看见她妹妹的爱人，独自坐在大柱子后边，无聊地在火炉盖上烤红枣吃。

不知是因为热，还是因为生气，大林那年轻的脸，像红枣一样，紫涨着，而且还有不少皱纹。——他正去取一个枣子，枣子烤得很烫，手一错，就掉到地上了，于是一边去低头拾枣子，一边哑着嗓子说："您倒来说和，阿兰也不是小孩子了，是不是？"

小莲将滚到自己脚边的枣子拾起来，就在大林旁边的一张椅子上坐了，一边剥着那烤得黑乎乎的枣子皮，一边高兴地说："这枣子真大，你在哪儿买的？"

---

① 作于1950年代，未曾发表。

这时候，乐队又奏起快乐的华尔兹舞曲来，人们轻巧地旋舞着。大林虽然低着头，似乎对场子上漠不关心，其实他一点也没有放过任何一对跳舞的人，他很快发现了，穿着红毛线衣的阿兰，像是舞池里人丛中一个美丽的惊叹号，特别鲜明，特别活跃，她正与康华跳着，笑眯眯地从他眼前转过去，跳得那样愉快，那样美，引得全场的人都向她注目——这对他简直是一种难堪的嘲弄。

他忍不住了，一下子站起来，拍一拍身上的枣皮屑，像发命令一样大声说："小莲，咱们跳！"

小莲望着他那运动员的架势，笑了笑，将一颗没剥完皮的枣子放到嘴里，就跟他下了场子。

大林这哪里是像跳舞呢，他简直是在做军操。几个大步，就赶上了阿兰他们，然后，绕着他们跳了一圈，又几个大步就远离了他们，冲到一个空隙较大的位置上，就大旋而特旋起来，像一阵风似的，然后扯着小莲迅速地舞出了场子。乐曲还没有完结，而他就坐了下来，抱住椅子背，好像喝多了酒的样子。

小莲心里要笑，不觉咬住嘴唇，向正舞过来的阿兰点头示意。可是，没有来得及看到阿兰的表情，却已转过来康华那苍白的脸，他一看见她，两眼就发出异样的光彩，微笑着，向她点点头！

小莲转过身来，看炉子上烤的枣子。——枣子全烤焦了，成了一小层发着甜味的炭屑！她对着热烘烘的炉子，觉得脸上在发烧，似乎所有的人，全在指责她，康华是有了爱人的人，你参加进来干什么？

康华的爱人叫辛，小莲已经看到过了。那是在上礼拜天，阿兰又和大林闹别扭的时候，小莲送大林回去，因为风大，所以走着山脚边的小路。

忽然听到马蹄的声音，一看，大路上正奔驰着三匹大白马。在第一匹马身上，骑的是一个女人，她戴着大狐皮帽子，穿着羊皮大氅，像个蒙古女英雄似的。而第二匹马上骑的就是康华……小莲正纳罕，却听得大林轻轻地说:"那就是辛,康华的未婚妻,刚从前方回来……"关于辛的事,约略听说过,所以自己一直抑制着那熊熊的恋情,对康华总是若即若离,没有超越过普通朋友的界线。谁知道,潜潜的,那情感的根芽竟已滋长得颇长了,所以猛一听到这个消息,心就异常痛楚地一落,脸色大概也变了,所以大林忽然又用安慰的口吻说:"听说他们的感情不大好,所以一个在前方,一个在后方……"

"什么?你这样讲是什么意思?"迅速地,小莲将自己感情控制好,然后微笑着说:"你真是糊涂的好人,难怪阿兰老给你闹别扭呢。你是不是以为我在爱康华呢?告诉你,你又错了……"于是她像小兰似的,咯咯咯地笑起来,这使大林困惑。这个老实人,带着求助似的眼光望着她,她呢,更像一个做姊姊的那样,又严格又温和地,对他和阿兰的关系,做着种种解释与开导。

"今天不应该来的。"她想立刻招呼阿兰回去,虽然说是陪妹妹赴大林的约会,其实还不是由于自己仍然想看看康华吗?对于这种脆弱的心情,自己十分恼恨,不觉微微皱起了眉。

"干什么?"大林似乎已经注意到她的表现了,给她端来一杯开水说:"你知道康华的事吗?"

"知道,知道,当然知道了……"小莲竭力要避开这个话题,所以赶紧将那可能谈下去的门关上。

大林叹了一口气,抚着椅子背说:"多玩一会儿回去吧。虽然阿兰骂了我……如果你们走,我这个年过得就更没意思了……"

"阿兰怎么会骂你?"小莲看着他那特别浓黑的眉毛与魁梧的身躯说:"大林,你的样子很像一个将军,可是你的性格却像一个小姑娘……"

"怎么,我胆小吗?"

"不,你很勇敢,我知道你在黄河的冰水里游的故事。然而,你爱嘀嘀咕咕,刚才阿兰并没有说什么,你却一个人跑到这边来生气。"

"她骂我,她说我带着枪是装蒜!"

小莲听他这样说,正想笑,忽然看到康华从人丛中往这边走过来,就将茶杯交给大林说:"我找阿兰去,我问问她……"回身从另一个方向转过去,到舞池那边找妹妹去!

这是新年晚会,还有不少表演节目呢,所以跳了几支舞曲之后,就停了音乐。——人声立刻嘈杂起来,仿佛舞厅里忽然多出了几倍人似的,又说又笑,那些红红绿绿的壁灯罩也取下来了,室内立刻弥漫了耀目的白光。

主持晚会的是一个胖胖的俱乐部主任。他站在这舞厅的一端,正在一个极大的红绸"囍"球下边,他笑着,一边维持秩序,一边致辞:"同志们,喂,静些,静些,同志们,今天是一九四四年除夕,我们这个晚会,因为请了一些贵宾参加,所以特别热闹,尤其是,有几位艺术学院的同志们给我们表演精彩的节目。好,好,应当拍手,好,再过三十分钟,就是一九四五年了!请坐下来,不要笑,喂……我们欢迎胜利的一九四五年,中国人民大解放万岁!现在发茶点,每人一个纸口袋,注意,里边除了吃的糖果,还有小玩意儿,是参加这个晚会的人彼此互赠的新年礼物,看谁的运气好!……喂,同志们,要保持地板洁净,包糖的纸和花生壳壳、瓜子皮皮,请丢在筐子里……"

大家笑着,拥挤着,领来自己的口袋,然后退到一边,拆着,吃着,说说笑笑……

"你领来这么一个大包?"小莲惊讶地瞧着阿兰说,阿兰又咯咯咯地笑起来,将她那个庞大的包,小心地放在椅子上,就一层一层地拆起来。在她们身边,渐渐围过来不少人。忽然,不知谁说了一句聪明话,于是大家都嘻嘻哈哈地笑起来,阿兰一下子也明白了,就生气地一摔,直起腰来,嘟着嘴说:"尽耍人,我不要了……"小莲看着她要哭的样子,连忙将自己的一包塞给她说:"别小孩子气,这原是大家玩玩的……"

阿兰赌气地站在一边,拆开姊姊的口袋,一边吃一边看着她姊姊拆——终于，在最后，拆出一个小匣子来，匣子里放着一枚红五星别针，不知是用红化学钮子，还是用别的什么化学物品改制成的。

"我给你别上。"阿兰抢过来，将红五星别在小莲的灰布棉衣上，"这本书是你口袋里的……"阿兰又将一本陕北民歌也塞到她怀里。

"阿兰，阿兰同志到后台来，俄罗斯舞该化妆了。喂，阿兰，阿兰同志……"

小莲正要催她去，一转身，她早就跑了。——却看见大林和康华向这边走来！

场子忽然大亮，新吊上的汽油灯发出猛烈的灿烂的光彩。舞台上，一排五个大红纱灯笼，原来上边是分贴着五个金字："一九四四年"，现在，正将第四个灯笼换上一个金色的"五"字！

激动人心的新年锣鼓也敲起来了，咚咚喹、咚咚喹……呜哩呜啦的中国管乐，像在婚礼上似的奏起了喜气洋洋的调子……

"新年好！"康华笑着向小莲伸出手来——这时候，满屋子的人，全在互祝新年！

"新年好！"小莲也伸出了自己的手，然后，又给大林握了手。

"我送给你这个。"大林笑着，从口袋里掏出一个美丽的小布娃娃。

"阿兰最欢喜这种小玩意儿，我代你转送给她好了。——我给你这个，"小莲将红五星从胸前取下，一边给大林别，一边说，"这是阿兰得的新年礼物，我代她送给你！"然后，转过身来，对站在一边不作声的康华说："我送你这本书，音乐家！"

康华微笑着弯一弯腰说："谢谢！"小莲虽然用着调侃的语气，竭力表示理解的态度，但是脸还是红了，就转过身与大林谈起话来。

这时候舞台口的大喇叭又嗡嗡嗡地嚷起来了："独唱的同志，请到后台来排一排节目，喂，唱歌的同志……"

大林说："指导员，招呼你呢。"

小莲目送着走去的康华说："有他的独唱吗？"

大林笑着说："他是我们军校的歌王，逃得了吗？"

晚会的游艺开幕了，人们喧哗的声音总是静不下来。——第一个节目是："大秧歌舞！"场子里反而更加闹了，台上台下全哼起秧歌调来，跟着熟透的锣鼓点子，人们甚至踏着脚步来合拍子……秧歌完了是双簧，又是清唱《空城计》……一直到跳俄罗斯舞的时候，人们才渐渐地安静下来。

四个一样大小的姑娘，两个化装成男孩子，两个女孩子，全是用花被单花包袱缝的大裙子。其中，那个穿一身红的姑娘，就是阿兰，因为穿了大裙子，所以身材显得更加娇小，她那甜甜的笑容，不管离多么远，都可以感到那迷人的美！

小莲望望站在身边的大林，不由得抿住嘴笑起来。大林那两只眼睛，像点燃了的火，焦灼的，甚至生气似的，狠狠地注视着台上。

等到谢幕的掌声响起来的时候，大林已不知去向了。——于是小莲坐下来，开始吃着阿兰给她留下的糖果，一边想着："让阿兰来表演了再走是对的，——大林多么爱她……"

节目全很精彩，特别是胖主任的一段相声，即兴编词，逗得没有一个人不笑。小莲一边出声地笑着，一边站起来四处观望，很想找个人谈谈话。

忽然，看见容光焕发的阿兰，正从台边的人缝中挤过来。

"姊姊，姊姊……"她尖着嗓子叫唤，嘴里还嚼着东西，手里又提着一口袋吃食。

"你听见说相声了吗？"小莲笑着问，一边拉她在身边坐下，一边说："又吃谁的东西了？"

"康华的……"阿兰又咯咯咯地笑起来，一边竭力想阻止自己的笑。

阿兰一想到那么严正的康指导员，和总在教训她的姊姊，这两个人谈恋爱就想笑。而且，那是什么样子的恋爱啊，都放在心里，不像她与大林，高兴的时候就一同唱歌，一同爬山越岭地去玩，不高兴就吵嘴……

"我就不笑,你别说我,咯咯咯,太巧了,姊姊,你知道康华交的什么运?咯咯咯咯……"阿兰止不住又大笑了。

"笑得人家全看你了。"小莲紧紧地捏一下她的手,阿兰挣脱着伸出手来取糖果,一边还是笑着说:"你的那块手帕,你不是将那块绣了一朵红花的手帕放在口袋里作为新年礼物的吗?恰好给康华抽到了,咯咯咯……"

"这有什么好笑?"小莲冷淡地说,心却止不住怦怦地跳起来。

"有趣极了,康华特地到后台去找我,他结结巴巴地说,咯咯咯咯……"

小莲紧紧地捏住她的手。

"痛死我了。"阿兰做着苦脸,用力挣脱她姊姊的手:"我不笑,好不好?咯咯……姊姊,他那次给咱们做时事报告,讲得多么好,可是,刚才他却结结巴巴地说:'请您将这个转送给您的姊姊……'我一看,真把我笑坏了,我说:'干吗?这手帕是我姊姊送的新年礼物,干嘛又还给她。'康华一下愣住了,他想了想,却将这包糖果往我手里一塞就跑掉了,他藏起那块手帕跑掉了,咯咯咯咯……"

这个时候,报告节目的人说:"现在是二部合唱:《游击队员之歌》!"

"怎么是他俩?"阿兰倚着小莲的肩头说。

所谓二部合唱,一共就是两个人,一个是康华,一个是大林。

小莲听完了歌,笑着对阿兰说:"大林唱得多么好,你别老惹他生气了,你也该懂点事儿了,又长大一岁了呢!"一面将那个花花绿绿的小布娃娃举到她鼻子边说:"大林送给你的小玩意儿……"

阿兰做了一个鬼脸,在她姊姊的耳边说:"您别管!"端详了一眼小布人,就一把揣在口袋里。

等到一切节目全完了,大喇叭又号召人们准备跳舞的时候,阿兰对姊姊说:"咱们回去吧!"

"和大林跳一场再走吧？"

"不，我说过，他带着枪就不和他跳舞，说到就做到！"

"将来，他当了将军，你也不让他带枪吗？"

"您别开玩笑，您为什么不和康华跳舞呢？各人有各人的盘算！"

"好，好，真的快回吧。恐怕到家得天亮了……"

于是姊妹俩积极地穿好大棉袄，戴上盖耳朵的大棉帽子，一边与熟悉的人招呼着，告别着，说着种种非走不可的理由，——趁大家乱糟糟地在布置舞场的时候，她们俩悄悄地离开了这伙热闹的人们！

西北的原野，在这严寒的冬天，在这除夕之夜，显得特别地辽阔、静寂。四周的山峦，和天上的星星，凛然的，仿佛冻结在这冰一样的大气里了。

路上没有行人！

从军校到她们学校有十几里路，要经过飞机场，要穿过剪刀沟……一路都没有人家，即使有一户两户散落的小窑洞，也远离这人行大道，深深地藏在什么岗弯里、山坳里，没有一点灯火，没有一点人声！

她们踩着铺满冰屑的地面，那吱嚓、吱嚓……极小的声音，反而将这静悄悄的夜的空间衬托得更加寂寞了。

寂寞呀！愈走，这种寂寞之感愈浓，寂寞带着不安，寂寞比冷更加厉害地开始来威胁她们了。

"小莲、小莲同志……"

突然，在她们身后起来了这阵叫唤。

她们一惊，站住了。像这么大声的叫唤，似乎一座大山也会叫醒过来似的。

原来是大林！

他喘喘地赶到她们面前说："怎么回事，现在回去吗？这半夜里就你们两个人走？"

"小阿兰,怎么办?"小莲问。

阿兰一看见大林那种焦急烦恼的样子,要赌气的劲儿又来了,立刻果断地回答:"回去!"说完就转过身子,将背对着大林。

"一定要回去的话,我送你们。要知道,这不是在上海逛大马路,这是在陕北延安的山沟里。明白吗?"

"少教训吧,我们没有请你来训话!"阿兰已经快步地走起来了。

小莲一边赶阿兰,一边对跟上来的大林说:"你回去吧,没有关系,我们听报告的时候,也常常走夜路的……"

"听报告回来的时候,路上人多,时间也不会这么迟!"

"这里没有流氓,怕什么?姊姊,你爱叫人家送就慢慢走吧,我自己会回去的!"

小莲只好劝阻大林:"你回去吧,她今天是决定要闹别扭了。完全是小孩子,一到明天,就什么全忘了。明天是元旦,欢迎你到我们学校里来玩,好不好?……"

"身背匣子枪,叭喇喇打一仗。我是一个女红军,名叫贺呀兰英!"——阿兰嗓子本来就好,在这夜半的山谷中唱起来,就更加嘹亮而有豪迈的情致了。于是小莲也和她一块儿唱——

红军、共产党,天心顺,全中国的老百姓都随红军!……

正月里来是新春,赶上那猪羊出呀了门。猪哇,羊呀,送到哪里去?送给那英勇的八呀路军!嗨来梅翠花,嗨呀海棠花,送给那英勇的八呀路军!

……

唱了一曲又一曲,愈唱愈兴奋,寂寞没有了,冷没有了,生气的事也慢慢忘了。阿兰唱得快乐起来,就咯咯咯地笑一阵!

不是像两个人在山谷里走,而是像两只鸟在山谷里飞,真是自由呀,真是有趣呀!

"这个年过得最好了。"阿兰说。

"咱们永远不会忘掉这个除夕！"小莲说。

现在，她们要过河了。

延河，薄薄地结了一层冰。在过河的渡口，水原本就只有四五寸深，几块耸出水面的石头，歪歪倒倒地排列着，作为过河的踏脚石——她俩手挽着手，踩着石头，轻巧地，一跳一跳地过了河。

河这边是一片平平的沙子地，姊妹俩高兴得拉着手跑起来。

"砰！"

忽然一声震人心魄的巨响。

"什么？"两个人一下子站住了。

"什么声音？"阿兰伏到姊姊胸前，不安地问。

"炮仗吧？"小莲想安慰妹妹，自己忽然寒战起来，不由得紧紧抱住妹妹。

"这是枪！"妹妹发抖地说："炮仗不是禁止的吗？"因为是战争期间，过年一律不准放炮仗。——自然不是炮仗，小莲也明白，那明明是枪声。

两个人一同转头看河那边，刚才愉快地走过的路，忽然变得像一条蠕动的蛇似的，而那山，却像一个居心叵测的巨怪，直逼过来，仿佛那庞大的黑东西，就要跨过河来了。再转头一看前边，前边是黑黢黢的树林，那么阴森而幽秘⋯⋯

恐怖，是不能让它来的，恐怖一来，它就四面八方地将你包围住了。

"我怕！"阿兰叫："姊姊⋯⋯"

"不怕！"所谓姊姊，也只不过比她大两岁，而且那身材，比她还纤弱得多！

她们紧紧地互相抱着，阿兰将头钻在姐姐怀里。她怕看任何东西，身上瑟缩地颤动着。小莲虽然环顾着左右，充当着保护妹妹的角色，然而心却跳得更厉害，不知道自己将遇见什么，也不知道自己怎样做可以更好一些。

时间似乎已经停止了，只有无穷的恐怖向她们袭来。

哗啦、哗啦、哗啦……

"嘚嘚嘚……"

忽然听到了马蹄声，显然是有人骑着马过河奔来了！

"姊姊，强盗！……"

"胡说，谁呀？"小莲大声吃喝着问："谁啊？"

"是小莲同志吗？"

阿兰一下子抬起头来，推开姊姊，大声应着说："您是康华同志吗？您听见枪声了吗？……"不顾那因为恐怖与冷而变得麻木了的腿，踉跄着迎过去："康华同志，康华同志！"

康华下了马，他说他原来在远方走着，听见枪声才赶来的，想不到她们在这里。

"没有什么。"康华似乎安慰她们又似乎在对自己说："我送你们回去！"

"你们骑过马吗？"走了几步，康华问她们。

"我会骑马！"阿兰大声地说。

"试一试……"康华扶着阿兰上了马："镫子不太长吗？"

阿兰骑在马上，不久就活泼起来了："我当有强盗呢！"

"强盗是不会有的，恐怕是过年，哪个喝多了酒，放枪玩儿，这家伙要受处罚的。"

"那还查得出来是谁放的枪吗？"

"每个人的子弹都是有一定数目的，明天一查子弹就知道了。"

"怎么罚？打一顿吗？"阿兰顽皮地笑着问。

"要关禁闭的……当心，下坡了。"

"明天是元旦，那真糟！"小莲说。

"谁叫他骇人？活该关禁闭，不让他过年，咯咯咯咯……"小阿兰似乎已经得到报复，又欢快地说着笑着，等马下了坡，一夹腿，就叫它快步地跑起来。

"别跑。当心，阿兰、阿兰！……"小莲急得追上去——马走得快，自然追不上，只听得阿兰咯咯咯的笑声。

"不要紧，她骑得很好呢。"康华说。默默地走了一段路，又开口说："您是有意在回避我吗？最近我有一件事情，很想跟您谈谈，可是您却在尽量回避我……"

"您不用谈，我全知道了，请您千万不要给我说什么。"

"您怎么会知道呢？我是特地骑着马来赶你们的。一方面，我不放心，一方面，我想从头至尾讲给您听……"

"不、不、不要，我全知道了……"

已经看到她们的学校了，阿兰早下了马，在那儿等他们。

"明天我来看您？"

"不要，明天不要来，明天咱们都好好过年吧，明天一定不要来看我……"

于是小莲迅速地离开他，一直向学校走去！

"明天来玩！"阿兰连跑带跳地走过去紧紧握住他的手："明天一定来，谢谢您，明天见，康华同志！"

阿兰钻在被窝里。

学校礼堂上，还是灯火辉煌，自己校内的除夕晚会还在进行。阿兰很想去看一看，但是窥见姊姊不愉快的脸色，只好作罢了。姊姊是不常生气的，如果她生了气，那就更难对付了，动一动她就会借题发挥地训你一顿！

窑洞里，另外两个同学还没有回来，不知道她们有什么新鲜玩意儿——阿兰在被窝里钻得浑身发热，气闷极了，一下子把头又伸了出来。灯已经灭了，她翻一个身，试试她姊姊是不是已经睡着了。

"阿兰……"

"唔……"

"你还没睡着吗？不是我又要说你，你真要注意些，自己当自己是小孩子，那不行，在人家眼里，你已经是十八岁的大姑娘了，人家不会原谅你的……"

阿兰摸不着头脑，一下受了这种委屈，真想哭一阵，然而还是把眼泪忍住了，听姊姊还在说呢：

"……我对他说，明天别来，你却邀他，叫他明天一定来。这算什么？……"

"这是怎么回事？以前我说：'康华同志，你怎么老到我们这里来？'你说我没有礼貌，不该说这种话。今天你又说我不该叫他来了……"阿兰再也忍不住了，就一边哭一边说："我哪里知道你生他的气呢？你们不是不吵嘴的吗？……"

于是阿兰委委屈屈地哭着，小莲翻来覆去地叹息着，不知在什么时候，姊妹俩才睡着的。

"很大吗？骇怕不骇怕？"

"谁还去？等一等我……"

"哪一个后沟，喂……"

……

阿兰给外边嘈杂的声音惊醒了，一下子坐了起来，光着脚就下了地，从窗格纸的破洞向外看，外边是操场，很多人急急忙忙地向校门那边走，操场上还有一簇簇一簇簇的人在指手画脚地讲什么新闻。

"喂，小皮球，小皮球……什么事啊？"阿兰尽量大声地招呼着近边的同学，于是好几个人跑到她窗前来，七嘴八舌地抢着说。阿兰听得津津有味，两只手紧紧抱住自己，两只脚不住地跳动着，为了驱除寒冷。

"你干什么？要冻出病来了！"小莲给她嚷醒了，拥着被子坐起来，看到她那光景，着急地说。

"快起来，快去看……"阿兰抖抖地走过来，慌慌忙忙地穿衣服，鼻尖冻得红红地说："一只狼。姊姊，他们说有一只狼……"

原来是这样，今天一早，有人在后山沟发现一只狼，是一枪打死的，于是就轰动了很多人来看。等到阿兰、小莲她们跟着一群人跑去的时候，狼已经给搬走了，地上还有斑斑的血迹。

"多危险啊，昨天我们差一点给狼吃掉……"阿兰又大声嚷起来了，引动了不少人来看她。"你们看这血迹，"阿兰一边说一边跟着血迹跑起来，"这是狼中了子弹还跑了一大段路才死的，那么，狼是从延河边上过来的，就是我们过河的那块地方啊。"她看到听的人似乎不太相信就着急地说："真的，真的，我们听到了枪声，砰！响极了，好像打在我背后一样，姊姊，是不是？就是那一声枪打的狼……"她看到姊姊沉思的样子，忽然心里一亮，高兴地说："康指导员可以证明，他也听到枪响的，昨天夜里是康指导员送我们回来的……"她愈说心愈慌，她想姊姊一定要责备她了，又说多了，因为同学们全认得康指导员，而也有人知道康指导员正与她姊姊谈恋爱。这件事，她的姊姊却是讳莫如深的啊！

果然，姊姊已经走开了，可是并不回学校去，却向军校那个方向走——阿兰再顾不得她讲话的反应与后果了，丢开那好奇的嘈杂的人群，快步追上了姊姊！

阿兰什么也不说，不必去惹姊姊，见到康华再说，在康华面前，姊姊是不会教训人的。

"你们来看狼吗？"一进军校就碰见胖主任，他似乎还没有睡醒，眨巴着眼睛："你们不怕吗？"

"狼给你们搬来啦？"阿兰不满地说："为什么要给你们呢？"

园子里的人来来去去，很多人是向那边没有树的大操场上奔，大概狼就放在那儿呢。

"我找大林。"小莲说。

"你到那边去看狼吧。"胖主任拉一下阿兰,一边招呼着军校的同学,其中有几个人与她姊妹俩都很熟。胖主任叫他们陪阿兰看狼去,小莲似乎领会到一点胖主任的用意,也怂恿妹妹,叫她去看狼,回头到胖主任的俱乐部里来找她。

"大林在关禁闭。"胖主任看阿兰走远了才说。

"为了昨夜放枪吗?"

"你怎么知道的?"胖主任点上一支烟问。

"他放枪是为了打狼救人,这还该关禁闭吗?"

"你可以证明吗?"胖主任严肃地说:"他是这样给自己申辩的,可是他自己又说,他放过枪之后去找过,什么也没有。那么,谁能证明他确是为了打狼呢?"

"还要谁来证明?狼就是证明!"

"狼?"胖主任恍然大悟地说:"对,对……"

是这样的,昨天晚里,就收到好多人的报告,说有人放枪,要赶快查办,大林就自己承认了。因为是一再告诫过的,新年违犯纪律,自己又是军校的学员,所以恐怕还要加重处罚呢。关于狼,是另一回事,是刚刚有军校的同学出去玩,在后山沟看到了一条死狼,别人不敢动,他们就拖着拽着搬回来了。这两件事还没有联系到一块呢,似乎发现死狼的地方并不是大林放枪的那个地方。

"我们找指导员去……"胖主任拉起小莲就走。

阿兰一离开姊姊就不安,想到去看放枪打死的狼有多可怕,于是在同去的人们高谈阔论不注意她,而一阵一阵簇拥着去看狼的人又多起来的时候,她就从一棵大树边溜了开去,很快地走入一个小夹道。

这个地方,她从来没有到过,全是砖砌的房子,门窗都关得很严,她想退出来——这里一定住的都是那些看起来十分严肃的人,姊姊说自己已经不是小孩子了,胡跑乱闯多么不好。

她从小夹道穿过去,记得俱乐部就在那边的一排石窑洞里的,但是到跟前一看,竟又不是,于是转弯抹角地找起来。她迷了路了,虽然遇见一些穿军衣的人,但全都不认得。——阿兰真是慌张得很了。

"阿兰!"忽然听见有好几个人,正从远远的那排砖房夹道中走出来。

"阿兰同志,新年好!……"这是大林他们的大队长,身材特别高大,平日阿兰就有些怕他,今天如此意外地碰见,就更加怯怯了。她怕自己那小得可怜的手放到大队长那个比她大一倍的手掌里,看见康华、胖主任、姊姊,全望着她笑,只有大林不笑,傻盯住她,不由得窘极了,却听得大队长那洪亮的大嗓门笑着说:"你看,大林为了你放的枪,关的禁闭,你又叫大林恢复了自由!"

"这可是狼的功劳!"胖主任说。

"狼的?"大队长哈哈大笑起来,"好啊,狼都要叫你们快快乐乐地过这个元旦,咱们更要成人之美了,是不是?"大队长拍着大林的肩说:"请她们在这儿会餐,然后玩儿去,过完年再写报告吧,怎么样?"大林也不好意思地笑了,用手摸着胸前那颗红五星,大队长也弯下腰来眯着眼瞅了一下他的红五星,然后笑着与胖主任要走了。——转身忽然看到了闷闷站在一边的康华。

"你怎么样?"大队长退后一步打量着他说:"别皱眉头呀,辛跟人家跑了,她爱了别人,你就不会再找一个好爱人吗?"

"他早有了……"胖主任扯一下大队长的袖子,挤眉弄眼地说。

"啊……啊……"大队长明白了,瞥一眼小莲,故作惊讶地笑着对胖主任说:"康华也不是老实人啊……"

……

只剩他们四个人的时候,阿兰就又活泼起来了:"你还有这样的事情啊，怎么不告诉我们呢？……"阿兰对于辛的故事是第一次听到。

康华转过眼来瞅着小莲。

小莲脸一红，搭讪着问妹妹："看到狼了吗？"

"没有。"阿兰跑过来拉住姊姊的手，瞅一眼大林，忸怩地笑着说："一个人去看，我骇怕！"

……

远远传来了新年的锣鼓声、歌声、欢笑声……层层叠叠的山谷里，时时出没着拜年的秧歌队……

在旭日的红光下，山峦、河流、人物……都带上了异常美丽的神采。

假　日[①]

将要到家的时候，忽然惴惴不安起来，会不会林不在家，门又是锁着的呢？是不是会像上上礼拜六那样，她要滞留在邻居家里，一直到天黑？

匆匆地与宿舍守门的老王打了一个招呼，就踩着院子里冻结的残雪，一直向自己的家跑去。

门没有锁。

她站在门口略略停顿了一下，然后轻轻地敲着，咚咚咚……没有回音，只好推门进去。林没在家，但是有一股温暖的气流，夹着淡淡的烟草味直迎上来。

"真是温暖如春啊！"——这是他们的朋友、绰号穷秀才老宋说的。那是在去年冬天，他们才结婚不久，在一个大雪纷飞的日子，老宋来串门，走进屋后的第一句话。这句平常的口语，给他们很深的印象，两人时时回味着，甚至因此而对年过三十、尚未婚娶，住在单身汉宿舍里的老宋同情起来。今天，从四十余里的郊外，冒着十二月的严寒，跑回北京城里的她，对这温暖如春的家，是多么的珍惜与满意啊！

她把带回来的包裹放在床上，就急忙走到书桌前去，正如她所料，在玻璃板下边，压着一张林给她留的字条：

---

① 原载《人民文学》1957年第1期。

小玉：今天下午有学习，至迟六点五分准到家。林。

她一看钟，已经五点半了。

赶快脱下大衣，打开炉盖，那壶水已经沸腾了，找出了脸盆手巾，愉快地洗了一个脸，然后坐到镜子前边，将辫子打散梳起头来。

在学校里，一个礼拜繁重的学习，生活的弦是绷得太紧了，只有现在，只有回到自己家里的时候，才松弛下来。她一边低低地唱着，一边将自己头发编成许多条细细的长辫子，然后在室中转动着身子跳起舞来……于是在那长大的穿衣镜内，便照出一个穿粉红色毛线衣的苗条少女的美妙舞姿。

咚咚咚……

"谁？"她吃惊地问，连忙停住，两只手一齐向头后按住那许多条摆动的辫子。

"林同志的信。"是老王的声音。

"好……"她将门打开一条缝，伸出去一只手，"给我好了，谢谢！"她赶紧把门关严，将信塞在玻璃板下边，又走到镜子前面，注视着那微微泛红的脸与乌黑的头发，叹了一口气，坐下来，重新把一条一条辫子又拆散开来。

"唉，维吾尔族的姑娘有多么快乐啊！她们可以梳那美丽的头，我们是不行的，如果我那样走出去，他们会当我有神经病。就是头脑最开通的人，也会斜着眼睛瞧我，在肚子里说：'要漂亮，爱出风头，轻浮的女人！'"

她嘟着嘴，把头发梳来梳去。最后，她决心一把总，梳成一条大辫子，把它高高地盘在后脑上，像一个印度妇女。

六点半都过了，为什么还不回来呢？

她坐到床上，把包裹打开，里边包着一件驼色的毛线衣，是她花一个礼拜的课余时间，给林赶着编结出来的。——想到刚才来的时候，在那拥挤极了的郊区汽车上，因为她抱着这个软软的包裹，显得蹒跚不爽，竟有人以为她是怀了孕，习惯地站起来给她让座，因此引起不少只眼光打量她肚子的情景来，不觉好笑。这是多么善良的误会啊！

她将毛线衣平铺在洁白的枕头上，使林一进门就看见——他正缺少一件合意的毛线衣，买来的，不是袖子长了，就是腰身太小，而且常常挑不出喜爱的颜色，林是不肯穿那种翠绿色的或天蓝色的毛线衣的。

忽然听到脚步声。一定是林回来了，慌忙将毛线衣一把抓过来藏在身后，心怦怦地跳着。虽然结婚了一年多，仍然像新婚不久似的，一意识到将要与林见面，心就跳起来。

"林同志，宋主任请您去一下！"

"他还没有回来呢。"

"哦……哦……"

她听着那陌生的脚步走远了，才失望地转过身，低下头来，将毛线衣小心地折叠好，放到柜里，与林干净的衬衣放在一起。明天早上，她将要催促他："你该换衬衣了。"林去取衬衣的时候，一下子发现了新毛线衣，就会兴奋地大嚷起来："哪里来的这件新毛线衣？给我的吗？是你织的吗？……"那多好！

怎么还不回来呢？

她抽出玻璃板下边的信来。信没有封，里边是一张请帖，请林在明天下午两点半，去参加××展览会的开幕式！

"那么，明天一吃午饭就要走了，像以前每个礼拜日似的……"她的心中感到空落落的难受，"他们这个机关真特别，展览会为什么一定要礼拜天开幕呢？为的要人多些吗？——那么为什么只请他一个人呢？难道主办人，以为请的全是单身汉吗？不然的话，是不是以为，一切的人全应该置家庭于不顾呢？"她想到去年春节，林的机关里办的一次盛大的舞会，竟也只给林一张请帖，似乎在欢度春节的晚上，也应当将新婚的妻子丢在一边，而到处去寻找陌生的女同志来伴舞似的。那时林只有苦笑地说："以前我还可以与收票的同志商量商量，赖着把你带进去，现在不同了，我们机关大了，门口是武装的门岗，那是毫无情面可谈的。"于是两个活泼的年轻人，就像失群的孤雁，默默地在小房间里守着火炉吃花生……

"不，明天不让他去，这种展览会哪一天都可以看的。"她将那有请帖的信塞到褥子底下。

"小玉，小玉……"林一下子冲了进来，事先竟一点没有听到动静。

"我以为你今天又不回来了，今天太冷。"他大衣也不脱，将一些大大小小的纸包向桌子上一放，就来握住小玉的手，冰得她连忙将手抽出来，笑着说："怎么这样冷？……"

"风大极了！城外的风还要厉害吧？"他迅速地脱着大衣、围巾，一边交给小玉，一边去解桌子上的纸包说："我买了好菜！王府井开了一个熟菜铺，你一定喜欢，全是你家乡的口味！"

"你呢？"

"我早就变成南方人了，我觉得各种菜里都放一点糖很好吃……"他看着小玉将放茶杯的盆子来装菜，笑了笑说："家中是要有个爱人才像个样……"

小玉低着头微笑，不搭理他。

"小玉。"他走到她身边。

咚咚咚……有人敲门："林同志，给您送饭来了！"

"好、好……"林一边开门端进饭盘来，一边迫不及待地向小玉说："还有酒呢！……"

"买的吗？"

"送的，上礼拜六老宋结婚了……"

"老宋与我的同学吕英结婚了吗？"

"就是上礼拜六,你没回来。"

"吕英怎不告诉我呢?她一定早就回来了,今天她们系没有课!"

"林同志回来了吗?宋主任请您!"依然是早先的那个陌生嗓子说。

"好,……就是老宋,他也搬到这个宿舍来了,你去看看吗?"

"不,明天再去,"小玉踌躇地说,"快回来吃饭……"

"立刻就回来,"林一边戴帽子一边说,"吕英也许就来看你呢。"

真是好,有一个同学在这里,以后每个礼拜六回来就有伴了,尤其是在礼拜日回校的时候,一个人特别寂寞!——小玉轻悄地唱着:"雪不要下,风不要吹,小小花儿就要开……"她在柜抽屉里,把结婚时买的一对小酒杯找了出来。她虽然不会喝酒,但当她注满一杯,看到那红艳艳晶莹的颜色,就决定把第二个杯子也倒满,正在这时,听得橐橐橐……极沉重的脚步声,林带着满脸的不高兴回来了。他看了她一眼,并不脱下帽子来,反而去穿大衣,小玉将酒瓶放下,不明白地望着他。

"你先吃吧!"他穿戴好了,走到小玉身边,握住她两只手说,"我要到部里去,部长明天去上海,我非去不可,谈几分钟就回来的。你先吃,你太累了,不要等我,吃了就睡,好不好?我在那边可以先买面包吃,我回来还可以再吃……"他注视着小玉发愣的神色,怜惜地在她耳边叮咛着:"你自己吃,快快乐乐的……这全是为你买的菜呢……"

忽然,听到有汽车喇叭长长的鸣声。

"我去了,他们在等我。"他急急地拉开了门,又退回来低低地告她,"老宋也去,我看吕英也在噘嘴呢!"然后向她点点头,就匆匆地去了!

她忽然感到异常疲乏。房间里似乎冷起来,她懒懒地添了几铲煤,就在炉子边坐下。原来是有些饿的,现在却毫不觉得,甚至反有些饱胀似的不舒服,靠在椅子上,环顾室内,床、书桌、衣橱、矮矮的紫红布绷的椅子……她忽然觉得这一切陈设都那么单调,不像她的家。这宿舍院子里,十多家干部,虽然没有全去看过,但已经走访过的两三家，不也是这样的吗？没有疑问，刚结婚的吕英，一定也是有这么一间陈设相同的房子，甚至连那张小圆桌的样子都不会有一点差别。

"明天得收拾收拾屋子，好好布置一下，不要住在家里和住在宿舍里一样。"她的兴致渐渐高起来，计划着买几盆什么花，而且在林的书桌上，要养一盆水仙，她和林是最爱水仙的。去年，就是两个人在买水仙花的时候，决定了结婚日期的。

她想了很多事情，煤也加到第三次了，走得极慢的时间，也走过十点钟了……

她很想吃一点东西，然而，不知是由于疲倦呢，还是由于寂寞，那口味全没有了。

她把炉子的火压好，将小饭锅烤在一边，找了一张报纸，将那些菜全盖上。

"林同志，信！"老王又送信来了。

这是两封信，信面上都有三个红圈圈，圈圈里的字是："急""急""密"！——她将它们压在玻璃板底下。

桌子上，林的习惯，是整整齐齐地陈列着几本杂志，几本新出版的小说，几本画报，在一叠笔记本底下，有一本用土纸自己订的抄诗簿子，那是每次两个人见面的时候，林总要拿给她看的，他一发现什么好诗就会抄上去。

她抽了这个抄诗簿，又取了几本杂志画报，坐到炉子边来看。

林最爱马雅可夫斯基的诗，所以译得较好的几首马雅可夫斯基的诗，差不多全抄上了。在那首《开会迷》后边，她看到有一首《迷开会》，讽刺那些迷失于纷繁会议中的人，迷恋会议胜于一切的人，迷信会议可以解决一切的人。——这首诗似乎是林自己写的。

咚咚咚……

"你多傻，门没有扣上呀！"小玉兴奋地一下子站了起来。

"林同志的电话，有要紧的事！"

"他还没有回来呢。"

这么晚了,还来电话,真是怪事。她感到更加倦怠起来,头隐隐地作痛,懒懒地靠在椅子上,抚摸着那梳得很好的发,然后一支一支拔下发针。于是那像蛇一样粗长的辫子,就从肩头弹开来,溜着拖下去……她渐渐睡去了……

她蒙眬地觉着林回来了,他那冰凉的手,他那冰凉的面颊……他还说着什么话,自己虽然很想招呼他,虽然勉强睁了睁眼,感到了房内刺目的灯光,但一切似乎隔得很远,那么朦胧……

忽然,房子里似乎布满了月光,她可以清楚地看到房内的每一件东西,特别是那大穿衣镜,它使她不安,仿佛正有什么东西,要从那不可测知的玻璃深处走出来。……正在这个时候,门忽然开了,她想,是林回来了吧?不,那绝不是林,恍惚着有一团黑东西一下子扑到床上来,她拼全力喊起来:

"啊——啊——"

"小玉,小玉,怎么了?……"

她醒过来了。

"做噩梦了吗?"林在她耳边问。一边拧亮了灯。

夜十分平静,橘黄色的灯光,使室内一切都沐上柔和的光彩。

她拉着他的手,看了看他腕子上的表说:"困呢,还要睡。"就翻过身去,推开他伸过来的手说:"才五点钟呢……"

"五点了吗?"林似乎特别惊讶,声调一下子很高,与这静穆的夜的气氛全不协调,小玉不由得转过身来——怎么回事?林已坐起来了,他迅速地穿着衣服,很快就下了床。

"你睡吧,天还没亮呢,"林在床前,对发傻的小玉说,"我要到飞机场去,送一个外国客人,"他俯下头来,叮咛着说,"很快就回来,咱们一块儿吃早饭!"

大门外,又传来了汽车的喇叭声,而且一长两短,表示催促的意思。——林已经梳洗整理好了，忽然瞥见了玻璃板下的两封信，他将信抽出来，正要看的时候，外边却有人咚咚咚地敲起门来。"来了。"林匆匆地将信塞在大衣口袋里，向睁着两眼望着他出神的小玉点点头，就开门出去了。

小玉在没有结婚以前是怎样过礼拜天的呢？礼拜六晚上总要玩到深夜，一边钻被窝一边还与女友们说笑着。天一亮，不管风霜雨雪，都是兴高采烈的，像一窝小鸟似的飞去！——现在呢，一起身就无精打采，马马虎虎收拾了下房间，就又梳头，因为转眼便要回学校。

咚咚咚……

"谁？"林回来了吗？心又跳了，但直觉地知道不会是他。如果是林，是不会敲门的，于是又懊恼着，所以并不去开。门外的人，似乎等了一下，感到没有人来开，才毅然地扭开了门走进来。

"啊——吕英！"她出乎意外，所以兴奋起来，一下把来客抱住，又退后一步打量着。瞅着吕英穿的那绿色灯芯绒上衣，灰色呢裤子，蛋黄色围巾，长与肩齐的头发，不由笑着说：

"是新娘子呐，你结婚都不告诉我！"

"咱们吃早点去！"吕英说，神情很淡漠，不想理会她的打趣似的。

"吃什么早点？老宋呢？"

"豆浆烧饼，还有什么？大门旁边的小胡同里就有。"

"老宋呢？"

"老林呢？"吕英愣愣地回问她。

小玉默然了。

"等他们回来一同去吧，不是已经八点多了吗？"小玉想了想说："飞机几点钟开？"

"等他们回来吃什么饭，吃晚饭吗？"

"为什么？"小玉迷茫地看着吕英那漠然的无表情的脸，心里想，她有些意气用事了。

"怎么,你不知道他们今天上午九点钟,要到××,去送×××的殡上西山公墓吗?从西山回来,便要参加两点半××展览会的开幕式,要是两点半赶不回来呢,四点钟部里的茶话会是一定要参加的。副部长请客,为了团结和友谊,谁能不参加呢,老林和老宋更是非出席不可。你就是等他们吃晚饭也不见得成功。"吕英一边说,一边揭开报纸,参观了他们的饭菜,然后又笑着说:"昨天你吃晚饭了吗?"

小玉一下子明白了。

"那两封'急、急、密'的信,就是这两件事吗?"

"你没有看吗?"

两人决定出去吃过早点就不必回来了,把该带的东西全拿着吧。

在吕英回去取东西的时候,小玉把褥子下边的那封有请帖的信,取出来压在玻璃板下边,开开橱,想把毛线衣取出来放在床上,但想了想,又作罢了,想找张纸,给林留一个字条,但想了想,也作罢了。看看房内,一切老样子,没有什么要做的,只是将床前林的一双拖鞋放到床底下去,然后拿起了手提袋就走了出来。

"林同志有电话。"老王急急忙忙跑来喊。

"他还没有回来呢!"小玉苦笑着说。

雪后初晴的天,异常爽朗,北京街道上总是很热闹的,尤其在礼拜天,人挨肩接踵的来来去去,各家店铺里的人,更是密密层层。

她们吃过早点后,因为吕英要买棉鞋,两个人就在百货大楼挤了半天,又上东安市场逛了一转。小玉买了十颗水仙头。

"带到学校里去吗?"

"我回学校要布置布置房间。"小玉说。

不必形容汽车有多么挤了,但是两个人挤得比较有趣些,所以一下车,小玉就说:

"咱们两个人好得多!"

"下礼拜你还回去吗？"
"你呢？"
"我不！"吕英冷冷地说。

不见黄河心不死[①]

在陕西清水县有个黄家庄，住着一个美女叫黄河。

黄河的头发像乌云，脸蛋像月亮，眼睛像星星。——可是乌云月亮星星你全能看得见，美女黄河却谁也看不见。

黄河住在高楼上，高楼造在花园里，花园四周有围墙，黄河也看不见外边的人。

黄河心里发闷的时候，就叫丫环水仙，拉开水红绸帘子，打开朱红格花门，走到后边游廊里，手扶栏杆，看景消闷。

春天里草绿花香，莺歌蝶舞，夏天里树茂苗长，萤飞蝉唱，秋天里谷黄果熟，枫叶桂花，冬天里青松翠柏，雪满庭园！四季景色是说不尽的好，不过从小到大，看来看去，也就看得腻了。

黄河长到十八岁，除掉自己的父亲之外，从来没有看见过任何男人！

黄河的父亲黄员外，是个地主豪绅，他的田地连山带川，他收的粮食一年到头都磨不完。

黄员外有一个磨倌，这一天生了病，老夫人说："找个大夫给他瞧瞧吧？"黄员外说："他这个病我会瞧。"老夫人说："你瞧他得的是什么病，会好不会好？"黄员外说："夫人你听着：这个磨倌，无名无姓，

[①] 作于1950年代，未曾发表。

带了根打狗棒,乞讨到我庄门,我收下他,瘦孤伶仃,凡事做得不称心。十岁给我放羊,累了些,得了一个内伤;十五岁给我放牛,上山给狼咬了,得了一个外伤;二十岁给我当磨倌,在磨边睡,在磨边吃。不管雨雪风霜,他给我上磨赶牛,咱家牛多,牛可以歇,磨倌只他一个,人不得歇,他这就内伤外伤,日夜奔忙,四十岁的磨倌生了病,治不得了!"

磨倌死了,黄员外要找一个新磨倌,四乡八镇都托了人。

连年荒欠,衣食困难,愿意当磨倌的很多。镇里的乡里的,黑压压来了一大群人,黄员外叫他们站在磨子旁边,一个一个端详着挑选。

这一个年纪太小,那一个年纪太老,这一个太瘦,那一个又不高,这一个面色青黄怕有病,那一个面色红紫怕他是个酒鬼又是一个赌棍!这一个鼻斜嘴歪心不正,那一个细胳膊细腿没有本领,这一个家太远来路不明,那一个家太近心思不定,这一个有老母噜噜苏苏,那一个有妻子牵丝攀藤!

黄员外选了三天,没有一个中意的。

第四天上,黄员外不选了,搬张湘妃竹圈手椅,坐在大门口柳树下乘凉。这正是三伏天气,狗吐舌头人发困,黄员外摇着扇子也打起瞌睡来了。

忽然庄外走来一个后生,在磨盘上拂了拂尘土,竟坐了下来,手里拿着把芭蕉扇。

这副磨子也在柳荫下边,离黄员外只有三四尺。

黄员外睁开蒙眬睡眼,把折扇一收,指着那后生说:"你怎么坐在我家的磨盘上?"那后生说:"你家又没人赶磨,死磨盘坐坐怕什么?"黄员外说:"你怎么知道我没人赶磨?"后生说:"你选了三天磨倌,谁不知道?"

黄员外站起来,走到小河边,看看流水,转过头来打量着那后生说:"莫不是你愿意来当我的磨倌?"那后生笑了笑说:"你倒是相相准,看我合不合你的心思?"黄员外看那后生,二十来岁年纪,粉脸剑眉,两眼虎虎有神，再看他身材矫健，不高不矮，不胖不瘦，真是十分人才："就是用粉捏一个磨倌，也不能胜过这副模样了。"

黄员外点点头说："一言为定，今天就上工。是回你家住，还是住在我家？"那后生说："我无家无室，另外再无一物了，只在员外这边住宿！"黄员外听他这样说，格外欢喜，这样就白天黑夜又添一个使唤的家人了。黄员外自腰带上解下个黄铜钥匙给那后生说："那边有座凉亭，虽然名叫凉亭，却是四面全有隔板，全有花窗，比个小姐闺房秀阁还精致清静，原是当年造了观景赏雪用的，所以在半山上，你就住那里吧。"那后生谢了员外，问牛棚在哪一边，员外指给他看了说："来，先去拜见夫人，你叫什么名字？"那后生道："就叫小磨倌吧！"

这小磨倌年轻力壮，心灵手巧，不怕劳苦，非单把磨赶得溜转，把牛喂得毛亮腿壮，还打扫了庭院，把前门后山都收拾得干干净净。员外看着欢喜，自不必说。

看看到了七月十五。七月十五是荷灯节，家家户户点荷灯。太阳才下山，月亮还没上天，庄子里的孩子全擎着荷灯，又唱又舞，穿梭着串，极是好看。

那荷灯是将大荷叶连梗拔起，人擎着荷梗，荷叶芯里点着蜡烛。这是土乡风，倒比在池子里放盏纸荷花灯有意思得多！黄员外和老夫人，带着丫环凤仙，也走出大门来看。

黄家庄上，百来户人家，平日都关门闭户，把孩子管得像个小老鼠，不敢在人前露头。这夜却都开门打户的，把孩子全放了出来，从会跑的到要娶媳妇的，不止五六十个，又唱又跳，闹得沸反盈天。在这些声音里有个最亮的嗓子，与众不同。

黄员外听见了就转过头去，老夫人也听见了，也转过头去，在人丛里看了片刻，老夫人说："员外，你看那不是我家小磨倌吗？今天穿戴得好齐整！"员外招招手，小磨倌走过来说："员外，不是你叫我今天歇着过七月十五的吗？"员外说："不错，你今天穿了这白衫子红抹肚，显得岁数又小了,为什么你手里没有荷灯?"老夫人说:"后花园池子中,我家有多少好荷叶,选个特大的擎上,点上几支白蜡,也跟他们唱唱跳跳!"小磨倌谢了员外夫人,由凤仙领着到花园里去取荷叶白蜡!

小磨倌的荷灯一出来,把庄子上几十盏荷灯全引来了,像是星星捧月亮。小磨倌的荷叶像把小伞,长长的梗子挺直,上边点了三支白蜡,亮得叫天上的月色无光!小磨倌一唱,把众人的口都封了,好像鸦雀子阵里飞来一只黄莺,唱得鸦雀无声。小磨倌一舞,叫众人的腿都僵了,好像黑夜里出了个白仙,舞得人眼花缭乱!

员外说:"我要是有这样一个儿子,就万事如意了。"夫人说:"何不收小磨倌做个寄子?"员外摇手说:"夫人不能说这种话,我们是何等人家,小磨倌虽然多才多艺,相貌也端正,却总是下流之辈!"那凤仙年纪小,也擎着一只荷灯,是小磨官给她做的,请员外夫人看过,就颤颤地擎着荷灯上楼去找她姊姊水仙。

水仙正和小姐站在后楼游廊上观看,近处是庭院,远处是青山翠柏,并看不见新鲜物事。见凤仙拿了荷灯,水仙接过来送给小姐看,水仙说:"小姐,你道今夜何故人声喧哗如此,原来是七月十五放荷灯。"小姐说:"你听,这是何人,唱得忒好了!"凤仙说:"那就是我家小磨倌,他比人唱得不同,夫人说要收他当寄儿子呢!"小姐不免惊讶说:"怎么我从来未听母亲提过此事?"水仙笑着说:"这小磨倌来了没多少日子,我也只见过一次面。"小姐又问了凤仙一番话,无非是关于小磨倌的言谈行止,就命她下楼侍候老夫人去了。

这村上众人闹到二更天气,也就散了。

小磨倌把荷灯插在凉亭花格子上。蜡都尽了,亭亭的荷叶,像盏翡翠盘子,伸出去似要托住天边那滚圆雪白的月亮。河边柳枝低垂,水流泊泊,秋夜好一份幽静。小磨倌坐在凉亭的石阶沿上,看着这景色,勾起自己飘荡无定,奔走劳碌的心事来。

夜深了,凉意沁人,忽然一缕箫声,婉转柔媚,好似从天而降——

小磨倌原是一个好唱手，懂得乐曲，是个知音的人，听那箫声哀怨缠绵，不觉出神。

小磨倌跟着宅子转，转到后花园围墙边，攀上一棵树，探身看那楼房。

楼上有灯光，小磨倌纵步登上围墙，这才看清，在游廊里有个丫环扶着栏杆看月，那吹箫的，就是坐在那里的小姐。

小姐吹了一阵箫便进去了，小磨倌看楼上歇了灯，也就下墙回来睡觉。

凉亭里似乎十分燥热。小磨倌翻来覆去睡不着，就走了出来，到小河里洗洗脸洗洗脚，才觉凉爽。这时月到天心，万籁俱寂，小磨倌坐在水边青石板上，就唱了起来。

一唱孤苦零丁，自小没父没母，二唱流落江湖，东奔西走，受尽折磨，三唱春夏秋冬容易过，四唱明月圆圆几人愁！

这小磨倌有一副绝妙的嗓子，又能自编自唱。这庄子小，他嗓门大，唱的曲子，全庄都听到了，老年人夸他怜他，青年人羡他妒他，妇女们爱他想他。自此，小磨倌唱曲子在黄家庄有了名，小孩子都管他叫"魔笛子"！

黄河小姐自七月十五那夜听了小磨倌的曲子，此后，凡是小磨倌一唱，黄河就走出来听，就是走到后楼游廊里，所以谁也不知道，除了身边的水仙，就只有小磨倌瞅在眼里了！

小磨倌越唱越好，员外夫人都爱听。一天员外高兴，走出了大门，看见磨盘架起来了，麦子磨完了，小磨倌正赶着牛群在后山放牧呢！

黄家庄是依山傍水的好地方，这后山有一片松柏林，黄员外特别中意，就在这松柏林前盖了这座宅院。

黄员外看见牛都在远处吃草，小磨倌抱着牛鞭子靠在一棵老松树上唱曲子。黄员外点点头，正想转身回去，又再瞅了一刻说："不妙，小磨倌眼睛亮亮的看着什么呢？"黄员外顺着小磨倌的眼光一瞅，顿时气得胡子都翘蓬了，急急忙忙赶到家里，叫声"夫人，不好……"夫人说："什么事？你的脸色都变白了。"员外说："小磨倌在山上唱，小黄河在楼上听，这样眉来眼去，成何体统？"夫人说："等他下次唱时我再瞅瞅！"夜静更深的时候，那小磨倌又唱了起来，夫人和员外，走到后花园，抬头一瞅，楼上灯火明亮，小姐与水仙正倚栏听唱。

夫人与员外一连瞅了三天，三天次次如此。员外说："怕是全村子的人都知道了这件事，你我真是糊涂，打发小磨倌远离黄家庄吧。"夫人不敢拦阻。

黄员外打发走了小磨倌，找来了老媒婆，不到半月，成就了一头亲事，把黄河小姐许配给了山西的梁员外。

这天夫人扶着凤仙上楼来对小姐说："儿呀，你父亲将你许配给了山西梁家，他家是这百里方圆里的首富，与我们只有一河之隔……"小姐大惊说："女儿不知你们办这事，女儿不嫁……"夫人说："这是孩话，你也大了，还这样说……"

小姐自此愁眉不展，饮食少进，夜不安眠。水仙打听得小磨倌已给员外撵离此间，小姐越发病重，卧床不起。虽有数十个名医，也束手无策。

看看小姐不中了，夫人扯水仙到一边，流泪道："你小姐生这怪病，如何是好？"水仙说："我有一法，能使小姐病好，只怕夫人怪罪。"夫人说："病已至此，只求能救小姐性命，我怪你什么？"水仙说："小姐这病虽重，恐怕听唱曲子就能好了！"夫人说："这容易，找几个来唱唱怎样？"水仙说："小姐只剩一缕游丝，命在旦夕，叫那些蠢材来一嚷，怕就上不来气了。"夫人说："这便如何是好？"水仙说："除非找回那个小磨倌来！"

小磨倌衣衫不整,形容憔悴,由两个老家人扶着来见员外。小磨倌说:"既然叫我走了,何事又找我回庄?"老家人求情说:"这小磨倌病倒在十里铺小庙里,还望员外夫人宽恕,将他留下。"

员外叫:"凤仙倒杯茶来,给小磨倌润润嗓子,可以打起精神,唱几支曲子。"小磨倌道:"我话都不想说,唱什么曲子?"夫人说:"只为小姐病重……"凤仙也说:"你救救小姐的命吧……"这时只见水仙也下楼来,看到小磨倌,不觉怪道:"你真回来了?适才小姐醒来,告我小磨倌来了。我只当她是梦见,哪里想到是真的你回来了……"夫人、水仙、凤仙再三劝说,员外自在一边,装聋作哑。

小姐见水仙回楼,问道:"是小磨倌回来了?"水仙说:"正是他回来了!"小姐说:"怎么不上楼来看我?"水仙说:"员外威严,岂肯准他上楼?"小姐说:"他还唱曲子否?"水仙说:"他唱!"小姐要起身,水仙扶她在床上靠了,小姐说:"拿把梳子,给我梳梳头,拿面镜子,给我照照脸!"

这黄河小姐梳头洗脸,打扮停当,叫水仙:"打开帘子,放月光进来。"水仙说:"小姐,今天正是八月十五。"小姐说:"怪道月光如此皎洁,我的箫呢?"水仙取箫给她说:"小姐不可太劳神了……"小姐说:"我哪里就吹……"持箫不语。这时忽听一声嘹亮,冲天响起一支银笛也似的高音,转又委婉凄切,细语娓娓,又似秋雨霏霏,水仙听得呆了,小姐却越听越精神,不知过了多少时间,最后这声音如水银落地,一亮眼就不见了,水仙说:"唱得比以前更好了!"小姐沉吟不语。

夫人、凤仙上楼,送来各式月饼果子。夫人说:"我儿,今天大好了?"小姐说:"大好了!"水仙扯凤仙到一边问:"小磨倌长留不走了吗?"凤仙说:"未听得说什么!"水仙说:"你要留心,听到什么,速来告我!"

自此小磨倌天天唱,唱了三五日,小姐饮食如常,身心康复。一日小姐扶栏对水仙说:"你看已听到秋风落叶了,小磨倌唱得也太凄苦!"

水仙说："想是对景生情，不免凄苦些！"又一天，小姐对水仙说："你看月照松柏林，为何看不见小磨倌？"水仙说："想是他不知道小姐在这游廊之上。"又一天，小姐对水仙说："你看这菊都开了，可见寒气并禁不得花开！"又问："为何越唱越低了，莫非有病？"水仙说："不会有病，我去问问我妹子！"

水仙下了楼，只见家中张灯结彩，十分闹忙，急急找到凤仙打问。老夫人看见了，叫水仙去说："今天是小姐定亲喜日，梁家来下彩礼，只等小姐再健康些，就要嫁娶，过不了这个秋。小磨倌我自然厚待，这喜讯暂且瞒过小姐，如若走漏消息，有个三长两短，唯你是问！"员外也说："你小心了！"凤仙送水仙两步，低声说："小磨倌病得很重！"水仙摇手，低头上楼去了，看到小姐，不胜虚弱，水仙一字未吐。

傍晚夫人上楼，小姐说："以前曾听凤仙说过，母亲要收小磨倌做寄子，是真是假？"夫人说："正是要对你明讲这事，小磨倌足智多才，我们要收他为寄子的，现在你病既好了，不能叫他再唱，一则劳神，二则哪有叫自己兄弟日夜唱唱的事？叫外人听了笑话，以前是个磨倌，自然不同。我儿你明白吗？"小姐低头不语。

原来小磨倌进得庄来，心就欢畅，病也消了。要给小姐唱曲子，自然欢喜，日夜编制，曲意传情。唱了几天，员外叫他来说："小姐已配山西梁家，这两天就下彩礼，等小姐身体大好，就要嫁出家门，那时你如愿意，仍可在我这里做个磨倌。"

小磨倌一惊，病又上身，唱不成曲，声也哑了，终于卧病在凉亭之内。那天凤仙送来一碗糖粥，小磨倌问："今天门前，车来马去，为何这样热闹？"凤仙说："我家小姐许配梁家，今天来下彩礼，你不知道？"小磨倌半晌说出一句："你家小姐，愿不愿意？"凤仙说："不曾听得说。"小磨倌说："你家小姐病好了没有？"凤仙说："大好了，听员外夫人说，不出这秋，小姐就要出嫁了。"小磨倌闭目挥手，凤仙自回去，一一告诉了水仙。

小磨倌半夜醒来,弯弯明月,送进淡淡的光来,凉森森的寒意沁人,忽然看见窗帘上有人影一闪,小磨倌想:"莫非我要死了,睁眼见鬼?"只听门呀地一响,有个女子踅了进来。小磨倌说:"是人是鬼?"那人说:"我是水仙……"小磨倌欠起身子说:"恕我不能见礼,却请坐。"水仙看那小磨倌,盖一副旧被,露一脸愁容,苍白虚弱,十分病重。小磨倌说:"为何夜深到此?"水仙说:"听说你病卧凉亭,故来探望。"小磨倌说:"真人面前不说假话,水仙妹妹,你看我生的什么病?"水仙说:"莫非为了小姐?"小磨倌说:"小姐知也不知?"水仙说:"小姐不知你病。"小磨倌叹了一口气说:"我病不能好了,多谢你来看我,我死之后,万望葬我在后山松柏林下。"水仙说:"不要说这话,我自害怕。"小磨倌不语,水仙告辞,走出凉亭。小磨倌又欠起身叫道:"水仙妹妹,慢走一步,我还有一句话问你。"水仙说:"不要说怕人的,你自好好养病。"小磨倌微微笑道:"我问你,人人都说黄河好,你却给我描述一二,我至今不曾看见过黄河,虽然远远地也瞧了几回,面容总看不真切。"水仙看那小磨倌越说越兴奋,脸色潮红,眼光如火,剑眉横耸,笑容如魔,不觉十分心惊,托词就走,并不曾听他说完。

这员外是年高有心之人,睡不得多长时候。半夜醒来,月色如画,听到远远有脚步声,便拄个拐杖,走到门前,见大门洞开,吃惊不小,又见水仙匆匆走来,员外喝道:"你上哪里去了?"水仙说:"不敢瞒员外,因听凤仙说,小磨倌病重,我念他孤苦无亲,所以去探望一回。"员外说:"好大胆,小姐知不知道?"水仙说:"小姐一点不知。"员外说:"小磨倌说甚言语?"水仙道:"小磨倌说,自知活不长久,死后要葬于后山松柏林中。"

转眼已至暮秋时候,黄花瘦损,叶落水枯,小姐独倚后廊栏杆,遥望山上松柏林,招水仙一同观看:"你看只有那片松柏林还翠绿!"

水仙不觉有泪，小姐怪道："你哭什么？"水仙道："是我想起自己爹娘，不知埋葬何处。"小姐叹道："我们乡风，坟前多种松柏，所以你有此想，如我死去，就葬在这松柏林中，岂不省事？你好好记住我这句话。"水仙道："怎说这话？"小姐笑道："这事迟早总要来的，你怕什么，脸都白了？……"

这天老夫人带着凤仙，一早便上楼来，铺陈了百件罗缎，千种珠宝，小姐说："这为什么？"夫人说："今天是我儿大喜之日，梁家新郎亲来迎娶。"小姐说："你说什么？"夫人说："我儿不必惊慌，婚姻大事……"小姐说："我却不信。"夫人说："请客人上楼贺喜。"凤仙走到楼门口一招呼，远亲近邻，一齐拥上楼来，百般叫笑，各自说些应时的话。小姐坐下苦笑着对水仙说："是要嫁我了？你为何早也不讲？……"这时楼下鼓乐齐鸣，炮声震耳，员外上楼来说："我儿还不打扮，新婿先骑快马已经到了。"小姐颤巍巍地站起来说："那小磨倌在何处？"员外说："我儿说话自当有个分寸，免得叫人耻笑。小磨倌早在松柏林中了。"小姐恍恍惚惚向后楼游廊上走，水仙抢步扶住，小姐说："在哪里？你看见吗？"水仙流泪，小姐问："小磨倌怎么了？"员外与夫人挽住小姐，要她回房，一边说："小磨倌早死了，快不要如此！"小姐说："我却不信！"员外指道："你看那棵他唱曲子的老松树下，不是有座新坟？"小姐回头看看水仙，水仙只是流泪。小姐又看了看那松柏林，惨笑一声说："好了，我明白了……"便晕倒在地，不省人事。

这门亲事没有结成，赔了彩礼，还落梁家多少埋怨。小姐疯疯癫癫，不死不活。员外夫人卖掉了老宅院，举家搬过河西，离开那块不祥之地，一边找名医给小姐看病。

一天，有个山西客人，捧个银盆，穿件黑褂，来到这松柏林中，说是要买那座坟，看守松柏林的老汉说："只听说人买树木田地，没听说有买坟的。"客人说:"我只买坟,树木田地全不要,这是一百两银子,你愿意就请收下。"员外走时,就叮嘱这老汉,叫他把这座坟平了。老汉尚未动手,正逢这件巧买卖,自然乐意,一边问:"再怎么办?"客人说:"你把坟挖开,把棺材劈开就好了。"老汉说:"棺材里是一个穷死的小磨倌,没有半文值钱的货色。"客人笑着说:"挖开来看看。"坟土很松,几锄头就见棺材了,棺材板很薄,斧子轻轻一砍便开。说也奇怪,不到百天,却都物化了,只剩一块盖尸的白布,老汉只见那客人俯身扯开白布,忽然露出一颗晶亮鲜红像鸡蛋那么大小的宝石心来,老汉骇异地说:"哪来这块大宝石?"客人说:"我就是为这颗红心宝石来买这座坟的。"他捡起那颗红心宝石放在银盆里,就扬长而去了。

有人报告员外,来了个山西怀宝客人,能治各种疑难之症,员外说:"请他进来。"客人来时,员外看他江湖打扮,不甚欢喜,问他治病要多少钱。客人说:"一千两银子!"夫人道:"你有何等本领……"客人道:"我有宝贝……"员外道:"我看看你的宝贝!"

那客人说:"给我一桶井水,一桶河水。"只见他倒了半银盆井水,又加上半银盆河水,打开白布包,取出一颗红心宝石,放入水中。说也奇怪,那宝石却像活的一般,自己慢慢转起来,越转越快,忽然一声嘹亮唱出声来,把众人惊得倒退了几步,不胜骇异,那曲子却更唱得好了。大家坐下静听起来,只见水仙下楼来说:"你们做什么?小姐问是谁唱曲子呢?"夫人说:"小姐又清醒些了吗?"水仙说:"曲子一唱,小姐就听见了,小姐已完全清醒,正坐起在床。"客人说:"你们信不信这宝贝能治病?"夫人说:"给一千两银子你卖与我。"客人说:"宝贝哪能卖给人家,一千两银子是治病的钱,小姐病好之后,宝贝还要给我。"员外说:"可以可以!"那客人收了银子,教了开动宝贝的法子,就去了。

这小姐听着曲子,一天比一天健康起来。闹得这百十里方圆,莫不知道员外家有宝贝给小姐治病的事。

又到隆冬大雪,小姐正靠着炭火盆取暖,忽见凤仙捧着银盆,夫人、员外都到楼上来给小姐唱。一切都调配好了,今天这颗宝石心唱起悲苦的曲子来,叙说薄情之女,痴心之子。小姐惊异,走到盆前观看,那颗晶亮鲜红的宝石心,旋转不息,婉转高歌的心,一见黄河,忽然停住,立刻不唱了。水仙过来摇摇盆,凤仙过来吹吹水,全然无用。小姐脸色发白:"这是什么心,怎么不唱了?"员外说:"快叫山西客人来问。"凤仙飞腿跑去。

小姐还是扶住盆说:"这是什么心,怎么不唱了?"员外、夫人劝小姐坐下歇歇,那山西客人一到,自然有法子叫它再唱。小姐一直站在盆前,注目凝神,不肯休息。等了好长一个时候,又派了不少家人去找,从晌午直到黄昏,才见凤仙慌慌忙忙地跑上楼来,员外说:"找到没有?"凤仙说:"找到了。"夫人说:"人呢?"凤仙说:"他不肯来。"水仙说:"蠢材,细说一遍,他怎的不肯来,你看小姐急坏了。"凤仙道:"他问我怎样弄得宝贝不唱了?我说:谁也没弄,小姐一看,它就不唱了!"客人问:"你家小姐是谁?"我说:"你还不知道,我家小姐叫黄河。"客人上马加鞭说:"宝贝坏了。告你家小姐,那是小磨倌的心,这叫不见黄河心不死,一见黄河就死心……"

小姐听得明白,伸手下水,一把抓住那心,却真是一颗软软的人心,微觉跳动,沁出血来。小姐大叫一声,昏倒于地,气绝而死!

这就是"不见黄河心不死,一见黄河就死心,心死黄河岂能活,黄河活时人再生"!

离　婚[①]

在害扁桃腺炎的时候，科里的一个科员——小宋，一个十九岁的挺漂亮的姑娘，照顾他照顾得多好啊！

扁桃腺的病是好了，却留下了难治的心病。

"我要恋爱，我难道不能恋爱吗？"这个问题像魔鬼一样缠住他，"为什么我就不可以恋爱呢？我要恋爱！……"

每天，工作已经够紧张的了，他没有时间去细想，一到夜静更深的时候，他就睁着满布血丝的失眠的眼，全副心力地做起斗争来，主张恋爱的自己和反对恋爱的自己斗争得很激烈。常常是主张恋爱的一方面胜利。像生了热病一样，他常常在半夜里忽然从床上坐起来，自言自语："当然，我可以恋爱，为什么我就应该一辈子也尝不到恋爱的滋味呢？我需要一个温柔多情的女人。我勤勤恳恳地工作，难道就不能有一点点享受吗？又不是要贪污腐化地去乱搞……——老实说，如果我能够生活得更好些，我的工作效率还会更高一些，我的才能还没有尽量发挥，这与我孤寂枯燥的生活是有关的。我需要一个真正的爱人！——我有什么顾虑的必要呢？"

小宋的影子常常在他的脑子里晃动——挺苗条的身材，瓜子脸，双眼皮的亮晶晶的眼睛，一对酒窝，两条辫子。

[①] 原载《人民文学》1957年第2期。

决定离婚，与家乡的妻子离婚！

家乡的妻子叫杏春，他从不对人们谈起她，竭力避讳谈到她，不单单是在口头上，而是在内心上竭力避讳。

他双手捧着脸，出起神来了。

"林方，你又发病了吗？"他忽然听到党支书老梁的声音。他想起来了，昨天吃过晚饭，他在一种要求快刀斩乱麻的心情下，特地去找老梁，想对他说明这件事，然后提出离婚的意见。当时老梁不在，他曾留下条子，说有要紧事找他，希望能赶快谈一谈，所以一早老梁就来了。

"没有。"他站起来，迟疑地说，用手把头发往后搂搂，一时心又乱起来了。

"你眼睛都红了……有什么事只管说，家里有信来了吗？"

"对，昨天傍晚，家乡有人来给我捎了个口信，说是我母亲病得厉害。"

"你找我就是为这件事吗？林方，我真想不到你还这么孩子气！"老梁笑着拍拍他的肩说，"可以回去一趟，我想……"

家乡是一个偏僻的地方，在火车上坐了四个钟头，还要坐汽车。

从前，一坐上汽车，他的心情就开始激动。一站一站，离家愈加近了，心情就愈加激动了：亲不亲故乡人！——听到那些家乡腔调的口音，就忍不住要去和他们谈谈，问问地点，算算彼此村子的距离。

可是，这一次完全不同，他坐在汽车上像一段木头。

怎样在党支书面前说的谎，怎样告的假，怎样买票上车……他全恍恍惚惚，像在做梦一样。

真是荒唐，事先根本想都未曾想过，——但那潜意识，岂不是因为心中又苦恋着小宋，只有回去，先与杏春谈通了再说？

现在是，就要到家了，赶快得准备好，怎样表示，怎样说。

然而，昏头昏脑，思路好像更乱了。

"怎么的？"他焦急地怪自己，"快些，先明确这次回家的目的。"他想用行政命令的方式，来处理自己乱麻一样的心情。

车到银庄了，下车上车的人似乎不少，而且那说话的腔调全都是自己最熟悉的。——千万不要遇见什么熟人啊！

"舅舅！舅舅！"一只汗热的手抓住了他那发凉的手，他一惊，看到一个十三四岁的孩子，睁着两只大眼，高兴地招呼他。

"哦，小保，你怎么……你在银庄上的车吗？"

"我到银庄来开会的。"小保挤到他身边，这时，车厢空当里全站满了人，另外有一个十四五岁的孩子也跟着挤过来，他们两个都是红领巾。

"开什么会？"

"青少年植树能手代表大会。"小保忽然提高了嗓子说，"舅舅，舅母是植树模范，您知道了吗？"

"你舅母是谁？"车子里一个穿干部服的男子，从前边转过头来，笑嘻嘻地问。

"林杏春！"小保回答，眼睛里流露出一种骄傲的表情。

"喔,林杏春，她不是小村乡的人民代表吗？"一个抱孩子的女人说，眼睛瞅着林方，仿佛是问：难道你就是林杏春的丈夫吗？

自从小保叫他舅舅，就有好几个人微笑着转过脸来，想和他谈话，但他只装作不理会。他现在不想跟什么人谈话，就是对自己几年不见的外甥，也只是敷衍了事，他要在到家之前，赶快做好自己的发言提纲，——然而，现在人们谈出了使他惊异的材料，使他涣散的心情更加收不拢来了。

乡人民代表，植树模范，这是怎么回事？

"你妈妈好吗？"林方搭讪着问，"你爸爸常常回来吗？"

小保一边回答说妈妈很好，一边与他的同学争着看远远的田岗那边挖渠道的工程。其实汽车过得那么快，看不清什么。

"礼拜天我带您去看挖渠道，"小保兴奋地说，"您刚才看见渠道工地上的小红旗了吗？"林方说没有看见，只看见很多很多人在挑土。

小保的同学说，这是小渠道，还有大渠道呢。

"对了，在大渠道上，有一面红旗的地方，就是青年突击队的地方。我妈妈和舅母都是青年突击手！"

青年突击手？林方一愣，杏春那瘦小的身材在他眼前浮现了出来。在画报上，特别是在舞台上或电影上常常看到的青年突击手，那些人真是结实极了，真是胳膊上都能站人。杏春是家乡姑娘媳妇群里身子最单薄的一个，她怎么成为青年突击手了呢？

到了小村。小保一手扯住林方，车门一开，两个人都踉踉跄跄地下了车。

"这桥是新造的，"小保介绍着，"舅舅，你看，我们这儿也造工厂了，那边，红砖墙……"小保又叮咛他同学道："你先回校，我就来……"一边挥手给同学打招呼，一边又扯一下林方说："看，外国肥料，比利时的，今年的麦子多好，才过清明，大麦穗都这么鼓了，……这些树全是新种的，没有一棵不活……"

有谁不爱自己的故乡呢？特别是林方，这里每一条田堤他都熟悉，每一棵树木他都认识，可是，今天，怎么的？熟悉的田堤没有了，不认识的树木又太多了，他对自己住过二三十年的地方大大睁开了好奇的眼！

"看见村子了吧，今天我不去看外婆了，礼拜天见！"小保走到大路口就和他告别了。

远远地就可以看到，那造在村边的他家那三间草房了。三年不见，屋子似乎更旧些，屋顶上的草都发灰色了，特别是与旁边新盖的三间瓦房比较起来，它显得多么矮小多么寒微啊！"那三间新屋是谁家的呢？"

细竹编的篱笆墙围了一个大院子。他走到篱笆门前,粗竹编的门关着,推也推不开,他没奈何,只得叫了:"杏春,杏春!"

"哪个?"他娘来开的门。娘看到他高兴极了,拉过身后边的孩子来说:"小方,快叫爸爸!"

娘接过他手里带的东西,他顺手抱起了孩子:"小方,叫爸爸!娘,这孩子多大了?"

"你走的那个月生的,你走了快三年了!"

他瞧瞧院子,很干净,没有看见杏春。

"这是我们的房子吗?"他跟着娘走进了新房子,这才想起来,在杏春有一次给他的信里,谈到家里盖房子的事。

他娘笑起来了,一边给他打水洗脸,一边说:"你结婚的那间草房,给三只小羊住了,你去看看……怎么,造房子,生小方,杏春的生产互助组得了模范,不是在信上告诉你了吗?"

他是收到过这样的信,为什么没有引起自己的重视呢?这是多么大的事啊!——唔,对了,正是"三反"呢?那时自己有些问题受到审查,心情很坏,以后又大病了一场,对一切都似乎有隔世之感了。——"我的感情是不健康!"他仿佛看到自己什么隐秘似的,连连摇头。

"你不喜欢吃面条?"他娘正端了一碗青菜下的面汤来。

"我很喜欢,娘,我是想起了别的事……"

"想什么?吃饭都想心事,神经要坏的。"

他又一愣,想不到六十一岁的娘,会说出像"神经"这样的名词来。

对着他饭桌的正中墙上,贴着两张奖状,一张是区劳动模范,一张是区植树模范。

"杏春呢?"

"她还有工夫在家?"娘用不满意的口吻说,"天不亮就起身,孩子往我身边一扔就走了,中午回来吃口饭,一转身又不见了。晚上,回来现现成成地吃饭,吃饱把碗一放:'娘,我开会去!'这一去,有时直到鸡叫才回来，我提心吊胆的也睡不实在。你想，年纪轻轻的，我们这住处又荒凉……"

"今天她下地了？"

"开会，她是乡人民代表，今天到区上开会去了。"

他要重新来认识这个家了！

原来的三间草房子做了牲口棚与粮食库，另一间做了厨房。这三间新瓦房，中间是堂屋，东边是娘的房间，西边大概就是杏春住的了。

"你收到我的信了吧？"娘收拾了碗筷，就坐下来拍小方午睡，一边问他。

"没有。"

"没有？我还当是你看了信才回来的呢！"他娘坐到他身边，把头靠近他耳边低声说，"不得了，你再不回来，我也不想活了。我活着是多余的。家里又没有让我做主的事。杏春眼里还有什么娘，我还敢说什么？她是政府的大干部……你猜她要做什么？前天，不，大前天，有三天下雨，她没有出门，给我做起工作来。'娘！'她说，'我家入社好吧？'我一听，心都落到肚脐，我问她'你要入社，入社有啥好处呢'？'好处太多了！'她就给我宣传起来了，一句也不中听，全是胡扯，我说：'不，我辛辛苦苦一世，苦得我与你男人就差个没饿死。多谢毛主席分给我这几亩好田，叫我在死前头过两天好日子，我不想作践！'她说：'我已经报名了！'我说：'你这是要我的命！要命容易，要田入社办不到！'所以我找人写信，叫你赶快回来，你总要与娘一条心，娘的甘苦你是知道的，杏春会听你的话……"娘说着，哭起来了。

"娘，"林方把孩子抱过来，一边拍着一边说，"娘啊，我告诉你……"林方用自己的全部智慧，全部对娘的爱与悲怜，将农业合作化的道理，委婉地，真挚动听地，用显而易见的比喻，用各种实际生活中的例子来解释。因为他曾经是农业上的能手，因为他经过政策的学习，特别因为他是娘最心爱的儿子，所以，最后，做娘的沉默了。

"我去磨一点糯米粉,给你做团子吃,"娘擦一擦眼睛站起来说,"我到河东姚家去磨,小方睡熟了,就放到床上吧,杏春也快回来……"

林方抱着小方走到杏春的房里。他非常熟悉这个房间的气氛。他把小方搁好,站起来,打量一下整个房间的布置。蓝花夏布帐子,蓝花棉布被子,那一对绣着花好月圆的枕头,还是五年前结婚时的老样子。墙上有一张自己三年前带回来的照片,二寸半身像,贴在一张大红纸上,大红纸的四角还镶着金纸的剪花,窗子边挂着一盏小灯笼,红的,也贴了金花。杏春原是剪花的能手。灯笼的底盘上还有蜡油,显然是过年的时候给小孩玩的。

他坐在床沿上,拉开身边一个抽屉,抽屉里很空,放了一册识字课本,还有两本练习写字的本子,一截短铅笔,有一页单纸片,林方抽出来,一看,似乎是给他写的信。上边写着:"林方,你不回来……"再就是歪歪斜斜,写了不少个:林杏春林杏春……

林方有些疲倦,躺在床上,身边睡着儿子,年迈的娘忙着出去了。他竭力使自己思路归结到这次突然回家的目的上,可是,仍然是心乱如麻。

房间是这样清洁,这样朴素,就像林杏春本人一样。

杏春原姓杨,小村的风俗,是妻跟夫姓的,为了这个姓,林方想起了一件往事来。

那是在新中国成立后的一年,登记户口,正是春节时候,林方在家过年还没回厂。那一天,他做了一个大蝴蝶风筝,线已经绷好了,预备去放,杏春却拦住,说白风筝太素,一定要剪几朵红花贴在上边。正在她剪花的时候,登记户口的人来了。

"你妻子叫什么名字?"

"林杏春。"

"什么?"杏春发急得大声问。

他怕娘不高兴,用眼色暗示她别问,出去再说。他俩就出来了。

那是一个非常晴和的早春天气,杏春站在高岗上,他拉着线。

"跑!"杏春一喊,把风筝往高举,他就没高没低地飞奔起来,乘风而起的大蝴蝶,冉冉高升。

"好了,好了……"杏春也跟着他跑,一边喘一边笑着喊,他这才站住了脚,一边整理手中的线轴,一边望着那在天空的蝴蝶,稳稳的,轻巧的,美极了。

"好不好?"他笑着对走近身边的杏春说。

"好!"杏春笑着拍着手说,"跟天上那只鸟一样大了。你说,鸟明白不明白它是风筝呢?"

"痴话!"他对结婚不到一年的妻子的天真,感到从心里爱出来,"你是傻丫头!"

"你傻!"杏春脸红,就跑过来夺他手里的线轴,一边要求:"给我放放!"

"慢一点,你别把它给放走了!"他把线轴交给杏春,一边再三叮咛着。

"我问你,"杏春满意地瞧着自己放的风筝,"我怎么变成林杏春了?"

"你不姓林姓什么?"

"姓杨!"

"姓杨的丫头没有了,现在是姓林的媳妇了……"

"我就姓杨!"

"姓林,姓林,你一辈子都姓林!"

"不不,就不……"

"快给我。"他看见风筝在天空摇摆起来,连忙抢过来,纠正了一下线,回头看到杏春十分吃惊的脸色,觉得好笑。

"来,我悄悄地告你一句话。"

"什么?"杏春走到他面前,他一把拉住她,在她耳边低低地说:"傻丫头,我这样爱你,你还不肯姓林?"

"舅舅!舅舅!"他一回头,看见他表妹在抿着嘴笑,他们不知什么时候走来的,那叫他的,就是今天汽车上遇见的小保……

现在,他很惊异,这些事怎么一下子全涌上心头了,为什么很久很久自己又把它们忘记了呢?

"娘!"他忽然听到杏春的声音,像做梦似的,一下子坐了起来。

杏春进来了,她看见他了,她愣住了。忽然,她把手里夹的棉袄往椅子上一丢,就扑过来。"你回来啦!"她扑到他怀里,呜呜地哭起来,不像是妻子,倒像是受屈的小女儿投在妈妈怀里似的。

"杏春,杏春……"他把杏春扶住,一同在床边坐下,"杏春……"

"你吃东西了吗?"杏春擦了擦眼泪,红着脸说。

"吃了……"

"谁给你做的,娘给你做的吗?"杏春看着他,忽然又流下泪来。

"哭什么?"他一边问,一边心在悸痛,声音有些发哽。

"你也哭了呢。"杏春拉着他的手说。

他看到杏春那孩稚气的脸,那种对他完全信任的眼光,看到她那褪色的老蓝布衫子,看到她那小巧的可怜的身材,——他虽然尽力抑制住自己,可是仍然泪水盈眶。

"我的心里多么难过,你不明白我的心里是多么难过!……"

"我更难过,"杏春满眼是泪,却笑着说,"我比你难过一百倍,一千倍!一千倍还不止呢!"

"唉!"他握着杏春的手,看着她的面孔说,"完全是小孩子,奇怪,这么劳动也不老,儿子都这么大了。"

"你更不老,你是个美人……"杏春顽皮地说,把自己的手抽回来,撂着头发。

"你想到我会回来吗?"

"想到,而且我知道这两天你一定会回来!"

"为什么？"

"我做了一个梦，前天夜里。你别哭，真的，我醒来的时候，正是三点钟，最灵了，是不是？我看见你回来，不记得是怎么回事，说是你生气了，要打我，我哭着醒过来。人家说梦是反的，对不对？"

"反的就是怎样？"

"就是你不打我……"

林方抱住她说："唉，杏春……"她挣脱了，拉着他走出来。

"你看，"她指着院子里的一棵桃树说，"我天天祷告，要是你回来，它就开花，去年没开花，今年真的开花了！"

林方看看那棵桃树，小得可怜，但是真的有几朵花！他的心在巨流中激荡，他控制不了自己，他开始无法明白自己了。

"你想什么？"杏春望着他说，"我知道，你在笑话我！"

"笑话你什么？"

"我的信写得不通，这是我第一次写信呢。"

"你写信给我了吗？"

"你不是收到我的信才回来的吗？"杏春拉住他的手说，"那么真是你自己要回来的吗？你真没有忘记我吗？有多少人给我担心，他们说你总不回家，信都不来一封，他们说也许你不要我了……"

正在这时，小方醒了，两个人都回到房间里去哄孩子。"我要爸爸抱，"小方推着妈妈的手，"要爸爸，我有爸爸，小保没有爸爸……"

"哪一个小保？"

"你的外甥呀。去年表妹离婚了，你还不知道吧？"

"怎么，她离婚了？我今天看见小保的，孩子都这么大了还离婚？"

"谁像你这样老实！小保爸爸不过在城里什么工会当个职员，就看不上自己共过甘苦的妻子了，像你这样比他大多了的干部，还不丢掉这个文盲，真正是个傻子！……"

林方抱着孩子往外走，一边找话说："晚上吃什么？"

杏春笑着说："你想吃些什么？好，我给你包猪油白糖花生米团子吃，你是老爱吃甜的。"

杏春高兴地拿出半篮花生来："小方，咱们跟爸爸剥花生米！"三个人就在院子里剥起花生来。西下的太阳，把小院子照得金光闪闪。

"你写信给我干什么？"林方问。

"娘没有给你说吗？为了入社啊，为了入社的事，我的心都焦成灰了，望你的信真要把眼睛都望穿了，想不到你会回来！"杏春忽然停住不说，注视着林方愣了一下，急急地问："林方，你想，我们怎么能不入社？"她忽然又停住，眼光显出犹豫的神情，站起来说："林方，你是个党员，我想，你不会反对我入社吧？"

林方不觉笑了起来："你怎么担心我会反对入社呢？"

"那么，你是真的同意我入社了？"

"当然，杏春，我们一定入社，没有第二条路……"

"真的？"杏春一下子扑到林方身边，"真的，我们入社？"她忽然满面是泪，"你同意我入社太好了，我这个仗打胜了！……"她一边笑一边又不住地擦泪。

"娘不哭……"小方来拉她，不明白是怎么回事，也要哭了。

"吃花生米，乖，看，这颗大不大？小方，妈妈不是哭，妈妈太高兴了，咱们入社，爸爸说的，一定入社！"她抱起孩子来，用头去顶他的肚子，顶得孩子咯咯咯地笑个不住。

"你真是孩子脾气，一忽儿哭，一忽儿笑！"林方埋怨地说。

"你知道什么？我挨了多少骂，受了多少困难。这两年你不回来，我好像过了二十年。我又不会记笔记，就是开会听人家讲得好，自己也记不住，深一些的文件又看不下去。农业合作社，我知道好，自己一说就笨住了，工作还是要做。你知道，落后分子恨得我入骨，我又没有一个可商量的人，有话说不出，总是自己发急……"

"一定老是哭了？"

"哭是哭的，可是我从来也没在人面前哭过，我干什么哭给别人看，我一定要把工作做下去。可是，这次入社的事，非同小可，娘就要与我拼命呢！……"

"林杏春，林杏春！"篱笆门外，有一个妇女在喊她。

"来了！"杏春赶紧过去开了门，在门边低低地说了一阵什么，杏春走过来对林方说："我出去一下，就回来！"

杏春一走，林方心里忽然觉得空虚起来，很不满那将她找去的人，"怎么这样不体贴人家！人家夫妻两三年不见面了，她却忙着把人给招呼出去……"

"林杏春，林杏春！"忽然，门外又有一个男子的声音叫起来。

林方很快地跑到门边。

"哎哟，你是大海哥吗？"

"林方，是你？哎哟，回来得好！"

两个自小在一块儿长大，一块儿在地主家当过长工的好朋友见了面，坐到堂屋里，欢天喜地地谈起来。小方独自坐在院子里剥花生，一边剥一边吃，篱笆没有关好，不知谁家的大公鸡高视阔步地走了进来，走到小方身边，和他一同吃起花生米来。

"我找杏春，就是为了办社的事！"大海开始言归正传了，不知怎的，一谈到办社这个问题，声音就涩，脸色就暗下来，"困难得很啦！我们这里，新中农比老中农的脑筋都死，我们坚决要办社的只有六家，申请书是早就提上去了，刚才听到一个风声，说六户人家不准办社，至少也要三十户，还说正式的社总要一百户，人家大地方办的社，总有几百户几千户呢……"大海一只手不住地在桌子上画着，仿佛要把他焦虑的心情画出来，"这不愁人？哪一天我们才办得了社呢？刚才，我们几家商量了一下，预备再写一次申请书，坚决要办社，不管怎么样，单干是不搞了，互助组也没劲！所以我来叫杏春给你通个消息，问问政策……"

"大海！"林方激动起来，"为什么你们一定要走集体经济的路呢？"

"为什么？"大海瞪着林方问，随即又笑了起来，"我的好兄弟，你这是要考我吧？你现在要是回来种田，是不是还愿意像从前那老样子，眼睛盯着鼻子尖，田像一块豆腐干，一年忙到头，得的粮食可以一五一十的数粒粒，什么文化，什么政治，什么学习也办不到，这算什么生活，这算什么生产？你瞧你们工厂，有领导，有组织，有计划，唉，那才有意思，那才有发展！……"

"哎哟，哎哟，人都到哪儿去了？"娘在院子里嚷起来，一边赶着鸡一边叨咕着，"尽着孩子作践，你娘还没回来吗？花生糟蹋得这样……"

大海向林方递过眼色就告辞，林方一直将他送到大门外边，大海笑着低低地说："你娘为了办社的事，见面都不睬我呢！——可是，杏春真了不得，思想比我还通，不要说咱们这个乡，就是全区也数她先进啊！知道你的，还以为是你教导她的呢……"

吃晚饭了。

美不美，故乡水！什么是最好吃的东西呢？对于远游归来的人，就是家乡亲人手制的粗菜淡饭！

"娘，不放花生米，白糖猪油的团子也很好吃呢！"杏春捧着碗，嘴里叫着娘，眼睛却望着林方说。

"我觉得不放花生米还好吃些。"林方笑着说，瞥一眼杏春，赶紧埋下头来吃团子。

"花生米给儿子糟蹋掉了……把好花生喂人家鸡吃……"娘半恼半笑地说，"自然只好说没有包花生米的团子也好吃了……"

杏春听得外边有人喊她，就放下碗跑了出去，他娘向林方点点头说："忙不忙？一顿饭都吃不定心！"

杏春笑着拿进一封信来，往林方面前一撂说："看看，这个书呆子说的什么？"

林方狐疑地瞧了杏春一眼,抽出信纸来看,信是铅笔写的,字迹很不清楚,林方费力地一个字一个字往下念:

杏春同志:谢谢你,我们一家都谢谢你,过两天我登门道谢,你是积了德了!

敬礼!

丁有荣

"丁有荣是谁?"林方问。

"这是丁有荣写的?"娘说,"他女人要离婚,离了没有?"

"怎么能让他们离呢?"杏春说,"我们已经调解了好多次了,刚才我就是在他们家,这一次总算谈出一个结果,他女人答应,再等三个月,要是有荣能劳动,她就过下去……"

"你去管什么闲事,"娘发起急来,"有荣做过地主的账房,人家都骂他是狗腿子,哪里也用不上他,他还能劳动个啥?"

"不要紧,"杏春笑嘻嘻地说,"我心里有底,我知道,他政治上没问题,现在他对政策的认识也不错。他女人的劳动力又强,他女人要离婚,就因为怕有了他入不了社。我与大海已经谈过,可以吸收他家入社。丁有荣可以当会计,不一定要下地。这样一说,他女人乐得眉开眼笑了……"

小方因为吃多了花生米,不想吃晚饭,靠着奶奶打瞌睡,所以奶奶一放下碗就抱起孩子说:"孩子要睡了,你今天不开会吧?"

"不!"杏春瞥一眼林方,林方赶紧从他娘怀里把小方抱过来,一直抱回自己房里去。

杏春也跟了进来。

"真是奇怪。"杏春一边铺床一边说。

"奇怪什么?"林方把睡熟了的小方放到床里去睡,一边问。

"昨天你还在上海,今天就在家里了,昨天你有没有想到今天在家里的情形呢?"

林方不觉发起愣来。

"你想什么?"杏春问。

"我想也是奇怪。"林方回答而且还摇了摇头。

"糟了,灯里没有油了!"杏春一边捻着灯芯,一边着急地说。

"不用亮……"林方一口吹熄了灯。

"不行!"杏春赶紧从床头边摸出一匣火柴芯,"还有蜡烛呢,我把灯笼点上吧!"

灯笼一明,房间里弥漫了红光,照得杏春与林方的脸都红了。

"好像过年了。"杏春笑着说。

"不,好像是咱们结婚那个晚上……"

"什么?"杏春背转身子说,"你总是说笑话……"

林方抱住她,但脸色却很严肃地说,"真的,不是说笑话,我决定与你结婚,我再不离开你了,一辈子!……"

望　海[①]

上　篇

　　海，平静得像一面镜子，在黄昏的夕照下，辉耀出瑰丽和平的景色。

　　但是，在一块高耸于海边的大岩石上，有一个六七岁的小姑娘，却在大声叫喊着，最后的叫喊，已带出哭声来了。

　　她俯伏在岩石上，盯着在岩石阴影下的海水，海水在阴影下发黑，仿佛深不可测。

　　她向平静而阴沉的海水叫喊："望海！望海！望海呀……"

　　在向阳一边，一二丈远以外的水面上，突然有个八九岁的男孩，从水中露出头来，便似鱼那么轻捷地直向岩石游来。

　　小姑娘发觉了。她从岩石上爬了站起来，转过身，带着满脸的泪水笑了，一只手挡住眼前的阳光，一只手向空中拍打着，似乎怪那个"望海"，又似乎为自己的叫喊害羞。

　　望海走到沙滩上，找出他们玩的小铅桶，倒去沙子，把他从水里刚刚掏摸来的什么蛤蜊呀、蚌、海星呀等等，放在小桶里。

　　"这条章鱼多大呀！"小姑娘说。

　　"装上水……"他把桶给她，又叮嘱："当心，你可小心着啊！"

[①]　作于1950年代，未曾发表。

他怕章鱼偷跑了，自己跟到水边，帮她装上水。又都洗洗手，小月手腕上有个花瓣大的黑痣，还当是污泥呢！

"小月呀，小月呀，小月……"远远的小坡上，一个中年妇人叫着找来。

"噢，妈妈……"小月放下桶就迎上妈妈去。

"别弄那些玩了……你不饿呐？……"她塞给小月两块饼，又指指望海，意思是叫她给他一块。

望海站得远远的，小月过去给他饼，他不要，转身便走，小月急着跟上两步："你拿着，你拿呀……"望海飞步向远的一个小山岗上跑。

小月自料追不及，便回过来哭声告："妈妈，望海跑了，你叫呀……"妇人叫："望海，望海……"望海走远了。

妇人拉着小月往家走，小月不断回头找望海。望海瞧不见了，但看到那个小桶，还在先前两人玩的地方。她挣脱了妈妈的手，跑过去提来小桶，仍是一步一回头地给妈妈拉着回去。

望海一口气跑上那个小山岗，这是海边一带最高的地点，有一棵标杆的大树，更增加了小山的气势。他一下子便躺在树底下了，过了一阵，他坐起来，侧身向小月回去的路上望，然后站起来望，又爬上树去望。

坡遮路断，已看不到小月了。

有些别的妇女与小孩，纷纷向海边走来。

于是，他又向海上眺望！

远远的，似乎有些黑点子。——慢慢地，可以看清楚了，海村的渔舟归航了。

望海站在树下，两手叉腰，紧紧地盯住海。

三三五五的渔舟靠滩了，人声嘈杂起来。

渔把头、渔商们开始活跃了。

小舟上的鱼闪闪发光堆成山，闹哄哄的海滩呀！

有两个人打起来,"和尚,和尚……"人们叫喊的,笑的,骂脏话的!

一个脸上因为打架抹了不少鼻血的青年人,跟跄地从人团中冲出来,要去追他的敌手,却把脚边一个才会走路的小丫头碰跌了。

小丫头哇哇哇哭着,一个妇人去抱,叫着:"春花,我的乖。"抱起孩子,对又在另一处打起来的人骂:"要死的,这个和尚,遭瘟的……"

打、骂、争、吵,处处皆是,似乎每天照例如此,视如常规。所以在乱哄哄的海滩上,这里那里的,还时而见到,特殊浓妆的渔娼们,用完全与海边景色不协调的姿态,给风尘仆仆的渔民们卖弄风情呢!

站在山岗上的望海,突然一个飞步,直奔向海边。他爸爸的渔船到了。

这个四十来岁的渔民,显得十分年轻力壮,气色堂堂,是出众的人物。

渔贩子纷纷围拢来,他微笑着,驾轻就熟地与他们周旋,一切顺利地办下去。

望海习惯最后进入小舟,提出他爸爸给自家留下的一筐子好鱼,回家做晚饭。

望海的家,离那个小山岗不远,是用整木料搭架而成的四四方方的一间木屋。屋边有几棵树,屋后靠山壁,屋门向大海,小窗子是对东方开的。

月亮出来了。

一轮满月,万里无云。

爸爸料理好一切事务回来了,一边点灯一边问:"怎么你不点灯呢?"

望海已躺在炕上:"爸爸,多亮啊,龙王爷的灯比咱家的强!"

他爸爸笑着,在炕沿上坐下,掏出一把钱来,把好的、整的放进一个木箱里,把破的、零的放在手边一个洋铁匣里。

"望海,明天买半斤肉,别再煮鱼了,咱们吃顿好的。这几天,运气不坏,你瞧,今天多少鱼?二千四百多斤,我们的小船都平沿了呢。"

"你不让我去,我去还可以多些……"

"你要念书,你念书了吗?……"

"念了……"望海从炕上爬起来说,"爸爸,我跟张爷爷学不到什么,他教的是古书呀,我要上学堂去……"

"你先跟他好好念,过秋送你上学堂……"

他们屋外,有说笑声,男男女女,有喝醉酒的,有闹酒疯的,有与娼妓调笑的……

父子俩躺下,歇了灯……

外边人流来往不止,更喧哗了。忽然有些人,似乎在说他们——

"烟也不抽,酒也不喝,老婆也不找……"

有人敲敲他家门,大声说:"搂着大银洋睡觉呐!"

有人探头在他们窗子口,一边笑着嚷:"别闹别闹,他儿子是个学生呢……"

远远的有人冷笑,有的唱:"望子成龙哪……"

有女人妖声妖气地说:"该死……死鬼呀……"

望海靠近爸爸身边:"爸爸……"

"你听,闹成什么样,这些人,手头一宽,就不老实了,装疯卖傻,胡折腾……"

忽然窗口明显地探上一个人脸来,声如洪钟地命令:"起来,浪上漂等你呐,这可是新来的鲜货啊……"

父子俩屏息不语。

窗外一群人哈哈哈笑着,走开去了……

"和尚最坏……"

"这家伙有本事,海上的事他是一把好手,这几天,钱赚老了,就是不学好,胡搞……"

"爸爸,他妈是给他气死的吗?……"

"是啊,他妈死了,老婆又跟人跑了,他也就成了没络头的马了……"爸爸叹一口气说:"干这行也真苦,苦吃够了,就想胡作乐,有本事的没一个不这样。所以我希望你别干这一行,好好念书……"

"我爸爸好,爸爸本事也最好……"

"爸爸是为了你……"

远远的,忽然笛声悠扬!

父子俩都静听。

"爸爸,你唱那支歌,那支望海的歌!"

爸爸用两只手垫着头唱起来——

  望海,望海洋,海燕飞在海浪上!
  望海,望海洋,海洋上边月光光!
  望海,望海洋,海洋深处多宝藏!

  望海,望海洋,风大浪高鱼难网!
  望海,望海洋,海水无情人断肠!
  望海,望海洋,茫茫何处是家乡!

"爸爸,你的歌,好像叫我,对我讲话一样!"

忽然屋外的树枝什么的咔嚓一响,爸爸一下子起身,望海跟着走出了门。估计一下明日的天气,爸爸慢慢走上那小山岗,仍然一天星月,万里无云,海平似镜。

"明天天气好吗?"

"好……"

父子俩月下归来,望海轻轻地唱着,远远的笛声悠扬!

海静静地倾听着,对人间的一切,保持严肃的沉默!

小月家里。

小月没有爸爸,她爸爸是开轮船的,给日本鬼子抓走了。小月的爷爷又老又聋,是个念书人,海村唯一的知识分子,望海就跟他念书。

今天,爷爷病了,躺在床上,妈妈上街买药去了,小月和望海玩。

他们将长凳、方凳、椅子、篮子等等,接成一艘想象中的大轮船玩。小月用一块蓝白格子布包了头,坐在船头开机器,望海拿一条红绸子扎在腰里,站在方凳上抓块布单子当网撒。

"你干吗?轮船上不捉鱼,轮船上是坐人的。"

"人坐在船上不捉鱼干吗?我就是坐在轮船上捉鱼的……"

"我爸爸说轮船上不捉鱼,轮船上坐的都是有钱的人!"

"你给有钱人开轮船哪,我不坐你的船,我没钱……"望海一跃下了地,丢了手中的布单子。

"你别走,别走呀,你捉鱼好了,你上来呀!"

望海赌气不玩了,跑到屋外,看小桶里的鱼。

小月也出来,她看了看叫起来:"哎哟,章鱼死啦,两条章鱼全死啦!……"小月带着哭声跑进屋告爷爷去。

望海把两条死章鱼取出来,在屋角破烂堆上找出两个整齐的蚌壳,把死鱼放在里边,小心合上。

"你干什么?"小月问。

"埋章鱼去!"

"埋到小山上去?……"

两个人快步往那小山岗奔,一忽儿小月就落在后边一大段了。在另一条岔路上,她妈妈从街上回来,叫住她:

"小月,小月,还不回去,你瞧这个天!"妈妈拉着小月回家,小月告诉妈妈:"两条章鱼都死了,望海埋章鱼去了,望海给它们放在一个棺材里了……"她们远去了,听不清说什么。

天边先上来一抹乌云,然后,另一边也渐渐阴暗起来,忽然间天阴沉了，大风平地起，飞沙走石。

望海在树下埋好了章鱼，发现天变了，就往家跑，走了一半，猛然想起了远航未归的爸爸，又返回树下，向海上眺望。

大风呼啸，大雨倾盆，望海呆呆地注视着海，海在雨中迷失了，一片灰蒙蒙的混沌！

只有船靠海滩时才能看得见，突然一下子发现有七八只船到滩了，望海兴奋地大叫："爸爸，爸爸！"他飞奔下去，不是，不是爸爸的船。

望海站在海边眺望，淋成一个小精怪了，光着上身，腰里扎条红绸子，赤着脚。

时时有几只船回来，挣扎得精疲力尽的渔民，不说话，淋得像个泥鳅，各自拖着沉重的身子往家走。也有不少妇女老人来接船的，互相问着，打听着，惊讶着，有的人已在哭叫了。

只有一个大胡子的老胡头站下来，望了望望海，有气无力地说："你爸爸没回来吗？他今天的船放得太远了……"

天要黑了，风势雨势一点不减弱。和尚的船到了，像一条大章鱼似的，他蹒跚着走上海滩，海滩上已没有什么人了，远远的有妇女与孩子的哭号声，和尚看见了望海，他困难地挪动步子，走到他身边，大声说：

"还等什么？我是最后的一只船了……"

望海屹立在海滩上，大风大雨，天黑下来了，在闪电光中，仍可看到一个小孩子，伶仃地站在海边，向远方眺望！

一切都迷失在风雨之中，隐隐地传来村里的哭叫声，像往常一样，海开口的时候，吞噬的不只是几只渔船啊！

五年过去了。

五年，望海住在小月家里，老爷爷教他们念书。他们帮妈妈做事。但主要的是，望海已能跟着老胡头去捕鱼去了，而且是一把好手。

海上，月光皎洁，传来歌声，渐渐清晰，是望海在渔舟上唱，正当鱼汛旺期，他与老胡头在海上过夜，他摇着船，老胡头抽着烟。

老胡头摆摆手，他默着，停住手。老胡头把烟杆放好，轻轻地伏到船板上听，他也照样做。老胡头听了一刻，起来预备下网，望海熟练地与他配合操作。

太阳出来了，满载而归的渔舟回航了，望海的船，更加倍的丰硕。好收成啊，好渔民啊，好经验啊，好本领啊……

海村热闹了，有戏台，有赌摊，有茶馆，有酒店，有卖唱的，有卖身的，有吵骂打架的，有醉酒耍疯的。

渔民像一群呀呀乱叫的乌鸦，渔把头、渔商像横冲直撞的老鹰。忽然，秃头鹫也出现了，那便是又贪又狠，无法无天的日本鬼子，他们那沾了血，流着汗的，贪婪而肮脏的铁爪子，也伸向这一片穷困贫乏的海村来了！

海村的知识分子，小月的爷爷，做一切文字上的计算上的工作。

为了一份账单，正在和一个渔把头争辩，这个渔把头是跟鬼子当差的。

正当老爷爷仔细拨着算盘讲理的时候，站在一边早已怒气冲冲的鬼子，扯过算盘，就向老爷爷砸去，老爷爷倒地，血流如注。

人散开，望海刚赶到，正要去扶爷爷，回头看到鬼子扬长而去，望海向鬼子追去喝道："站住！"鬼子取出枪来唬望海，望海冲上一拳，鬼子一踉跄，枪向天放。望海把鬼子就势压倒，狠揍，然后站起来，夺过鬼子的枪，远远扔向浪卷的海水之中。

这件事，闹来一堆人，抬的，嚷的，哭的，叫的，加上原来各式活动，闹成一团糟。

戏台上正唱《小寡妇上坟》呢……

忽听得有人嚷："鬼子……"

听到枪响……

老胡头一把拉过望海就往海边奔，坐上小舟，开出海去！

日本鬼子，一阵搅扰，到海边来开枪。

"不怕，我有地方，鬼子找不到的……"老胡头说，"躲过这一阵就好了，咱们两个人饿不死的。"

孤舟在月下漂流，遥远的海村，还依稀见到星星灯火，并似乎还听到唱戏声，哭声，枪声……

这个十五岁的青年，两手枕着头，躺在孤舟上！

日本鬼子当场把老爷爷打死了，把小月家砸得稀烂，临走还放了几枪。

小月母女躲在和尚家里，因为和尚与鬼子熟，掩饰过去了。

家毁了，小月母女再也不敢在海村住下去，和尚给她们凑了一笔路费，让她们回山东老家去。

十二岁的小月，跟着妈妈回山东，和尚用小船送她们一程。

上船前，小月奔向望海的小木屋，将那块红绸子团成一团，塞进窗子口去。

蛾眉月从天边探上头来，船上的小月，坐在妈妈身边，看着熟悉的海滩，看着那梦似的小木屋远去了。

又是五年过去了。

这一个滨海的渔村，以前只有临时季节性的集市，现在却有两条热闹的街道了。过去只有一个供吃饭喝酒赌钱的馆子，和一个半露天的茶棚，现在却有大大小小七八家茶馆了。过去只在海滩上搭戏台，席棚里谈风月，现在却有了戏院、妓院，以及理发、拍照、成衣、洗澡等等店铺，真是各式齐全了。

渔商的肚子都大起来了，渔把头的腰板更硬实了，渔民们单干的，可怜的小舟不多了。海滩边筑起了码头，渔老板的木帆船、机轮船林立了。

渔民们，身手好的，成群结队地被招雇。

在那时期，渔业的操作手段，渔情探测，不是靠雷达等现代科技设备，而是靠渔民的耳朵与眼睛。

他们伏在船板上，能听出黄花鱼或其他等等鱼的嚣叫声或其他各种声响，由此来判断什么鱼、鱼群大小、鱼流动向等等，以备及时下网。他们能高高地蹲踞于桅杆顶端的小筐子里，用眼睛在无边的大海上搜索鱼群，他们根据不同的波光水色，来判清鱼群的大小，与鱼流的动向，以备及时下网。

当然，也不是每一个渔民都有这样好的耳朵或眼睛。他们是捕鱼手工业时代的技师，他们是从风浪与成败中，久经考验，他们具有高人一等的智慧，他们比常人受过更多更苦的锻炼。

用眼睛的鱼技师叫"鱼眼"。一个好的鱼眼，是雇主的摇钱树，是渔民群众中的英雄人物，受着人们的尊敬与爱戴。这种人，常常是满面皱纹、两眼通红、背驼腰弯、神色衰败的老渔民。因为，海上的风险，他比人受得多，所以，他比一般渔民更加多地遭到海的残酷摧毁！

但是，鱼眼中也有年轻人，而且，我们就要看到，有一个年轻的鱼眼，他比一般渔民都更结实，更英俊，更潇洒，更豪迈……

不、不、不，不忙，我们先来看看海村的闹市吧。人们多么忙碌啊，因为，围网捕鱼的季节就要开始了，一切有关的人全活跃起来了。

在林立的大桅渔轮的前边，一个凶狠的渔老板，正在叱责着一个中年的鱼眼。

"你还来找我算账，我还要找你算账呢，上一趟出海，哪条船不比我得利？你还有脸……"

"你瞎了眼，你不懂装懂，你不听我的话，你自个儿闹糟了倒怨我？……"

海滩上不少小孩子，跟着，笑着，学着："哈哈哈不要脸……""哈哈哈瞎了眼……"孩子们打着，追着……

街头上,一个白胡茬的老鱼眼在恳求:"老板,我这一次出海,要是收不到一万斤,我一文不取!""算了吧,算了吧,你一文不取我也赔不起,咱们好来好散吧!"这个温和有礼的渔老板坚拒不纳。

"我不去。"茶棚边,一个黑胡子鱼眼,一只脚踩在长凳上,叼着一杆烟说。"你不去,这个条件还不去,"一个狡猾的渔老板冷笑一声说:"我这个条件水晶也肯去!"

"谁雇上水晶了,你雇上水晶了吗?"一个歪戴帽,匆匆闯进茶店来的渔老板问。

"我这位比水晶还拿价呢?哼……"

酒店里,一个胖乎乎的渔老板说:"这个价目,我不会去雇水晶吗?"一个喝得满面红光的鱼眼生气地说:"水晶怎么样,你们只认得水晶,水晶,水晶,我还是块琥珀呢!"引得满座的人全笑了。

一个戴眼镜的富商凑过来问:"这次水晶雇给谁了?"被问的人摇摇头,于是七嘴八舌,纷纷议论起水晶来。

"谁也雇不成,他今天上大连,明天上青岛,哪儿也住不长。"

"这个人,真是有一千花一万,上次烟台那个老板,给他二百个银洋,他三天就花光……"

"他跟和尚学坏的,和尚不是嫖赌吃喝,把个大家业败得一清如洗吗?"

"真是那样,有钱随手扔,出海的时候,好裤子都穿不上一条。"

"水晶上船就一丝不挂,有事没事,他赤条条一丝不挂……"

"所以人家说他是水晶宫来的货呐!"

"有人说,他白天下海,晚上回岸,是个水怪呢!"

"有人说,只有女人看得见他,男人是当面都看不见的,这真神!"

"他跟谁,谁就发财,这是一定的,靠他发了财的,咱们可以数出来……"

在妓院里,妓女与老板们调笑着。

"我是不是渔民?"一个秃头把女人拉到身边,叫她闻衣服,所以将她贴胸搂紧。

"要闷死了……"女人撒娇装疯地说,"闻什么呀,是不是渔民,一眼就瞧明白了……"

"瞧什么……"

"瞧眼睛……"

"我是水晶眼睛呢?"

"得了吧,水晶眼睛,几万个渔民中也就那一副吧?……"

"哪儿,哪儿?"另一个妓女没听明白,急急跑过来问,"水晶在哪儿?"引得四周的人笑了。

"哈哈,几万个渔民中只一副水晶眼睛,恐怕开天辟地也就这一副吧?"另一个冷冷地说。

"她得过一副金镯子,"一个胖妓女在秃子耳边说:"水晶送过她一副金镯子。——你也送我一副金镯子呀!"

酒店中最大的一家,名叫望海楼,到海村来办事的阔人,全到这里聚会。

那个戴眼镜的富商与一个瘦子在饮酒。他说:"水晶是令尊大人发现的,真有眼力,世兄怎么没有把此人笼络住呢?"

"我缺乏这方面的才能与气度,"瘦子笑了一笑,"这种人是属于渔樵村野中的天才。有才气,更有野气,我能爱其才,但不能容忍他的野。"

"真可以说是一种野才了!——听说吃喝嫖赌,无一不来。"戴眼镜的说。

"岂但来而已,"瘦子摇摇头说,"他是既疯且怪,上一趟出海,我是真心想笼络住他,叫和尚给他送去三百元,当时他就收了。——他收我的钱,是给我面子呢。其实,当时他正在赌摊押宝,已经输得一文不名了,所以拿我那笔钱去当本,三百元,没开封,全押上了,一局就输光,真是转瞬之间的事……"

"荒唐，荒唐之至，后来他怎么又没去呢？"

"就是这话，他收我三百元，赌光了，人也跑了，直到开船也找不见踪影，临时雇了一个老朽，弄得狼狈不堪……"

"听说后来，他送了你一颗珠子……"

"是啊，不知他怎么搞的，他说是自己下海掏摸的，哈哈哈，他算是偿债之意，我也就一笑了之了……"

"真是天生其才也，哈哈哈哈……"戴眼镜的放低嗓门说，"不过，你把这份产业，全交给令叔，也太可惜了。你那艘小白龙，是这一带最大最新的一艘渔轮船啊！"

"我落得吃现成，"瘦子说，"这次叔叔雇了和尚，此人也是一怪……"

"和尚有本事，既是一个好鱼眼，又会驾驶机船，人家说，他是从鬼子那儿偷学的技术呢！"

邻座有侧耳而听的，也有围拢来听的，有交头接耳的，也有感慨品评的。

忽然有人说："和尚来了，和尚……"

和尚穿得讲究了，仍是邪气满身，流氓体态，他匆匆奔来报告："怎么，你们还不去看戏？小寡妇上坟完了，就是三姨太的大闹凤仪亭了！"

全酒楼的人都恍然，纷纷起立。

戴眼镜的笑着说："令叔真有意思，竟舍得叫三姨太到这儿来客票……"

瘦子笑了笑说："他自己还上台打小锣呢！"

众人笑着，互语着，簇拥而出。

戏台上正演《凤仪亭》，台下人头密密。

貂蝉与吕布，表演得十分黄色。

人丛蠢动，忽然斜刺里有个青年人，一跃上台，抱住貂蝉就亲一个嘴，然后飞步下台，夺门而逃。

有人惊呼："水晶眼睛，是水晶眼睛……"

有人惊呼:"哎哟,望海呀,是望海呀……"

众人嚷着,叫着,跳着,又都去追那青年,在一棵树下,人们将他围住了,要打他了。

同时,台上打小锣的大个子,也飞跃下台,冲入人围,举手护住那青年,不叫人打他。

"乡亲们,不要动手,我自己来办,请去看戏吧。"

"王二爷……"人们互相传语。

"不就是他的姨太太吗?……"众人窃窃议论,纷纷散去。

人们到处议论这一新闻。

"王二爷阴险,这小子要遭殃了……"

"未必,未必,其中必有文章……"

"这小子真大胆,哈哈哈……"

"听说,那女人,本来是个婊子呀……"

"那婊子是和尚的相好呢……"

"刚才,一串马车全走了,王二爷把和尚、婊子、望海,全带回他公馆去了……"

集市平静了,船边人们在忙碌,一切工作,都在准备出海。每只船,都已经雇定了自己的鱼眼。

大大小小的船全盛装起来,披红挂彩。大大小小的人也全打扮起来。

今天祭海,比过年还隆重,明晨出海,一年财富,都在这开头一船鱼定局呐。

家家宴会,户户笙歌,与闹哄哄的集市不同,这是有秩序,有安排,热闹而不忙乱,人人有礼,个个温雅,这是渔民的最大节日啊!有家的,都与家人欢聚。只有单身汉,无家无室的人,才拥挤在茶棚酒店,但不骂不打,神色怅惘。所以与上次的集市相反,静静的,静得凄怆,喜得空漠,因为财富与贫穷,生命与死亡,都将于这一天同时降临啊!

忽然一阵马蹄车铃声,由远而近,引起众人的注意,及至面前,车未定而已跳下一个人来。

人们渐渐围拥而上,有人喊:

"望海,望海……"

"哪儿?哦,我的好水晶啊……"

"和尚!和尚与他一块儿。"有人悄悄说。

"二爷雇了他啦……"有人相告。

望海笑着,穿得一身新,像一个漂亮的阔少爷,和尚也一身新,像一个阔少爷的跟班。

"望海,你跟王二爷的小白龙走吗?"

"好水晶,给了你几支金条呢?"

"像阔少了,不像穷鱼眼了……"

"请喝酒,请请客吧……"

和尚站在人丛中,挥一挥手,大声招呼:

"乡亲们,我们赶回来了,望海要请你们,望海要请咱们海村所有的单身汉喝酒……"

"全部啊……"

"全部……"

"上望海楼吗?"

"上望海楼……"

"有老婆的请不请啊?"

"有家的呢?——有一个瞎子老爹呢……"

"哈哈哈,把你瞎老子也捎上,去开开眼吧!"

"哈哈哈哈哈哈哈哈……"

"和尚,和尚……"

"就这和尚作怪。"人丛中,一个女人妖声妖气地把一个橘子向和尚扔过来。

望海一直笑着,与身边的人谈着,这时他伸手接了橘子,就剥皮吃起来。

于是小孩子、女人、少年们,全扔起东西来,形成一个热潮。

"怎么回事?"一个白头发老人被一只苹果砸了头,他摸着头问,引人发笑。

"这可不是棒打有情郎吗?"一个更衰老的渔夫,接住一支甘蔗问,众人哄然。

这就是我们的水晶眼睛,这就是我们的望海,这就是我们海村的宝贝呀!

自从十五岁闹事,从海上漂走之后,他跟随老胡头,辗转于各个冷僻的山崖海角,吃尽了苦头,老胡头把一身的本事都传给了他。有次在大海中,遇到了一艘日本轮船,鬼子抓了他们两个,要他们当捕鱼的向导。老胡头不干,被鬼子折磨死了。他装傻,做鬼子的下手,不单没有出卖渔场情报,反把鬼子的种种捕鱼窍门,学了不少。他挣了鬼子一大笔工钱,在一个晚上,用斧头砍倒了两个巡夜鬼子,从日本渔轮上游水逃出来了。

他终于回到了这块生身之地,用自己独特的技术与经验,这个二十多岁的青年,很快就蜚声岛屿了。

不知什么时候,他有了这个漂亮的绰号:"水晶眼睛"。有人说是因为他发现渔情,特别准确的缘故,有的人说是他这双眼睛特别值钱,有人说他是龙宫来的水晶种,有人说不是他会看鱼,是鱼看到他就涌出来了。

但是,有的人说,上边种种说法都不对,只因为滨海的人们,受海上风吹浪打,自小到老,哪一双眼睛都是满布血丝,像个杀人犯。只有望海的眼睛,却如海水一样,蓝得明净光彩,像水晶一般……

现在,你瞧,望海已经喝得半醉了,但他的眼睛,却更为明澈照人了!他举杯对着满座的人说:"乡亲们,大家尽量喝,大家高兴高兴吧……"

满屋满席的人，不只是单身汉，连老婆和小孩子，瞎了眼的，断过腿的，各式人都有。不只是酒瓶如林，而且大碗肉，大盆鱼，整鸡整鸭，各式好菜都有，不只是米饭、面条、馒头大饼，而且是水果、糖、糕，无一不备……

各取所需，人人欢乐……

"这要花多少钱啊！"阿珍的妈妈，一个三十多岁的青年寡妇说。

"听说王二爷给他的五百元银洋，全交给了望海楼呢！"一个三姑六婆式的老妇说。

"你要喝醉了……"一个妓女式的人直往这边挤，对望海尖声嚷。

"明天要出海的……"远远角上，女学生阿珍向他提警告。

"这个人怎么那么疯？"春花从店门口过，对金大爷说，金大爷摇摇头："这孩子跟和尚学坏了，可惜一分人才……"在他们身后的少年人鲁生冲进酒店，往人丛中挤。

"吃吧，放大量吃啊！"和尚大概醉了，坐到杯盘狼藉的桌子上说："掌柜的说，咱们一半银圆还没用光呢！"

"唱一个，"和尚拉过一个浓妆的女人来，和他挤坐在脏桌面上，"唱一个好听的……"

女的妖声怪脸地唱起来了……

"这干吗呀？"苍白头发的春花娘说，"和尚，你别叫望海走你那条绝路啊！"

"这孩子，没爹没娘，不成个家不行啊！"全白头发的老妇说。

望海喝着，笑着，与身边人交谈着，他似乎全听见了，也似乎一无所闻。

他鼓鼓掌，向那卖唱的点点头，又顺手接住一个女人丢来的手巾，擦一擦脸，然后，他摆一摆手说："好了，散吧……"

"不散，不散……"众人更围多了……

望海拉过衣架上的外衣来披上，但掉在地上了，一个满身破绽的渔民拾了起来,开玩笑地说:"好衣服,给了我吧!"不料望海真点点头,眼色中告他,只管拿去好了。渔民惊惶而自嘲地一边穿衣一边往外挤,众人哄笑着。

顽皮的少年鲁生大嚷:"我要你的裤子,我的裤子什么都遮不住了。"众人更笑。

"好,好……"望海推开众人,出门向海边走,众人仍跟上,也有散去的。

"脱裤子呀,脱裤子呀……"鲁生追着嚷。

一个女人从望海裤袋里拉出一方手帕来,于是跟的人全拥上去拉他,摸他。

他一边走,一边脱下衬衣、背心,随脱随给人抢走。到海边时,先脱下皮鞋,脱一只拿一只,袜子也抢走了,于是脱下裤子,给了鲁生。

现在,他只穿一条白衬裤,腰里扎了那条红绸子,光着上身,光着脚。人们欢呼哄闹着。

望海上了小白龙,对大家挥挥手说:"你们都回去吧,我要睡觉了。"

穿上新裤子的鲁生,一跃上了小白龙,就在船头拜倒:"我拜你为师,师傅,我再不离开你了……"

现在,海村的风气更开明了,女学生多起来,女孩子也要学技术呢,我们才长大的春花,今晚就是在金大爷家拜师的。

金大爷,是现在海村的知识分子和专家,威信最高,老成本分的渔技师。

"师傅,"春花说:"鲁生去拜望海,这家伙要学坏了!"

"望海有本事,学他的本事没错,……"这时风声大作。"天变了吗?"金大爷与春花开门看天。

天变了。

说变就变,转眼就飞沙走石,对面不见人。人人祈求的一个出海的好日子，给风暴破坏了！

老婆发愁，坐起来听。

小媳妇推一推酣睡中的丈夫。

有的对着窗子叹气，有的靠着门板发愁。

大烟灯边，戴眼镜的富商放下烟枪说："天又变了，海上的生意真弄不准。"

"你的船也交给王二爷了吗？"女人关心地问："这次王二爷下的本可不小……"

"我也是图个省心，你瞧他，雇了和尚，又雇了水晶，别的鱼眼，我也挑不上，就与他合伙吧。——白天那么好，一下子就变了，你出去瞧瞧，会转过来吗？"

女人出去转了一下，回来说："风小不了，快四更了，——你说，二爷的三姨太，真跟水晶睡觉了吗？"

"这也是浑说，水晶未必会这么干，哈哈……我不清楚……这股子风越来越有劲了呢……"

"这次的出海不利啊。"老渔民对白发婆婆说，"天变了，有什么法子。按规矩，早四更就应该出海了，太阳红彤彤的，渔船就返航了，这是出海打一网吉祥鱼的规矩。你记得，我年轻的时候，有一次，早四更出海，打了一网吉祥鱼回来，你还没梳头呢……"

"那是个大年，那天气多好，像这种大风浪，谁也出不了海……"

"出海也没用，像这么大的风，对面不见人，还能找到鱼吗？……唉……渔年不好啊……"

早四更在特大的风暴中过去了，五更也过去，天色微明的时候，风势才缓和一点。

海滩上响起了锣鼓，渔船也忙碌起来，预备赶清早能出海。妇女儿童都冒着风来送行，互相招呼着，说着，笑着。渐渐的人声锣鼓声高于风声了，每条船都备好了，欢送的情绪达到高潮，在更加兴奋的锣鼓声中，响起了冲天喜炮，接着是密密的鞭炮声……

虽然迟了，仍赶得上，祝好运啊！

忽然，远远的，似乎有只大船开来，大家一时未明白，怔怔地猜疑。

等到明白过来，船已及岸。

哎哟，惊人哪，小白龙，在大风暴中，望海他们的小白龙按老规矩出海了。而且，不是打了一网吉祥鱼，而是打了一船，满满的一船！

这是渔民的大家喜啊，这是今年海鱼大丰收的好兆头啊！

群众欢声雷动！

于是船上、海边、岸上、山头，人山人海。在欢呼爆竹声中，风尘仆仆的望海走了出来。

望海屹立在船头，光着上身，光着脚，腰里扎了那条红绸子，晨风温柔地吹拂着他美丽的头发，他出神的，疲乏的，又似视而不见的，面对着欢腾的人们！

望海是我们的水晶，望海是我们的宝贝，望海的名气一天一天大了，有好名声也有坏名声，望海叫人爱也叫人恨，年纪轻的见他就学样，年纪大的见他就摇头。望海到哪儿，哪儿就有女人和酒，青年人也跟着望海吹笛子，也跟着望海唱歌。

望海赚了一笔钱，又飘游去了。老年人高兴他走开，免得他带坏了年轻人。

年轻人都盼望他回来，跟他学本事，跟他玩。

女人们都想他。

在淡季的海滩上，妇女们在晒船修网。她们望着轻捷掠过水面的海鸥，以为是望海回来了；她们望着晴空远飘的彩云，以为是望海回来了；她们低低地唱着望海的歌，不是爱唱歌，是为了爱在歌里多说几遍望海的名字。

淡淡的海村，淡淡的哀愁啊！

下 篇

当一面红旗,在山岗高处小木屋上招展的时候,我们亲爱的海村,经过了它早年荒寒贫困的时期,又经过它病态的繁荣时期,现在,新的时代开始了。

海村,经过一个艰苦的建设过程,我们可以看到旧的渔民的新姿态,旧的木屋的新布置。

金大爷现在是海村渔业合作社社长,春花是妇女主任又是团支书。区委派了一个李青同志来协助工作。

今天,李青同志正与社干部们开会,会议进入结束阶段了。

"小白龙归我们社,我们一定保证超额完成任务!"春花高兴得自己拍拍手。

"光靠船好不顶事……"鲁生说。

"咱们网也好……"春花说。

"要人……"鲁生还没说完,春花指着他鼻子说:"你不是人吗?"大家都笑起来。

"咱们好好干吧,鲁生,你也很不错了……"金大爷拍拍鲁生,鲁生一下子站起来说:

"我顶什么?凭你?"鲁生走近一步逼问春花,"金大爷的船长错不了,咱们缺鱼眼是不是?"

"别泄气,鱼眼这两天就调来,鲁生,你是青年团员,拿出勇气来,本事是从工作锻炼里得到的,一方面,咱们可以成立一个鱼眼训练班,挑心灵眼快的小伙子来跟老师傅学……"

"这方面不是现学现卖的事。"有一个渔民说。

"当然,这是一边培养,一边咱们大家多张罗一下,让走散的鱼眼回来……"

还不习惯开会久坐的渔民，有人问："散了吧？"

"散会！"李同志说，大家纷纷走出，只留下春花与鲁生两人。

"大家情绪，似乎没前几天高了。"李青说。

"因为汛期就要到，咱们斗争渔老板渔把头的时候，把鱼眼也惊跑了。现在大家心里感到瞎，没有底……"

"咱们的政策，对鱼眼顶好，不是吗？……"

"咱们斗了和尚啊，"鲁生说，"和尚是个好鱼眼，又能开船，是个有技术的头把手！"

李同志点点头说："和尚是不该斗的，他其实只是作风问题……"

鲁生说："一斗和尚，我师傅就跑了，我师傅讲义气，和尚是他朋友……"

"什么朋友，就是和尚把他教坏的……"

"我师傅说，不是和尚把他教坏的，他讲了和尚不少好处，他说和尚对穷人一直都是好的！"

"好了好了。"李同志说，"鲁生，把你师傅找回来，和尚，我回头也要找他谈谈……"

鲁生从墙角一个锈钉上取下一支笛子来，他擦擦灰给李青看："你瞧，这是我师傅的笛子！"

李同志说："他的房子，他的笛子都在这儿，他一定会回来的，咱们社的办公室，搬到金大爷那院去，那边有空房子。"

李同志把门打开，海迎面展在眼前，他轻轻地自语："望海，望海！"

远远传来望海的歌声。

望海把最后一分钱花光的时候，他回来了。

他喝得酩酊大醉，衣衫不整，摇摇晃晃地往家走，和尚也醉醺醺的，跟在他身后。

他气汹汹的，看到了小木屋，更加怒气大发了。他的屋子给占用了，他的朋友给斗争了,他是回来打架的,他日本鬼子都不怕,他怕谁?

海,静静的,月光如画。

他奔上小山岗,一手扯下了小红旗,一脚踢开木屋的门。

室内布置,正如他原先的样子,只是十分干净。在月光照亮的炕上,鲁生正在那儿弄笛子,正苦吹不成腔呢,他看到望海,一跃下地,兴奋得抱住他叫:"师傅,师傅,你可回来了。"

望海推开他,环顾屋内,他弄不明白,占用他屋子的人在哪儿呢?他本来想,那是些与鬼子一样蛮不讲理的人。

"你在这儿干什么?"望海问鲁生。

"我是奉命给你收拾屋子的呀!"鲁生一手拿过望海抓着的小红旗,把它小心地插在毛主席像的旁边,口内叨咕着:"这些还要搬到办公室去呢!"

"为什么搬?"

"金大爷那院有空房子,你这间你回来要住啊!"鲁生觉得这个道理是显而易见的。

"你们还管我回来住不住?"望海不信地说,"你们一天到晚,就是斗争人罢了,你说说,怎样来斗争我吧。"

"哎哟,"鲁生一拍手,恍然自己糊涂了,"你还什么都不知道哪,咱们可是变了一个天,你这两个月上哪儿飘游去啦……"

"鲁生,鲁生……"

鲁生一听声音就更兴奋了,打开大门叫:"春花呀,春花呀,我师傅回来了,我师傅回来了,快来呀……"

"是望海吗?"春花一边问,一边奔来,冲进门大叫:"望海!"

在月光下,春花高兴得神采焕发,大海衬在她的身后,轻轻地展开了微笑的波纹!

望海什么都不信。

他根本不听，他拒绝开会。

为了吃饭，他拿出本事来，——当然，这本事是他唯一的骄傲，他凭本事吃饭。多少年来，他明白了一个道理，世界上根本没有公平与真理，人都是互相利用，他要用你，就对你好，生活中不可能有真正的信任与爱情，谁说真话谁善良，谁就倒霉遭殃。和尚是好的，谁也不了解他，自己小时候也骂他，所以他吃喝嫖赌，因为谁也不爱他，所以他也不爱谁，现在，自己也处在这个位置上了。

望海长得更魁伟、更矫健了，女人们都喜欢他。也许海边的妇女特别多情吧，望海真是处处受欢迎，但是他并没有发现什么爱情，所以玩玩便丢开。不过，情况似乎在变化，女人们忽然变得不同意他这种对待了，所以在男女关系上，望海在不断地惹起风波来。

他仍在小白龙上，小白龙的收成一直是最理想的，他们的船一到，人们都热烈地欢迎。但是人们对金船长，甚至一般的船员都表示热情，对他却淡淡的，他也不以为意。

他从澡堂子出来，换了一身打扮，海军式蓝条子汗衫，白运动裤白球鞋，刚洗过的头发蓬松着，黑里透红的肤色，呈现出了海员特殊健壮的光辉。

他到一家洗衣作坊门口，推门进去。

"阿珍！"他招呼一个十五六的女学生，问她："妈妈呢？"

"妈妈开会去了！"阿珍跑过来接去他手中的衣服包说，"你不等用吧。才到吗？"

"才到。"他自己倒一杯水喝，一边坐下来问："那支钢笔好用吗？"

阿珍正在穿一双白球鞋，一边回答："漏水呢。"一边自己又忙于扣背后的小衫扣子，"你帮我扣扣。"

望海站起来帮她扣扣子，她忽然咯咯咯地笑弯了腰，望海问："笑什么？"

"你怎么扣的，扣到我肉上了……"她推开了他，又自己扣，"下午我们学校赛篮球！"

望海拿起桌上的一个苹果来吃，一边笑着说："你还打篮球呢，恐怕你只能打气球……"

"干吗？"她回过身来说，"咱们比比手劲！"

望海一把把她的手抓在掌里，一拉，她笑着跌到他怀里。

"哎哟，哎哟，"她嚷着："衣服都撕开了……"她蜷在他怀里不敢动，他低下头问："哪儿撕开了？在哪儿？……"

在阿珍家对门，住了一个暗娼——就是当年的浪上飘。她涂脂抹粉的，成天坐在小窗口。她看见望海走进阿珍家的。

于是，她妖笑着，在门前走来走去。

终于，把望海等出来了。他慌慌张张，没有人送出来。

她一把拉住望海就向自己家走，虽然巷口也有人来来往往，但浪上飘是可以随手拉人的。

阿珍家搬到这儿不久，她们不知道浪上飘与望海的交情。所以，当傍晚时分，望海喝得醉醺醺的，从她家走出来，浪上飘咯咯咯咯地妖笑着，挽着他的手送他出门，正好遇见阿珍的妈妈。这是个三十多岁的俊俏寡妇，她一见望海这样，脸就红了，快步闪身入屋。

浪上飘笑着，一直看望海走远了，才转过身，站在当街，对阿珍家高声大骂："哈哈哈，别装正经了，哈哈，母女两个勾上一个汉子，哈哈，这才现世现报呀！……"

因为小白龙的生产好，每个船员都赚到加倍的工资，喝酒打架的事就少不了，所以李书记就召开一个小白龙全体大会，与大家谈谈，要大家："有计划的花钱，给自己建立一个新生活，给海村建立一种新风气。"望海坐在最暗的一角，最亮的前排，坐的是春花与鲁生等。

"妇女主任在不在？"一个女子冲进来问，慌慌张张拉了春花便走："阿珍的妈上吊了，阿珍又要投井……""能救活……""啊……"远了，听不清了，全屋的人都震动。

"咱们海村不大,事故可不少。好,散会,恐怕都想瞧热闹去吧,要春花冷静,先救人!"李书记回头对鲁生说:"快打电话找王大夫。"

"你等一下。"李书记对望海点点头,等众人散尽,他给望海一支烟,自己也点上一支,一边抽一边说:"这次你的工作最出色,咱们渔场上,像战线上一样,你是百发百中的神枪手,大家的眼睛全瞧着你,所以,你的一言一行,就很需要注意了。鲁生是你的徒弟,他已很不错了,哈哈哈,你得更加把劲。"李青看望海十分不安的神情,安慰他说:"没有什么大不了的事,技术上没问题,你是第一把手,大家都服你,就是一点作风问题,比方和尚,开始的时候,我们怎么会斗他的呢,就因为群众不满意他的作风,不是吗?"李书记坐下来,取出档案夹中的一叠材料来说:"当然,你并不像他那样胡搞,但咱们现在是新中国成立后了啊!"李青一边翻材料一边说:"你瞧,人家对你有意见,那些破鞋暗娼,你还去招她们干吗?你的条件很好,姑娘们都对你不错,以后好好找个对象结婚……"

"李青同志。"春花气冲冲地跑进来,瞥一眼望海,停住不讲了。李青急问:"没死人吧?"

"人是没死……"春花迟疑地说,又瞥一下望海,望海不安之至地站起来。李青点点头,对望海说:"好吧,以后再谈吧,请你想一想……"

春花等望海走出去后,砰地把门关上,大声说:"这家伙,谈不中用,根本得开斗争大会,非把他的邪气斗掉不可!"

"你怎么又要斗争了……"

"不斗争不解决问题呀,对咱们威信也太不好了。你知道这家伙干了什么坏事吗?他和浪上飘……"

"又是那个暗娼,对那种坏女人……"

"坏女人算什么,他跟阿珍妈妈有关系,今天他又跟阿珍……"

"谁?"

"谁?——望海呀!"

李青一愣坐下来，抚着面前的一叠材料。

国营渔场新落成的办公厅，正像停在海边的一条大渔轮，是一溜长而狭的屋子，书记处的屋子大一号，又高出一层，正好是船楼的部分。室内处处洁白照眼，又像是医院，而坐在那儿忙着的，有些发胖的李书记，更十分像一个大夫呢！

桌子上两个电话机，李书记正与烟台打长途电话："怎么样？我们的青年号，是的，新船，是的……没有吗……啊，好，好……请帮忙。"另一个电话铃又响了："没有，是的，是的……我立刻联络……"李书记瞧瞧钟："现在是两点一刻了，雾很大……"

金船长一下子冲进来问："找到没有？……没有，已经十二个小时失去联络了……"

李书记仍在打电话。

"不会出事故，现在风小些了。"金船长自我安慰，也安慰别人似的说："青年号都是好小伙子！"

"可是没经验，愣闯，"春花从外边进来便说，"人家船都回来了，他们怎么不回来？他们一定走得太远了，昨天八万斤，他们说，今天一定要捕十万斤……"

"就是小白龙，从前也过不了一万斤啊！"

"越捕疯劲越大了，我知道必定要出事！"春花着急地说。

"把个春花急的，爱人关系哪！"有人说。

"什么，我是可惜那只船……"

这时屋内有个陌生人，她是外地派来实习的女船长，手里拿着介绍信，几次要上前与书记谈，几次都被当前的紧张气氛压下来了，不知如何是好。

春花一眼发现了，问："找书记吗？"

"是的。"

"李书记，这位同志找你。"李书记一手拿一个电话机，不断地发指示或接指示，听春花叫他，他点点头，意思是：请过一忽儿再叫我办别的事，目前，青年号几十个船员的生命还没着落呢！

书记处，人们川流不息，空气紧张，个个不安，来客知道，今夜是不适合谈工作的了。但是渔场像战场那样紧张，使她兴奋，青年号出了事故，也使她担心，所以她不能离开这里，她想上码头去看，风势很弱了。

屋子里的人全拥到书记身边去，因为小白龙来电报，他们找到了青年号……

但来客并没有听到，她已走到码头上，她凝视着迷蒙的海，慢慢地雾散了，第一线曙光，似红似白地由海极处透露出来，美丽的海呀。

忽然，在美丽的海上，见到一个黑点，不不，两个黑点，她正要将这发现去告人的时候，从办公厅，从一切房间与道路上，突然涌出来所有的人，他们也发现了？不，他们在电话上或无线电联络上早知道了，个个都笑着，兴高采烈，一定是青年号回来了，青年号没出事故啊！

锣鼓与鞭炮也大响了，真高兴啊！

春花从码头最前端，挤到最后一角来，为了把自己的欢喜告诉女客。

"太好了，太好了……"春花拉拉她手说。

"没出事故，大家多么担心啊！"

"不、不，你不知道，非但没出事故，不，不，"春花兴奋得语无伦次了，"他们根本不会出事故的，只是无线电坏了。今早，不，昨晚怎么样，六级风，六级在海上就有八九级大风哪！他们非但没出事故，他们两只船，捕了二十万斤，二十万斤，哈哈哈哈从来没有过啊，八九级大风呢……"

"青年号是两只船啊！"

"不，不，一只是他师傅的，我爱人是青年号的'鱼眼'，他师傅是小白龙的鱼眼,瞧见了吧,前边那只白的就是小白龙,哈哈哈……你觉得名字怪,是不是,过去是一个渔老板的。"

"鲁生真了不得,立了大功啦……"有人说。

"什么,他弄什么,都是水晶帮的忙吧……"春花又对客人解释,"他师傅叫水晶眼睛,真有本事,那么大的风,换别人,不出事故就算好了,哪能捕到鱼呢!本来他师傅跟他不在一块,他们两只船都想超额完成任务,都开得太远了。昨天出去二十只大船,一起风都回来了。"

"喂喂……"春花见船拢岸了,她又与人们一齐往港口挤,"喂……"在沸腾的码头上,人们让开路来,船员们在船上已洗换过了,一下子,你可以看到一个穿海军汗衫、白运动裤、白球鞋的健壮小生,谁呀,鲁生呀,他什么全跟师傅学,不单服饰,他走路的样子,以及与身边人点头招呼的神情,都像他师傅,只是个子小一号罢了。他的师傅却只穿了一身干净的蓝布裤褂,并且在闹忙的人群中,他从最薄弱的环节上,找个空隙走开去了,虽然,人们仍然热烈地拥向他,但我们只见他低着头远去了。

春花在大喜之余,正把爱人与女客介绍:"她叫海燕,这是来咱们渔场实习的女船长,全国第一个女船长呐,咱们什么都要做出全国第一的成绩来。"春花望着鲁生问:"对不对?"

鲁生笑着点头,说话,那姿态,与他师傅一式一样。

望海躺在床上,没开灯,月光照着他。

远远有歌声,是望海的歌,然而望海没有唱,是春花在唱,远远有笛子声,是望海的笛子,然而望海没有吹,是鲁生在吹。春花唱得很好,鲁生也吹得很好了,渐渐的歌声笛声愈近愈响了,一下子门被推开了,在春花咯咯咯咯的笑声中,电灯猛地给开亮了。

望海从床上立刻坐起来,低头望着自己的脚,脚上是一双木拖鞋。

对面是鲁生的床,床上是绣花枕套,床下有绣花拖鞋,全是春花的赠品。

"师傅，"春花淘气地叫，"我上你的船，跟海燕船长学技术，好不好？"春花坐在鲁生床上盯着望海说，"我也当女船长，我真高兴，上级将海燕分派到这儿来，小白龙给和尚驾驶不相称。李书记同意把海燕分配给你，你真不要她吗？你封建！"鲁生直使眼色，叫她别多说，她偏说：

"您总是走极端，——我去找书记，非叫女船长开小白龙不可！"

望海一直沉默地低头不语。

春花笑着被鲁生催着走了。

鲁生在门外埋怨她："你总闹，叫师傅不高兴！"春花悄悄说："他多怪，不说话也不瞧我。"

"瞧你干什么，那次斗争大会上你把他说得那么坏！"

"他记仇吗？"

"他不是记仇，那次斗争大会之后，书记跟他谈了一个通宵，他就变了一个人了。"

"变得干脆见女人就低头，怪人，我是女人吗？"

"你不是女人是什么？"鲁生拉过她来问。

她咯咯咯地笑着，快步跑掉了。

鲁生回进屋子，望海站起来，对他笑笑。

"这么淘气，还当女船长呢！"鲁生表示埋怨春花之意。

"那个女船长叫什么？"望海笑着问，"对了，海燕，那么春花可以叫海麻雀了！"

"人家海船长可不像她那么叽叽喳喳，"鲁生说，"师傅，你为什么一定不要女船长呢？"

"我不要女船长……"

"宁可要和尚？"

"宁可要和尚！"

"不是,你根本不可能当和尚,人家女孩子全爱你!"鲁生躺下来说。

望海把灯关了,也躺下来,两手枕在头下。

鲁生侧身望着他师傅说:"你为什么不找个对象结婚呢,人家都说,你结婚就好了。"

"你什么时候结婚呢?"

"我们预备国庆节结婚,但一定先得超额完成任务。"鲁生说,"师傅,你找个人结婚吧!"

"我有老婆啊!"

"谁?"

"月亮!"望海指指窗外的月亮说:"夜里她常常来安慰我。"

"别开玩笑,——月亮也太远了……"

"远在天边,近在眼前,你瞧,她不是在我床上吗?"

"唉。"鲁生在黑暗中,不以为然地摇摇头。

多么好的滨海浴场啊!

人们愉快地在海滩上来往着,孩子们更是兴高采烈,有三四个小孩子,站在一块大岩石上,对着海叫:"叔叔,叔叔……"

阳光闪耀的水面上,疾速地游来一个人,他穿了天蓝色的裤衩,他给孩子们摸了不少小蛤蜊小海星……

"这条章鱼多大啊!……"小男孩说。

"给我,给我……"一个最小的女孩稚声地嚷。

他把小物件给他们装进小桶,放上一点水,孩子们围在他身边,高兴极了。

远远的,孩子们的母亲、姊姊或什么姑姑姨姨的都跑来看。

于是,他往海中一跳,又疾游而去了!

另一边,穿红裤衩的鲁生,穿花游泳衣的春花,和穿黑游泳衣的海燕在谈着。

"多怪,见女人就走,以前,相反,什么女人他都敢胡闹……"春花说。

望海游得远离一切人,在一个冷僻的沙滩上,和尚穿了一条长裤子躺在那儿晒太阳。

望海在他身边坐下来。

"明天咱们出海吧,真太闷了!"望海说。

"唉,我也闷,非叫休息三天不可,这一天就把我闷坏了。"和尚也坐起来说:"出不了海,船动不了!"

"非出海不可。昨夜我一夜没合眼,想起了金船长有一只木帆船,好好地搁在海湾里没人用,那船顶可以……"

"要受批评的……"

"咱们业余捕鱼,只要不出事故,玩一玩就回来,也许谁都没发现呢!"

夜色苍茫,海边的人全回去了,只有在这一角沙地上,还有两个人影在踯躅!

望海又喝醉了,他与和尚都喝得不少,而且他们还带了几瓶。

他们把木帆船连夜开出来了。

他们带着醉下网,不断地下网,竟网了一船鱼。这个水晶,真的不是他看见鱼,而是鱼见他就来了呀!

他们在船上煎鱼做饭,喝酒谈天。

十几年的变化太多太多了,今天,又坐上这种熟悉的木帆船,两个曾经亲身经历过同一苦难历程的朋友,虽然年龄不同,那感慨之深是一样的。

"你确是有运气,"和尚说,"从未空过网,……这儿没有别人,老弟,我有几句话要对你说,"和尚一边喝酒一边说,"我是荒唐了半辈子的人,那日子我不想好好过,好人没有好下场,坏人有钱有势,无法无天,所以抱定吃喝玩乐的主意,活着就鬼混。过去的日子,你是明白的,现在不同了,你又正当壮年,国家看重你,领导上也培养你,你该有个好打算……"

"我现在就很好,……"

"不,不,老弟,真人面前不说假话,比方咱们这次,一高兴就开只船出来玩,这就不对。我的老毛病多,你该指点我,你怎么反倒鼓动我胡闹呢?咱们捕一船鱼有什么用,就是捕十船鱼也抵不上犯的过,比方是兵吧,不听将令,私自出阵,该当何罪呢?……"

"我并不是一高兴就开船出来玩……"望海叹了一口气说,"我是一不高兴才开船出来玩啊!"

"你有什么不高兴?那次斗争会,你一点也不冤枉,你闹了多少事,女人就有七八个来告状的,……"

"当然不冤枉……我难道还对斗争会不高兴吗?"

"你是改得快,可也真是走极端,低头不瞧女人,心正哪怕瞧呢!我以为,你真得瞧准一个女人结婚才对呢!"

"你也这样说,"望海看看天亮了,站起来伸个懒腰说:"我跟哪一个结婚?"

他不知道从哪儿取出那块红绸子来往腰里一扎说:"你记得这是谁的?"

"你瞧这孩稚气!"和尚说:"哪儿来的?……"

"唉,你不记得了吗?有一个小女孩,叫小月的,她爷爷叫鬼子打死的……"

"记得,不是我送她母女走的吗?——我早就对你讲过了……"和尚问:"你还记着她?"

"我从来没忘记过她……"

说时迟,那时快,海上的风暴来了,两人立刻动作起来,往回航,但不行。一下子桅杆断了!船打转转,颠踬着,像醉汉,几次要翻了又脱险……不知过了多少时候,风暴才小一点,两个这么高明的海员,也精疲力尽了。他们发现，水也泼了，粮也没了，火种也冲掉了。在万分无奈中，他们度过了漫长的夜。

另一天，看着太阳，他们定方向走船。弄不清，船已被吹到什么方位上了。

在努力驶船中，每人都挤出最后一分精力来，远远见到有大渔轮，太兴奋了，他们大声招呼，并且更使劲地划船。

"不，不，敌人，国民党的……"水晶眼睛瞧出来了，赶紧往相反方向划。

虽然没被敌人发现，但二人的力气也全完了！

他们饿极，想吃一点生鱼，但咬两口便吐起来，两人全晕倒了。

忽然，海上又来风暴，虽然不大，但他们两个人也无能为力了。

船随风逐浪，不知漂了多久，也不知怎样在一个浅滩边搁住的。

望海也不知昏过去多久，只是似乎听到飞机声，他还挣扎着爬起来，把红绸子扎在断桅杆上，又跌倒了，半响，他又睁开眼，喃喃地说："我们的，我们的，我看得见！"

风平浪静了，木船上死一般安静，只有一块红绸子在断桅杆上招展！

书记在打电话，又是一手一个电话机，春花一手拉着海燕，急急跑来，推开众人。

"哦，海军吗，是的，是的，今天是第五天了，好，好的……"书记对海燕说："现在海上六级风，你不能去！"又接电话："哦，是啊，没有，是的，谢谢，好，好极了……"

金船长过来仔细看看海燕，对大家说："说明了就看得出，是那个小月，我也见过。"有几个人也过来看："是呀，是小月，你怎么早不讲呢？""你们没料到自己村子上出了一个女船长吧，所以她来了这一阵，没有一个人疑心过。"书记说。

"我疑心过，"一个老渔民说："我不信小月学成一个船长，我想天下长得像的人顶多，那时，你走才十二岁啊，今年多大了？"

"二十三了。"海燕说。

"我那时也六七岁了，怎么记不住你的长相呢？你变了，那时你是小圆脸，有辫子……"

书记打了一阵电话又回头问："怎么来了三天都没对望海说呢？"

春花说："第一，望海绝口不要女船长，第二，望海见女人就走开，……讽刺她叫海燕，人家是为了他改的这个名。"

"我想，他会认出我来的，哪知道出这件事呢。——我想出海去找，现在风小了……"小月说。

"唉，要不出这事，让望海认出来确实有意思……"有人说。

"喂，是的，没有，好，好，是的，……"又拿另一个电话："空军，喔，什么，发现一只木船，对，对，什么，没有人，在哪儿，好。"书记拿过去一张纸，有人送过笔去："好，——立刻去找，是的，四级风，可以，可以……是的，谢谢，我们自己去……好，好，谢谢！"

全屋子的人都拥向书记。

书记虽然疲乏不堪，但还是笑着说："找到了，离这儿不近呢！……"

青年号在疾驰，小月司机，她身边，一边是春花，一边是鲁生。

舱里坐着书记和金船长，他们在看海图。

风渐渐小下来，浪平静了，船开得更快了！春花高兴得拍手，她一看大家都发愁才停了手。

书记说了一阵方位，也站到船长身边，船慢下来，书记用望远镜搜索。

"那边，那边，……"书记说。

"当心，不能前进了，有礁石。"金船长赶紧阻止。

大船停了，放下小艇，书记与鲁生、海燕下小艇，春花想去，鲁生阻止了。

到木船，上木船，海燕赶紧用手去摸望海胸脯，书记也摸和尚。

"不要紧，不要紧……"书记说："饿的……"

小月点点头，一边拭了下眼泪。

"谁也别多嘴，都听我导演！"春花对跟她的一群人说，然后开门进屋。

小月正在削苹果，望海把脸对着墙睡。

小月放下果子出去了，门外有人说笑。

"你好些了吗？"春花问。

"我又没生病！"

"向墙干吗，连我也不瞧了吗？"

"我巴不得一直瞧着你呢！"望海一下子坐了起来，"我完全好了，没病没痛，你别叫人来侍候我好不好？"

"人家是船长哪！"

"船长怎么样，船长去开船，到我这儿来干吗？"

"真没良心，人家在大风大浪里把你救了回来。"

"那怎么办，我怎么还这份情呢？"

"书记同意了，你可以和她结婚……"

"别开玩笑！"望海一气又躺下了。

"她爱你，她愿意……"

"她愿意我不愿意……"

"你瞧清楚了吗，她不是你心上人吗？"

"我瞧她干吗？……"

"你别糊涂，你要后悔的……"

"谢谢，谢谢，阿弥陀佛，可以了吧……"

"哈哈哈哈哈哈哈哈哈……"门外的人一拥而入，大家来搬东西，把鲁生的东西往外搬。

"这怎么回事？"望海一下子起了床，身子还有些摇晃，他在屋角找了一支木棍当手杖，他找书记说理去了。

这时候，春花把小月找了来，想叫他再看看，认得出来否，但他又不在。

她们二人收拾着房间，春花找到了那条红绸子，就将它扎在腰里，两手叉腰，表示男性。

"小时候我们这样玩的，"小月找出那块蓝白格子布往头上一包，扶着椅子背说，"那时我就想学开大轮船，望海扎了红腰带，当渔夫……"

忽然门推开了，书记、鲁生、望海全冲了进来，书记对春花说：

"怎么样，你的秘计可以说穿了吧，望海找我，一口拒绝结婚呢。"

"拒绝就拒绝，谁知道他什么心思，人家小月同志可等了他十来年了……"

这时候，望海一直瞧着小月，看出来了，惊讶得如痴如梦。

春花拉了小月就走："算了，咱们也拒绝！"

望海两手拉书记："这，这，这是小月吗？啊，真的吗？……"

春花仍拉了小月往外走，门外看热闹的人都笑着拥进来。

春花拍一下手，慨叹地说："唉，别开玩笑，她愿意我不愿意！"

望海只是拉住书记。

和尚挤过来说："望海，我知道你，你的心里一直想着小月，所以不肯跟别人结婚，你怎么啦？还发什么傻？……"

望海："唉，我是做梦吗？这怎么可能呢？"他放下书记，走到小月身边："小月，小月……"他一下子拉过她的手来，在她手腕下沿，有一块花瓣一样大的黑痣，"真是你呀，小月……"

小月先是害羞，后是傻笑，终而流泪……

众人笑闹，起哄……

"可以了吧，阿弥陀佛……"春花对众人说。

鲁生去扯下春花扎的红绸子，给望海扎上，众人更欢，望海对小月说："想不到，你真当了船长！……"

过去儿童玩时的景象再现。

现在是，大号渔轮，小月驾驰，望海在最新的科学设备前边，注视着无边无际的大海。

美丽的大海，无限远大的前程啊！

五姊妹[①]

人家说，我们五个人是五姊妹，因为我们——洪英、黄玲、白秀华、金薇和郑小丽，在中学时期是同年级的五个好朋友，简直形影不离，到了大学之后，虽然彼此所学不同了，但这种友谊，仍旧一直保持着。我们不是同胞，却是同年，所以一九五七年，当我们在大学毕业的时候，我们都是二十一岁。

我是学美术的，在她们工作分配还没有公布的时候，我就得到通知，将派送我到波兰去学习陶瓷镶嵌。

我是个孤儿，却得到这样大的幸运，她们自然为我欢欣鼓舞，尤其是洪英，她是我们五个人之中，月份最小的，因为她是——她自己说是圣诞老人袜管里漏出来的小皮球。她诞生于圣诞节，又长得胖乎乎的，绰号就叫小皮球。她的性格也异常的活泼，一刻都静不下来，学的又是外文，说话像流水似的，又多又快又滑。

"亲爱的姐妹们，我亲爱的……"她用英文说，当我们五个人照完相之后，她是站在正中间，一只手搭在我肩上，一只手搭在金薇肩上，金薇的右手搭在黄玲肩上，我的左手又搭在白秀华肩上，洪英就在这个姿势，用她特别清脆的嗓子，发表早就想好的妙论："我亲爱的姐妹们，郑小丽即将出国了，今天是七月十二，我提议，从今之后，不管天涯海角，

[①] 作于1960年代初，未曾发表。

每年在七月十二，我们都要互通消息，并且互寄照片。如果在北京，我们都要到北海五龙亭来聚会，这儿有茶座，先到的就在茶座里等着，从下午二时至六时，如果事先不请假，事后调查，也没有充足的理由，就罚她一席酒宴，以儆效尤。——关于这一点，金薇你记好，你这个演员，最吊儿郎当了……"

当时大家谈得很多，关于每年聚会的具体办法，又订了科学的、严格的、而又简单易行的条文。因为，除我之外，她们的工作，可能都分配在北京的。黄玲学的是中国文学，白秀华是音乐。

那一天，我们在北海玩到深夜。白秀华喝得很多，最后，唱了她的拿手《加尔曼》中的一句，她说是专为我唱的："你是我们中间的加尔曼，小丽，希望你成功，不要在国外谈爱情……"

于是大家又发表了一阵关于爱情的议论。白秀华是恋爱至上主义者："我如果爱一个人，我就'爱至死'永不更改……"她眯眯地笑着说："但我不会轻易爱上一个人的。"

"别装样了，"金薇赶紧揭发她，"你正在爱你那位表哥，那个拉提琴的，我早就听到信息了……"

"我知道，必定是那个打鼓的告你的，你呀，可真得当心，一忽儿爱吹小号的，一忽儿又跟打鼓的好……"

"我跟谁也没好，玩玩怕什么？爱情是一回事，朋友又是一回事，而结婚跟恋爱跟朋友，又是全不相同的。"

"这是什么意思？"洪英睁大眼睛发问，"结婚不是先经过恋爱的吗？"

"我知道你快结婚了，因为你已经恋爱过了，怎么，你们不可以提前一点，让小丽参加你的婚礼吗？"金薇说。

"不。"小皮球忽然不安地红涨着脸，"我还不一定，你从哪儿听来的？"关于洪英的恋爱，我与黄玲竟一无所知，在大家追究之下，她才吞吞吐吐地讲了出来：据说是，有一次，她独自去看电影，有一华侨坐在她旁边，两个人对正在看着的故事，彼此交换了一些意见。于是，从此便开始来往了。那个华侨是学体育的，姓欧阳，但洪英的妈妈不同意，所以尚未进行到结婚这一步。

多么宝贵的学生时代啊！总是兴高采烈，总是高谈阔论，互相抢着发表一些又聪明又糊涂的意见，似乎都怀念过去，苛求现在，对未来却眯起眼睛，做着好奇的眺望，非常稚气，但又摆起成年人的架子。

我不知道，在纯真的大学生中间，有过多少誓约？有过多少诺言？有哪些又是付诸实现，遵循不误的？……

总之，我在国外的几年，我们五姊妹的信息是逐渐中断了。在第一个七月十二，我曾分别发出五函，各附照片一张。后来，我只收到金薇的一封信，没有照片，说到她在某剧院，当一个不重要的角色，洪英结婚了，白秀华生了肺病，措辞颇为怅惘，不似过去她那种轻松快乐的调子。而且这是最后所收到的一封信了。从此，一直到我回国，再没有任何消息，其间，虽然我又去过几次信，但谁也没有再复我。

当然，这几年中间，我也结识了不少新的友谊，经受过一些新的欢乐与新的烦闷，但是，中学时期的友谊，是与故乡和童年一样，似乎它将永久深深地印在每个人的心上。我是把它和我最珍贵的回忆放在一起。可喜的是，它与别的回忆不同，它既有过去，还有未来，我们这种友谊，将越过时间与空间偶然的隔离，而又蔓生在一起……

所以，在我归国之后，经过一阵照例的激动、感慨，种种人事上的与见闻上的新鲜印象之后，把对祖国对同胞，对亲戚朋友的长年苦思，用相见的欢乐补偿以后，我真是疲乏了。兴奋是如此强烈地消耗着我的精力，在我从各种热闹场中串过，可以开始安静地来休息一下的时候，我是异常地疲乏了。

"不，明天我不能陪你上颐和园去玩了。"我对罗说。

罗是我在波兰时候的同学，这次一同归国的，他后天就要回上海的家中去,他还邀我一同去上海玩玩。

"我真是累了,而且,你看,明天还是七月十二……"于是我给他瞧那五个人合照的相片。其实他在火车上早已看过了,而且也一再听我谈起过,关于我们五个好朋友的故事,以及七月十二在北海五龙亭聚会的种种细节。

我也拒绝了罗跟我上北海玩去的要求。我不愿几年不见,一见面就给朋友们奉上笑料,特别是洪英的嘴,我似乎向她保证过,学习期间,决不谈恋爱,我似乎还严肃地表示过我对独身的主张。

她们现在都怎样了呢?我拿起相片,细细地审视着她们,洪英笑得像盛开的莲花。黄玲露出那么粗的胳膊,像一个运动员,我记得她的脸总是又黑又红,她的绰号就叫健美明星。白秀华是十分清秀,她有弯弯的眉毛与弯弯的眼睛,生气的时候,也像是在眯眯地笑。金薇是蓬松着一头卷发,十分洋腔,眼睛是异常的光彩,牙齿又非凡的白。

在七月十二下午正两点,我揣着这张照片到北海去,北海我与罗已经来逛过两趟了,所以新鲜劲头已过去了。我一直奔向五龙亭的茶座,当时的心情,是希望立刻见到我的好友们,我要使她们大吃一惊。说不定她们正在谈起我呢,说不定正在互相埋怨,没有写信给我的事,说不定她们四个人,正要找一个附近照相的地方去合拍一张相片寄给我呢……

唉,亲爱的女友们啊,我回来了,我就在你们的身边!

我怀着惴惴的心,从茶座后边悄悄向前窥探,匆匆扫视了一遍,什么也没有看见似的,因为心跳得太响了,以至于我眼睛一时很难看清东西。我只好走到水边,在柳树下的长凳上坐了下来,我努力使自己的心平静……然后又悄悄地绕到茶座后边,我再一排一排搜索,我反复找了几遍,我索性走着找。先是一排一排地看,后来是一桌一桌地看。几十个喝茶的人,用各式各样的眼光在我身上打转,我也不管,竟料不到找人是如此的累,因为全神贯注在这上边,而且抱着一个大大恶作剧的心情，这么紧张，这么焦急，这么窒闷，这么惶恐，不宁静得有点作呕的感觉，头也疼起来了。这时候，只有一声惊呼，一阵大笑，高声喊叫，和狠狠的拥抱，甚至是用劲地拧一下对方，或被对方拧一下自己，疼得冒泪……那时候，我这种作呕的感觉与昏胀的脑袋，才会松快起来。

然而没有，她们之中，谁也没有来。

我的心失去平静了，竟不能安然地坐下来，要一杯茶，我如此烦躁与不安，似乎宁可叫那些送水的服务员，把滚烫的开水从我头上浇下来。我也不想吃冰，我真想把那一箱冰和其他的玩意儿都扔到北海中去，我盯着一个个喝茶的人，他们那种无所事事的神情，漫不经心的态度，令我发怒，似乎他们胸腔里是塞的一段软木，而不是一颗活的心！唉，我烦透了，忽然想，是否日子弄错了呢？于是走到一个看报人的身边，尽量用和气的口吻问："请问，今天是几号？"

"七月十二日。"

喔，七月十二，那是怎么回事，她们都怎么了？

我坐在柳树下的长凳上，一忽儿望着东边，一忽儿又望着西边，一忽儿又望着水上，说不定她们坐渡船过来呢！一忽儿我又跑到茶座去，又一桌一桌地检查一遍。

我慌慌张张，探头探脑，形迹可疑，脸色不正地徘徊于水边和茶座之间，终于，不得不对那一再向我投出探询眼光的服务员讲："我在等一个人，不，等几个人……"

在四点一刻的时候，我听到一种笑声，这似乎是我熟悉的一种笑声，我赶紧站起来，四处搜索，终于在雇小船的地方，看到了金薇。

我没有飞跑过去，喊着叫着，紧紧地抱住她——虽然，我预想中是一定会这样的。

她长得更加丰满了，头发也烫得更卷了，穿了一身桃红色的衣裙，戴了一副黑眼镜,在她身边,有两个潇洒自得的青年男子,另有一个小个儿的,正在与他们照相,一条腿跪在地上。

她摆了几个姿势,照了三四张,然后,预备去划船了。她并不瞥一下茶座,显然她并不是来应什么约,她只是与朋友们恰巧在这个日子来玩罢了。

"金薇……"我在自己犹豫未决的时候,忽然叫了出来,简直使自己一惊,同时感到不妥当,不相宜,甚至不必要,因此有一些无措,又有一些恼怒的样子。

"啊……啊……"她转向我瞧着:"小丽,你回来了吗?"她突然惊呼了一下跑过来,想抱我,但又改为紧紧地握手了。她一边端详我,一边笑着说:"真想不到,你回来了,还去吗……"她不断地发问:

"回来在哪工作呢?"

"你一个人到北海来的?"

"什么?啊,对呀,七月十二,哎哟,我的艺术家同志,你真的,你还记住七月十二……"

"喂,"她对那三个男子说,"你们先去划船,我不去了,算了算了……回头再谈吧……"

"小丽,咱们到茶座去,啊,五年多了,……你还没有见到别的老同学吗?——啊,你一点都没有变,只是把大辫子盘到头上去了,为什么盘起来?你这么年轻,你可以扎一个马尾巴,波兰扎马尾巴的多吗?……"

"现在,北京也扎起马尾巴来了,不过你扎起来比她们都好看,因为你是瓜子脸……不,你长得真是愈来愈像外国人了,真的,唉……"

她似乎很兴奋地给我斟了茶,于是愉快地坐下来,点上了一支香烟:"你不抽烟吗?……因为你还是一个学生派头,我呢,一个跑龙套,哪有跑龙套不吸烟的呢?……"她笑了笑,她的牙上有黄色的斑点,指头上也是焦黄的，但指甲上却涂了紫色的蔻丹。

"我是一事无成……

"什么，爱人？我没有爱人，……

"是的，我结过婚，有过一个丈夫，现在，离了……

"为什么？性情不合呀，我看不惯他那种棺材板一样的脸，他也看不惯我……

"他干什么，他是搞工程的，他可能会搞一些物质上的工程，但他不会搞心灵上的工程……我白白浪费了三年的光阴，现在，我谁也不爱，朋友是另一回事，谁都不必负责，谁也管不着谁，我是自由的……怎样，她们吗？先说谁呢，她们都在北京……

"我先不讲，你自己去看罢，我可以做向导……

"什么，让他们去，他们划完船，找不着我就自己回去好了……"

但是当我们出公园的时候，在长堤边，还是瞥见了那三个男子划的船，也许他们一直在附近等着的。

金薇举起一只手，舞动着花手绢，高声说："我走了，你们玩吧，我遇见了老同学了……

"什么，我的同学刚从波兰回来的呀！

"当然，我们是好朋友……"她不顾我的一再劝阻，她非领我去找我们五姊妹中的其余三位不可，因为她也好久不曾见着，想念得很了。

在西晒的阳光下，我们步行着，因为她说白秀华就住在附近。

她忽然叹了一口气，取下她的黑眼镜来，靠近我说："以前，我也曾为了自己的前途烦恼过，但是现在想通了，生活原本是平凡的，每个人都这样平平凡凡地过一辈子，像我们的父母，像所有的市民一样，哪里会有奇迹出现呢？奇迹也不是由我创造的，我不是什么天才，即使我有些才能，我也绝不能创造什么比别人高明的东西，徒然苦恼自己而已，你要知道，生活是这么复杂，种种的人与事，主观愿望是无法兑现的，不如甘于平庸，快快乐乐地过日子，唉声叹气，愁眉苦脸，结果还不是一样？有什么伟大的成就会弄出来呢？"她点上一支烟吸着说："现在到××医院去看白秀华吧。你没有想到吧，她就在你身边的医院里？她是一个病人，已经断断续续地住了三年医院。——这次据说病发得不轻，因为那个拉提琴的，你还记得吗？她的表哥，已在五月一号和上海一个姑娘结婚了……

"为什么？因为她有肺病啊！请问，谁愿意和一个病人结婚呢？……

"不，我还是今年春天见过她，这都是听人说的……

"咱们到了，我去问问今天能不能看病人……"

据说，我们恰巧逢到是探望病人的日子和时刻。

金薇拉着我，匆匆往医院中走，一切的路子与门户，她似乎都很熟悉，我们一直爬上四层楼。

七月的天气，外边是炎阳蒸人，但在医院里，只要一定下神来，就立刻感到那种阴凉的气氛，不是像在日光之下树荫中的那种荫凉，是一种医院里所特具的阴凉。空气中混合着淡淡的药味，走廊里，从洗手盆内，从痰盂内，冒出来强烈的消毒剂味，似乎由那些医生、护士或病人的白色长袍上，飘飘晃晃地荡出来一股股的白气，和看不见的，似乎弥漫在你四周的，鬼似的渗透而来的白气……

"哎哟……"不知什么地方，有人在哼着……

我们找白秀华，从四楼的病室，一直找到屋顶花园。

忽然金薇高兴地嚷："在那边。——喂，喂，白秀华，小白呀……"她用手指着喷水池那边叫我看。

屋顶花园里散步的病人全转过身子来瞧着我们。这时候，我看到白秀华正靠一棵小杨树站着，她也转过身子来，淡漠地瞅了一眼，看到了金薇，然后看到了我，她露出了一点笑容，慢慢地走过来，我当然一直奔过去迎她。

"啊——"我们两个人互相看着,又紧紧地握着手。白秀华的眼睛不是弯弯的了,而是睁得圆圆的,眼白显得特别大,眼珠反而成为极小的一点,似乎孤零零的,呆呆地粘在眼白中间。当时,我完全为这双眼睛所迷惑,为什么她的眼睛是这个样子的?人的眼珠全这么小吗?我急于想看看别人的眼珠,是否都是如此?更加想看看自己的眼珠是什么样子的。而且十分惊异着,对于眼珠这样明显的事,平日何以一直没有注意过?然而,我不能自由地来观察每个人的眼珠了,因为她的手紧紧握住我的,那么有力而且发烫。

开头说话乱了一阵,讲了一套照常的问候,又重复着一些彼此的答词,终于,我们三个人,在喷水池边坐了下来。我与白秀华并排坐着,所以我不能再看她的眼睛了,我只看到她的一双手,手是异常的白,白得蜡一样的,而且似乎透明,有蓝色的血管隐隐地在皮肤下边起伏着。我记不起来,从前她的手是什么样子了。

我不知道自己为什么,竟在告诉她一些关于波兰画室的情况,待到自己发觉完全没有那么说的必要时,于是惶恐起来,局促地收了尾,并且要求白秀华讲她的一切,但自己刚一出口,又后悔了。不知为何,我似乎一直说着不得体的话。

"你问她好了,她什么全知道……"白秀华指指金薇。——这时金薇正在伸长一只手,去等那喷下的水珠,她咯咯咯地笑着说:"你自己讲,你是古典小说,我不会说,像茶花女,不,像林黛玉似的……咯咯咯咯咯咯……"

我不知怎的,对金薇的笑声,开始感到不愉快,加上她去玩水的动作,和她那身桃色的新装,似乎统统使我感到不愉快。

可是她却翩然地挨到我身边坐下。"就是那样。"她说,一边弹着湿的手指,将水溅到我的身上:"开始白秀华是分配到××剧院搞声乐的,那原本很好,但她的表哥变心了——喂,李大夫,李大夫……"她才坐下没有几分钟,又跳起来走了,她显然认识那个李大夫,而且简直是老朋友似的。那是一个戴眼镜的医生，他也高兴地招呼她，于是他们就往长廊那边谈着走远了。

"这是个交际家！"白秀华淡淡地笑着说，"过去，因为她常到医院里来瞧我，她又与两个大夫做了朋友，李大夫是才从大学毕业的青年，另外还有一个高大夫，是老日本留学生，留了小胡子的中年人⋯⋯她有演员的特点，——也许别的演员并不如此，——她是把一切都看成两性问题⋯⋯"

"她已经结婚过一次。只十八天就离婚了，你知道吗？

"是的，从认识到离婚不满一百天，那是一个工程师。

"你听她说过了吗？那工程师有钱，你知道，金薇贪吃，又爱打扮，她比较喜欢享受⋯⋯

"我没有见过那人，据说是一个麻脸⋯⋯"

天晚下来了，护士招呼病人吃饭了，已经催过两遍，我送她回房间去，她发烫的手，又紧紧握住我。

六点了，我也应该离开医院了，但金薇还没有来。

白秀华回到病房，望了望桌上的饭菜，又站起来，她说要送我下去，然后再回来吃。

"回来上楼我可以乘电梯。——也许金薇已经下去了⋯⋯"她非送我不可，病人本可以乘电梯，但她说下楼不费力，一定要一步一步送我走下四层楼，我因为总在担心她的步伐，小心扶住她，所以顾不上谈什么，她似乎想多谈一点，又不知从哪儿说起才好！大家只管走路，沉默了一阵。

"画画真是好，"她说，"以后给我画一个像⋯⋯

"你还要去看黄玲和洪英吗？

"金薇这一点做得对，你先别听我们介绍，你亲自去看看她们⋯⋯"她把我送到医院门口，没见金薇，于是我又往回送她到电梯边，"其实，我并不是因为恋爱，我的妈妈就是生肺病死的。真奇怪，她死的时候是三十岁,我那时六岁,我明明白白地看着她死,好像昨天的事一样。她三十岁也许是二十八足岁,那么,我正好到时候了,真的,我今年二十八了,我比你们都大,以前我瞒了岁数,我希望自己小些,那种心理,现在想起来好笑。我的表哥其实是表弟,他比我小两岁,我们很好,是的,他对我一直都很好的。三八妇女节,他还到这儿来给我拉了一个小夜曲,最后还拉了一个催眠歌,就在刚刚咱们坐的池子边……"

电灯全亮了,她的眼珠不似白天那么显得太小,因为现在发出一种异样的神采,从中能够隐隐约约地透出以前的风韵来。她想了一想,回答我的问话:"最近没有来,他太忙了……

"他结婚是我劝的,真的……

"也是一个表妹,很好的,他们也自小就认识,恐怕他们一直都很相爱的,……真的……恐怕那次他来是最后一次了……"她有些恍惚,答非所问地自言自语说。

电梯下来了,金薇大声嚷着,从电梯中冲出来,一边招呼我们,一边又要与电梯中送她下来的大夫告别。

我急急地把白秀华推进去,她太累了,而且饭菜全要凉了,我简直是强制似的,把她送入电梯,说着一些"保重"和"再来瞧你……"等等的话。匆忙中,似乎看到那个送金薇下来的大夫是有小胡子的。

"我找不到你们了,如果不是高大夫送我从电梯下来,你大概就丢掉我不管了,这是哪门子外国礼貌啊!"

她笑着告诉我,与那些医生,不过是些点头朋友而已。"总之,与他们关系搞好些,方便得多,比方,下楼时就可以跟他们乘电梯……"她见我不悦,她又转成一副诚恳的面孔,还微微皱了眉说:"唉,白秀华真叫人着急,刚才我与李大夫到X光室,看了她的肺部照片。她是开放性的呐,你当心,昨天夜里她还吐血的……最近她一直在吐血……大夫说她危险……恐怕,恐怕她不会好起来了……"

不管我的心情如何,金薇决意要招待我的晚饭,她领我到和平餐厅,熟练地点了吃食。

"你这一身灰格衣裙好看,"她端详着我说,"这种大灰格子真雅致,咱们有些花布丑死了!我非常喜欢穿素净的料子,但是没有……"她点上一支烟说:"画画与写文章不同,……我是去年写剧本的时候,才学会抽烟的。"她自己笑了一阵:"剧本至今也没有写出来,烟却抽成了……咯咯咯咯咯。"她看一下表,惊呼着一跃而起:"了不得,要误事了。"她说,必须立刻去打一个电话。

吃的东西送来好久了,她才打完电话急急奔来,把一张写好地址的纸放到我面前,然后抓起盘内的面包,仔细地装进她的皮提包内,站着吃了一只鸡腿,喝了半盆菜汤,因为她的一个朋友,给她买好了《蝴蝶夫人》的票,她得在七点半之前,赶到歌剧院去。

"她们两家很好找的。——明天我去看你,我要走了,再见!"

我一个人好得多。这半天的遭遇,使我心绪紊乱,本想改日再去看黄玲和洪英的,可是,白秀华的病态和金薇的轻狂,使我如此不宁,我希望黄玲健壮明朗的性格,和洪英活泼稚气的谈吐,能使我愉快起来,完成故友重逢的快乐的梦想,得到一个平安的睡眠。加以,今天是七月十二,我也有一种特定的日子,完成特定内容的强烈的愿望与好奇心理。

有的人,在诸种才能之外,还有这样的才能,特别会学各地的方言土语,说起来,使当地人都会感到惊讶,甚至自愧不如的。(真的,学的人,可以比他们自己说的还纯,因为他们自己,可能已受些外来影响,在用字用词上,有了某些变异。)或者特别善于寻找陌生地点,特别善于找人。黄玲就兼有这两方面的专长,她在学校晚会上,因为学方言土语,总是引起哄堂的笑声,以及后来,只要她在晚会上一出现,便立刻被众人要求:

"来一段韩复榘的演讲……"

"来一段东北大姑娘找对象吧……"——她真是从词到腔,无一不肖。至于她找人寻路的本领，我更是佩服称奇的。有一次，我住在姑妈家，她在郊区新建的宿舍内，还没有门牌，路名也是才起的，而且那时我姑妈自己都记不住，我只随意告了她一个大概方位与环境情况，我并未预备她去找我，但她竟在深冬雪后的一个夜里找我来了，而且据她讲，一步岔路也没有走，简直仿佛是神差鬼使。

"想不到我会来吧？"那夜，她兴奋地笑着说，"四周漆黑，路上可以说一个人也没有，根本找不到人来问路，而且你们这儿，十几座大楼是一个样子的，恐怕有了人，也不会那么清楚实际情况的，但是我自己找到了，我不必问什么人去……"她笑着，鼻尖冻得红红的，她解释说，为了自己将来想当新闻记者，竟学了一套辨识道路的方法。——这是个怪人，永远健康，永远快乐，而且要当记者，居然去学识路绝技，这也是我从未想到过的。

我与黄玲相反，这方面笨得也使人惊讶，找人是常常徒劳往返，而且连最明显，有地点有门牌的，甚至给我画了详细地图的，我也找不到。有时会过门不入，有时是熟视无睹。知道我这种毛病的人，总站在门口等我，我是晃晃悠悠地走过去了，于是她们大笑着喊叫，才把我拉回来。

所以，当我在晚上独自去找人，路又不熟，而且这次又离开北京几年了，事前又未曾约好，真正一点把握也没有。但作罢又不甘心，决心这次见到黄玲之后，一定要她教教我这种找地方的窍门。事到临头方知难，很后悔以前有机会，为什么一直不跟她研究研究呢？足见自己的不好学与不谦虚了吧！

至于方言土语，我倒无须费心的，那对我有什么必要呢？

前门大街是多么热闹，这地方找人是容易的，我又有门牌号数，我用笨法子，一路问过去还不行吗？

但是前门大街是长的，我仍然徘徊重复了几次，才找到了那门牌，因为你绝难料到，在那么大的许多店铺中间，竟插了如此小的一个门档。

门虚掩着，进去是一条窄街，在极黑的一片中，又经过破破烂烂的院子，才看到不少肮脏的玻璃窗内有灯火，有的大人小孩挤了一桌子正吃饭，有的一个人在听收音机，有一户门口，站了一位三十多岁的妇女，光了上身在奶孩子，见我便站起来看。

"请问，这儿住了一位黄玲同志吗？"

"黄玲？谁叫黄玲，是干什么的？"

"教书的，一个女老师，——不，不，也许是一个新闻记者，在报馆里工作，从前是北京大学毕业的……"

"没有，没有大学毕业的，我没听说过……"她努努嘴，示意我去问那个听无线电的人。

无线电正在大声地唱评剧。那个男子也光了上身，穿一条中式短裤。我仍然还是问这个妇女。

"黄玲，你们不知道，人家告我，她是住在这儿的。"

"没听说过，在报馆工作，没有……"她把赤裸着的小孩抱起来，让奶头流着乳，转身向院子的黑暗中喊：

"胡太太，咱们这院子里有叫黄玲的吗？……"

"谁？"院子中一个沙哑的嗓子问，一个妇女正蹲在老远的黑角里扇煤球炉子，这时她拿了芭蕉扇走过来了：

"谁，谁找黄玲？"她穿一件旧蓝布旗袍，襟上一个扣子散开着，头发乱蓬蓬的，似乎是个马脸，又黄又瘦，她直僵僵地冲着我瞅：

"你是谁？——哎哟……你是郑小丽吧？……"

"你？——黄玲？……黄玲，黄玲……"

我仍似不真切地紧握了她粗糙的手。我只敢望着她的眼睛，在其中希望找到我的好友，或是说找到我那黄玲的心灵，这是怎样的变化啊，我不敢看她别的地方，似乎任何一瞥，都会造成她的痛苦，这完全意外的情况，使我无措。

后来想起，黄玲比我冷静得多，因为她的实际生活，是如此一步步走过来的，并不会再因为我的一瞥而增加什么痛苦了，她早已痛苦过来了，现在可以说已处之淡然了。——等到她高高兴兴地招呼我坐在她简陋至极的屋子里的时候，我更清楚了这一点，我的心情才平静下来，于是开始了一般的谈话。

照例有一阵是彼此问答一套见面话，什么时候回来的啦，身体啦，工作啦，等等，等等，接着不知说什么好，就僵起来，于是我又扯上了波兰画室，我竟一直胡扯到有位白发老婆婆冲进门来的时候才停止：

"你才回来呀？——你到哪儿去了？"她气势汹汹地问黄玲，又盯了我几眼，"拿来没有？"

"拿来了，拿来了。"她赶紧走到床边，拉过一个脏脏的花布口袋来，在里边掏摸了一阵，从一个破信封里，抽出一张五元的票子。

"找回来的一元要给我，我还有不少开支呢……"

"明天再说，"老婆婆夺过票子就走，一边仍然高声讲，"一个月到底给几元呀，哼……"

黄玲的变化实在太大了，像一个生了痨病的家庭妇女，眼睛像死鱼一样没光彩，以前那个红红的鸭蛋脸会变成一个蜡黄的马脸。她的屋子内，可以说除了一床一桌、两张木头椅子外，一无所有了，给我倒水的暖壶和喝水的杯子，都是有缺损的。

"我这么狼狈，你想不到吧？"她苦笑着说，"毕业后我就与胡××结婚了，××戏院的导演，你知道这个人吗？"

我似乎耳熟这个名字，这个人在过去，也许是某种名流吧，但我不甚了解，我是到了外国之后，才慢慢爱上京戏的，过去，对这种艺术，我简直是不屑一顾的呢！

"你不会知道他的，"她仍苦笑着，鼻子两边有深深的两条纹，"其实在毕业前我与他就很好了，他比我大二十岁。

"怪事还在后面呢！——前年，他因为男女关系闹得太不像话，而被捕了，现在判了徒刑在劳改。

"刚才来的是我婆婆,她还有三个小儿女,一直要我们负担。老胡垮了,只好卖东西,我的东西也快卖光了,才搬到这儿来不久……

"我原本在一个中学教书,因为流产,生了一场大病,当时又加胡出这样的洋相,使我很久晕头转向,有七八个月没有上班,把工作也丢了。一直到最近,才找到去缝纫厂当临时工的事,我又没技术,一个月挣不了多少钱,还有妇女病,也不能好好地干……"她出神地呆了一回,看到墙上有一个黑点子,于是用手指去擦,在不白的墙上,印上了一抹血迹:"有臭虫,DDT也没用……你住在哪儿?"她凄然一笑说:"学生时代,于今是一个梦了!——不过,你是好的,你是党员了吧?我吃了不问政治的亏,当年我是多么海阔天空地乱扯呀!……"

"胡太太,胡太太,您的炉子火苗那么高,你做什么呀?你还没吃晚饭吧?"那位奶孩子的,扯上了一件白布衫,仍抱了光赤着身子的小孩,一边说一边走来,瞅住我。

我当时想请黄玲去吃晚饭,又想把装在手提袋内,吃午饭余下来的几片面包给她,又想将钱包内残剩的几元钱送给她,但又觉得哪一种都难于启齿,只是一阵无措。我支支吾吾地向她辞了行,一直走到街上很久很久,才又从头想起这一场会见,但并不能分析与总结,那恐怕要在更久更久之后了吧。

"我不会听不到洪英的笑声吧?"我真胆怯了,时间将达九点,我见了洪英,只好简单地说两句便告辞,要另约一个日子再长谈,哎。我将与她长谈这一切!

夏夜的马路上,有不少乘凉的人,所以在一个桥边的胡同内,很快我便问到了那门牌的房子。

是一个宽大的四合院,门口也坐了几个老妇人在乘凉,院子里一个三四岁的女孩在哼哼地哭着。西屋的窗子,灯光特别亮,一个穿蓝条纹背心的男子,抱了一个似乎极小的婴儿,在房内来回走着。婴儿发出猫一样的哭声,那男子用大嗓门吼得一院都听见:"她死去,她死不了，她那一套，我厌恶透了，要不为了这几个孩子……"

"你不该打她，"东屋黑黑的门口，一个中年妇女拍着芭蕉扇说，"她生了孩子才满月不几天，如果坐下了毛病，这不是害你自己吗？你打她，你不该打的……"

"我受不了，她那叨咕劲儿，一天没完没了，弄得她自己不能工作也怨我了，我怨谁？没有她们，我一个人七八十元，可以过得舒舒服服的了，还有她的妈妈……"

"那你就不该结婚，这不都是你自己的儿女吗？——她妈妈，她妈妈可是一个好人，在你这儿比一个保姆还累，她成天忙进忙出……"坐在门口的老婆婆大声斥他。

"请问，这儿有位洪英同志吗？"我问坐在门口的老婆婆，她打量了我一下，站起来反问：

"找洪英，你是她什么人？"

"我们是老同学，我才回到北京，听说她在这儿住？"

"那就是她男人……"她指指窗内仍然怒气不歇、大声诅骂的那男子说，婴儿仍然猫一样地哭着。

"刚刚打过架，唉，孩子太多了，生活有困难，挤在一间房里，不顺心就打，打了又好，唉，洪英刚刚哭着往外走，她妈妈找她去了……你们在哪儿同学呀？……"

我含含糊糊地说了几句，就悄悄退出来了，虽然那个老婆婆留我，我告她改一个日子再来，叫她别对洪英讲我来过，而且我也没有对那老婆婆说出我的姓名。

大门口另一个老婆婆也听到这些话了，把蹲在地上靠她打瞌睡的一个女孩指给我看："这个是小三，那是小二，（就是在院内哼哼哭着的，现在已住了声。）顶大的五岁了，也是一个姑娘，跟她姥姥找妈妈去了，那男人抱着的，是刚生的一个小子呢！"

"她叫什名字？"我指指那个仍在房中生气的男子问。

"叫什么欧阳宇吧，在什么工厂当什么教练的……"

我赶快溜了出来，街道上静得很了。快十点了，一路我留意，并没有遇见什么近似洪英的人，当我走过小桥的时候，我无意识地望望河水，在黑黑的桥背上站了一刻。

当我回到住处，打开台灯，拉下窗帘的时候，我忽然觉得我的生活过于安乐，甚至过于奢华了似的，虽然我只不过仍然保持了一个学生的生活条件，但是，我却与过去的朋友们相距得很远了，不仅是在物质上，而且尤其是在精神上。

罗在桌上给我留了一个字条，他说独自玩儿颐和园是不愉快的，他说想到我这一天与好友们重逢是多么快乐，他就更加感到孤单与寂寞了。他说明天早上六点半就去火车站离京了，他语气含糊地说了又说，他说如果我与他的友谊确如他主观认为那么好得超乎一切的，可能发展下去的话，他说，那么他相信，明天在上火车之前，一定还会看到我欢悦的容颜。他还说，他将固执地期待着，如果明天早上，他不能见到我，那便意味着，我们的友谊行将结束了，他说，他简直恐怖。等等等等。

歇了灯，才知道有很好的月亮。真奇怪，为什么一直都没注意到月亮呢？我又习惯地失眠了，想起来翻翻画册，但又不愿开灯，不愿那灯光照眼，灯光今晚似乎会刺痛我。

悄悄地披上衣服，我走到阳台上，夜的北京多么美丽呀！在幢幢绿色的浓荫之下，有多少聪明人在做着美丽的梦啊！

年轻人都富于理想，尤其是青年女子，她们光彩的双眼，总在出神于幻觉之中。但是有多少人做了感情的奴隶，使感情迷蒙她们的心智，终于沉溺于感情的海里，等到清醒过来的时候，一切该挽回的全不可挽回了，于是她们烦恼、苦闷、悔恨、悲哀，以至于似乎失去了一切希望和幸福！

虽然今天的社会，对每一个人具备了公平的待遇，但最后的取决仍在乎自己，人生在年轻的开端，可能有各式各样失足的陷阱，其中最不易防范，最易于跌倒的，就是婚姻了。

当你还缺乏生活的能力，甚至当你还缺乏对生活的正确认识，特别是在你的感情与理智，还没有真正成熟的时候，你还远不能深刻全面地来洞悉人生的奥秘的时候，甚至当你还不能够了解一个人，还不善于冷静地来分析批判一个人的时候，你千万别匆匆忙忙地跨越这一步！

我不知道什么时候去睡的，但我醒来的时候已经红日高升了！早晨的空气是异常的鲜活，四周弥漫着月季花的芬芳，我的身心极为舒展而愉快，是的，一切都很好，生活是美妙的！

如果，还有什么不好的事，那么，青年的朋友们啊，我们都该想一想，是的，好好想一想，为什么？怎么办？

曼莉的爱情故事 ①

婚宴完毕，大家开始告别。

黄先与曼莉，照例站在门口送客，大家又是一阵握手微笑，彭波与林娟也是微笑着去握手。但是林娟与黄先握手的时候，她抬起眼来望他，因为门口的阳光直射，她怕看到年过半百的黄先那种憔悴衰老的马脸，和与马一样的大嘴巴，特别是与他身边的曼莉对照着，虽然曼莉也快三十岁的人了，却仍是花朵一般的鲜艳与美丽。当彭波、林娟走出门，转身过来的时候，正看到俞小湘在与曼丽握手，忽然她放下手抱住了曼莉，她一再紧紧地拥抱，并且低低地俯下自己的头。

看到的人都一怔，虽然脸上笑着，有的人甚至笑出声来，但其实心里却不安起来。依小湘那种告别的情景，仿佛曼莉不是将去度蜜月，而是准备去跳深渊似的。

但是曼莉却高兴地笑着，十分稚气地从小湘的肩上，笑眯眯地看着林娟，那眼色是说："你瞧，姐姐，我的朋友不错吧，她多么天真，多么热情，我没有说谎吧……"

俞小湘只有一个背影。但她低俯的头与一再拥抱的动作，也分明地说着："你多傻，你出卖了，你出卖了，我们还有什么办法呢……这是一种出卖……"

---

① 作于1960年代初，未曾发表，手稿无题，篇名为编者所加。

大家默默地各自走向自己的车。

"他们到哪里去？"沉默了一阵彭波问。

"上香山……"林娟答。

"多少时间？"

"一个礼拜，也许是两个礼拜……"林娟叹了一口气说，"本来现在结婚，都是礼拜六吃几块水果糖，大家闹一闹，或者两个人咬一只挂在半空中的苹果，而后，礼拜一便上班的。因为黄先是高干，所以一张条子，批准了曼莉的婚假，……这恐怕是她第一次上香山呢……"

"唉……"彭波也叹了口气，摇摇头。

她准备了十年的结婚，结果连件衣服也没赶上做出来，只把夏天的粉色布衫罩在黑毛衣上当礼服。人家说她嫁黄先是为了四件大衣，其实她未必有如此不堪的念头，倒恐怕是黄先的高位，使她崇拜，以为他是多么的博学多才了。这女子自己没有读多少书，但却有一种对"教养"特别重视的秉性，林娟勉强笑了笑说："她那么聪明，居然会把他的眼睛形容为在深深的思考，其实那一双太小的眼睛总似乏力无神，总似乎在打瞌睡的样子……"

"希望她能得到幸福……"

"当然，我宁愿是看错，我甚至祈求让我在这一点上犯了大错而处罚我，如果有上帝的话……"林娟说。

在一九六一年的冬天，林娟参加了三次婚礼，虽然结婚是喜事，但这三件婚事都引不起她欢喜的心情，尤其是关于曼莉。这女孩子长得好看，像月份牌上的美人像。林娟初见她的时候，她才十五岁，在老解放区的一个儿童剧院演嫦娥，她的脸型正符合众人心目中对嫦娥的形象要求，她也有演员的才能，所以很成功。大家也都常常提起她，她那个微笑的粉嘟嘟的脸蛋也一再在人们眼前出现。

这都是十几年前的事了，后来听说她不再做演员了，听说她和一个解放军军官结了婚。

再见她的时候,已是一九五九年,她正在北京大学读书。据说她的丈夫在抗美援朝中壮烈牺牲了,当时她正在疗养院治疗肺病。出院之后,组织上根据她的请求,同意送她去学俄文。

因为参与国庆十周年,所以各地的旧友新朋,在北京忽然遇到的很多,在十月二号,林娟与孩子正在院子里看放花时候,忽然说客人来了。

"啊,佟华,曼莉……"林娟意外地高兴。

"彭波就回来,……你们怎么碰到一块的?佟华,你不是在武汉吗?"

佟华说,他是到北京来进修的,他将在大学讲俄国文学史,他正在北大跟苏联专家学习,所以就遇见了曼莉。

曼莉还是那个样子,咯咯咯的爱笑。

那天走得很晚,佟华的眼睛不好,所以一出大门,曼莉就笑着去扶住他。虽然他才四十多岁,却显出隆重的蹒跚步态了,尤其是他个子矮,身段粗,有些八字弯的腿脚,就像舞台上的日本兵——当然他打扮得很像一个教授了,穿了一身青呢制服,并且早早地穿上厚呢子大衣。那大衣料子是很好的,在与林娟短促的闲谈中,曾一再提起并且要她用手去摸一摸。

"这料子现在没有了,"他微微鼓肿的大眼泡瞥一眼曼莉,然后对着林娟说:"我爸爸死了,这是他的遗物,你知道,我爸爸是一个医生……"

"你戴上吧——"佟华看见曼莉正在试戴他的那双精致的鹿皮手套时说:"女孩子应该戴上手套,北京的秋天,晚上已很冷了……"于是曼莉就咯咯咯地笑着,把手套戴上了,居然大小还合适,所以便一直戴着,并且就用这双手扶着他走夜路,像扶住一个酒醉的丈夫似的。

所以在以后的日子,林娟与彭波说起这件事,总带着疑虑的口吻说:

"佟华是荒唐的,他不要与曼莉出什么事,他是有妻有子的啊!"

"不会的,"彭波笑着说,"你多虑了,佟华可以当她的爸爸啊!"但是林娟摇摇头,她表示很难预料,有些事情明明不可能而竟出现了,难道遇见的还少吗?

过了不久,佟华与曼莉又来了,据说是看什么展览会的,那是一个礼拜天,因为他们都在北大,礼拜六或礼拜天一同出来玩玩走走,没有什么可疑的,何况全是十几年的老相识了。

"我是看她长大的,我还教过她国文呢。"佟华从前在儿童剧院是当过教师的。

所以林娟也不再猜揣,只是知道了曼莉近来特别爱穿新衣服,虽然长得漂亮些的女孩子,没有不爱打扮的,但是曼莉显然是有些特殊,她不只每次全穿不同的服装,而且式样讲究,她并且把头发弄成希腊雕像上的那种卷曲盘绕的形式,是一般妇女都不会的一种别出心裁的打扮。

曼莉原本是美丽的,所以就显得更加迷人了,纵然年岁在加增,而青春并不逊色,或许倒更浓艳了。

来往次数多了,林娟也曾找机会问过她,是否有了爱人,或者正准备选择什么好的人呢。

她总是笑笑说:"没有,哎,很难,你知道的。"

林娟纵然很想多与她谈谈,知道她的心事,并且,最好能明白她对佟华的看法。她这么年轻,不会不考虑婚姻的问题,而佟华却是一个不幸的对象。林娟担心她由于友谊上的久别重逢,也会迅速发展成一种恋爱风暴,虽然她与佟华的友谊是如此勉强,是一种师生关系和认识得久并非了解得深的关系。

但是曼莉似乎在逃避做任何深谈,她只是用笑声和过于稚气的谈吐,来轻轻卷上那通向心灵的门,并且努力加入林娟和彭波的一边来嘲弄、讥讽,甚至挖苦佟华的种种弱点。

"我读着你的信,以为是一个外国朋友写的。"有一次,彭波取笑佟华的洋腔,甚至词句不通的书信时说。

"尤其是你这样写:'我对中国的一切都爱,特别爱中国人在节日那种忘我的欢乐姿态……'"林娟笑着补充说:"请问先生,贵国是哪一国?"

"咯咯咯咯,"曼莉笑得一边擦眼泪,一边用手指着佟华说,"正是这样,正是这样。"于是她闭住了自己的笑,努力装出严肃而大摆其架子的姿势,站起来,微微举起右手掌,极慢极低沉地说:"好,一切都好,是的,一切都好!"因为她学得十分像,加以"好,一切都好!"是高尔基在苏联革命后回国时在群众欢迎大会上的第一句话,而佟华确实是最喜欢引用这一句话的,所以大家都哗然了。不单曼莉立刻笑得在沙发角上咳嗽起来,就是林娟也笑得找手帕擦眼睛了。

"你真学得好,"林娟对曼莉说,"你为什么不当演员呢?你是有条件的……""我,唉,你知道,我空得很,年纪一天一天大了,我应当学好一种专门技能,为人民服务,不是两手空空能做得好的……"

那一次,不记得佟华曾说过些什么了,只记得他那微肿的大眼泡,似笑非笑的鼓鼓的大胖脸,和他坐着不断抖动腿子的习惯。

但是对曼莉的印象却加深了,林娟觉得她是美的,而且真比一般女子聪明而且心地善良,因此就更加对她与佟华的关系忧虑起来。

北京的寒流是逼人的,它总是夜里来,忽然一下气温低下十几摄氏度,于是严寒就从各个密不可见的缝隙中钻进来,北风便包围着你的住宅,而凶狠地呼啸起来。

彭波兼了较多职务,都是文化部门的,各种研究讨论的会议便自然加多了。有一次正是这种寒夜,彭波还没有回来,林娟在炉子里加上好煤,使屋子更加暖些。当迟归的人,从寒冷中奔来的时候,能看到炉口红红的大火焰,和桌上腾腾冒着热气的香茶时,那是一种愉快,一种安慰,甚至可以说是一种幸福呀!

所以当听到敲门，林娟打开门，见到跟着一阵冷风进来的，竟是佟华的时候，不免有些失望，但她赶紧收住了这种情绪，而仍然愉快地笑着说："你怎么啦，佟华，你从哪里来？今天是礼拜六吗？"

佟华不仅在北京没有什么师友，恐怕除了彭波夫妇之外，在北京任何可以临时接待他的朋友都极少，认识的人，也都以为他们是最好的朋友了。其实，对彭波夫妇来说，由于种种不愉快回忆的遭际，对朋友的心就冷得很了，只是如果人来找他们，他们总是和蔼的招待，即便对素不喜悦的人，也不肯辜负来者的情意。

"好冷，——你这儿可真是，这真是和春天一样。"佟华脱下大衣，在炉子上烤烤手，接过茶来喝着，看着书桌上一盆茂盛的水仙，正开出三朵金黄的花来。

"怎么，彭波还没有回来，他的会真多，恐怕画画的时间就少了，前些日子，我在苏联杂志上看到他的一幅作品，他真应多多画，很多人特别喜欢他的作品呢！"

"怎么，你的舞蹈不搞了？身体不好，你可以搞理论，现在搞理论的人不多呢……"林娟颇为纳闷，心里一直在想，他有什么事呢？为什么夜里来访，何必东扯西扯的，有什么事就快些说出来，或许我可帮帮他的忙，这个笨蛋！

"你家里有信来吗？"

"有，我的爱人是个会计，对于数目字内的五号、十五号、二十五号挺中意，今天是十二月十号，所以，我刚刚收到她五号的信，你瞧，最近她附来的一张照片。"

照片上是三个小孩子，都胖乎乎的，睁着乌黑的眼，比佟华都好看多了。

"啊，你已经三个孩子啦？全是男的吗？"

"不，四个了，最近又生一个，而且是个女的……"佟华笑笑说，"孩子多，并不表示爱情多。"

"你不能这样讲，"林娟严肃地盯住他说，"我希望你知道，讲这种话是多么不对，你有责任，生活不是欺骗和愚弄，你已经离过两次婚了……"

"离婚并不是有趣的事，如果生活幸福，谁会离婚呢？如果无法共同生活下去的时候，不离婚又如何生活呢？……"

"不，并不是每个人都像你这样，也并不是每个人恰恰都找到了所谓理想的配偶。你对幸福怎样看的？幸福不是摆在架子上的商品，可以随意购取的。你对婚姻又是怎样看的呢？每次都是自己挑选的，你不是吗？"

"第一个是家庭包办的婚姻，第二个是她追求我的，她只是慕虚荣……"

林娟想，慕虚荣，真能自我欣赏，她慕你什么虚荣，那时候你似乎只不过是在偏僻县城里教教中学罢了。

"那么，这一个你该好好待她了，这可是你追求她的，你不能否认吧？"

"你想，一个会计，我与会计有什么共同语言呢？"

"你真昏，现在居然就这样说，我记得那时候，我们曾一再提醒你，彼此工作性质不同，是否堪愿，你是一口肯定地说，她的文学修养高，甚至比一般自称要当作家的那些青年人都高，而且写得一手好字，她帮你拟稿子印讲义，总之她是年轻而且美……"

"现在也不美了，老了……"

"你又变心了吗？又有什么新闻了吗？"

"能有什么新闻，你想，我在北京学习……"

"你与曼莉怎样？"林娟自己都惊讶，竟冲口问出这句话来。

"曼莉，她是个小孩子，你怎么联想到曼莉？"

"你别打马虎眼。"林娟看到他脸上的表情，不是因为意外的语言讶异而是狡黠的微微露出一种得意之色，更加感到不安了，"你不能再胡闹了，特别是，曼莉的身体不好，她不能再受刺激，而且这个女孩子，我们既然看她长大的，就有一种家长似的关怀，你年岁这么大了，你应当指导她帮助她解决生活上的各种难题，而不应当陷她于不拔之境……"

"你似乎把我形容成一个可怕的人了，我在你心目中快成一个刽子手了，林娟，你要知道，如果有了爱情，什么外力也阻挡不了，爱情可以战胜一切……"

"爱情？你用这种玄妙的幌子，已经毁了两个女人，你还要毁第三个、第四个，怎么样，莫非你与曼莉已经有了爱情吗？"

"是的。"

这两个字，完全击倒了林娟。虽然她一直为曼莉忧虑这个问题，可是，同时也觉得决不会的，对于曼莉的智力和识别力，她是信任的，但是，佟华居然说他们有了爱情，这太惊人了，这真是一朵鲜花插在……

"佟华，"林娟知道自己易于激动，也许说了许多过分刺痛他的话，所以他就故意来怄气了，"真的，别开玩笑，你不会几天之间，便又爱上曼莉的，如真有此意，曼莉知道了会大闹天宫，你知道，她做梦也不会想到居然造成这样的局面，这女孩子太单纯……"

"怎么？你以为是我在胡思乱想吗？恰恰相反，她是主动的，她爱我，而且……"他顿住了，站起来倒茶，似乎预备好好想一想怎样说下去。

林娟先是一阵子迷茫不解，随即了然了："唉，你真傻，佟华，现在人说话都洋气得了不得，我们学校里有一个女教员对谁都叫'亲爱的'。'亲爱的你要看报吗？亲爱的下一堂你是什么课？''亲爱的'这三个字成了她的口头禅了。曼莉又在学洋文，原来文化水平又不很高，加以，她可能把你放在父兄一辈的长者位置上，她很可能说她爱你，她非常爱你，其实不是恋爱的爱，更不会因为这种爱而与你结婚……"

"你错了……"佟华笑笑，从内衣口袋中提出一张折得很小的纸条，把它递给林娟。——

亲爱的华：我这样强烈地爱你，白天上课的时候，我的心中，甚至我的口中都默默地呼唤你，在宿舍内更是精神恍惚。一次，我看着书，忽然高声说："华，华……"同房间的人都吓了一跳，大声喝住我，我才清醒过来，晚上更是如此，这些已经被同学们传为笑谈了，其中有人猜到便是你，我真骇怕，不能再这样下去，你能跟我结婚吗？我什么都不管，我只爱你，你能跟我结婚吗？

礼拜六在老地方相见，那时候你一定要回答我，亲爱的，永远爱你！曼十月十一日。

"这真是发疯……"林娟心中想着，口里也就说出来了，但是想救曼莉的心更加迫切："你不能保留这张纸，烧掉，好不好？"佟华疑惑地盯着林娟，一时不明白她的用意，但又似是而非地点了点头，于是林娟便打开炉门丢在火上了。

"你不能对任何人说出这个秘密，她真发疯了，怎么会这样……"

佟华其实就是为此事来与他们研究的，林娟的这种态度，使他完全失措了，他感到林娟已把他当作一个恶棍，心中只在思量如何使曼莉脱出他的掌控似的。佟华从来也没有想到，林娟会自认为是曼莉保护人的角色。

罗 戈 夫[①]

提起罗戈夫，知道这个人的，没有不表示会意的笑容。

但是，对罗戈夫发笑的含意，每个人不尽相同。有人认为他有趣，有人认为他可怜，有人认为他老实，有人认为他善良，有人认为他有学问，有人认为他有修养，有人认为他迂颟，有人认为他固执，有人认为他是伪君子，有人认为他是虐待狂。但更多的人，认为他是一个怪人。

罗戈夫是一个怪人，可以说是大家一致的看法，不过有的人认为他怪老实，有的人认为他怪虚伪，等等的不同而已。

一天，是暖春的周末，琴妮家无约地齐集了几个文艺界的朋友，那是一九五一年之春，作为主人的彭波打开了几瓶各式的酒和果子露来享客，大家十分快乐。先是声乐家康苔唱了几首陕北民歌，后来是画家韦瑜说了两个笑话，接着就无所不谈地胡扯起来了。胡扯而不涉及女人是困难的，但是当场的主客七名之中，有三个女的，除了主妇琴妮与不修边幅的康苔之外，还有一个隐隐以美女自许的芝，她是琴妮的表妹，学钢琴的，才二十一岁。在这种年龄，可以理解到她对恋爱问题的圣洁观念和羞涩态度，所以即便是口没遮拦的郑宗，扯到女人的时候也只拣顶雅致的讲了：

"我在昆明住的时候，听到一个苗族的恋爱故事，那真是恋爱至

---

① 作于1963年，未曾发表。

上。据说男的写情书,整整写到一百封,女的才答应,在陪嫁的箱子中,那一百封情书,就作为最珍贵的一注财产而展览出来……"大家淡漠地听着,故事显然不精彩。

"真胡诌,苗族恋爱我看是不像老郑那样用美国派克笔写情书的……"小韦低声对琴妮说,眼睛却瞟着坐在她身边的芝。

然而老郑却自信地继续描写,关于苗族的婚礼以及她们的服饰。他虽然是一个颇有声望的演员,但已经是两鬓斑白了,却还过着独身做派的生活,所以他的目光,也自然地向芝这边看。

芝微笑着,静静地听,有时向琴妮耳语:"这个人真滑稽……"老郑却在一本正经地,甚至有些紧张地讲着,穿了一身青哔叽制服,皮鞋也擦得很干净,没有什么滑稽之处,也许她指他在舞台上的表演吧,因为老郑是一个滑稽演员。

"雷头司夫斯脱……"(中式英语女士优先之意——注)诗人苏哲走过来,笑着向她们说:"请女同志谈谈吧,——女同志不谈恋爱是中国文化上的一大损失,这是封建性的……"苏哲随意地就在芝身边的一张小方凳上坐下,并且问芝:"我可以抽烟吗?"芝于是咯咯咯地笑起来,这是明显的献殷勤,因为满屋子都是烟雾腾腾的,谁也没有征求同意就一直抽到现在了!

"诗人忽然想起了法国礼貌……"韦瑜自己却涨红了脸,打趣地说。

"当我俯首在缪斯面前时,我是谦虚的呀!"苏哲用抑扬顿挫的声调说。

"昨天我看到了罗戈夫……"老郑忽然转过话题,争取主动地讲,这一转很有成效,全场精神为之一振,因为罗戈夫是大家熟悉的人。芝虽然比较小,但在三年前,他也曾与她补习过文学。

"他现在是××大学的,是吧?我们还是老乡呢,他原是山东人。"韦瑜努力按低声地讲。但他那小生派头的男高音却妨害他这么做,所以他总是说话就脸红,似乎还有点汗意,使听的人也兴奋得热起来,芝便脱下她的黑色外衣，露出了穿在里边的紧身浅红色毛线衫。

"他真是个怪人，你们听听他的名字，就可以了解他这个人了。"韦瑜说，"罗戈夫本来姓王，出身于山东某地的一家小地主，他小学时期叫王福海，中学是在哈尔滨上的，那时他特别佩服日本的一套，改名叫王福田，后来到北京上大学的时候，忽然要革命了，于是崇拜起苏联来，才改用叫罗戈夫这个名字。"

"他在国民党监狱里很久，是不是？"苏哲问，一边又低低地对琴妮说："有人说他曾出卖过……"

"我听说他住了七年监狱，至'七七'抗战的时候才放出来的。"老郑接过话头。他在剧团里与罗同过事，罗给他的印象很好。

"罗这个人是善良的，"老郑说，"琴妮知道，剧团里马莎生孩子的事……"他告诉大家，马莎是没有结婚生的孩子，所以就得不到孩子的爸爸的照顾。当时同志们虽然也可怜她，给她不少帮助，但都忙，时间有限得很。只有罗戈夫放下正在写作的东西，给她抱孩子。

"他能通宵抱了孩子在屋里走来走去，因为那孩子吃不饱，不住声地哭，马莎又有病……"

"我知道，那位马莎是个漂亮的女人……"苏哲又抑扬顿挫地说，"也许罗戈夫……"

"罗戈夫，哎……"大家发一声喊，都纷纷站起来，芝又咯咯地笑个不住，大概觉得"说曹操，曹操到"的有趣吧。

罗戈夫推门进来，对屋内耀目的灯光与众多的熟人，略感迷茫。但他仍保持了稳重缓慢的风格，举手（斯大林式的）示意，并微微点头，似笑非笑的一一握手招呼着，在彼此谦让的一张沙发上坐下，将手提皮包在桌子上放好，又站起来，脱去他厚重的青呢大衣，里边穿的是一身青呢的列宁装，自己设计的，有三个闪闪发光的小铜扣子。腰里是一条扁宽的真牛皮带子，裤子是同样质地，穿一双方头的半勒牛皮靴子。

"啊,天青色的路西亚,在你身上,仍保留着西伯利亚的风寒啊!"苏哲走过去握住他的手说:"今天早上喜鹊叫,晚上果然会知交……"

"哦,你还是出口就是诗,真是……"罗戈夫笑着问主人:"怎么,今天你们举行什么晚会吗?"

大家告诉他这是不期而遇的,并问他什么时候到的北京。

"我是奉命来研究印度戏剧的,北京的参考资料好找些……"他说也许几个月,也许要一年多的时间,现在住在××招待所。

"那就在我们学校附近……"芝高兴地说。

"喔,芝妞也在这儿……"罗戈夫站起来重新招呼,把一双黑皮手套掉在地板上了。芝过去帮他拾起手套,并且给他倒了一杯茶。

"谢谢!"他说,一边又招呼对他笑着的康苔:"我常常在无线电里听你的独唱,似乎你专门研究民歌了吗?"

"真是教授口吻,"康苔仍笑着说,"一说就是研究,我能研究什么,瞎唱罢了……"

"不,不,你们都是专家了,还这么谦虚。"他又转向韦瑜:"我在一本苏联杂志上看到你几张作品,他们还写了一篇介绍,我那时想翻译了寄给你,后来想,也许你早就知道了……"

"老罗,你搞日文又搞俄文,忽然又搞起印度戏剧来了,怎么回事?大概你又在学印度文了吧?"老郑送过一支烟来瞅着他说。"你的个儿像日本人,服装像苏联人,就是没有一点印度味儿……"苏哲笑着说。"没有印度味儿,"他也笑着摸一摸发秃的脑瓜说,"我给你们念一段梵文……"他打开皮包,取出几本外文书,抽出其中一本最薄的黄皮小册子来,从皮包里慢慢地又取出眼镜戴上,于是朗读了一节梵文诗。

"你念梵文也好,念天书也好,我反正听不懂。"小韦的男高音表示了异议,一边穿衣戴帽,他说要早些回去,因为住在郊区,同走的还有康苔。甚至老郑也决定走了,他与我们一同送走了两位之后,反身紧紧地握握罗戈夫的手,又诚挚地与我们告别:

"我一定去看你,咱们好好谈谈。"他对罗戈夫说,一边又对我们说:"再见!真对不起,因为我妈妈可能还等我回家吃晚饭呢……"

大家慨叹着老郑的母子之情,苏哲却慢慢地说:"这是老莱子娱亲啊,载之于《二十四孝》的。"

苏哲的语气是希望引起人们对他的机智的欣赏与钦佩的,所以,在他说过话之后,总有一阵笑波回荡……

"我喜欢听你朗读梵文诗。"芝坐定之后,对罗戈夫说,表示对老师的崇敬,数年如一日,始终未变。

罗戈夫很高兴,又谈了一节梵文诗,并且口译了一遍内容,又讲了东方恋诗的特点。

苏哲把瓶子中余剩的酒和果子露全倒入自己的玻璃杯中,递给罗戈夫。罗戈夫正讲得起劲,或因为别的原因,他不喝,于是诗人一饮而尽地说:"我是多么渴望甜蜜与温柔啊!"芝又咯咯地笑起来,她是爱笑的,加以苏哲又是不断地吐出她平日罕闻的语言来呢!

屋子里的人少了,罗戈夫又与彭在说一些学术上的问题。所以,苏哲就滔滔不绝地与她们讲起巴黎来,主要是讲巴黎女子之美,与恋爱的自由。虽然似乎很夸张,但是,哪有讲这种话的人而不夸张的呢!

这次是罗戈夫要告辞了,他说是眼睛不好而北京的胡同又是这么暗。芝决定与他一同走,因为她的学校与罗的住处是这么相近。

"我是无家可归的啊!"苏哲回到客厅里,往长沙发上一躺说:"贤主人赐我以安息之所吧,我所需要的,不过是与我身长等量的空间而已……"

有苏哲这样的客人,是不会令人感到寂寞的。他讲他的苦恼,他的两次婚姻与两次离婚,他的对美的膜拜,与他对爱情的上下求索……

后来,彭波对琴妮说:"当心啊,苏似乎对芝不怀好意呢!"她算了算年龄,摇摇头说:"不会,他们相差十五岁那!"

罗戈夫差不多每礼拜都到琴妮家来,因为她也正在翻译一本书。他的印度文似乎弄得也颇苦,与她谈谈关于外文的事,更主要的,他要与彭波讨论美学方面的一些问题,而彭波正在研究这一科目,他又喜欢他们的两个孩子千千和小良。

"这是给千千和小良的。"每次来时,当他缓慢稳重地与他们握手言欢之后,就用同样缓慢稳重的动作,在他装满外文书的皮包中,摸出几个小苹果和一把水果糖来。如果大人不在家,他来了便与孩子们玩,给他们讲东北的猎户与印度的狼孩……

迟到的北方的春天,渐趋于成熟了,绿叶成荫,花开似锦,姑娘们都穿上裙子了……

在一个五月之夜,苏哲不知从哪儿喝了酒来,一进门就把帽子丢得远远的,向长沙发上一倒说:"给春天的来客一杯水吧!"

说机巧的话,也许是诗人的职业习惯吧,但如果说得过于多了,并不全都使人悦意的。

"最近忙些什么呢?"主人用世俗的话问。

"忙着看女人……"

对于苏哲的语言机巧可以容忍,但对于语言的放肆,却不能同样容忍,因为语言的放肆意味着思想上的松弛……所以主人与主妇都沉默着。

"年轻的腿是美的呀!"苏哲仍然自我陶醉地说。

"苏哲,你过于任性了,这是一种病态,你将引起人们的误解。美是可以欣赏的,但需要用健康的思想……"彭波又谈了一些美学方面的话,苏笑着坐起来,指着琴妮说:"了不得,琴妮,他教训我了,下次再不敢来了!"

这时候,有人轻敲客厅的门,进来的是芝。

她与大家打着招呼,并且笑着。少女可能比较的善笑,但见了苏哲而笑也是自然的事,因为他头发很长,胡子也不剃,穿了一件蓝色的衬衣,却解开扣子,大张着领口,似乎要与人打架的样子。

"你好!"芝笑着,苏哲慌张地迎上来,带着惊慌的神色,两只手一齐抓住了芝,颤抖着说:"你好呀!……我是不会好的,我是一个病态的春天的逐客啊!"

琴妮到厨房里去煮一壶咖啡,转身之间芝也跟着来了。

"姐姐,"她这样叫着说,"诗人是怎么回事……"她咯咯地笑个不住,"别的诗人也都这样说话吗?"

琴妮说每个人总有各自不同的特点,作为一个语言艺术家,诗人的特点也许就更为特出些:"但是要留心苏哲的胡扯,他虽然由于生活的孤寂而如此颓唐,这与我们新的时代是不相称的。"

当她们端着咖啡出来的时候,韦瑜也来了。

"韦瑜,你怎么不画她?"苏盯住芝对韦说。

"我,我……"韦瑜讷讷的一时回答不好,引得芝又笑起来,于是年轻的韦瑜的脸全涨红了。

"你可以写一首诗……"韦瑜反击出这么一句。

"我是要写诗……"苏哲紧接着说,"莱蒙托夫还拜倒在拉斐尔的圣母像之前呢,而我,不幸的我,竟像但丁徘徊在威尼斯河边啊……"

韦瑜没有理他,在桌上展开他画的《江边》。是一幅为中朝友好而作的油画,大家围着看,并且说一些恰当的或不恰当的意见。

"我很重视你的意见。"韦瑜没过多久就告别了,他对彭波说这么一句,然后,并不招呼谁就带了画扬长而去了。

"发艺术家的脾气了,"苏哲对芝说,"艺术家是有发脾气的特权的,但是却不允许别人发同样的脾气。"

"他年轻,"芝解释说,"他并不一定是发脾气,也许他性格是这样的。"

"哦,那就是年轻人的特权了,我已很老了吗?"苏用忧郁的调子,抑扬顿挫地说:"江布尔说:'我的热血又在沸腾,仿佛我又获得了第二次青春。'我希望我的诗不老……"他一再逼问芝,她肯不肯帮助他,使他的诗不老。"

芝只有不断地笑着,并且用眼光向琴妮求助,彭不愉快地说:"苏哲,你对一个孩子扯什么,她不过是一个傻孩子罢了!"

"好,傻孩子,那就唱几支歌听听吧……"

芝说她并不会唱,不过可以弹两支新学的乐曲来助兴,于是她就到书房里去弹琴。

苏哲点上一支灯,慢慢地在客厅里踱着,似乎他在神游于音乐世界呢,忽然他停住脚问:"芝是你什么表妹?"琴妮略略地踌躇了一下说:"她是一个孤儿,在十二岁的时候就到我家的,因为芝的妈妈是母亲的好友,临危托孤的。"

苏哲忽然说:"我看韦是对她有心思的,有一次在书店里我看见韦与她在一起,韦一见我就脸红,话也说不出来了。"苏哲又仔细讲了那天他们两个人的服装,并以为韦瑜很穷,样子也土头土脑,像芝这么美的姑娘,他是配不上的,等等。

"我们可以提供参考的意见,因为她正在求学,如果恋爱是不好的。但你说韦土头土脑,我们倒从未有此感觉,我们的印象是这青年有才能,至于穷,更不能提为条件,咱们年轻时候,曾经想到过用穷和富作为恋爱条件的吗?"彭波这么讲。

书房里的琴声停了,于是客厅里也停住了这个话题。芝似乎去开大门,然后,她笑着领进一个人来。

"喔,咱们又相逢了,罗戈夫斯基。"苏哲高声说,站起来拍拍罗戈夫的肩,罗也笑着向大家招呼,他穿了一件米色的列宁装,也是自己设计的样子,领口上不用铜扣了,而是一圈蓝色的花边。这是大胆的装束,虽然他进屋之前,也许是披上一件灰布制服的,因为他随身带了这件衣服。

大家寒暄未毕,罗戈夫照照表说:"不早了,——我弄到了两张戏票,这是第一次上排的印度剧,位置不错……"他望望芝又对大家说:"当然,幼稚是难免的,不过……"

"哎,原来你是来请客去瞧你的印度剧的啊。"苏哲大睁着两眼,紧紧盯住芝说。罗赶忙解释说这个戏,既非他所翻译,亦非他所参与排练,不过既然是关于印度的剧本,他义不容辞地要尽力帮忙罢了。

"你们快去吧,啊……"苏哲盯住芝说。

罗从口袋里细心地掏出票来,给芝说:"你们去看吧,有些意思——你们姐妹俩去怎么样?"

"去就去吧,"彭波有些不耐烦似的对琴妮说,"晚饭我们自己会弄的……"似乎也没有更好的办法了,于是琴妮就与芝一同去看戏。

当天夜里,芝是住在琴妮房里的。虽然时候不早了,但因为看过戏,心情总有些兴奋,所以一时睡不着,便扯些闲话:

"芝姐,你恋爱了吗?"

"谁说的,跟谁?"她的声音似乎有些紧张。

"我只是多疑罢了。——韦对你似乎特别好……"

"咳!"芝长长地叹了一口气,沉默了一会儿,似乎她想了想,就告诉琴妮,韦确是对她不错,早在五年前就表示了热切的关怀,比方帮她打行李,送她上学校啦,过三八节和国庆节送她礼物啦,为了考大学的事,给她奔走到处打听啦,最近还给她送过两次音乐会的票。

"他没有明确地表示什么意愿吗?"

"没有……"

"这么久,他没有给你写过信吗?"

"写过的……"她似乎想了又想,忽然笑着说,"姐姐,真的,也许我得罪他了,就是上次从你这儿回去,我收到他一封信,他说……"芝又想了想才笑着说下去:"他说希望我与他的友谊不要庸俗化了,他说希望我也不要给庸俗化了。他在'化'字上还打了一个括弧,姐姐这算什么意思,真怪,'化'字上还打了一个括弧……"

"你回信了吗？"

"没有，但是我在街上遇见过他。我说，你的信我不太懂，学校功课很重，我又没有什么要说的，所以不写信了……"

"你是真的对他一点感情都没有吗？"

"没有，姐姐，我以为现在谈恋爱是不相宜的，我们学校内那些闹恋爱的人，真叫人讨厌。"

"如果这些都是你的真心话，那很好，我与彭是担心你过早闹恋爱，总要大学毕业之后，有独立生活能力了，那时候自己各方面也成熟起来了……婚姻是一个严肃的问题，以后有这种事可以与我们谈谈，一个人不管多么聪明，总容易犯主观。——你说是不是呢？"

"一定，姐姐，一定我有什么就跟你说，关于韦，因为我根本没有动一点点感情，至于他怎样对人讲我就不知道了……"

琴妮说，韦并没有讲过什么，他大学毕业后已工作了两年，而且工作得很好，他有恋爱的意思是合乎情理的："你不愿意早谈恋爱是对的，但韦也没有什么错，切不可对他有任何轻蔑的表示。"

现在的女孩子是聪明的，她们有理想有抱负，头脑冷静而有条理。从芝的一席话中，琴妮深深地感到这一点，并且对彭波详细地讲了这一切。

过儿童节的时候，老郑请琴妮全家去看他的新戏《快乐的童年》。千千和小良是高兴得了不得，尤其是见到"郑叔叔"扮演的老渔翁，总是热烈地鼓掌，常常看得忘形，小良便失声叫起来："千妞，看郑叔叔呀，那个戴大斗笠帽的。"

然而芝只是抿了嘴笑，她以为："有些无理取闹，不过哄哄小孩子罢了，没有更深的意思在内……"剧本是不好，语言更糟，演员还可以。彭波也说："可惜，没有好剧本，把老郑这个演员浪费了。"但是看完戏之后，按礼节的习惯，还是都到后台去祝贺他们。

老郑还未卸完妆，大胡子是没有了，头发上仍拍着白粉，他笑着来打招呼,并且介绍了他的母亲。他母亲与他十分相像,也是胖胖的脸,大门牙,眼睛是弯弯的总像在笑,她特别抓住了芝的手,称赞她:"你们真是一对好姐妹呀。"她打量着芝对琴妮说。小良和千千已经两手被塞满了糖果,不知怎样才好。老郑却又去与彭波介绍剧作家,是一个蜡黄皮肤的呆板汉子,装着大有深意的脸色,只用眼梢瞥视一下琴妮与芝。

出乎意料的是,郑宗竟叫来一辆出租汽车,诚恳地请求大家陪他的母亲去吃烤鸭。

当然,只有千千与小良顶兴奋了,其次是郑宗也兴奋着,老太太坐在姐妹二人的中间,剧作家也来了,坐在她们对面,干巴巴地笑着。只有彭波是冷冷的,没有喝酒,匆匆吃了几口,就先辞谢而去,因为他下午有一个重要会议,还得回家取些必要的资料去。

原来郑宗的酒量很大,他与剧作家一杯杯对喝起来,到后来,剧作家虽然越喝脸愈加蜡黄色,但终于很兴奋了,用沙哑的嗓门,自动的唱了一出《朱砂痣》。老郑竟然奋勇地唱了一支他从前在中学时候听来的歌——《叫我如何不想她》。同时,千千和小良也演唱了几支小学和幼儿园的歌。

后来,芝曾经与琴妮谈起这个酒会:"姐姐,郑宗这个人很老实,是不是?"琴妮说,这个人确实很老实,但也很糊涂,他也许是可靠的人,但并不足以信托大事,因为他不能辨别好坏,不能从质地上去辨别,只能看到表面的东西。

"你看,他对那个剧作家,真把他当个大作家呢,那剧本要是我就不演……"当然,芝说,演出有时候是一种任务要求,并不可以从个人兴趣出发的,但郑宗确是对剧作家一视同仁,因为他自己不能写,就以为能写的人都一样的高明了。有些人是这样的,虽然从事于戏剧很久,甚至是几年了,但对戏剧艺术所知有限,他们之中,也有演剧能力似乎相当了,在舞台上可以令人感到满意的程度,但如以更深的要求来评价，也不过只是一个演员匠工而已，总难成为一个戏剧艺术家。

"他真是糊涂了，那天在汽车上，他竟对我说，他愿意也叫你姐姐，叫我妹妹，他说他最爱咱们这一家，愿意当咱们家属里的一员……"

"真要当心，在你这种年龄是麻烦的，但是老郑也太糊涂了，他已经三十五岁了，听说曾结过婚的，那女人不知是死了还是又跟了别人……"

恋爱这种事，要不犯主观主义是少见的，所以琴妮一再叮嘱芝："你有所感便说出来是好的，千万不能自作主张……"

七月的一天是千千的生日。这是北方天气最好的时期，不冷，也不太热，没有风沙了，雨季也未到，琴妮的心情愉快，决定借口这件事请大家来聚聚。

当天晚上，第一个到的是苏哲，他似乎吃饱了来的，满脸通红，一口酒气，但进门就问："有酒吗？"然后就到处翻烟，翻到桌子上放的一些开会通知时便说：

"怎么，彭又开会去了，开不完的会，大家可以什么也不干，只要开会就是好同志。"

他大口吸着烟，仍滔滔地发牢骚："我不行，我不写诗，人民要向我算账，但是开会开会，一天到晚开会，叫我写什么？"

因为是为孩子招的茶会，所以，这时候，千千和小良进来了。

"喔，哪一个是主角，是公主还是太子？"

"好，千千你今天是我们的夜会女皇。"

"什么，她今年几岁，八岁，那么，再过十年就是女皇了，那就是你的天下了，千千……"

"小孩子什么不懂？他们什么都懂，来，千千，我献你一首诗，我要献十年后的小美人千千一首诗……"

"唉，唉，又说我对孩子说话不恰当了，琴妮，对于我，只有美、女人和爱情啊……"

这时客厅门大开，芝抱了一个大洋娃娃进来。千千与小良欢跳着迎上去，他们都笑着，把洋娃娃抱来抱去，跟着进来的是罗戈夫，他打开一盒精致的蛋糕，在大而圆的蛋糕上有厚厚的一层白色奶油，装饰着两朵玫瑰花，虽然也是奶油做的，但那粉嘟嘟的含苞的花朵，真是十分可爱。

当孩子们睁大着惊疑的眼望着美丽的蛋糕时，罗又打开一盒积木，他把红红绿绿的各式木块堆砌起来，一下子出现了一座"纪念碑"。

"这是送给小良的……"罗戈夫把积木交给了快乐的小良。

当客人们来多了的时候，千千抱了洋娃娃，小良拿了积木盒子，高高兴兴回他们自己寝室去玩了。

康苔带来一瓶酒，引起了苏哲的欢呼。韦瑜什么也没有带，而且脸色阴沉。老郑没有来，最后到的是彭波，他匆忙的胡乱给大家打个招呼，就把孩子们叫来。

"千千，你长大了要当什么？"彭波问。

"画家！"

"好，爸爸送你全是画画的东西，以后，功课做完了，就与弟弟画画玩……"于是彭又与孩子们高兴地笑着，把纸笔、颜色、本本、橡皮等等抱着，送到孩子们房里去。

"真是好爸爸，"苏哲说，"我们的孩子可全是流氓，没有一个好东西。"

"你三个孩子还是四个？"康苔问。

"三个男孩，一个女的，"苏用漫不经心的口吻说，"我的女孩子也不可爱，像那个妈妈……"

"你为什么叫他们是流氓呢？"芝笑着问。

"古今中外，没有一个天才的儿子不是流氓的。"苏哲屈指数着一些人所周知的或人所不知的才子与名士，并且讲一些放诞不羁的风流逸事给芝听。

"法国大画家凡·高,在咖啡厅里,看见给他送咖啡来的侍女很漂亮,他问她,她喜欢他什么,那女子说:'喜欢你的耳朵。'他就一刀割下了他的耳朵送给她……"

芝听得睁大了眼睛问:"这为什么?"

"为了爱……"

彭波再进客厅的时候,拿了一大盘冷菜。于是大家围桌坐好,开瓶举杯的,胡乱热闹了一阵,苏哲又去把千千和小良找来,他说他没有带礼物,很对不住,他要罚自己在三天之内,送上贡品,由在场的人作证,然后在盘子里夹一块鸡肉给千千:"祝你鸡鸣起舞,就是当画家,也学跳舞。"又夹了一块牛肉给小良说:"祝你力大如牛,成为打破世界纪录的举重家。"

大家说说笑笑,又有人要康苔唱歌了。

"我那老一套没意思了,真的,我介绍一个男高音给你们,"她指着韦瑜说,"他真唱得好,你们没有听他唱过吗?"

韦瑜讷讷地推辞着,红着脸,扭捏着不唱。

"你唱什么?我给你伴奏……"芝同情地瞅着韦瑜。

韦瑜迟疑着,什么也说不出来。

"就唱苏莉娃吧,你去弹琴……"康苔说。

芝笑着,仍瞅着韦瑜,韦瑜微微点点头。

于是在琴声叮咚中,韦瑜引颈高歌,那是令人愉快的歌声,比一般职业歌唱家还悦耳。他的嗓子好,音色极美,是男高音中罕见的。

罗戈夫第一个鼓掌,他讲起了格林卡的故事,并且认为格林卡音乐上独特的成就,主要得力于民间,而韦瑜本身是一个农民的儿子,所以,他不单在艺术上表现了深厚的乡土气息,就是在声乐上也有远大的前途……

苏哲抽着烟,点点头,又不住地摇动着架起的一只脚,然后长叹了一声："年轻人是可以骄傲的呀！"康苔来了不久便告琴妮，她今晚有三张音乐会的票，要带芝去参加，另一个便是韦瑜，这当然是不便阻止的，所以他们就先向大家告别而去了。

"唉，"苏哲站在窗前看了一刻，转过身来叹道，"小孩子们生活在美梦里，年轻人生活在诗歌中，而我们，我们这些老朽，都给钉在这现实的十字架上了啊！"

"你可以把生活弄好，你的爱人还年轻，过去也是一个好演员，为什么一定要离婚呢！"彭波问他，"还是言归于好，把家整顿一下吧！"

"不，不能的，我这一辈子，别的做不成，一辈子不理这个女人一定要做成的……"

"为什么有这样深仇大恨呢？"罗戈夫问。

"为什么，这家伙，她把我平日随口说的一些话全去汇报，这个女特务……"

"你在胡说八道……"琴妮生气了。

"不，不，我是说，如果她在国民党里，一定会当女特务的，她是一个婊子出身，你们知道吗？"

"她是我的同学，你胡说什么？"琴妮真生气了，"即便如你所说，你用什么观点来评判一个娼妓呢？娼妓不是社会的罪恶造成的吗？这至少是值得同情的对象，你以为拿这个名词就可污蔑她吗？再说，不管她是什么东西，也是你自己去恋爱的呀，这样说你不同时也否定了你自己吗？……"

"我们对你那个老婆，当然也毫无兴趣，"彭波对苏哲说，"可能实在是个不大好的女人，但你这样说却更坏，显得你更坏，你的思想该整理整理了，不然，你要毁了你自己的。"

罗戈夫也说，虽然清官难断家务事，但是苏哲已经被自己纠缠得神志不清了，这是危险的，是不是到外地去旅行一下或到什么地方玩玩，使自己冷却下来好些……

苏哲这次回去得早些，倒并不是大家批评了他的恋爱观和生活态度，而是这屋子里没有了年轻女子的笑声，他就留不住脚了。

大家又闲谈了一下苏哲，并且问到罗戈夫的生活。

"我还好，我还有什么花样可变的呢？为了那次结婚，差一点记大过。"他于是讲了与从前的一个白俄女子结婚的事。

"她一回苏联，你就又结婚的吗？"

"她回去了就不可能再来的，我呢，我需要有人照顾，所以有人介绍一个女医生。"罗又从皮包的小口袋里找出两张照片，一张是女医生穿了白外衣的半身像，一张是他与她在公园里的合照。

"比你年轻得多，很好的模样。"琴妮拿给彭看，彭也说："罗戈夫，再不能三心二意了，这个女的看上去很好，老老实实处理好生活，多做一些工作吧，我们都不再是胡闹的年龄了！"

"是的，结婚的时候，我也对介绍人这样说：我一定保证她的生活，在经济上，在工作上，她可以放心，——然而……"罗迟疑地摸了一下头，望望琴妮，又望望彭波，疑笑了一下。

"结婚后仍然吵架了？"琴妮猜着问。

"没有办法，我可以保证她的物质，她不可能保证我的精神，她只是一个女人，虽然长得不难看，又年轻，然而，劳伦斯说得对：'美丽的女人是容易找到的，但可爱的女人太少了。'是的，她不能满足我爱情的需要，我常常……"他又摸了一下头，吞吞吐吐地说："有时候，我半夜里把她从床上踢下来！"

虎　妞[①]

　　那是在一九六〇年的冬天，由于灾荒，粮食问题最紧张的时候，每个人的定量，都自动地减到最低标准。窝窝头都是数着片儿吃。我的大儿子建建十一岁，正在初中读书。后来他告诉我，每天上第二堂课的时候便饿了，下课休息的时间，常常走到操场上便晕倒，但是我们都看到那时的他在餐桌上，总是比别人更早地说自己饱了，放下筷子，愉快地去听无线电广播小说《二万五千里长征》。

　　我们家中还有一个八岁的小男孩季季，和一个七十岁的婆婆。有些人家，为了吃饭问题，据说发生各种争吵。似乎当饥饿来侵袭的时候，有那种人原本是伪饰的教养与礼节，都丢盔卸甲了，暴露出那种残余在人类身上的一些丑陋的兽性……我们的家与多数的完美家庭一样，愈是困难，愈是互相谦让，就连小季季，也从不因为饥饿而愁眉苦脸。他总在你为了粮食不够而心中惴惴的时候，高兴地嚷："今天吃稀粥吧，天冷了我顶喜欢有碗粥喝喝……"

　　忽然有人来对我讲，住在南郊区的我那个六十多岁的老姨妈，她丢掉了十一月份的全部粮票，下个月的粮还得十几天之后才能买到。她的儿子在边疆工作，叫这个孤苦的老人怎么办呢？即便不是我的姨妈，我也要帮助她的。我婆婆与孩子们也催促我快去接她来。大家心

---

　　① 作于1960年代初，未曾发表。

中明白，在极少的粮食定量中，无法再分出一份去，只有大家住在一起，也许对付着可以度过艰难的日子。

　　我用了极大的口才与长时间的苦劝，才使善良的老姨妈同意到我家来。我住的是东郊区，所以为这件事，竟奔走了一天，直到傍晚的时候，才乘车赶回家来，但我的心情是愉快的。因为姨妈已经答应收拾一下，第二天便来与我们同住了。

　　十二月的第一个寒流，却在这天的下午到了北京。所以，当我在暮色苍茫中走下公共汽车的时候，呼呼的北风，刀一样地刮来。我把显得单薄的黑色大氅，紧紧裹住自己，踩着不平稳的脚步，向亮着橙色灯光的，自家温暖的小楼奔去。

　　忽然在我眼前，出现了一串奇怪的队伍，是一群顽童组成的。他们追赶着，鞭打着，叫嚣着飞跑，而走在最先的那个家伙，手中似乎牵了一个什么东西。由于他走得那么快，以至于我只能在呼叫打闹的顽童空隙间，依稀看到几只小脚疾不着地的，小黑点似的闪动着飞奔……从狠狠的叫闹声中，我意会到包藏着什么不幸了！于是我加快步子，追过去，以大人的威严高声问道："你们干什么？别跑，你们弄什么？怎么回事？……"

　　在这队顽童面前，我心中其实毫无把握，他们会听我的话吗？——然而，他们还是停下来了。

　　原来是一条小狗，满身泥污，用一根草绳拴着脖子。为首的顽童把牵狗的手背在身后，打量着我，一边强支着顽童领队的架子问："你管得着吗？"小狗在他身后发着抖，两只大眼可怜地望着我。那些抽树枝的、甩绳子的，还有拿碎石块的小玩童们，巴巴着眼睛，瞅瞅我，又瞅瞅他们的小领队。

　　"这是怎么回事？小江，谁家的狗？……"小江似乎是这队伍中的第二号人物，他像个运动员那么粗壮，有十一二岁，就在我们的二楼住。我认出了小江，便盯住他问。他手里握着一支滚铁环用的粗铁丝钩。

"谁的也不是,这是野的……"小江虽然挺身站着,但声音有些怯了,他或许怕我告诉他妈妈。

"你们不能这样,它太可怜了,把狗给我……"我在说出这话之先,自己也没料到这么做。

牵狗的孩子犹豫着看了看他的队伍,但追随的孩子们已经兴致涣散了,感到冷,或是知道没有什么可胡闹的了,或是发现天太晚,要回去吃饭了,三三两两的各自散去。这个临时领队也败兴了,把绳子往地上一丢,盯了我一眼,便转身向黑暗里的一条僻径走去。小江仍面对我站着,他这时拾起绳子交给我。

当我牵着小狗回家的时候,我立刻明白自己惹了麻烦了。我把它怎么办呢?养一条狗,这是有趣的事。我极乐意办的,应当说也是我生活上一点小小的理想,养一条聪明的小狗,狗是有名的忠臣,关于狗我可以讲一打动人的故事。然而,现在我们能养狗吗?给它吃什么?在粮食如此困难的时候,我养狗,人们将怎样来评论我?而且,这条狗是什么样子的,它既然被抛在这郊野,说不定有什么不治之症,至少,它的主人抛弃它是为了没有粮食喂养的缘故,那么,我有喂它的粮食吗?

楼梯口明亮的灯光,照出狗是小小的,但沾满了黄泥,弄不清它毛色。

"这黄泥是怎么搞的?"我问跟在身后的小江。

"他们埋它,他们把它推在深坑里……"我摇了摇手,叫他停止说话。因为到二楼了,邻居们如果闹出声来,我怎么表示态度呢?我牵了一条狗,这是令人骇异的新闻。

还好,邻居们这时候,都忙着筹划自己菲薄的晚餐,我一个人也没有遇上。

三楼我家门口的电灯,在我回来的时候都是明亮的,孩子们这样来等待我的晚归,小季季可能已经跑出门来瞧过几次了。所以,当我抬头的时候,正巧他又开了大门出来探望。

"妈妈,——妈妈回来了,哎,建哥快来……"

他一眼便看到了狗,他的意思是叫建建来看,妈妈带回来一只小狗。但我赶紧用两根手指放在嘴前,表示噤声,然后又摇了摇手,小季季立刻不响,并对奔出门来的哥哥做着同样的手势。

建建兴奋地张开两手,他们都要来摸它,但它紧紧挨住我的腿。我感到狗的身子冰凉而且不断地抖着。

我们悄悄地一齐进入厨房。放下拴狗的绳子,我赶紧到炉子边去烤手。今天忘了戴手套,我的手都冻木了。

两个孩子高兴地来抚爱这小狗,但它往后退,它躲到我脚边,发着抖,眼睛不安地注视着他们。

小狗与小孩,本该是一见如故的朋友,但是这只小狗,因为刚刚受到那群顽童的虐待,它对小孩怀着戒心。它小心地躲开他们,他们如果逼得太近,它就龇牙,同时又做着要逃跑的姿态。

我在小凳上坐下来,轻轻地去摸它的头,它靠近我,虽然由于冷,或者由于恐怖,仍然发着抖,但是却努力摆动着小小的尾巴,并且用嘴来吻我的手,表示它对我是信任的。

我把这只狗的情况告诉了孩子们,并且问:

"怎么办?我们怎么办才对呢?"

"我们养活它。"小季季说。

"我们不能再放它走,野孩子会弄死它的。"建建说,并且拿来一片窝窝头,这是他中午留下的一片,预备饿的时候再吃,现在,他说他一点也不饿。

"我想这小狗一定很饿了……"他递给它吃,小狗不吃,往后退,一直躲到我的凳子后面去,然后又悄悄地伸过头来,瞥我们一眼,迅速地叼住窝窝头片,躲在我身后吃起来。

"它饿了,不知多久不吃东西了。"建建说。小季季从食橱里端出一只小花碗来，里边有半碗粥，也是他早上吃剩留着的。

他敲着碗，把碗放在暖和的炉子旁边，招呼它来吃。小狗不动声色地沉默了一刻，才慢慢跑了出来，看看我，摇摇尾巴，大胆地走到炉子边，绕着炉子走了一圈，又看了看大家，摇摇尾巴，才放心地喝起粥来。

小狗喝完了粥，似乎与孩子们熟悉了。它让他们抚摸它，不再逃开了。

这时候，大家都暖和起来，我脱去了大衣，在洗衣的绿瓷盆里，放上温水，把小狗拉来，试着给它洗澡。它又害怕起来，似乎想逃走，但水很温暖，它哼了两声，表示同意我们的举动了。我们也很快地给狗洗了澡，抹去了污泥便放它到炉子边，擦干了毛，让它烤着暖和身子。

它呆头呆脑的别扭了一阵，忽然暖和得高兴了，伸起身子，全身一松劲，洁净的毛一下子全干了而且茸茸地散开，哦，多么美丽的小狗啊！

通身是白的毛，只在两只耳朵与两块面颊上是棕色的，耳尖上有长长一撮特别深色的毛，使耳尖显出极俊秀的角度，在有胡子的白嘴巴上，也有两小块特别深色的毛，使它的嘴脸显出十分俏皮而聪明的样子，肚子两侧与大腿弯上，也各有对称的大块棕色毛，尾巴与脚是全白的，但在尾巴尖端与四脚的趾部，又全由深棕色的毛所点缀。体型是像哈巴狗那么小，但却具有狼狗那么英挺矫逸！

孩子们在赞美狗的时候，我警告他们：

"我们养这只狗，是为了救它的命，因为放它出去，很难想到会有谁肯收养它，如果落在可怕的顽童手中……总之，我们的困难是粮食问题，明天姨婆还要来……"

"我吃得太多了，我可以分一半给小狗……"季季说，并且鼓起了嘴巴，表示他已吃得很胖了。

"不，我的早饭可以不吃，早上我吃不下东西，这狗很小，只要我一顿早饭就够它吃一天的了,别方面不必再加了……"建建说。

"关于吃的问题,我来想办法。——当然,它的粮食是从我们最少的定量中省出来的,不过,既然还是可以省得出,那是否能够说定量已经最少了呢?人们不了解情况,会有意见的,我们又不能一家一家去解释。所以,目前,为了省事,我们只能悄悄地养这只狗,就是偷偷地养着,但我们并没有做任何坏事,你们明白吗……"我又详细地阐明了我的意见。

"当然,对谁也别说,不要告诉人家,我们养了一只狗……"建建对小季季说。

"自然不说,说了便不能养了,这只狗就会给野孩子弄死了……"小季季说。

"大门关上了吗?"我这时才想到问。

"没有吧……"建建急忙跑过去关门:"你站在这儿干什么?你怎么不敲门就进来了……"

"哪一个?"我大声问,小季季也奔过去。

"小江,小江自己进来了,偷听我们的话。"

我愣了一下说:"小江,你进来,到这儿来。"

小江不好意思地走进了厨房,吞吞吐吐地说:"我没有偷听什么话,我看你们家大门开着,我想来瞧瞧那只小狗。"

我知道,孩子总是喜欢狗的,于是对他说:"小江,你听着……"我把养这只狗的意思对他又讲一遍,并且告诫他说:"这只狗的生命,就在我们大家身上,你要小心……"

"这是秘密,你对谁也不能讲,对你家保姆也别讲,记得吗?"小季季叮嘱他。

"但这并不是说谎,也不是做坏事,你弄明白没有,你讲给我听听,为什么不是?"建建考问他,小江断断续续地讲了一阵,话是说得乱七八糟的,但他确实明白了,赤子之心有一种共同的语言,即便不说,也都明白的。

我的婆婆似乎听到我回家好久了,只是在厨房里不出来,就拄着拐杖来瞧我弄什么晚饭。

当老婆婆走进厨房的时候,建建已经把狗抱起来走到阳台上,小江跟出去与他讲话。小季季把阳台门关上,在屋里靠门站着用小刀在削一片白薯的皮。

"这么晚了,怎么还让建建到阳台上去,要冻着了,谁在跟他说话?……"老婆婆批评了一番,又对季季说:

"别吃生白薯,叫你妈妈煮了吃,今晚又吃糊糊吗?——孩子们晚上吃得太稀,一夜要起身尿几次,晚上还不能吃干些吗?……"然后又唠叨了一阵对生活大不以为然的意见,才拄了拐杖离开厨房,一边问我:"你姨妈明天来吗?哼,来了也是喝这稀汤……"

就这样,我们把小狗留下了。

厨房里有一张床,是给不速之客预备的。姨妈来了也就是睡这张床,我收拾整齐,把一个没提手的大菜篮,铺上些木花烂布,放在床底下,做小狗的窝。

我和孩子们都高兴极了。我们有一只美丽的小狗,孩子们请我把这件事,写信告诉远在国外工作的爸爸知道。

每天清早,我与孩子们都有一个快乐的聚会,大家在暖和的厨房里,热气腾腾地吃着早点,说说笑笑,然后他们上学,我去上班。冬晨寒冷,老太太是不起身的,只把她的早点留在她屋内的炉子上。

因为多了一只小狗,大家更兴奋了,我们每人给它一片窝窝头,虽然那么薄,但它津津有味地吃着,而且是少咬细嚼慢慢地吃……

"给它起个名字吧。"建建提议。

"叫小老虎……"季季说。

"如果它是姑娘呢?"我以为一个女性叫老虎不怎么好似的。

"叫花儿太俗了吧,像小猫的名字了……"建建自己取了名,又取消了自己取的名。

"再说,它也不一定是女的……"季季提醒道。

我们互相取了各种名字,又互相批倒了各种名字,最后我说:"叫虎妞吧?"

"虎妞好……"季季立刻同意。

"虎妞太好了,就叫虎妞,——虎妞!"建建蹲下来对小狗叫,并且摸摸它的头。

虎妞高兴地摇摇尾巴。

"虎妞,记好,你叫虎妞,虎妞……"季季一条腿跪在地上,抱着虎妞的脖子,并且对着它耳朵说:"虎妞、虎妞、虎妞……"

虎妞只是摇尾巴,它也许是喜欢这个名字了!

"虎妞,"建建背上书包说,"我们不在家的时候,你就在窝里睡觉,不要淘气,没有人喜欢你……"

"虎妞!"季季连捧带扯地把它往床底下窝里送,"好好躲着,你别出来,奶奶要生气的……"

虎妞不肯白天进窝,它跟了我们走,但当我们走到门边,我用手势严厉地命令它回去。它迟疑的,摇摇尾巴,还是转身进厨房去了。

"虎妞再见!"孩子们都说。

中午的餐桌上是丰富的。姨妈来了,她不单把午饭弄得热气腾腾,香味扑鼻,而且还把她带来的果子酱,少许的辣泡菜全摆上了,使孩子们欢呼。在那灾荒的日子,这种佳肴,就是盛宴了,在大家满意地离开食桌时,我姨妈说要和我谈一下。

"你怎么弄了一只狗在家里?……"

我从头至尾地说了一遍。

"这不行,你想,我在这儿忙忙碌碌,吃你家这一口饭,其实并不完全吃你们的,那样你们也决不能维持得了,我仍然节省有几斤粮食,还有杂豆,还有一大包菜干。昨天忘了对你讲,我女儿还寄了几斤粮票接济我,我其实也够了。你知道我吃得不多,我是舍不得你,上班下班,家中一口热饭都没有,把你累坏了,我为了你才来的。你婆婆当然认为我是吃你们的了,虽然,我带来的东西全一一经她过了目。但是,你养了这个狗,狗比人吃得还多,以后大家吃不饱,你婆婆还以为是我来了的缘故。我实在不愿意,你把狗送走吧,养狗有什么用?"

不知什么时候,季季站在屋角,他听到要送掉小狗,就奔过来抓住她的手说:"姨婆,小狗太可怜了,送出去就没有命的,以后还是把我们的饭各人分一份,我们不用吃得胀肚子,留一点点狗就能活下来了……"

这时候,建建敲敲门走进来问我:"小江拿着了一个大窝窝头,给虎妞。咱们收不收?"

我们全走进厨房,小江正在把他的窝窝头给虎妞吃呢。那真是一个大窝窝头,足有三四两,我阻止他乱给虎妞吃,必须给虎妞吃得定量定时,否则以后更无法计划了。于是我问他:"这窝窝头是哪儿来的?"

"昨夜保姆给我的……"

"你怎么没有吃?……"

"昨夜我妈妈回来了,带了不少好吃的东西,我吃了糖果和高级点心,吃不下这个了……"

"你还吃了苹果,还吃了山里红,对不对?"建建问他,他点点头。就在这时候,他嘴内还含了一块高级糖。因为他是一个晚生的独子,父母都是高薪职员。

"以后,你保姆问你怎么说……"姨妈问。

"她从来不问……"

"他常常把窝窝头丢在垃圾桶里……"季季说,过去他也告诉过我,小江是被溺爱得有缺点的孩子。

"在粮食这么困难的时候,你再不能这样糟蹋东西。以后吃不下,你就别拿家中的……"

"他保姆不管他要不要,说他的一份儿,非给他不可,他保姆自己也丢呢,她有钱,她买私商的鸡蛋吃……"建建又把道听途说的材料公布了。

"好吧,不说那么多了,以后,你别再丢粮食了。你们家不吃的东西,可以拿来喂虎妞。"

我把他的窝窝头切了五片,告姨妈一天给虎妞三片,一顿一片,再加一些洗锅的米汤水。

但是,晚上睡觉的时候,问题又再次发生了。

姨妈无论如何不肯让虎妞睡在她床底下。她本有失眠的病,如果再钻一条小狗在床下边,发出各种声响,那简直不用睡了。

我找出一个破木箱来,塞了一层废纸烂布,放在阳台上,把虎妞搬到阳台住。

"这么冷,不会冻坏了吗?"孩子们着急。

"不要紧,虎妞穿了大皮袍子,而且木箱里又垫得厚厚的……"我安慰他们,我有什么法子呢?

还好,虎妞住在阳台上没有生病,只是眼睛水汪汪的,我想是冻的。孩子们说它是在哭,但是也只有如此。我们回来了,便放它到家中来,暖和暖和。

"虎妞,——妈妈,你瞧,建来呀!"有一次季季大声叫唤。原来,虎妞会用后脚站起来,季季丢一点窝窝头,它便直立起来用前脚接住。平日看它的行动,一跳一伏,一纵一卧,全是极美妙的姿态,这是只受过训练的小狗。每当这种时候,姨妈也看着发笑。我们就更高兴了,我们都找一切机会,让虎妞的表演使姨妈看到,希望这老人家怜爱它。

但是,风波有各式各种。一天,我们正在高兴地吃午饭,忽然听到急切痛吵的鸡叫声。姨妈慌忙放下碗,一边说"不好了",一边往厨房跑。我们也跟了去,她一直打开阳台的门。

"我的鸡死了,我的鸡死了……"她失声叫。

我也奔到阳台上,看见虎妞叼了一只鸡。它一见我,就摇着尾巴走来,我从它嘴里取下鸡,只落了几片羽毛,鸡没有受伤,更没有咬断脖子,我把鸡交给姨妈,一边对虎妞说:

"你不能咬鸡,你犯了错误。"我指指鸡,把它拉过来,轻轻打了它两下嘴巴,示意它不能用嘴巴去咬鸡。这种动作,我反复了几次,姨妈在旁边唠叨着说出一切原委。

阳台上有两只鸡,一公一母,住在西端,用虎妞当过窝的没提手大菜篮当窝。这是姨妈养的两只鸡,她到我家来的时候,就把鸡寄养在邻居那儿。但是邻居今天顺路办事,便给她捎来了。所以她把虎妞的脖子拴上,限制它在阳台东端活动,但是虎妞挣断了带子,把鸡当猎物来捕扑。

"虎妞叼住了鸡,它是玩的,它没咬痛它!"季季称赞虎妞,并且试图解释这种不法行为。

"虎妞可能是只猎犬吧,它叼到猎物,送给主人,并不咬死它,这不是平常的狗……"建建看了不少书,他用自己的想象来颂扬虎妞。

"我的鸡不会妨碍你们,母鸡是生蛋的,又只要喂些烂菜皮——你们的狗这么凶,迟早要咬死它,我还是带了鸡回去吧,你们不用担心我的生活……"姨妈虽然看她的鸡仍然活着而且自在地啄食,毫未受惊致病,但仍以为绝不能与虎妞和平共处。

在我的寝室内也有一个阳台,但既小又摆满了花草,无法,我决定把虎妞搬上我那边的小阳台去,让姨妈的鸡可以放心过日子。

一切都安排妥当了,把名贵些的花草搬上阳台,其余的就给虎妞的环境布置起来。狗是不吃花的,而在花草之间,有只小狗走来走去,确乎不坏。我与孩子们站在玻璃门后瞧它,这边阳台向南,成天有太阳,很暖和的,对虎妞更好。

在这小阳台对面也是一个小阳台,与一家广东人遥遥相望。因此,虽然不在一处工作，也总点头问好，有时也凭栏谈话。他还告诉我怎样可以把热带植物养得茂盛，以及炒辣豆腐的方法。我们是很好的邻居。

有一天，我正在给虎妞洗澡，孩子们上学去了，天气特别好，暖和得像春天似的。

"你养了一只狗吗？"我一惊，发现了广东人在那边阳台上，他当然看得清清楚楚。我赶忙摇摇手，免得被二楼以及下边走路的人听到。

他似乎立刻会意了，点点头不再说话，但是笑着，并且用手势问我怎么回事。

"一会儿我来看你……"我站起来对他说。

关于虎妞的事，与对阳台的邻居说明白是十分必要的，这家广东人姓洪。是豪爽而好客的南方人。

我去拜访的时候，洪先生的爱人正在生病，但仍然热情地表示了接待。并且谈到狗的问题时，出乎我的意料，他们竟竭力主张我养狗，还说因为她生病，吃得很少，家中余下的粗粮，全可送我喂狗。我一再谢绝。但洪先生竟这么讲：

"就算咱们两家合养的好了，这样你就不用再客气了……"

真是好运气，不久，洪家的保姆就送来半口袋杂粮。我想是这样，人们的内心，总有那么一点赤子的热忱，只是有的时候显露，有的时候隐晦罢了。

但是，在我家庭里，并不是平安无事的。我的婆婆知道了这件事，日子久了，怎么会一点也不给她发现呢，便是姨妈，也会告诉她的。虽然姨妈是有名的善心人，但为了说明她在我家并没有使我们的粮食更紧，而是有一只无来由的小狗，正在暗地里分用我们有限的粮食呢！我婆婆当然不高兴，常常叨咕些什么话，比方说："人没有吃的还养活狗，派出所问起来怎么说？"或是："昨天居民委员来叫门，听到了咱们的狗叫……"

我也十分不安，这种不安同时传给了孩子们，大家的欢笑减少了，总是默默地不提这个问题,即便在看到虎妞活泼地跳起来时,也只叹息着抚摸它一下,怎么办更好呢?

有一天,洪先生来访问我们,这是少有的事,大家先寒暄了一阵,然后他笑嘻嘻地问:"那只小狗怎么样?胖不胖?"

我为了对他的兴趣共鸣,并且感谢他关心这种小事,特地把虎妞招呼到客厅里,并且让它用后脚站起来,以它顶方便的表演来欢迎贵客。

"这种狗养不胖的,就是这种样子了……"

我于是讲了虎妞的聪明与可爱的各点,洪先生笑嘻嘻地听着,也弯腰摸了摸它的身子。

我不知道洪先生为什么事来,似乎只为看看虎妞。人有的时候,是多么显得天真而令人感动啊!

忽然,洪家的保姆又来了,送了一封信,并说洪太太仍在生病,什么也不想吃。

我看了他的信,这使我怎样地迷惘啊,下半封信是这么几句话:

> 我的爱人是怀孕了,你一定代我们欢喜,因为我们正需要有一个孩子呢,但是她总想吃家乡的东西,现在这么困难的时候,哪能办得到呢?你的狗是长不大的那类品种,吃窝窝头更加胖不了。你不如早些杀了它,我们希望你肯分一点点狗肉给我们,如果惠然赠我们一只狗腿的话,我们将回赠一个有二斤重的猪肉罐头……

我没有复他的信,也没有让孩子们知道这件事,但是我通夜想着,要给虎妞找一个安身之处。

我写了如下的信,给一个搞声乐的朋友——

亲爱的康:

现在我有一件事,请你帮忙,你一定乐意做的,因为这是一件有趣的事，对于你的境况来说，又是应付裕如的。

我从顽童们手中救出了一只小狗。十分可爱的小狗。我已养了很久，但是我们住在三楼，不方便，我又有婆婆和姨妈，老人家不同意养狗，加以我的邻居们竟想要吃狗肉……

你可以想象到我的狼狈……

你有条件养它，你们只两个人，又住的是单独的小院。对于你的心地，我更从不怀疑……

关于粮食，你们未必那么紧，加以它那么小，吃得极少，我们还可以不断地接济……

过了半个多月，还是不见回信，我实在急了，又写了一封催问的信，她的回信才来了——

……从前，我们在学校里，共同养过一只小猫，多么有趣，我真高兴，你仍然相信我的良好的心地……但是，你的心地的良好，不因岁月而消逝，不因人事而更迭，却使我惊讶，也使我羡叹！我们一家虽然只有两个人，但是，却是两个兴趣各别的人。上个月，人家送我两只小兔，可爱极了，是那种长毛的，兔子又不叫，又不惹人，它们只在小院里晒太阳，悄悄地在花盆边转来转去，但是我家那位暴君，不知为了什么，竟踢死了一只，另一只我只好赶快带走送人……

我不想多讲我的生活，但请你别以为我只是成天唱着好听的歌，甚至于在我愉快地唱歌时，希望有一只可爱的小狗挨在我的脚边……

李青元是一个教授，据说他最爱小动物，虽然他研究的是哲学，却像动物学家似的，在家中养育着各种小东西。我还没有去过他家，但是为了虎妞的事，我在一个暖和的礼拜日，远远地奔去拜访他们。

在一个极大的院子里，四周住了不少人家，有一家门口，正有一个十一二岁的长辫子姑娘在喂兔子，就是那种长毛的兔子，雪白蓬松的毛，衬着一地碧绿的菜叶，真是好看。当我说完自己的问讯时，那姑娘清脆的嗓子喊道："爸爸，有人找你……"

李教授热烈地欢迎我，但我在他家内，每一步都得小心，有两只小猫，像肉球一样追随着人的脚步，还有四只刚睁眼不几天的小兔，踉跄着到处用鼻子嗅嗅，房子里弥漫着一种异常的气味。我当心着在主人殷勤的招呼声中，坐到一只椅子上时，似乎有什么东西抓我的腿，低头一看，椅子底下放着一个大铁丝笼子，里边养了两只松鼠，它们正在活泼地打闹。主人一定要请我坐到长沙发上去，但是沙发的一半，被一只极大的白猫所占有，它像一个枕头似的，向我咪唔了几声，便又闭目而卧了。在屋子中间，悬挂着不少笼子，有斑绿的虎皮鹦鹉，和那种极小的相思鸟，中间还有像黄莺似的那种叫得很好听的小鸟。在他们的白纱窗帘上，爬着螳螂、知了、蚱蜢、纺织娘等等各种昆虫的僵尸……

"最近，东北有个朋友来，他说要送我一对小鹿……"李教授一边拭眼镜，一边告诉我。

"去年，一个伐木工人，还送一只小熊给他，已经带到哈尔滨了，后来实在不方便，才送给了动物园……"李太太补充说。

就他们那两间屋子来说，东西多得实在太挤了，但是我再不能找到更好的人家，来收养我们虎妞了，于是，我就把虎妞的事对他们择要地讲了一遍。

"唉，可怜！"李太太听得眼中含泪地说。

"一准，给我们吧。回头叫我儿子去抱回来。小龙，小龙哪儿去了？"李教授问进屋来的姑娘。

等到小龙回家的时候，我也到告辞的时候了。我已坐了很久，看了他们长条桌上那笼聪明的白老鼠，做着翻滚等种种的把戏，还观察了唱机上放音乐的时候，放在旁边的玻璃缸内的金鱼，是怎样倾听，而微微舞动着尾巴的。并且我还看到一种虫，养在一个精致的小铁匣内，李教授从内衣袋中掏出来，特地给我看的，它怕冷，用丝绵垫着匣子，吃的是红枣、桂圆、核桃仁、瓜子仁，还有药铺里买来的冰片与红花。

把虎妞送走是难过的，但是李教授家比我更会爱虎妞，这一点使我自愧而放心了。所以当那个十五岁的壮小伙子小龙，用他的大棉袄搂着虎妞走的时候，我衷心祝它好运，并且预备了充分的时间来介绍李教授这一家人的童心，使我的孩子们与我同感，不会觉得我们做了残忍的事。

虎妞走了之后，姨妈把家里打扫得更干净了，并且把母鸡所生的蛋，都拿出来给孩子们分吃，还从什么地方买来了一盆兰花，放在书桌上，散着幽幽的清香。

但是，过了几天，我决定去瞧瞧虎妞。

在半路换车的时候，想不到竟遇见了李教授的女儿。

"虎妞不在我家了，我们把它送给了舅舅……我们欢喜它，但是家中小动物太多，不管放它在哪儿，它都得惹它们。一进屋它就追小兔……差一点把松鼠尾巴咬掉……放它在园子里，它就追人家的鸡，把它拴在门口，它叫，你知道，我们对面住的是孙老，他有心脏病，一点不能闹的……对了，它还去捉周家的鸽子，他家鸽子是很名贵的，把我爸爸都骇了……"

我不便去找她的舅舅，我也不便把这种种情况告诉孩子们。只是想起虎妞来便心中不安。

一天晚上，很大的北风，我与孩子们在炉边谈着诗，特地把海涅的那首找出来，就是写着"冬天已经来了，春天还会远吗？"那首……

客人一直走到客厅的门，我们才发觉。

第一个进门的是虎妞，它迅速地扑向我，不住地摇尾巴。我与孩子们都愣了，开始看跟着进来的一位男子，有二十八九岁，是一个受过高等教育的快乐的人，穿着英国呢大衣，围着鲜艳的朱蓝格子围巾。

"我就是小龙的舅舅……"他自我介绍了一阵，然后夸我们的狗。

"这小狗是名种，名贵的品种，我查对了好几种参考书，您请瞧。"他要拉虎妞，但是虎妞生气地高声叫，季季去拍拍它脑门，它才住了口，并且用后脚站起来和季季玩。

"这小狗是名种，就是说，它的爸爸和妈妈一定是名贵的狗。这在外国是极重视的，养狗极重视的一点，就是狗的家族，"他笑了笑，点燃了香烟，一边抽一边说，"应当说狗的家谱，名贵的狗和普通的狗，在狗市场上价目相差得太远了。"他举了两个简短生动的例子，说明名贵的狗的惊人行情，并且告诉我们，虎妞的脑门上有一圈旋转的毛，那是某某种的特征，他在瑞士的时候，曾经养过一只类似虎妞的狗。

总之，他讲了不少关于养狗的事。最后他说，他现在需要一只猎狗，虎妞腿短，可惜不能跟他去打猎。告辞的时候，他露出抱歉的笑容，为了表示感谢我们热情的接待，他临走的时候，又低低地补充了两句知己话。他微笑地说："我在过年的时候要结婚了，我的爱人是学科学的，她似乎不大愿意养只狗……"

是的，快过年了，我们家中因为虎妞回来都很高兴，就是婆婆和姨妈，现在也同情虎妞了。

虎妞似乎瘦些，但是它多么懂事啊。它招呼人的时候，总是不断地摇着尾巴，用可怜的明澈动人的大眼睛望着你，只要你一招手，它就用后脚站起来，你把手往下按的样子，它便伏下去，你将手背一转动，它就翻一个身，你丢一个小球在地上，它就追、扒、踢、抢，在地上打滚，四脚朝天地抱了球转动……如果你在做别的事，或者你看书，它就悄悄地坐在屋角的小凳上。似乎在沉思默想，有时半抬着身子躺着，前脚，一只蜷曲一只支头，像少女支颐静坐似的姿态，这么美而幽静，简直不是狗的姿态啊！

一天，我没有上班，似乎感冒了，我的头昏昏作痛，周身木然而无力，我们的校医来了。

"你浮肿吗？"因为缺乏营养，这一时期浮肿病人特别多，大概校医是专门来检查浮肿的，所以我赶忙说："我没有浮肿，我大概感冒了……"

"怎么不是浮肿，我一眼就看出来了，怎么样？你自己按一下看，你比别人肿得还厉害些。"

我真大吃一惊，虽然粮食不多，但我还买了不少杂七杂八的东西吃，并没有挨过饿呀！但似乎浮肿得真很厉害，不必找地方，随处都可以用手指一压一个小坑，我叹了一口长气。

"开一点补助食品吧。"校医回身看见了狗：

"你们还养狗？它吃什么？"

"它一天只吃三片窝窝头……"

校医仔细打量了狗一下："不行，它也营养不良，你瞧它眼睛水汪汪的，再这样，它的眼睛要烂了，还要瞎呢。养这种狗，一天至少半斤牛肉，——快别养了，人也病了，狗也好不了！"

我没有去领补助食品，因为我养了狗。如果我因为养狗而缺乏营养，怎能让公家给我补助呢！更加使我焦虑的是，虎妞的眼睛。

大家总还记得。在灾荒的一九六〇年，成年没有一点肉吃，过年一个人才二两小猪肉，我有什么办法使虎妞生活好些呢？

"爸爸来信了！"建建高高举着信封，大概是从楼下奔上来的，喘着气说，小季季书包也不放，一直跟到我面前。大家都围拥过来听我读信。国外的生活是另一种趣味，大家听到的都是好消息，都一脸笑容，尤其小季季高兴。因为他听到爸爸春节回来，爸爸说要送给他一件意想不到的好礼物。

我不记得是否常常把虎妞的事在信上对他讲过，但在他的来信中，却有这么几句："如果小狗真那么聪明，何不送给杂技团呢，你可以找小金谈谈……"

把虎妞送给杂技团？我们似乎恍然大悟了，立刻开了个家庭会议。

"杂技团里有小熊小羊小猴，也有狗……"建建兴奋地说。

"他们给狗还穿衣裳呢，我小时候跟爸爸去看过，小狗穿了粉红的、浅蓝的、淡黄的各色小衣裳……"小季季说，他小时候就是三年前。

"我也去的，小狗会做算数，对了。"建建笑了。

"送杂技团有吃的，人家有待遇，你们可以放心了……"姨妈笑着说。

"那就快送去吧，不知人家要不要呢！"婆婆说。

是，送杂技团是好的，我们的虎妞，这只聪明而美丽的小狗，它会成为一个好演员的。

小金是我们的老朋友了，他在杂技团工作，我立刻写了一封信去。

快过年的时候，天更冷了，我在大街上奔走了一天，买了半瓶伊拉克蜜枣酱，别的什么也没有。我在寒风中缓缓地回来，疲惫极了，决心以后不再出去，有什么吃什么吧！

一走进门，看见客厅的灯早早地开亮了，家中人都齐聚在那里，孩子们抢着告诉我说："虎妞抱走了，杂技团来了一个同志，他等了又等，妈妈，你回来太迟了，他才走的……"他们各自抢着告诉我，虎妞先是躲在沙发底下不肯出来。那位同志怎样的和气，怎样笑着和它讲话，后来他终于拉住了虎妞，他抱了它又怎样抚慰它，使虎妞安静了，最后，似乎虎妞同意跟他去了。他用很厚的棉大氅裹住它，搂在怀里走的。

"他就是驯狗的人，他姓金，对了……"建建说，并且把杂技团同志留的信给我，是小金写的信。他说，非常高兴我们送一只狗给他们，杂技团正缺少小狗。他太忙不能来，派一个也是姓金的青年同志来，这才是真的小金，专门驯狗的，而他已是老金了，等等，等等，并请我们过春节的时候去看他们杂技团演出，那时候有小狗表演，说不定虎妞也能上台了……

我们一家都兴奋地谈着，离不开虎妞这两个字。到夜深了，孩子们受着一再催促才开始去睡,忽然电话铃响了。

"喂,我是小金,也就是老金……"

"是的,虎妞来了。我们刚刚请兽医给虎妞检查了体格。这狗是好的品种,能够接受训练,谢谢你,是的,它的眼睛水汪汪,医生说它缺乏维他命……"

"我们已给他吃了鱼肝油和别的药,伙食很好,他们有定量供给……"

"谢谢谢谢,春节一定来杂技团玩啊,把孩子们都带来……"

我听到楼梯口大门开了,似乎小季季在门口说:"我们把虎妞送给杂技团了,当演员呀,咱们过春节去看……"我到门口,看见来的人是小江。他穿了极大的棉袄,像一个爱斯基摩人,而季季却只穿一件红毛衣,和一条朱蓝两色粗条子绒布睡裤。

"你冷不冷?这样子就出来了。"

"小季季像一只猴,小皮猴……"建建从房门口探出头来嚷。

"我也要上杂技团,妈妈,送我去……"小季季更装疯卖傻了。

而建建已在他们的寝室墙上,钉上了一张虎妞肖像,正肿着那水汪汪的大眼,小耳朵尖上耸着深棕色的长毛,聪明地瞅着我们。

"妈妈,你瞧建哥画的虎妞,你瞧那头上的毛……"我走近仔细地看,建建没有忘了虎妞脑门中间的螺旋纹卷毛,这是所谓名贵品种的标记啊!

"写上虎妞来我们家的日子,把它走的时间也写上。"我说,建建把他的原珠笔给季季,让季季写。于是在虎妞的肖像下边,便有一排工整而稚气的小字:

一九六〇年十一月五日至十二月二十九日,虎妞在我家做客。

黑 妞[1]

月给我的是一只小黑猫。

我是什么猫都爱的——一只小黑猫，这太好了，我真是兴奋得不行，我实在最最爱小黑猫了。倒不是因为大哥给我讲过爱伦·坡（美国十九世纪著名作家——注）的故事，那是可怕的。这家伙写黑猫可写得真骇人，也真好，或许是大哥讲得好。在我的印象中，曾经有过一只爱伦·坡的小黑猫，巫婆似的。不，我这只小黑猫，却不是那种，我的小黑猫，看来极温顺，她还太小，她只是十分十分的可爱。而且，我们的小黑猫一出现，我印象中的那个可怕的东西，立刻无影无踪了。

我一路琢磨着给她取个什么名字。

小哥达达，在阳台上挂帘子呢，我大声嚷："达达，给小黑猫取个名字！"

达达手也不洗，立刻就来抱猫，我们一齐跑进客厅，达达的兴奋不亚于我，他一下子问了我足有一百个问题，然后叫我拿牛奶来喂猫。

"叫小包公。"达达说，因为包公脸是黑的，我不同意，因为她绝不是一个老头子。

"反正得叫黑什么，反正得与黑有关……"我们两人的一致意见是，要提个与黑有关的名字。

---

[1] 作于1970年代后期，未曾发表。

妈妈来了，她看见了小黑猫，没有兴奋，只是说："达达把猫抱到厨房去，——星星别走。"

姨妈也进来了，她把沙发上弄的牛奶、泥，仔细地抹去。她手中永远都有块抹布什么的。

我的白衬衣弄脏了，短裤上也是牛奶，我想妈妈要说我了。达达也弄脏了，但是妈妈不会说他，他不是经常如此，他不过这一次太兴奋罢了。

爸爸来了，爸爸是笑着的。他这几天不上班，正在画一幅有小羊和向日葵的画。

"考完了吗？"妈妈问我。

"考完了，考完了……"我一下子想起来了，今天是去考中学的第二天，也是最后一天，考完了，时候还早，我就到月那儿抱小猫去了。这几天总担心，月把小猫给了别人，唉，我全忘了考试的事了。

"考得满意吗？"爸爸笑着问，他是宽厚的。——那意思是，考不太好，也不怪我，他认为我还小，十一岁考中学，爸爸并不以为需要紧张。

"我算术只错了一个0……"

"怎么叫错了一个0？"妈妈问。

"比方说，一个题的得数是490吧，我写成499了，我写0的时候，把笔画下来了……"

"作文是什么题？"

"写一封信。"

"你们老师预计对了，给你们练习过几次了，你是把自己最好的一篇背着写上的吧？"

小学毕业考试之前，我们班老练习写信，我还受到公开表扬过两次呢。一次是写给妈妈的信，关心妈妈，健康什么的，一次是给大哥的信，因为他考上了清华大学，我为祖国的工业现代化，向他表示祝贺等等……这两封信，在学校成绩板上都先后公布过，王老师还特地到我家来对妈妈讲了这些事。——然而，这是过去的作文了，老师改过的，我决不照抄，哪怕是抄自己的稿子呢，什么作文，也不能照样写第二遍。我真不能那样，我一切得重新做过。

"我给肯尼迪写了一封信。"

"什么，你写给什么人？"

"肯尼迪，美国的肯尼迪，我要他把越南的炮火停下来……"

妈妈看看爸爸，爸爸笑了，点上烟斗，摸一下我的头，上画室去了。

妈妈叹了一口气，坐到窗前，慢慢对我说："你总不肯老老实实，像人家那么做，这个题本来还容易，别的同学，一定把过去练习时候写的作文用上了，这是可以的，这不是抄人家的嘛！何必另外写？另外写，也可以给你真正想要写的人去信！为什么给肯尼迪？对于政治、军事、外交等等，你懂得太少了，你怎样写的呢？"

我一点也想不起来了，我真是一句也想不起来了，不过，肯尼迪在当时，正是我真正要写信的人。每天，我从广播中，从报纸上，从老师的时事报告中，我对越南的抗战太焦心了，我每次听到关于越南的情况，我就想，我得给肯尼迪写封信……

妈妈本来只是担心我的算术，她知道我对数字很粗心，但对我的作文是有把握的。这一来，妈妈觉得不妙，不过，她也没说什么。是的，说什么也没用了，考试已经完毕了。

"妈妈，如果它是母猫，不可以叫包公吧？"这时候，达达抱着小猫进来了，他准是来解救我的。——小黑猫似乎吃饱了，她跳上沙发，在蓝花布垫子上坐下，开始洗脸。她全身通黑，只有胸口是白色的，只有一小块心形的白色胸脯。

妈妈想了想说："叫黑妞吧……"

"好，好，黑妞，黑妞……"达达对我点头，笑着，一边就去打电话。他一有了高兴的事，就告诉勃，勃是他的好朋友："我们上庐山可以带她去，咱们可以带着她去打猎……"

妈妈说，庐山并不是打猎的地方，小猫也不能当猎犬用，但是达达坚持说，"可以训练。"

达达在他们学校大会上，做青年团学习报告的时候，很像一个青年领导干部，但在家里发空想的时候，妈妈说，他比幼儿园的孩子都天真。

猫来了，我们差不多天天吃鱼了。

现在，黑妞跟我们很熟了。她分辨得出我们不同的声音，她知道自己的名字。

"黑妞，黑妞……""喵——"

"黑妞，黑妞……""喵——"她答应我们。有时她睡在窗台上，帘子挡着，我看不见她，就大声喊："黑妞，黑妞！"她就"喵——"把声音拖得很长。我拉开帘子，她昂起头，盯着我轻声叫："喵——"好似说，干什么？别那么大声嚷！

在晚上，她总坐到台灯下边。那是一个金色立杆台灯，大哥做了一个黑色波浪纹大灯伞，这个黑妞，她端端正正地去坐在灯伞下边，两只前脚直直地支住身子，灯泡在她颊边放着强烈的光，照着她张起的银丝似的眉毛与胡子。她望着我们，两眼金光闪闪，真漂亮极了。

"握握手吧。"妈妈向她伸出手，她就伸出一只前脚来，我们都去跟她握手。她的小脚像黑绒球，绵软极了，她把爪子全藏进去了，她真是柔和温顺极了。

但是，有一天下午，达达的两位女同学来访问，她们微笑着，正双双地在沙发上坐下，不知黑妞从什么地方冲了出来，她矫勇无比地向她们猛扑过去。"哎哟，哎哟……"她们都失声大叫着跳起来躲避，差点把达达给客人端来的茶碰翻了。"黑妞！"达达放下杯子责怪地喊："你干什么？这是咱们的客人……"黑妞一声不响，亮起眼睛，张起胡子，尾巴翘得高高的，面对陌生者严阵以待。——她似自居为这个家庭的警卫。

后来，达达送她们下楼时，她们竟问出这么一句话："你家养的是什么野兽啊？"

每天黄昏，我们都到爸爸的画室去。这是他休息的时候，以前大家聊聊天，听听音乐什么的，现在，我们都看黑妞表演了。

"藏猫猫"这句话，一定是由于小猫爱藏起来逗人而传下来的吧？黑妞在我们椅子后边，沙发底下，画板中间，她躲起来，又露出半个脸，又自惊自卫地迅速改藏隐身处。我丢一个乒乓球，她就追着跌着猛赶。达达把一张画画的废纸，团了一个球，抛在地上，她就如临大敌。先过去用一只脚碰一下，然后跳开，绕一个圈子，再转过来窥探，又试着举起一只脚去扑打，纸球给她推动滚起来的时候，她大惊，侧着身子跑一个弧形线，然后扑过去抱起球，一跳好高，再扔开球，前捕后追，要出各种姿态。

"咱们没法看老虎抓小兽的样子，看看小猫动作可能有相似之处……"爸爸吸着烟斗说。

"猫是老虎的师傅……"姨妈说，她这个故事，我们已经听过好多遍了。妈妈说："她在练习抓老鼠呢……"

黑妞是喜欢自我表现的家伙，她总想引人注目。妈妈有时写什么，没工夫欣赏她，她就坐到妈妈的稿纸上，去抢妈妈的笔。有时，她一本正经地坐在书桌上，傍着爸爸，看他画画。她跟我们就是闹，她一直爬上我们的肩头，打我们的耳朵，亲我们的脸，用胡子扎我们的眼睛。——对勃也熟了，勃一进门，她就抱住他的腿，但勃要带她回家去玩玩，她可绝不干，一次抱到半楼梯，她在他怀中挣扎不出来，就咬他的手……

当然，她对达达最好。有一次达达看书睡着了，她就在他旁边躺下，也侧着身子。——我走进去，看到了，真吓了一跳，我当小猫成了精呢，一只猫也侧着身子，像人那么睡下，像小姑娘似的，你看了都不相信自己的眼睛，你不能不大吃一惊！

1966年暑期，特别热，达达的中学根本没有放假，天天都开会。爸爸也不能画画了，也天天都开会，似乎到处都在开会，一清早，就听到高音喇叭的广播："'文化大革命'十六条……"

大家似乎都不安，都议论纷纷，都有些紧张，都显得迷惘……"什么叫'文化大革命'？"我问。

妈妈很严肃地告诫我："你要天天听广播，你要天天看报，广播中说的，报纸上写的，你要好好学习，这是政治运动，可不能随便胡扯，也不能随便发问——你知道吗？你不小心，就会惹出大问题……"

其实，我也是知道的，我去买鱼的时候，听人家讲，菜店里的一个工人，问了问："江青是干什么的？"就被打成现行反革命，给抓走了……

忽然，我们买不到鱼了。

姨妈要我和达达分头去找。我到附近的菜铺去找，——附近有两个菜铺，我跑到马路那边的铺子，那是个大店，总有鱼，有时几种鱼同时出售。但这次却关了门，门上贴个字条："今天开会不营业"。里边声音嘈杂，吵架似的。——马路这边的铺子小，卖鱼卖肉的瓷板上光光的，一无所有，菜也没有。营业员都聚在一堆议论，我问，她们也不理，自顾自地议论纷纷。

我回到家中，也感到异样，妈妈在画室里收画。

"爸爸还没有画完呢……"妈妈也不理，自顾自地收画，把书架上的照片也收了。

电话铃响了，妈妈急急忙忙走在我前边，她自己去接："哦，知道了，姨妈这几天就回去，你不必管了……爸爸一早走的，没有回来……"听出是大哥来的电话。

今天清早，我给电话铃吵醒了，那是找爸爸的，爸爸没用早点就走了，——究竟发生了什么事呢？

我去厨房，水壶沸得冒白气，没人管，我推开姨妈的房门，她正在收拾东西呢。

"您别走,为什么您要走?"

"我回去看看再来……"

"别走,您别走……"

"达达呢?"妈妈进来问我,勃跟在她身后,向我点点头。

勃带来的消息,真是令人吃惊,他说:"今天下午开大会,斗争我们的校长。"

"为什么,你们校长不是长征干部吗?不是北京市最好的校长吗?……"以前,达达和勃,提起他们的校长,都自豪得了不得。

勃似乎没听见我问的话,只放低声音地对妈妈说:"下午两点,告诉达达,一定要去!"

黑妞饿了,喵喵地叫。我也饿了,但是妈妈和姨妈,只是忙,看也不看我,根本不管我们。

达达到下午一点钟才奔回来,提了半截带鱼。妈妈对他讲了勃的通知,他顾不得和我说什么,只把鱼递给我,转身就走了。

我把鱼挂在厨房门口的钉子上。

黑妞还在喵喵地叫,我在床头的小匣里,找到几块碎饼干,我一边吃,一边喂她,但是她不吃饼干,只是喵喵地叫……

夜里,爸爸没有回来,达达也没有回来。

我在睡梦中,听到大哥的声音,他在和妈妈讲话,我听不清说的什么。忽然,听到妈妈嗓音一下子提高了问:"把你们的校长和教授的脸上涂上油漆?"

"给他们涂上红的和绿的油漆,江青拍手喊好,她说:'这是革命运动,好得很!'"——妈妈发现我醒了,就熄了灯,他们到隔壁画室去了。

姨妈要走了,大哥给买了早上八点钟的票。在五点,我们就都起床了,她们忙进忙出,我也跟着忙,黑妞也在脚边乱窜,她也忙。

忽然,有人大声敲门,我奔去开门一看,有两个大汉,都咧开嘴笑着,他们一直往里走,一边问我:"你哥哥呢?"——大哥从房间一出来,似乎就看明白了,妈妈也似乎明白了,他们对客人一言不发,那两个笑着的人说:"走,回学校去……"大哥穿上外衣,打先就走。

妈妈默默地放下阳台的帘子,向外看,我也挨过去张望。只见马路边停了一部上海牌灰小车,他们三个上去,就开走了。

姨妈走的时候,妈妈决定自己送。

"你在家,你跟黑妞玩吧……"

"钥匙呢?……"

"不用锁门了。——星星,你想出去玩,就出去好了。"我在阳台上看着,她们拿着大包小包,很多的东西,真是费劲极了。

姨妈最爱我,她给我煮了三个鸡蛋——剩下的三个鸡蛋,全煮了给我吃。

我在客厅里的大沙发上坐下,一边剥鸡蛋,一边对黑妞说,我吃蛋白,蛋黄给你吃。黑妞爬在我膝上坐着,舔着舌头,看我剥鸡蛋。

真高兴,达达回来了。更使我高兴的是,他穿了一身新军衣,好像变成真正的大人了,臂上有红袖章,三个黄色大字"红卫兵"。勃也同样打扮,但俩人的精神都不好,很疲劳的样子,肯定一夜没睡。他们性格也变了,不那么高谈阔论,也不笑,对黑妞看都不看了。

"妈妈呢?"达达干巴巴问了这么一句。

"送姨妈去了,姨妈今早回上海……"我以为他一定惊呼起来,问我一百个为什么。——但他只瞧瞧勃,就去倒水喝。

"谁送你们的军装,能给我一个红卫兵袖章吗?"我有些纳罕,也有些羡慕,我真想当上个红卫兵。这几天,在街上,汽车上,小店里,都可以看到有红袖章的人,他们真是神气极了!

"红卫兵也有好有坏。——情况很复杂,星星,你不是小孩子了,现在,你要像个战士那样,你要随时准备应付一切意外的变化……"

"什么变化？——妈妈会管……"

"如果只剩你一个人呢？要学会一个人怎么办。你必须什么都想到，情况在不断地变化……"

"不管发生什么事，你都要冷静，都要用思想来对付，记住，什么情况下都别慌，都别害怕。"

"我什么也不怕！"

"你还什么都没经历过呢！"勃对达达点点头，走近我身边说："昨天夜里两点钟，我们的校长在操场上给打死了，也是红卫兵……"

我身上一冷，说不出话来。

达达脸色苍白，从书包里拿出一个小本子，又在衣袋里掏出他那个破旧的黑皮钱包，他把这两件东西给我，一边说："记住，什么事都可能发生，什么可怕的事，都要处之泰然，要非常非常的冷静。尼采说过，像走钢丝，在两个山峰之间走钢丝——要有超人的勇气与智慧……"

达达是个尼采迷。——我翻翻他的小本子，上边有姨妈上海的地址，和尼采、鲁迅的一些短句，钱包里有八九元钱。

黑妞喜欢人多，达达一回来，她就高兴，她在我们中间转圈，一忽儿扑过来抱抱腿，一忽儿跳上沙发，一忽儿爬到书架顶上……

"猫怎么办？"勃问。

"猫要送走……"

"为什么？为什么要送走黑妞？"我大惊。

"你骑车，你帮我送一下吧？"达达对勃说。

"可以……"

我把黑妞抱住，往厨房走。我心里乱极了，不知怎么办，只是大声抗议："黑妞是我的，谁也不能送她走，为什么送黑妞？……"我真要哭了。

达达更快地跑进厨房，找一个饭匣，把那半截鱼煮上。

"还带鱼？"勃问。

"这鱼是给她买的，我跑了半个北京，才弄到这半条鱼。——到了荒郊野地，没吃的……也是尽尽心而已，希望她能活下去……"

达达又找了一个布口袋，这时勃下楼修车子去了。

达达盯住我半天，低声重重地对我说："我们送她走，是为了留她一条命！——你知道吗？在勃的胡同里，有一家的猫给吊死了，吊在那家的门环上，太惨了！也是几个红卫兵干的，他们什么都干得出来……"

"那么，你——别当红卫兵吧……"

"不当也不行，不当更危险，这也是一种策略。星星，记住，叫你大胆，勇敢，可不是要你去跟人家硬拼，不是许褚（《三国演义》中的一员猛将——注）赤膊上阵，因为他们是疯狗，你对疯狗该怎么办？——当然，非常艰难，但是，咱们站在正义的一边，正义必胜！"

达达很细心，他把鱼拌在饭里，装在一个硬纸匣中，放入布袋，抱起黑妞就去了。——走到半楼梯，他又转回来嘱咐我："要做一个机智勇敢的人，敌人是狡猾、下流，变化多端而又狠毒透顶。鲁迅怎么说：要韧性战，要壕堑战，要像孙悟空那样……"

"你去哪儿？"

"我也许就回来，我也许去得很远……星星，记得大哥与咱们常常唱的那支歌吧——美好的时光，就将到来……"他决心走了，轻轻唱着，下楼而去……

我走进爸爸的画室，画室显得空洞而凄凉，看惯的画没有了，那张小羊和向日葵还没有画完。

书桌的台历上，说明今天是1966年8月20日，我在白卡上记下："送走黑妞"。我又把"送走"两个字涂去，担心给什么红卫兵来发现了，查问个没完，后来，把"黑妞"两字也涂去了，在1966年8月20日的卡片上，就留下几个墨水的团团了。

我走到阳台上，马路中人来人往，也有红卫兵。——达达和勃早已走远了吧，我四顾茫茫。

黑妞，你在哪儿呢？

第二辑 散文 诗歌 短剧

假如我有了爱人①

　　玲凭栏默默地在沉思。天上是平铺着满含愁气的云,地上堆积着萎黄的残叶。"一年将老又秋风!"她慢慢地踱进了教室。

　　"我们的诗人来了,好啊,快唱赞美诗!""要唱得又香又甜,一无批驳,给你一块糖。""快点啦,别搭架子!"玲窘了,想不到他们为什么竟闹到如此的翻天覆地。她笑了,至少有些不自然:"事情不说明白,就要我赞美,美从何处赞来着?"一位同学站起来发言了,指手画脚,简直像在做双簧,玲看看好笑起来。"笑什么?诗人。这是真值得赞美的,不是么?"玲愣住了,她一点也没听明白,可是四周遭尽是催促她赞美。"还没有听清吧?"那位同学,睁起了一双大眼,嘲笑着说:"密司林与她的爱人蜜司脱汪订婚,糖果已经发了。"发糖果就是订婚的表示,玲望着密司林作了个一百三十度的揖,哄堂笑了。谁也没听见她说了些什么,可是她已站在密司林的面前说:"讨赏!"密司林涨红着脸蛋说:"你就拿这匣吧!"玲滑稽地道了谢,笑声充满了刹那。

　　玲闹起来是谁也不及她滑稽发笑,静起来是谁也没有她善愁,善虑。因了她性情不调和,神经过敏,又时常哼吟着诗的缘故,所以给她起了个诗人的绰号。

---

　　① 原刊于《女子月刊》,1933年第1卷第8期,署名"嘤淇淇"。

现在玲又静下来了，也回味着刚才的一切，不由得笑了："假如我有了爱人，"她大声地说。"怎样呢？"同学们问。"我就不给你们知道！"同学的笑声。但这真不是笑笑的事呢。玲平日对于这些固然是取笑笑的态度，但是今天这一个偶然的刺激，使她突然地，自己也不明其所以缘故地下了个定律，"人生是枯燥的，乏味的，但是爱人确乎是沙漠里的甘泉……""终究会需要一个爱人吧？"她对于自己幼稚的怀疑失笑了，在平时也许已大声地呼着："什么爱人不爱人，那简直是痴话，痴极了！"可是今天再也不能如此兴奋了，而且简直不敢想起这些话！

假如我有了爱人呢？她遥望着远远的天空想，他当然是与我一样，爱文学也爱诗，出去时两人一同走，在她眼前展开了一幕幕：女的是那样美丽，男的是那样英俊，他们携着手向前一步退后一半步地走着。接着又展开了黄昏的公园，草地上，柳荫下，藤椅上，茅亭边，站着坐着尽是一双双的。忽然玲觉得这样不妥当，简直是卑鄙极了。假如我有了爱人，她想，我是不愿整天地挽了上公园，上电影场，赴宴会的；我过不了那种热闹的生活，我过不惯这种绅气的城市生活，我要……要什么呢，最后她想得了，我要劝他，假如我有了爱人，脱离这烟火气的社会，到乡村，到湖滨或到海边，搭两间茅棚，早晨同着斗大的朝阳从东海升起，傍晚目送五色的晚霞在西天幻灭，我们可以任意地写写自然，我们可以随便地唱唱情歌，与山水为邻，与禽兽为友，与日月相亲，与花鸟相爱，不必要求仙人般超越，隐士般风流，只是纯任自然，聊乘以归尽！玲为她满意的理想而微笑了。

把自己交给了工作[①]

  在冬天,世界还浸在梦里,我们就起来了,晚上躺在船上,人往往给一天的疲劳困倦了,在极端的疲倦时,人常常消极到预备自杀。"撕碎了吧,撕碎了吧,我不愿意再继续这生活了!"有时候我们这样喊,的确这生活于我们没有一点兴趣,像一池死水:单调,乏味,呆滞,愚蠢!在这里生活的人,像夹在轮盘上的纸张,刻板机械式的转动,没有分毫意义,而且十分忙碌!
  在炎夏,汗粒湿透了每件衣服,口渴得说不出话。我们还是忙着忙着,没有时间来注意到自己,我们把自己交给了工作,尽量地消耗着所有的精神与身体。有一次竟会有一个病人问我们:"你们识不识字?"天呀,他当我们是无衣无食给人使唤的小丫头呢?简直气得我们要哭。"不干了不干了,这成哪路话呢,我们为了可怜的病者埋头苦干,牺牲了自己的舒适与安乐,所得到的是什么?看护,给人使唤的看护,不及一个佣妇。在社会上没有半点地位与价值!"叶小姐气得抖颤着说,还带着七分的愤怒。真的我们的工作并得不到人了解,还如此错误的批评,我们感到伤心失望,感到工作的无聊,常常想抛弃了这职业。然而当我们在提一杯药或打一种针的时候,心绪变化又如何的奇幻,在手指的轻重下抓住了全部病弱者的生命,这是何等重大的责任,这

  [①] 原刊于《女子月刊》,1935 年第 10 期,署名"嘤琪"。

是何等伟大的使命？我们是为服务而工作，为工作而牺牲！牺牲一切地位与声誉。

星期日休假半天，这里也有许多运动器具，各种球类，最可爱的是一张碧油油的草场，几株绿荫婆娑的古树；常常捧本高尔基或是康伯纳的集子去看，但是多数时候是被迫着去做礼拜，叫着："主啊，主啊，上帝我的父！……阿门。"那些滑稽的祈祷。我们的校长菲士狄小姐是个教徒，可到并不完全要我们信教，可到是许多传道婆来劝诱得讨厌，每当她们一开口便给我们驳着骂了走，可是当我们稍现愁苦时便又来了，以为有机可乘，弄得我们不敢发愁。然而此地信教的是多数，年岁老大的全留了发髻，我们这些年幼的孩子一向嘲笑她们，叫她们是不要脸吃耶稣与上帝的婆子！

我们差不多没有读书的时间，有时候偷着开夜车。那位戴着眼镜的苏州舍监总带着怒气嚷："好困，小姐！"

生活最痛苦之处便是同事不能合作，高班生欺压低班生，大同学欺压小同学已成了老例。这情形在学校内一百世也看不到的，尤其是我，年纪最小，没有处世经验，不懂人情世故，从小养尊处优，受惯父母兄姊同师长爱护的孩子，初来时，如何受得了？当我最好的朋友芹来时，我竟向着她哭了。有一天我的先生住院了，我站在他面前一句话也说不出。

"你怎么样？"他说。

"杭先生，你批评批评我们的生活，究竟像个什么？"

"啊，"他奇怪了，"这是与我们做教员的一样神圣！"

我把他这话思索了一夜！

"对了，我的职业有什么不好呢？教育不过把一个健全的人使其更完全罢了，我们且能使不健全的人健全，使病苦的人得到安乐，我们的工作还在教育前一步，还比教育重要神圣。为了人们不谅解吗，这世界根本就是如此，不准人谅解人，谁会谅解谁来。人情世故的不易对付吗？在校内为一己的动静，自然没人来褒贬，此地不是读书，是做工，已从校门跨进了实际的社会。社会上就是这个样子，只有利害相争，没有同情谅解，每一个走进社会的人总会遭遇到这种命运的！只是迟早而已，迟早而已！我应该为生活奋斗，不能为命运退却！

谁有我们接触对象的复杂呢，我们看过百万富翁，我们也招待赤贫如洗的土老；我们看见一个儿子骂他的父亲是畜生，我们亲眼看着一个七十四岁的老者为他垂死的侄子跪在医生面前求治，我们听过各种呻吟泣叫，我们看着一个人咽下最后的气。我们能够看到全社会的病态与缺点，我们能够看到各阶级的黑暗与卑鄙，我们看到人与人的多面形，我们看到了一切的理论与事实！

我的职业不是顶高尚的，我有高尚的精神，我的生活不是舒适的，我的生活给了我许多难得的经验与材料！

我抄两篇日记算是结束吧。

六月廿一日

谁也想不到吧，在这种美丽的日子美丽的季候竟发生如此的惨剧。

十二点钟了，我们都预备去吃饭，门诊室里突然抬进了一张盖满着单被的软布床，一个穿白汗衫，黑香云纱裤子的人，一脸油光的凸起大肚子说："赶紧给她医，赶紧给她医，费用全不必管，包在我身上！"我们揭开了那些破旧的单被，什么一回事呢，血腥的臭气使我们退远了两步，有人会认得这是什么东西吗？一团破布包着一个血肉模糊的身体，费了许多时间我们把这东西整理了一下，放到白的软台上时，稍微有点像人了。

"这是什么意思？"闵医生问。

"这是一个丫头，七岁了，做错一点事，给那该死的主人打得这样，你医，你医好了，铜钱包在我身上，我是地保！"

仿佛铜钱便能买命，那穿白汗衫的胖子指手画脚地演讲了一通，讲得口沫飞溅。还有什么用呢？头颅骨已碎了几方，我们望着那失了知觉的孩子，乱披着的乌发，白瞪着眼珠，嘴角齿缘渗出鲜鲜的血，感到一点战抖！

忽然从门外冲进来了一个汉子，赤着膊，穿着草鞋，他走得那样的快，而又停得那样的捷速，我们全注视着他，他停了一会神，哇的一声大哭了起来。谁会看见过一个壮大的汉子，哭下大粒眼泪的呢？

孩子没动，那大汉抱起她，跟着地保哭着走。他是拉车的，这孩子的哥哥,家内还有瞎了眼的娘。我们看着这一幕剧的收场饭都吃不下，时时刻刻看见那血肉模糊的一团，与咧着大嘴的壮汉的号啕，天，这是甚么一回事呢？！

七月十三日

还没到九点钟，门诊室已挤满了人，天气又热，弄得乌烟瘴气的。外病室第一个进来的是个白俄，一个背着花毯在街头叫卖的异国流浪者，穿了一件破烂没有领结的西服，和一双可笑的中国式缎光鞋，赤露着全部有着长毛的腿，腿上破了一块，血在渗渗地透出，他大概就是看这病的。可是他不会说中国话，噜嗦了半天，没有人能懂，最后我们没有办法了，"Why？"我们指着他那块血迹问："Dog！Dog！Oh！Dog！"他说，我们笑了，原来是狗咬的！

喊到十七号的时候，在人群中挨来了一个老婆子，衣服大得可怕，简直像一匹青布在空气中晃，波动得十分厉害。及至我们看到她手中还有一个小孩时，真要笑了。"这是你的孩子吗？""是的，小姐！"我们想是她的孩子了，在她旁边还紧跟着一个年轻的妇人，虚浮的身体，像长年没有见阳光黄枯色的脸，瞪着眼向我们呆望："这是我的孙子，遗腹孙，我的宝贝。"她落下两滴泪："这孩子未落地前我儿子就死了，死了，在人家活活地做死了，我们家内什么也没有，全吃他一个人的，他也是给我们磨死了！"

"好了，好了！"我们嫌她说得太多。

医生看后说孩子没什么希望，又是肺炎，又是白喉，而且是营养不足。我们给他打了一针，让他的生命可以延长几小时。

"怎么了？先生！"

"你回去吧，请别人看看或许会好的。"

老太婆眼泪汪汪的："唉唉，假如这孩子不好，我怎么对得起我的媳妇！"

"这不是你媳妇吗？"我们指着那年轻妇人。

"不是，不是，我媳妇在上海做奶妈去了！"

"这是甚么一回事啊？"

"我的媳妇把孩子交给我做奶妈去了，她在上海五块钱一月，我们孩子给她带，"她指了指那少妇："三块钱一月，省下两块钱养家！"

"你的孩子呢？"我们问那少妇。

"我的孩子！"她哭丧着说："我有三个孩子；不要了，送在育婴堂里！"

一个母亲喂着别人的孩子，那该是怎样的心情啊？我们望着那两个做过母亲的人，带着两种心情，怀着一种悲丧在人群中消灭时，我们的心中也隐隐地起了哀思！

人生是一幕悲剧，理想是空的，希望是假的，命运的网罩在你的周围，一切的挣扎都是徒然的！

海里的庄稼——海带[①]

很多人都吃过海带，可是你知道海带是怎样生长的吗？原来它就像庄稼一样，有播种和收获，不过这种"庄稼"不是生在地里而是长在海底。

海带含有多种矿物质，含碘量特别丰富，碘是治甲状腺肿大的特效药。

据说我国原来是没有海带的，一九一九年，在大连寺儿沟海里，首先发现了海带。因为朝鲜是盛产海带的地方，所以人们传说，海带种子是随着朝鲜开来的大帆船进入大连海湾的。

旅大地区曾经长期被日寇盘踞着，所以在这里最先养殖海带的是日本人。一九三四年，他们在大连老虎滩建立了一个养殖场，用天然养殖的方法来培植海带。旅大地区解放的时候，从陆地到海底，遭受到严重的破坏，水产资料全给日本人毁掉了，甚至连一颗海带种都没有留下。我们的养殖场，需要从头来开始建设。一九五一年，在最初发现海带的寺儿沟找到了一千棵海带，这才解决了种子问题，一九五二年正式开始养殖（海带是两年生，就是去年九十月下种，今年的六月到八月可以成熟收割）。仅仅三年的时间，老虎滩养殖场的海带生产量，就已经超过了日本统治时期最高年产量的三倍多！

[①] 原刊于《新观察》，1955年第17期。

在收割海带的季节——六月到八月，如果你到老虎滩养殖场去，很远就能闻到一种特别新鲜的咸咸的香味。海滩上晒满了墨绿色的，像缎子一样软滑发光的新鲜海带。最大的海带，有半公尺宽五公尺长！

海带在海底究竟怎样生长的呢？这是个饶有趣味的问题。

原来养殖海带有天然养殖和人工养殖两种。天然养殖，就是将海带苗绑在石头上或筐子上投入海底，让它自己生长，收割时只要留下老海带种，不需要每年去重新下苗，它自己就会生长不息；就像菜园里的土豆，不挖干净，年年都会在土里自己繁殖一样。

天然养殖的方法比较简单，但是养殖的面积无法扩大，因为深海里不能养殖海带，而具备天然养殖条件的港湾又有限，这就限制了海带的产量。面对着祖国和人民的需要，我们的青年技术员们根据海带生长的原理，研究出利用水的中层与表层来进行人工养殖。

他们首先想出了这样的办法：把竹筏放在海里，竹筏下边挂着无数的短绳，让海带在竹筏子上和短绳上生长，然后用两个锚将它固定在人力能够照顾的海湾近岸。但是这样的办法并不牢靠，一九五三年大风暴时，筏子在巨浪激流的凶猛拉扯下破碎了，于是几万斤海带，给吼叫着的大风浪卷走了。

为了防止海上的风暴，他们又想出"化面为线"的办法。用三十五米长的梭绳来代替竹筏，用一小节一小节的竹筒穿在绳上作浮子，使长绳浮在水面，再等距离的悬挂一百根二三米长的短绳在水中——水下一米至三米最适合海带的生长——就像一张挂在海水里的梭绳簾子。

于是海带便像巨大的兰草一样，在海底舞动着它长长的叶子，那绿色的长带开始从水里和水面伸展开来。

一张梭绳簾子就可以收五千多斤海带，现在我们放了一百张簾子，请你算算，到收获的季节，该要收多少海带呵！

海带成熟了，到了收割的时候了，他们又是怎样收割的呢？

收割人工养殖的海带，颇为简单，只要将海带的簾子拉到船上来，割下海带就是了。而天然养殖的海带,却需要下海底去收割。

收割天然养殖海带的小伙子们把镰刀磨得锋快,完全跟收庄稼一样,只不过他们不是赶着大车带上毛驴到田里去,却是坐着嘟嘟的机船,拖着一串小舢板向海洋出发。

老虎滩养殖场的天然养殖区,远的在三四十里外的港湾边,机船熟悉地驶入天然养殖区,停在海里。船上的小伙子们全打扮成了游泳员似的,只是多戴了一副像风镜那样的水眼镜,手里挽一把明晃晃的短柄镰刀,噗咚噗咚,一个接一个的跳到海里去。

他们吸一口气,下到海底,割一捧送上来。一捧就有三十多公斤,这样繁重而艰险的劳动,他们做来是如此的轻巧敏捷,似乎那传说中的海底龙女们早就把海带割好,只等小伙子们接过来往上送就行了。

本来下海可以戴潜水器的,海员中不乏优秀的潜水员。但是一个潜水员下水,需要五个人在船上陪着压空气桶,人力上的消耗很大。割海带的时间正在夏天,又在浅海,所以小伙子们都喜欢用这种简便的方法。

像天马奔腾的大海给我们勒住了,他们还在继续研究扩大播种的方法,争取海带丰收,满足祖国和人民日益增长的需要。

鲐鲅鱼的丰收[①]（节选）

海里的鱼，像大地的庄稼一样，什么时候收什么鱼是有一定季节的。端午节，我在大连的时候，正是收鲐鲅鱼的旺季。

鲐鲅鱼就是鲭鱼。全国渔场以大连水产公司捞捕量最高。不单销行全东北的城市和乡村，而且远销到上海、广州等地，在山西、内蒙古缺鱼的地区，也可以吃到这种美味的上等鲭鱼。

这种鱼每条约一斤到两斤重。它有梭子一样灵活的身子，小而尖的头，像燕子一样的尾巴，游得特别快，在海上出现的时候，它会像闪电一样的从你眼前消逝。当大群的鲐鲅鱼到来的时候，真是浩浩荡荡，海水变色，因为它不是几百条几千条，而是几万条、几十万条在一起。

有经验的渔人，谈到大连水产公司捕鲐鲅鱼的事，都怀着极大的兴奋，因为这种鱼，过去是最难捕的一种。由于它游得特别快，而且喜欢群集海面，底曳网是拖不着的。它也不会向挂网上闯，除了水平式的游泳，它还能直升直降，就是闯上挂网，只要一滑溜就愉快地穿过网眼去了。不像刀鱼那样，一闯进网就愤怒地张开鳃鳍，想往后退，结果把自己挂在网上。过去日本人为了捕它，曾用炸弹去炸，但结果是得不偿失，只好把捕鲐鲅鱼的打算放弃。解放后，渔民总结了过去的经验，并运用集体智慧，创造了围网，才解决了捕鲐鲅鱼的困难。自然，

[①] 原刊于《新观察》，1955年第16期。

这主要还是由于渔民组织起来了,才使得这种改进有了可能。这一改进,不仅仅是中国年轻的渔业上的大事,也是过去海洋捕捞史上的奇迹。

在码头上,我曾看到那堆在船尾的网——黄色的或是黑色的,紧缩着那庞大的躯体。这二百多丈长、十八九丈高的网,能围过十几层楼的大建筑物。

那围网捕鲐鲅鱼,是一场激烈的包围战。当海面上发现了鱼群,立刻算好距离,放下舢板,推网下海——这种网不是撒的,它像放大了几十倍的排球网。——舢板牢牢曳住网的一头,在海中站定,机船就轻轻地曳住另一头迅速前进,努力地要在鱼没有惊觉之前,完成包围。人们屏息凝神,渔捞长坐在高高桅杆上的布袋里,紧紧盯住鱼群,用小红旗指挥着船的航线。这狡猾的鱼群,只要有一丝空隙,它们便会像箭一样飞射出去的。等到鱼发现被包围,绕着网找逃路的时候,所有的人就都向鱼群呐喊,暴雨一样的向未封严的包围圈缺口投掷石子,这一瞬……

苏州的刺绣①

苏州的刺绣是很负盛名的，人们一提起苏州的刺绣来都称为"苏绣"。实际上苏绣这名词的含义是颇费解的，因为江南各地的刺绣，互相影响，就刺绣技术的本身来说，与其他地方的风格式样，虽有些区别，但也微乎其微，如把苏绣理解作是苏州刺绣的通称是较为妥当的。访问了几位苏州的刺绣家，希望知道一点苏州刺绣的历史，但一谈起来总是从虞舜开始，三国时孙权夫人绣军事地图，明代的韩希孟如何"巧夺天工"，清代的余沈寿怎样的有针神之誉，另外，关于苏州民间的刺绣，在过去时代的发生发展、兴衰状况，不管是从书本上或是从口头上，一时都很难得到可靠的材料。——这当然不仅是关于苏州的刺绣问题，将来我们的刺绣史和工艺史的整理，也会遇见同样困难的。构成工艺史主要资料，一部分是古典的，另一部分是民间的，而过去的民间艺术家，多是名不见经传，也不能靠口碑流传的人。到后来，一谈到历史，一谈到传统，就只剩下古典的部分了，刺绣也是如此。人们所知道的历史，多半是与宫廷贵族、文人雅士有关的少数上层人物的资料。

人们谈苏绣，经常提到"顾绣"。顾绣就是明代韩希孟刺绣的称号。她是松江人，又在上海刺绣，只因为她刺绣的作风影响到苏州，所以人们往往在谈苏绣时以顾绣为代表。韩希孟负盛名的原因是她太公顾

---

① 作于1950年代，发表情况不详。

名世是当朝显贵,官达尚宝司丞,婢妾众多,在"豪华成习,务在轶群"的穷奢极欲的生活中,造成了几个"家姬刺绣、巧夺天工",因为是顾名世家的刺绣,所以权贵名流颂扬备至。顾绣是这样开始的,韩希孟是他的孙媳,她把顾绣发展到高峰。她的丈夫能画,又与当时的达官兼书画家董其昌过往甚密,她的刺绣常常就是当代名流们的画稿。现在,在上海博物馆里,还可以看到顾绣的几幅挂屏。清朝的余沈寿,是浙江举人余觉的妻,后来又是南通状元张謇的爱宠,因为将绣品进贡,得慈禧的嘉奖,赐亲书"福寿"两字。原来的余沈氏始更名为余沈寿,在苏州开福寿公司,专做洋庄生意,后来又被召入宫,在天津开刺绣局,收学徒,到南通办刺绣学堂……曾绣过意大利皇后像,又绣过耶稣像,在巴拿马博览会得过奖。——据说她有一位学生是湖南人,学成之后回到湖南,就发展为湘绣。当然,这种说法是不大妥当的,湘绣本身也早有自己地方的民间传统的。

所谓顾绣和沈绣,在刺绣技术上,确实比当时的民间刺绣提高了一步。但刺绣发展到这个阶段,往往以文人画为题材,依附绘画而发展,削弱了中国刺绣传统的丰富色彩和高度的装饰意匠。一件好的顾绣,能把山石树木、斑点苔痕,甚至纸本绢本的质地感表现尽致,然而不过是以千针万线来巧夺水墨之功罢了。沈寿所作的皇后像女优像,纵然有极高的绣工,也只相同于一张照片、一张画片而已。——当时,只不过是以极精工的刺绣技术,来博得权贵们好奇心的赞叹罢了!

民国初年,丹阳刺绣名手杨守玉,曾将古绣法归纳总称为比针绣,并且研究创造了一种乱针绣,极似近代画派印象派的作风,绣动物、风景、人像、西洋名画——这种方法,虽然有它某些长处,但也不过将刺绣依附绘画这一条路子上,从中国画到西洋画、到近代西洋画罢了。杨氏的技术与修养,如根据人民需要加以改进,会在苏绣上有新的贡献的。

现在苏州的刺绣名手有朱凤,任嘒闲、周逊言等人。她们都是杨守玉的学生，所以在一九五二年绣领袖像的时候，仍有用乱针绣影响，这种方法，在表现今天人民的领袖时，是困难的。当时群众就提出了意见，希望绣的针法整齐些，于是她们开始钻研，根据解剖学原理，照肌肉的纹路来绣。朱凤创造了散针套绣法，向不同方向来散针套绣，因为丝的反光很大，绣成的人像，受光、背光部分，在不同的自然光线下，起了相反的变化，减低了艺术效果。今春，全国美协，为出国美术工艺展览会定绣的一批刺绣品中，就有一部分是领袖像。于是为了解决反光、色彩等问题，她们试用直针绣，并用层层散套的方法来配色，尽量忠实于油画像的效果。

苏州一般的绣工，虽不能找出很多能掌握刺绣肖像的能手，但在解放后，政治热情与工作热情普遍提高，像她们为亚洲太平洋区域和平会议代表绣纪念手帕，以及为志愿军绣锦旗时，总是日夜赶工，不辞辛苦，并尽最大的努力来提高刺绣技术。

民间刺绣的传统并没有中断，现在从估衣店和小市摊上，还可以极廉价地购得几十年前刺绣的旧物。大至寿幛花裙、帐幔桌围，小至镜袱扇套、烟袋荷包，都有极精致的绣工。绣的方法有：捺绣、饿绒、挑花、拉梭子、打结子、挑罗、抢针、刻鳞等，细分起来有二三十种。现在农村婚嫁的时候，仍有可能看到较其他地方精致的枕顶鞋头花之类的绣工。

此外，保存着中国古典刺绣传统的就是戏衣绣工了。谈刺绣的人，一般不将戏衣与刺绣相提并论，认为戏衣是粗糙的，粗针大线拉攀而成。——虽然如此，但是它在图案构成、色彩变化的丰富上，仍保留了古绣传统。戏衣画绣的老师父，实际上就是刺绣图案的设计家，他脑子里差不多贮藏了数百套戏衣图案。在刺绣之先，用铅粉在素缎上起稿，描龙画凤，技术极为熟练，顷刻即成，由于有丰富的实践经验，完全能预计到成品的效果。——刺绣业上的画工、绣工、成绣（将绣品制成成品）的分工，也是一种传统的分工方法。

新中国成立以后，戏衣绣逐渐发展起来。由于全国人民文化生活的提高，全国各地到苏州来订制戏衣的也越来越多了。去年一年，本市三十家戏衣铺，供给全国的戏衣，就有两万四千多件，比前年增加了约一倍半，著名的戏衣庄李鸿昌、恒泰，今年从一月到四月，他们已收到三百零八个单位的订货单，交货日期已经排到八月中了，——有各省的大职业剧团，各工矿的业余剧团，农村剧团……包括各种不同的戏种，山西晋剧、中南楚剧、西南川剧、陕西秦腔等等。——都远远地到苏州来订货，供不应求。——对于戏衣的质料要求也提高了，在服式花样的设计上也逐步求精。今夏东北人民剧院，来订制戏衣的时候，便派了专门的美术设计家来与画工绣工，共同研究绘制合乎剧情与剧中人物特性的服式花样。

一般刺绣的日常用品，新中国成立以后，也都繁荣起来，内销的远至黑龙江、甘肃、新疆，并为少数民族所欢迎，以枕头被面为主；外销的到苏联和各人民民主国家，并销美国与南洋群岛，以靠垫、大被面、睡衣料等为主。因为销路激增，仅（苏州）光福一个区，就有合作社专门为刺绣而派去工作的干部，管发货、收货、保管存品、计算工资，必要时也需下乡去动员或总结刺绣工作经验。全区参加刺绣生产的可达一万五千余人，这个区内，自己便有一个画绣工厂，一个成绣工厂。

苏州市及县的刺绣工，如果全部组织起来，将有七万余人。不仅能够生产日用品来满足人民的需要，而且还能够支援国家的经济建设。据苏州土产公司的核算：外销品，以大被面为例，十二条被面就能换回一吨钢，以二十五天生产一条大被面，这样业余的分散的生产的情况下，去年一年和今年四个月的刺绣价值，即能换回钢材三千吨或是拖拉机六十辆。同时，苏州市县的刺绣工人的生活，也得到解决与提高，并成为这些地区农民的主要副业收入了。

无论内销或外销，打开销路与发展技术，提高刺绣质量，是有连带关系的。新中国成立以后，日用刺绣品在花式规格上，虽然有些改革，但还不能完全令人满意，部分产品，像绣花、枕套等，仍有滞销货。——据说去年土产公司，订制了几万对靠垫，因为合作社没有工艺美术家的指导和帮助，在花样与色彩上很简单贫乏，单是一种孔雀图案便绣了几千对，使出口公司大感困难，只能将一部分退了回来。现在在百货公司或合作社，还可以看到那些孔雀靠垫。——因此，今天的工艺美术家，如何来向有历史传统的苏绣学习，并给以必要的指导和帮助，与民间艺人合作，协助贸易机构，改革和提高苏绣的任务是十分迫切的。

苏州刺绣的产销关系，也没有正常起来，土产公司订货，没有长年计划，合作社在刺绣方面的销路，尚没有想更多方法去主动打开，农民生产是利用农闲时间，那时销货却逢淡季，订货不多，等到旺季，正逢农忙，于是供不应求，常常缺货脱销。——这些问题，需要地方上的有关领导机构，能够帮助逐步解决，并能逐步走向合作化，使有悠久传统的苏州刺绣的精致技术能得到发展与提高，为广大群众服务，并对国家的经济建设能有更多的贡献。

服饰漫谈——从孔明说起①

夏日炎炎,借得一席阴凉,说古论今,见仁见智,各抒所怀,亦盛世之一景耳。

"服饰",若是咬文嚼字地来解释,似为服装和与之各种有关的加工与饰物。

"服装"包括质料、形色、剪裁式样与缝制技法等等——"饰"在衣料加工方面有:刺绣、染织、镶绲、补贴等等。另外,还有与穿衣有关的珠玉佩挂、鞋帽扇杖等等的配合。

孔明是历史人物,又是舞台人物,可以说是家喻户晓的了。一提起孔明,他的羽扇纶巾,八卦道袍,便赫然在目。——其实,这只是他的舞台服装罢了。

在《三国演义》里,直到三十八回,刘备三顾草庐,——第三次上山拜访的时候,才见到他。书中这样写道:"童子曰:'刘皇叔在此,立候多时。'孔明乃起身曰:'何不早报,尚容更衣。'遂转入后堂,又半晌,方整衣冠出迎。刘备见孔明,身高八尺,面如冠玉,头戴纶巾,身披鹤氅,飘飘然有神仙之概……"

见贵客而先更衣,是一种文明礼貌,是尊重客人,也是十分自尊之意。——这是书中第一次正面描写孔明。

---

① 作于1970年代末,发表情况不详。

在四十三回，刘备丧妻失子，败走汉津口，奔命江边之际，忽"见一人，纶巾道服，坐于船头，乃孔明也。"

到九十五回，孔明摆"空城计"的时候，写道："……披鹤氅、戴纶巾、引二小童，携琴一张于城上敌楼前，凭栏而坐，焚香操琴……"

《三国演义》在最后一次写孔明，是一百零四回，在司马懿的眼中："只见中军数十员上将，拥出一辆四轮车来，车上端坐孔明，纶巾羽扇，鹤氅皂绦……"这已经是"死诸葛吓走活仲达了"！

鹤氅道服，纶巾羽扇——已形成孔明独特的形态，号称"有雄才，多权变"的司马懿，也不辨真伪，望而生畏，"大惊失色，急勒回马便走。"

鹤氅是什么样子呢？《辞海》中注释：鹤，全身纯白，但下颈之背面及双翼之尾端有黑色。鹤氅，析羽为裘，似鹤故名。——似乎以白色为主，饰有黑色图纹的一种羽制披风？

"纶巾乃青丝绶为之"，青胜于蓝，近乎黑，如今有些省份，仍称黑色为青。

皂绦，就是黑色的腰带。

道服，古代僧道之服，通称缁衣，在《诗经》中，缁衣是黑色，"乃为诸侯视朝之服"。说明咱们古代的大官，是穿黑色大礼服上朝的。——因为僧道不可以用正色，所以改为紫色或灰色。

舞台上的孔明，身穿紫红色道袍，上绣金色八卦图案，虽然端肃郑重，略具神秘感，但却不如黑色那么潇洒清逸而富于书卷气了。

"臣本布衣，躬耕于南阳。"孔明早年丧父，是艰苦奋斗，自学成才的一个上山下乡的"知青"。他的纶巾、缁衣、皂绦、鹤氅，使他显得既朴素又尊严，既潇洒又矜持，也由于他青年时代，生活于淡泊孤傲之中而形成的性情风格。——他的服饰，似以黑色为主调，而以鹤氅破之，不使黑太多而感到低沉郁结，再加一把鹅毛扇——真是化平凡为神奇，形成孔明独特的风采！

这把三国时代的鹅毛扇，一直到现代的"四人帮"时期，还被用作对知识分子嘲讽的诬词："摇鹅毛扇的……"

在舞台上，刘备是粉脸红袍，关羽是红脸绿袍，张飞是黑脸武装，铠甲铮铮。其时，曹操已经"煮酒论英雄"，关羽已经"过五关斩六将"，张飞也"大战场小战场见过许多"了，他们都比孔明岁数大，资历高，都已经建功立业，名扬四海了。

孔明下山时才二十七岁，文质彬彬，乃一介书生耳。如何立足，如何立威？怎样才能领导好这个班子的工作呢？

"主公若欲亮行兵，乞假剑印。"首先取得实权，而后发号施令，打一个大胜仗，赢得群众欢呼，众将敬服。——于是孔明的朴素服饰，立即胜过一切豪华服饰，如鹤立鸡群！

有些现代戏演孔明，去掉了羽扇纶巾，把胡子也剃掉了，当然不穿什么鹤氅缁衣。——于是，孔明也没有了。

中国人民心目中，都留有孔明形象，如果不在这个基础上创新改革，如木之无根，是不会成功的，老百姓是不会承认的。

在三国时代，似乎穿什么样子的衣服，在什么时候留胡子等等，都与今天的欧美一样，各人全可自由处理。——这是否也可包括在"创作自由"之中呢？——只有这样，每个人的服饰，才能够代表他本人的物质储备与文化修养。

比孔明更早的孔子，在《论语》第五卷第十章中，也谈到服饰："红紫不以为亵服。当暑，袗绤绤，必表而出之……必有寝衣，长一身有半……"——他是说，平日居家的时候，不要穿红色紫色的衣服，夏天很热，那种纱罗质薄的料子出门的时候，只有当外衣……一定要有睡衣，长一身有半……这是二千五百多年前的服饰漫谈，今日看来，仍是恰当合用的。

从朗诵诗谈起[1]

——读《关于带徒弟》后

我是喜欢诗的,小时候也会拉长着声调,吟哦过五言七言……后来呢,自然是读新诗了。

不管新诗旧诗,读到高兴的时候,就点头晃脑,十分得意,好像那是自己智慧的结晶一样。

后来,听说到要提倡朗诵诗的时候,也会暗自惊讶,以为诗,本来就是吟的东西,难道还有人反对朗诵吗?

唉,谁想得到,那反对朗诵的恰正是我自己呢。

那是在一个朋友邀请我到他家去参加文艺晚会以后的事。

"明天晚上到我家去,你不是对诗有兴趣吗?"

"干什么?"

"我们开诗歌朗诵晚会。"

自然,我欣然赴会,甚至我还变得活泼起来,仿佛真恢复了"赤子之心"似的。

那次朗诵的诗很多,外国的、中国的,还有当时在座者的最近佳作,朗诵者,都是诗歌的热烈爱好者或作者。

这是怎样的始料所不及啊,从听第一个人开始朗诵起,我发现自

---

[1] 原载《人民文学》1956年第11期。

己就成了朗诵的反对者了。绝没有想到听朗诵诗竟会那么受罪,我越听下去越不明白诗是什么了,两耳塞满了怪异的声音腔调。

请设想一下吧,不管是普希金的或莱蒙托夫的,不管是海涅的或戴望舒的,不管是郭沫若的或艾青的,不管是爱情的或战斗的,不管是哪一个诗人的哪一首诗,那朗诵的基调都是一样。

所以说"基调",是因为听多了,细心比较,也稍有变化,那就是,在同样甜蜜蜜的软调子中,有时也放几个小骨头以区别于完全没有骨头。

这种调子,不是"明星式"的吗?我忽然感到似曾相识起来。

明星,是指我在抗日战争以前所见到的电影演员。

这是二十年前的事了,是在追悼高尔基逝世的大会上,有一个项目是×××女明星朗诵高尔基的《海燕》。

不管在这之前,人们为伟大的高尔基,发表了多少慷慨激昂的演说,一到这里,便什么都完了。

美貌的女明星,穿了粉红色的时装,以茶花女赴晚宴式的娇艳丰姿,和兰花指式的手势,用柔媚的、顾盼生情的眼光……唉唉,最最无法抗拒的,至今犹历历在耳,印象尚新的是她那一副甜蜜蜜的嗓子,莺鸣燕语的腔调。

哪还有什么高尔基和他的海燕呢?我心中只是泛起了听来的新闻:"×××(即女明星)是×××的情妇啊。"×××是主持这个追悼会者之一,如真如此,那就难怪了,为了情妇,自然就顾不得诗了。

想不到这"明星式"的朗诵腔调,精神不死,竟又复活了,而且在这种场合。我想,为了诗,现在总可以研究研究怎样朗诵了吧?果然,在朗诵告一段落的时候,这位主持人讲话了,他笑容满面,因为他自己也是诗人,所以易于激动,声音发颤地说:"天才的诗篇,因为天才的朗诵而更光芒万丈了……"

事后他对我说:"你真太认真了,这是小事情,太小了……我自然也肉麻，有时真也忍不住，但是何必给人留下遇事必争的印象呢，原就是大家玩玩的，那几个女孩子不顶可爱吗？……"

后来，我当中学教员，班上有一个学生，颇具文学才华，而且还喜欢诗，这是不可多得的。

抗美援朝的时候，在举行一个控诉美军暴行的大会之前，决定准备几个好的朗诵诗来配合，自然我那个学生是朗诵者之一。他看的书较多，还能背不少首诗。平日在班上，只要他朗诵几句诗，立刻就会把全班人煽动起来——这是一个热情澎湃的青年。

根据分工，有一个专门指导朗诵诗的老师，于是这个学生捧着抄诗本子，兴冲冲地去了。

在开会前一刻，又捧着本子回到我身边，但是愁眉苦脸，这种表情在他很少有的。

"预备好了吗？"

"没有……"

"你原来就朗诵得很好，只要上场的时候，冷静些，别发慌，让自己的感情能进入诗去……"我一边说，一边取过他的本子来，他正在那儿画什么。

"怎么弄得这么脏？"

"那是画的符号，诗的节奏，朗诵诗先要记熟这个，这一长两短，一短是一拍子……"

"什么一长两短，什么拍子。……"

"画的符号，拍子就是停顿……什么地方快什么地方慢，慢多少拍，什么地方低，什么地方高，高多少度。您看，这种记号……"

自然，那次朗诵是失败了。为了看符号，记高低变化，这个一向口齿流利的学生，变得紧张万分，结结巴巴，无情无感，怪腔怪调地折磨着他自己，折磨着别人。

事后，指导朗诵诗的那位老师对我说："失败可以给他一个教训，以后不能凭着自己的情感来胡扯，真正的朗诵，是要按科学方法来锻炼的。那首诗在电台有过广播，诗的节奏，是根据广播，我记录下来的，一点没有错。可惜他记不住，预备得太迟了，平日缺乏锻炼，给他一个教训……"她谦逊地低下嗓门说："我因为认识几个诗人，××剧院的×××是我表妹，她朗诵诗最有名，常常在电台上广播的，您听过吗……"

从此，我谈诗的范围，就退缩到小小的家庭中了。

我有四个孩子，礼拜六晚上最热闹，全在家，唱歌跳舞，说故事，猜谜……等到两个小的弟弟去睡之后，大孩子就像朋友似的与我们谈起来，谈时事，谈科学，谈文学，谈诗……

于是父母子女就背诵起杜甫、李白、鲁迅、普希金、惠特曼等人的诗来。

当我那个九岁的儿子，微笑着，挺胸立定，胖胖的小手按在胸前，然后用一种十分稳健练达的姿式伸出来，带着骄傲的，高贵的，斩钢截铁一样肯定的语气说：

> 我由宽大的裤袋中
> 掏出它，
> 好像掏出一件
> 无价之宝。
> 看吧，
> 羡慕吧，
> 我是一个
> 苏联的
> 公民。

那朗诵马雅可夫斯基诗（《护照》）的时候，我是怎样的激动啊！

诗，在这里，在纯真的孩子口中，得到了真实的声音！

去年，也是在一个礼拜六的晚上，我的孩子在灯前默默地写什么。

"你在复习功课吗？"

"不，我在默写诗。"

我走到他身后，看他默写什么诗。

他写得很快，可见背得熟极了，每写完一行，就在字边，长长短短，弯弯曲曲地画起来。

"你画什么？"我的心啪啪啪啪地跳起来，好像碰见了熟悉的魔鬼。

"符号，妈妈，我画诗的节奏……"

"为什么画符号，你怎么朗诵诗？诗的节奏是怎样产生的？不是让你自己的感情去和诗结合吗，还有什么固定的符号吗？"

"老师教我这样做的，明天一早，我就要到电台去广播……"

我咽下了所有将冲口而出的话，回到自己房内，关上门。

我能说什么呢？

他上的这个学校，是北京最好的学校之一，他的老师，是北京最优秀的老师之一，不单模范事迹数次见报，而且我亲自了解过他的工作情况，确实是少有的好老师，生气勃勃，热爱自己的工作，一个二十岁的青年共产党员。

现在，我这个孩子已经十二岁了，今年暑假后，就上中学。

当他翻开十月号《人民文学》的时候，看了一忽儿就笑了起来："妈妈，我念给您听听：'关于带徒弟'。"他念那两封信，一边念，一边笑。

我却笑不出来。

很多人看了那篇文章都会发笑的吧，特别是那个决心当诗人的中学生所提的问题：

1. 您写诗的节奏如何用图画出来？
2. 诗到底是什么？

我为那些中学生难过。

我相信他们全是好学生。

他们有什么错呢？既然"诗的节奏用图画出来"我们已行之有效，恐怕正式作过朗诵诗的少年或青年们，是没有一个不知道的了吧？

这是科学方法——其音靡靡，一直如此，诗人们也从无异议，想来是同意的了。

那还有什么错呢？

莫非是错在他们竟坦率地说了出来吗？

他们之所以要说出来，是因为想到，既然诗的节奏可以画出来，那么背熟了各套节奏，（例如抒情诗的快慢疾徐高低轻重的标准节奏）然后便可以按此而填出诗来，他们发现了作诗速成的窍门之故。——这是还原法，也是科学的。

至于另一个问题："诗到底是什么？"在一个想当诗人的中学生，问出这样的问题有什么可笑呢，不是也有个别诗人的诗，叫人看过后，常常要发出这一问题吗？

如果这其间是有"错"的话，那么，我们不要在这错误的终点摇头叹气，当然更不能像我的孩子那样发出天真的笑声，我们要去找到那个错误的源头！

因为，在我们面前，是这些孩子们、青年们，这些热情澎湃的小傻子啊！

樱 桃 沟[①]

去不去樱桃沟,我是费过一番踌躇的。

因为,路那么远,天又热,小寥才八岁,小朗的身体又弱,可能同去的人中,简直没有一个壮丁。

游玩颐和园的人,如果不到后山走走,总要被人带着惊叹与惋惜之情的口吻说:"唉,你竟没有到颐和园的后山去过吗?"——樱桃沟与香山的关系,仿佛也是这样。如果我们住在香山,而竟然没有到樱桃沟去过,那将是怎样的失策啊!

也许一些名园胜景,摆在前边的物事,总是"堂皇"些,而在后边的景象,就流于"清静"了。所以高雅之士,常常表示格外喜欢走后门。

但是,樱桃沟对我,并未引起较浓的游兴来,要费一些力,去追逐所谓"雅趣",我是缺乏那种优美精致的人。

这一次去,可以说,完全是为了杜小全。

当然,"完全为了杜小全"这种话是有些虚夸的,也是想借此游览一番樱桃沟,以期一举两得罢了。

有人告诉我,杜小全是一个大资本家的太太,已经儿女成群。现在,忽然下嫁给樱桃沟的一个老花匠了。——这对于有"文艺癖"的人,或许是一种刺激,能触动他的好奇心,要去寻根究底,企图得以窥视

---

① 作于1960年代初,未曾发表。

到那更加隐秘的情节。像我们有些作家，似乎常常无中生有地杜撰一些故事。如果他们之中，具有头脑较为敏感的人，对这个真实的故事发生兴趣，是可以理解的。

但我是一个普通的游客，此事，只是使我觉得人生变幻的莫测，因之不免略有所感而已，于是也颇想去瞧瞧，她在怎样地生活，她快乐吗？

恰好，这一天早晨，知了的叫声似乎低沉下去，远山又迷离于灰蒙蒙的云雾之中，我们以为是个凉爽的阴天，而刚刚赶到香山的海（作家海默——注），兴致很高，他可以算作我们的一个少壮朋友，小伟又在餐后带回来一包馒头，于是，向樱桃沟的跋涉便开始了。

其实，我们之中是谁也不认识路的，所以绕了一些可笑的弯子。在我们还没有踏上正道之前，已经云开日出，天气异常地热起来了。小郎讲到，高尔基说过，卡普里的蝉鸣，像在密林里布满了网丝，狠狠地拉扯出刮耳的噪音来，我们就处于这烈日与噪音的双刑之中。

小朗渐渐地放慢了脚步，他首先显出疲乏的姿态来。海独自走在最前边，但固执地沉默着，让汗水湿透了衫子。小伟与小寥虽然顽皮，可是跑一阵，就躺倒树荫下不肯起来，并且不断地埋怨我，似乎对樱桃沟充满了敌意。

今年的北京，比往年都酷热啊，郊外尚且如此，正不知城市里是何等的憋闷呢！

一直到卧佛寺的时候，大家的精神才又振奋起来。

那几百岁高龄的苍松翠柏的浓荫，那幽暗佛殿的肃穆气氛，那巨大的释迦牟尼，长卧不起，支颐合目所呈示的，闲适寂定的神姿，在在都令人脱出世俗的繁嚣，归于宁静。更加有那殿前的一池碧水，半塘荷花，使我们这些满沾尘污而烦苦的世人，得以清心悦目。

从卧佛寺侧门穿出，便进入樱桃沟了。道路是一边傍山，一边临沟。山边只是一些杂树，沟里并无半点流水。但因为地旷人稀，山重林密，天然景色，仍给人一种松弛轻快的自由之感。小伟与小寥便采摘那又涩又苦还是绿色的小酸枣来咀嚼，小朗与海也轻声地谈起话来。走了不久，他们发现了泉水，于是兴奋地互相招呼着，探着道向沟底走去。

到樱桃沟来的游客也不少，更多的是外地到北京来歇暑的华侨学生。这些活泼的青年男女，脚上拖着红的绿的鞋子，身上穿的是鲜艳美冶的各式裙子，小衫小裙，清亮的歌声笑语，弥漫于林间山壁。

大自然虽美，也需要人来，才能更加显出它的活力与丰采。

北京水少，西郊算是水源之区，香山的泉水便颇为名贵了，而樱桃沟，则更是全仗那一湾流水，才造成此一方风物的。

今年干旱，樱桃沟的水也涸竭了。走了许久，才听到细碎的泉声，水流却线似的，深深地流转在沟底纷乱的石块的缝隙之间。

我们所希冀觅得的水，竟这样小得可怜。只有多情的小伟才为之驻足，稚气特傲的小寥，却已掉头不顾了。而小朗与海，早就上了岸，在高高的桥背上招呼我呢。

"那儿有人家……"海低声告我，指着过桥不远的山坡上说。

"啊，多么好的竹林啊！"上山的时候，路一转，便看到山坡上的一片竹林。在北京，我看到的所谓"竹"，只是三三五五，顶多几十棵毛毛细竹，像如此青翠婆娑，几百棵郁郁成林的竹枝，确实使我兴奋起来，于是快步跑上坡去。在一片树林里，看到一个秃顶的老头，正蹲着在挖摸什么。

"杜小全同志，是在这儿住吗？"我冲口而问。当时各种念头一齐涌来，好景色，杜小全，老花匠，人生，理想……

"在，在……"老头站起来说。

"我们特地来拜访她的，我们……"我赶快说出了介绍人的姓名，于是那老头便向那一溜屋前走去，喊着："小全、小全……有人找你。"语音之中，似乎略微有些不自然。但我们都专注于小屋中杜小全的出现，未曾留意于他，而他，这个老花匠，一转身便隐退了，在以后，我们与小全的闲谈时间,他再也未曾出现过。

小屋一共三间,全是门窗紧闭,一间是独自的,似乎是厨房,海以为是老花匠所居;两间较整齐些,有玻璃窗,但我们无法看到屋内的物事,因为我们所站的地方,是半坡上的一个平台,离下边人行道有一丈多高,离上边屋子有二三尺距离,平台上放了一张旧木桌子,两张破藤椅子,几个小板凳。屋后是壁立的山,很陡,但有人工铺填的羊肠小径,可以曲曲折折地盘旋而上。小屋在半山坳里,可以说是面水靠山,而松柏、桐、杉,各种树木,彪悍挺拔地簇立于四周远近。这难道也是老花匠的修剪之功吗?显然,围绕这屋子的树木,甚至山水,都是精选集合而成,可以说是全樱桃沟的景色荟萃之处了。

杜小全很快就出来招待我们。

我与她曾经见过一面。有天傍晚的时候,她到汽车站去送客人,那次她穿了一身黑色衣裤,待人接物,于人一种温文和谐之感。——这次她穿了浅褐色格子绸上衣,浅灰色绸裤,鞋袜也颇为精致。她微笑着,给我们取来了沱茶,又给孩子们拿来几个西红柿,并且用PP水泡在洁白的搪瓷盆里,为了要我们饱腹,又端出一草簾子极大的黑面蒸饺,在极粗的土盆上搁着。

她的两个小女儿也出来了,一个是十五岁的中学生,一个是十二岁的小学生,穿着时尚的花裙子,光着脚,响着皮鞋,奔到树林里去找什么。而林间的一些空地上,洋姜与金钟,正烂漫地开着黄色的花,还有一些什么食用菜蔬,都长得很茂密。而小鸡与小兔,和蝴蝶与蜻蜓,就在我们身边的上下四周来来去去!

"人家都以为我有些怪,"杜小全在与大家说了一阵见面的应酬话之后,忽然这样讲起来:"我是北京人,自小便爱自然景物,对香山尤其喜欢。在中学念书的时候,便在放假的日子跑到樱桃沟来,找一棵树荫,躺下便不想走了。"

她淡淡地笑着,叙述一些苏州、杭州、洞庭湖、富春江之类的名胜山川。有些是她在大学时期游览的，有些是和她那资本家丈夫旅行过的。"我实在太喜欢自然山水了，一到郊外就不想再进城去。"她谈到她的八个孩子，最大的儿子在青海工作，已经三十二岁了。她在中学教书的那年，恰好是海诞生的那年，而海今年是三十八岁了，这使我们大大惊异于她的实际年龄来。

她是清瘦的，但并无病人的憔悴，更无衰老之态，看上去，只不过四十余岁的中年妇女罢了。

我们完全沉浴于山林绿色的宁静之中，只有在那些三三五五的华侨学生路过的时候，才又接触到人世的闹忙。小朗为了他病弱的体质，海为了他那烦恼的心境，是都渴愿在此桃源得到某种解脱的吧！

如能悠游于这样的林间山壑，一定可以延年益寿。而曲折的小径，突兀的山岩，变化幽深的林莽，更是何等适合于恋人们的游逛啊！

但是，在较为理想的境域，获得一驻足之地，岂是容易的吗？我们仍然只能归去。山川的秀色虽说可餐，但实际无补于饥肠辘辘，仍然口无遮拦的孩子们，在吃完了所带的干粮之后，又嚷嚷着饿了！

杜小全一直把我们送到小桥边，这时老花匠也赶了来，彼此说些道别的话。

我不知道老花匠的名字，也没有知道的必要了。

在漫长的归路上，我们默默的，一任骄阳晒着，一任孩子们去采酸枣吃，一任知了刺耳的噪鸣，一任汗水与尘土污染了脸面……

好作奇想的人，总希望在平凡的生活中找出不平凡的情节来，如今想起，不禁发笑。我曾以为，老花匠是童颜鹤发，别有风貌，而且具有惊人的技艺，一见就令人倾倒……但这位老花匠，却是真正平凡的老花匠，六七十岁，秃顶，短短的白发在耳后簇生着，扁平的脸，轮廓是不规则的，穿了白粗布褂子，褪色的蓝布裤子，一个裤管卷着，光了脚。据说，他不爱说话，日出而作，日入而歇，过去是这样，现在也是这样。

杜小全也完全按照自己的习惯生活着。在她母女身上，看不出一丁点儿老花匠的影响。

　　他们在过去是各不相关的两种人，现在也仍然各行其是，并非因为有任何共同之处而共处的，也并不要求逐渐共同起来。似乎是，原本互不了解，也决不要求互相了解，但却以"结婚"这样一个名词，来敷衍出如此一个家庭。这可以说，也是平凡中的不平凡了吧！

　　结婚是恋爱的坟墓也罢，结婚是恋爱的摇篮也罢，结婚是恋爱的结束也罢，结婚是恋爱的开始也罢，我们全都习惯于把结婚和恋爱连在一起，似乎结婚之中，必有恋爱。

　　因此，杜小全与老花匠结婚了。那么他们的恋爱基础是什么？他们会有怎样的恋爱情节与恋爱方式呢？简单地说，杜小全怎样与老花匠恋爱的呢？这是令人好奇的主要之点。

　　唉，如果杜小全说的是真话，那么，她竟是在与自然恋爱呢，或许说，杜小全是和樱桃沟结婚，更为恰当些。这个自幼养尊处优的妇人，在丈夫死了之后，子女们也各奔一方了，而资本主义社会已一去不复返了，她过去的一切，现实与梦想，都必须做个了结，为自己暮年的蜗居，觅一理想所在。因为对大自然有了长年累月的情意，所以又来到樱桃沟，但四顾茫茫，驻足何处呢？

　　山野之中，唯有这个老花匠，在他简陋的小屋中，刚冒出人间的烟火，用"结婚"来取得自己委身于美丽的大自然怀抱的目的，对于阅历了种种沧桑之变的杜小全来说，那些拘于世俗之见的矛盾与困窘心情，是可以得到解脱的吧！

　　至于老花匠，已经年届古稀，对于爱的感受，也许，真的槁木死灰，是淡漠得很了，只是在山林的泉声与鸟语之中，多添一分人的声色行止，对于伶仃的衰老易病之人，总是好的。

　　所以，他们的"结婚"，是都经过深思熟虑的。

　　如果真是出于对大自然的爱情，那么，杜小全确是个深情的恋人啊！真正的恋爱，是会做出忘我的牺牲，而真正的爱情，总是勇于进取，蔑视一切世俗之见的。

我们在归途中，买到了几串葡萄，孩子们又兴奋起来，愉快地做着竞走。以葡萄为奖品，他们早已忘记了樱桃沟。

海却对樱桃沟表现了浓厚的兴趣，他要为此写一篇小说。小朗只是微笑着吃葡萄，并且他们全都取笑我在路上不肯吃东西的习惯。

有些习惯，对本人说来是十分自然的，旁观者就感到怪异。杜小全如果真的以结婚为手段，是否也可以说是一种习惯呢？

从樱桃沟回来，并不疲乏，只是有些头晕，心里也不舒服，因为天太热了，知了又叫得凶！

鬼 见 愁[①]

作为游玩的山,香山也自有它的高峰,那就是谁都知道的"鬼见愁"。不管是从杂木横生的曲径,或从青石铺砌的山道,只要向高处走去时,每到一段路分歧的岔口,就会看到那白底红字的指路标,其中必有一个箭头是指向鬼见愁的。

是为了见山就爬的欲望呢?是为了逞能赌胜呢,是为了登高觅景呢?还是为了不愿意低人一山的可悲境地呢?……到香山来的人,总得上一次鬼见愁才甘心似的。

波来过三次香山了,但是她可没有去过一次鬼见愁呢,她是上个高坡都要气喘的人,而鬼见愁,据说是海拔三千公尺!

"你上过鬼见愁吗?"她问彭。

"上过,我上过两次呢,是从不同的路径上去的……"

"很难走吗?到了顶上有什么特异的景象呢?"

"有一条路比较好走,——在顶上四顾,有些凭虚御空的感觉,其实没有什么特别,人们有一种好胜心理……"

"我们这样往上走,就是去鬼见愁吗?"波一边看着箭头指路标的方向,一边依径向上走。

"是的,不过,就是不去鬼见愁,这条路上的景色,也很有几处是

---

① 作于1960年代初,未曾发表。

可观的……"

她默默地走着,今天她似乎下了什么决心,有一股力量支持她一直往上走。

"不到亭子里去瞧瞧吗?"彭已落在身后下边一折的山路上,那儿在坡面有一个向外凸出山岩的口子,筑了一座亭,在亭子里可以看得较远,左右的景色不至于被身边重叠的树木所遮掩。

"不。"她虽然累,只在路边的大石头上歇歇,即使是多走几步路,到凸出的亭子里去都不肯。她不住地抬头眺望那山巅峰顶,所谓鬼见愁的地方。

"今天,你大概预备上鬼见愁吧?"彭离开亭子,喘着赶来,一边问她。

"我试试,我总想,为什么小季季都能去,我就不能呢?"

小季季是一个八岁的男孩,他第一次爬上鬼见愁的时候,还不到六岁呢!

"唉,你不能跟小季季比,他是一个小顽童。你以为近吗?咱们走了这么久,还不到鬼见愁的四分之一呢?"

"不,你瞧,到那一块松树林的地方,再上去就没有大树了,那儿到鬼见愁就很近了,我们现在离那个松树林子,并不很远……"

当然,山路是看起来在眼前,走起来得半天。走了又走,走了又走,天气好,一点风也没有,晴空万里,碧蓝如拭。山路左旋右转的,曲折而多姿,在翠荫浓绿之中,这儿或那儿会忽然闪出一棵通体金黄的树来,灿烂夺目。或者忽然亭亭的几枝伸展在斑斓的秋林中,而在那些远远的,似乎不通人烟的山峰坡面上,那有名的香山红叶绛色如燃,娇艳飞彩。

波走得满面通红,脱下了浅黄色的背心,又脱下了水红色的毛衣,她一定很乏了吧?但她却加紧步子,似乎非上鬼见愁不可了。

香山的石头也是五色的,人们就用这种石头砌墙,所以在山间景美的地方,时时有些断墙残壁,在斑斓的秋林密叶间,点缀得别具风姿。

也许在久远的过去，这一方高处平地上，曾经被巧匠建设过绝妙的园林吧，现在只存残迹了。但名树佳木，比一般山阴道上，似觉更为集中，是经过一番布置的。它们相互衬托，而又互相趋让，掩而不遮，层次井然。

"这是什么，像大山洞似的……"路一转，迎面一座石砌的大门洞截住通道。她快快地跑过门洞，然后高兴地叫道："这是一座关呀，咱们这一下出关了呀！你快些呀！"她转身向上一望，山坡荒寒，已没有正式的路了，只在芜杂的草木间，可以依稀地辨认出那羊肠小径来。坡面也陡了，坡上的泥沙又松，一动脚，随即纷纷滚动，草长木细，慌急之间，简直找不到可以牢靠把捉的东西。

"这里真是关外了，香山的关外了，景色更野而无章，路也难走，——上边就到了鬼见愁了吧？"

"唉，早呢，以后根本找不到走的路，鬼见愁还远得很，你还上吗？"彭迟疑地，落在后边，旁顾左右，心不在焉地问。

"已经走到这里了，我再上一段……"她急急地，加快步子，努力往上去，希望很快奔到峰顶，那么可以证明上鬼见愁独自一个也成了，所以并不一定促使彭也跟来。

彭是知道她的心思呢，还是真被路边的山虫野藤所诱？竟打横里直闯入杂木荒林中去了。

波直奔那片松林子，喘喘地往上高一脚滑一脚地走，但几度曲折，黑沉沉的树林却依然在遥远的山高处。

山中不见人，但闻人语声。过去以为站得高就看得远，不料人身有限，身边的草木使视线受阻，什么也瞧不到了，所以一转眼之间，波已孤身独处于高山僻野的小径上，不见一人，原以为就在身边的彭也无影无踪了。

"彭、彭、彭呀，你在哪儿呢？"波站在两棵小红叶树下边高声喊叫。

这两棵红叶树，鲜艳夺目，在下边根本看不到。它被簇拥在一团浓绿中间，那些不知名的树掩没着它，两棵小红叶树紧挨着，姐妹似的姿态曼妙。波在攀登时，弄得泥沙满身，颠踬了几次，真是兴奋极了，但到红叶树下站定，转身向下一望，莽莽苍苍，一片荒山野岭的空漠景色，没有一个人，没有一点属于人的声息，异常的孤寂之感袭来，使她心神恍惚：

"彭勃呀，彭勃呀……"

"哦——我在这儿……"声音似乎来得异常的遥远，她这时，一点欣赏红叶的闲情也没有了，只想大声叫彭勃快上来。但忽然觉得，在身边的草莽中，似乎埋伏了无数不可见的危险，她似乎被阴毒的眼睛在暗中窥视着，使她不敢再大声喊叫，似乎一出声，那危险便不顾一切地向她袭来了。

"如果忽然来一条巨蟒……"她心中一闪这个念头，似乎那树干一样粗大的蟒蛇，已带着它无比的凶残与恐怖，昂头蜿蜒而来！

"如果来了一条大蟒，我怎么办？"她赶紧想对策，喊彭勃来吗？不，那正好两个人都将受害，因为他也没有武器，他怎能与巨蟒搏斗呢？不如不叫他，让巨蟒吞下自己，据说猛兽吃饱了肚子就不找食物了，公园中的蛇，喂一只兔子便可以一礼拜不吃东西的，那巨蟒如吃下自己，就反身回洞睡觉去了，不会再追彭勃了！

但是被巨蟒吞在肚子里，不但太可怕了，而且是太恶心了，恶心比恐怖更难受。——想到这儿，通身都凉起来。如果有一把匕首也好，便是削梨的小刀也好，但口袋中，只有手帕和钱包，她于是急急地，轻巧地，悄悄地，屏息地，似乎从一个狡黠的看守的监视下偷跑似的奔下山来，她跌跌撞撞地连走带滑，踉跄着一直奔到那大石山洞的地方。一路上的树摇草动，都增加着恐怖，心扑扑扑地跳个不住。

一直奔到大石山洞口的时候才住了脚，回过一口气来叫喊："彭勃、彭勃，你在哪儿呀！"

"我在这儿，——你下来了吗？"

现在彭在比她高的山林子里，草木荆棘遮没了他的存在，她看不见他，却一眼看清了那大石砌的山洞门，在顶上已裂开了一条大缝，随时都可能山崩石倒地坍下来。

她惊魂未定，又发现了这个危险，于是闭目忘命地飞步穿过石洞，还好，没有坍下来。回身看看，仍然可怕至极，而彭勃还没有过来呢！

"彭勃，你干什么呀，你快来吧，你快来呀！"她想说，这石山洞要塌了，太危险了，但这种话不能说的。她忌讳，在彭勃没过来之前，她甚至不敢如此想，但分明已经如此想了，所以这更增加了她的恐怖之感！

"彭勃呀，快来吧，你快些呀！"她的声音，忍不住都带出哭来了……

"来了，来了……"彭笑嘻嘻地穿过石洞，慢慢走来，两只手都把捉着什么，很高兴，没有注意到波的表情，"你瞧，这是什么，多凶……"然而她没有看他，却紧张地瞅着石洞，不安而惊恐。彭奇怪了："怎么啦，你骇怕吗？为什么？"

"那石山洞要塌了……"她低低告诉他，似乎一高声，这话让那石山洞听清楚了，它便轰然一声地坍下来，飞沙走石，会像暴雨似的一直落到他们站立的地方！——所以她一边说，一边拉了他袖子就跑，跑出五十多步，并且转了一个弯。

"唉，你这是胡想些什么……"彭停住脚时，赶快瞧他手中的东西，他捉了两只大蚱蜢。

"你瞧，多大的个儿，这是蝗虫吧？……"彭叫波认认，"你找个带子，把它们绑上……"

波用手帕折成一条带子来帮他绑。

"留一只好的，干嘛要两只？"

"我特地给你捉的呢，只一只，你不是没有了吗？"波想，两个人在一家，又不是小孩子，对于虫，不过有趣时看一眼罢了，何必还分开各自有一个才好呢？但是，彭勃是一个心眼儿，对于他，大猫走大洞，小猫走小洞，不能含糊的。

因为手帕不能绑，所以把虫轻轻地包了放在外衣口袋里，用手在外面按着，似乎他袋子里装的不是虫，而是天上的龙。

"这是蝗虫吧，你瞧它有多大个，方脑门绿得发黑，真是铁头老生……"

"这一定是座山刁……"波说。

"座山刁？这个名字好听，真是刁的家伙，我给你捉的那一只，跑了多少路才捉住的呀。——这名字好，是苏州名字吗？"

波笑着，不回答他，去拔山径边长的那种挺直光秆的长草，有笔花似的毛茸茸的穗头。

彭也想到拔草了，他发现在山野中，有金黄色的、紫红色的、绿叶黄边的各种好看的草。他离开山路，追索着那些可爱的秋天的植物。

"你别弄得太多了，够了……"波招呼他。

他深深进入草莽中，过了许久才出来，高高地举起手中的东西，那是几枝铁绿一样标直的细枝，枝端结着两个、四个、六个或八个朱红色的赤豆那么大的圆果果，好看极了。

"你的裤子怎么了……"波问。

"扯了，采红果的时候给一橛枯树干扯破的……"他高兴地给波看红果果，又称美另一只手中握的一大把五色缤纷的各种草和叶子。

回家的路上，夕阳晚照，半山通红，兴冲冲走在前边的彭勃，似乎身上也发出光彩来。而他手中的各色树枝、草梗、小红果果……更加发出璀璨的色彩。

"真是秋之骄子啊！"波叹息一声说。

这时候，山虫在彭的口袋内忽然叫了起来，但彭仍然听到了她的话，回过头来笑着说：

"真是秋之骄子，这个座山刁！"

波点点头，将脸藏在褐色细茎的灰绒绒底穗花后边，低低地说："它多傻……"

水 仙[①]

只靠日光空气与水，就蓬勃地长出碧绿的叶子，开出灿烂的花朵，尤其是在万花皆睡的隆冬，这正是水仙的特色吧，这是值得歌颂的。

曾经有一个诗人，写了著名的水仙颂，但他颂的是关于水仙的故事。

故事说，有一个青年人，因为从来没有照过镜子，从来不知道自己的样子。有一天——或者是一个冬季的一天，他走在清水池塘的旁边，无意中，从水中看到了自己的影像，大为惊讶，以为身边所有的好友，都不如面前这一个，更令自己爱慕，极愿与之结交，于是向他微笑招手，对方也同样回报。他大喜之下，热情地向对方扑去。——于是人们在不久之后，就看到这个清水池塘的一角，亭亭地长出一枝绿叶白花黄心，散发馨香的植物来。大家想想，这未必不是那个可爱的青年所变，于是名之曰"水仙"，是希望他入水成仙的意思，虽然从此就成了这种花的名字。

于是得到了这样的教训，"镜子不可不照"。如果自己什么样子，全不知道，那么可友可敌，万一什么"哥们"，一见之下，凶光满面，就立刻拔出刀来，如今武斗之多，定有这个缘故。要知道，镜子，不一定是清清池塘中的水，或者就是你对面之物，也许是一瓶酒，也许是一张钞票，也许是一个女人，也许是一个男人……镜子无处不在。

[①] 作于1960年代初，未曾发表。

知己知彼，百战百胜。自己的样子都不知道，哪能真正知道人家的样子呢？瞎子就是看不见自己，也看不见别人的。亲爱的年轻人，要时时刻刻照镜子，不是为了装饰自己，而是为了了解自己。自己是一个谜，一个算不清的习题，一个丢不掉的包袱，一个永还不清的债主，一个真正的大敌。

"闻过则喜"，古人就欢迎批评，不要仅发现自己的优点，如果你要进步，就努力发现自己的缺点吧！

"斗私批修"——这就是为什么把斗私放在第一位的缘故啊！

关于"立此存照"[①]

老虎打倒后,武松是怎样的心情呢?未能听到他的叙述。

"四人帮"打倒后,受迫害者是怎样的心情呢?

一九七六年之秋,打倒"四人帮"后的北京,真是锣鼓喧天,歌声动地,庆祝胜利的游行队伍,夜以继日。

一天,它山从楼窗前转过身来说:"我要画漫画了……"他放下烟斗说:"'四人帮'是绝妙的漫画材料。"

他不作漫画,似已二十余年了,尤其是在"四人帮"摧毁文化的黑暗时期,真是连想都不想。

"四人帮"虽然打倒了,其流毒在各部门各单位的情况,各不相同。它山所在的单位,仍把他当"黑人",不准他与大家一起反"四人帮",不准他看有关"四人帮"的材料,不准他参加反"四人帮"的大会,更谈不到要他画反"四人帮"漫画了。

所以,它山反"四人帮"的漫画,都是在晚上,独处斗室之中,自己画,自己和家中人以及少数的知友看,完全是一种地下活动。

它山的创作态度是严谨的。

比方:卡特林那幅漫画,不只是对俄女皇的冠袍服饰等等,均有所根据,那漫画中墙上所挂的一个镜框,有关其中的沙皇像,都查阅

[①] 原载《张仃漫画》,辽宁美术出版社,1985年版。

过七八种图片画像等等。虽然在漫画中,只用了半个镜框,只有沙皇的两条腿而已。

"立此存照"者,留下所作,以待来日之证明其正误也。——鲁迅先生曾一再用过此题,亦即"历史的见证"之意也。

它山当时便坚信,革命一定胜利,人民一定胜利,时代要前进,历史要前进!

但在这些漫画创作的当时,不像如今那样,人人都一致认为,把"四人帮"扫入历史的垃圾堆,是必然之理。所以它山才把一份反"四人帮"的漫画,题名为:"立此存照"。

1979 年 1 月

画家张仃①

张仃是一个漫画家,一个装饰画家,一个中国山水画家。

张仃是艺术创作的多面手,他还创作年画、招贴画、壁画等等。

张仃是辽宁省黑山县人,1917年生。——1932年日本侵略军占领东三省之后,他即流浪到关内,曾在"北平私立美术专科学校"国画系学习。

由于身受国破家亡之苦,又目睹当时的社会黑暗、政治腐败,他在学生时期,就开始画漫画。——以漫画为武器,为祖国、为人民向日本侵略者、向反动统治者进行战斗。

1938年到延安。那时的学习与工作都十分紧张与艰苦。但他一有时间就走访老乡,对他们窑洞窗格上贴的剪纸、炕墙上的装饰图案、木版年画、怀抱小孩戴的虎头帽,都有浓厚的兴趣,加以收集和研究。

1946年,抗战胜利后,从延安出来,经过山西、热河、河北等省,在向东北行军的途中,他不顾疲劳,用休息的时间,访问农民家庭,搜集剪纸、驴皮影、蓝印花布等;搜集布小兔、小泥人、布老虎、泥公鸡和竹编的、木雕的种种民间儿童玩具。他把搜集到的东西,打成背包,背在背上,总不离身,——以致有人怀疑,他的背包里有金子。

那时,民间艺术,在他心目中,可能胜过金子。

---

① 作于1980年代初,发表情况不详。

新闻国成立后，张仃在中央美术学院任教，后来又到中央工艺美术学院工作。

张仃重视传统绘画，研究传统绘画，但他对西洋艺术，也同样关心。——塞尚、凡·高、马蒂斯、毕加索、石涛、八大、齐白石、黄宾虹，民间艺术与儿童画等等，他都是同样重视，并加以研究和学习，数十年如一日。

在三十年代，张仃的漫画风格，受墨西哥的科弗罗比斯和德国的乔治、格罗斯等人的影响，但他一直使用中国毛笔，他的漫画风格仍是很"中国化"的。

四十年代，他从事装饰风格的绘画，构图新颖，色彩响亮，大胆的夸张和变形，曾受到庸俗社会学家们的诽议，也受到要求创新者们的赞赏与拥戴。

张仃是艺术上勇敢的探索者，他的画，不拘一格，是以其新而在中国画坛上别树一帜。

因此，在十年动乱时期，在中国的文化浩劫中，他就首当其冲，他的作品被打成黑画，大批销毁。本文介绍的，是他的劫后余烬，和他近几年的作品。

水墨画：

张仃主张，中国山水画，一定要要有时代气息，强调艺术来自生活，但不是简单的自然模仿，而是"外师造化，中得心源"，是主观与客观的融合与统一。

中国山水画，在宋元时期，尚与生活有联系。明清以降，当朝的一批所谓主流画家，都以摹古为能事，形成一套固定的程式，因之日渐衰落。五十年代，张仃、李可染、罗铭三画家，提倡"中国水墨山水写生"。——这一创举，震动了中国画坛。当时有些保守者认为，中国山水画，已臻十分成熟与完整，不能变革。诗与画都是文人雅事，是书斋画案的产物，根本不能谈什么写生。当时有些中国洋画家则认为，所谓中国水墨山水，已经陈旧没落，已经公式化概念化了，不可能有什么发展了，写生也无济于事。

一九五四年，这三位画家，背上画夹水壶，带了小凳雨伞，长途跋涉，到西子湖畔，富春江边，当场研墨，用毛笔宣纸，直接对景写生，他们使中国山水画，与现实生活重新挂上钩，这在中国山水画史上，开创了新的一页。

如今中国画水墨写生，成为理所当然，而且生产了专为中国书画而用的墨汁。有些青年画家们并不知道，为了提倡中国山水画写生，也曾经过艰辛的奋斗过程。

《岳庙》就是这一时期的作品，水墨淡彩。不管是在构图上，在用笔用色上，都打破陈规，给予当时沉睡的旧中国画，吹起了复苏的春风。

《太湖》是七十年代的作品，焦墨淡彩。——七十年代，张仃在农村下放劳动，他不能把画具都带去，只能在劳动之余，做一些观察和思考，研究和思考如何把中国书法中的线运用到画里来。

装饰画：

张仃对于色彩特别感兴趣的时期，是在六十年代。——他从学生时期，就关心西方艺术的发展。五十年代，他从法国、意大利参观访问归来，就一直在思考，如何从民族传统、民间艺术和近代西洋艺术中，取其精华，创作出既富有民族特色又焕发时代精神的新中国绘画。

《洱海渔家》《公鸡》，是这一时期的作品。《洱海渔家》这幅作品，很像我国的民间玻璃画。但玻璃画是民间艺人，用油画的色与笔绘制的，他却是用毛笔与水墨淡彩。在构图上，一反传统程式，展开船的正面，可以看到船内的箱子柜子、茶壶雨伞等等，可以看到船妇在喂幼儿，在她身边的盆内有鱼，在船外挂了干鱼。船妇的服饰是有民族特色的，幼儿却是一般的穿戴,既是写实的,又十分富于装饰味。船后有山有水。画山用传统笔法,但色彩却是印象派的,褚红色的山头,水面也荡漾着褚红色。——从取景、构图,从笔墨技法到色彩,都是将传统的、民间的、现代绘画的种种特点,在一幅画中得到极其和谐的表现。

《公鸡》则是用大写意的手法,从结构看,全是三角线,色彩斑斓,这种用色的大胆,造型的夸张,完全跳出了中国传统,但又完全是中国笔墨,一气呵成,酣畅尽致。

焦墨:

八十年代,张仃的画全是焦墨,完全不用颜色了。——所谓焦墨,就是中国水墨画中的水,也用得极少了。

水墨画中的水,本是中国绘画的一大发明,尤其是泼墨大写意,可以达到瀚溶弥漫、润泽渗晕、扑朔迷离、朦胧恍惚的艺术效果。

张仃的焦墨,不用水,只用极浓的渴笔,也能达到这些效果,而且更加老辣苍劲,一笔千钧。

因为焦墨写生,既不能事先打稿,也不能事后涂抹,每下一笔,都是肯定的,都关系到全局,关系到整个画面的构图与气势。在焦墨本身色的浓淡层次上,在用笔的疾徐轻重等等功夫上,使画面表现出润涸、明暗、阴晴、冬夏等等复杂而和谐的景色。

《获鹿古槐》作于七十年代,他在河北农村劳动中,发现北方的槐树、榆树、核桃树等等,只有用焦墨,方能充分表现其质感。他把中国书法用到线条上来,开始了他的焦墨写生。

八十年代,可以说是张仃的焦墨长卷时期,是在近代中国浩瀚的纵幅条轴中,赫然展开了他的横幅长卷,有的长达十几米。

张仃的绘画创作一向深入自然,有感而发,他说:"我必须受到感动,才能画……"他所受到感动的,不一定是名山大川。几十年来,由于一直承担繁重的美术教育职务,他只能在繁忙的工作之余,画一点身边的无名山水。他觉得越有劳动人民创造痕迹的自然山水,越能感动他。在他的题记中,流露了这种美学观点。例如《燕山莲花池长城遗迹》(1981年)——

> 燕山怀柔县与口外交界处,有一名泉,昔年喷涌如莲花,故关名曰开莲关。清某年间关为洪水冲毁,口外段边墙多瘫坍,口内段尚完整如新。山势险峻,敌台至今尚有不能攀登者。民间传说山神于夜间鞭石上山。万历残碑记有敌台一座,周围十丈,连垛高为三丈五尺。另有隆庆碑,罗列镇守之官名,中有名将戚继光。莲花池于抗日战争中为游击区,山民慷慨好义,有燕山风骨。老人喜谈往事,尝以抗日八年敌伪虽残酷烧杀,未能从莲花池探知八路军以自豪。壮哉斯民!

张仃的题款,也有自己独特风格,既非事先吟哦,也非事后推敲。他题的,正是他要画的,是散文还是诗,他也无暇顾及。他只是用最能表现他当时心情的语言罢了。

张仃的焦墨,笔笔出自传统,笔笔都有新意。张仃以为,中国画的创新,首先是新在画家的思想感情上,要汲取传统,重视传统的规律法则,而不是只套用形式。一般中国山水画,对于山的皴法,树的点法等等,都已程式化公式化了,但他的山水写生,是面对景物,根据自己的观察体味,创造自己的艺术语言。他非常重视当时的感受,当时的激情,所以张仃的画,是不能模仿的,他自己都不能模仿自己,若在事后再画一张同样的画,也往往不易成功。

白发苍苍的老画家张仃,在人们的心目中,已达到艺术的一个高峰,可以安营立寨,享受荣誉了。——但他风尘仆仆,继续跋涉,向着更高的山峰,披荆斩棘,探索前进!

中国近代名画家吴冠中说:"张仃不肯做荣誉的奴隶,他艺术的最大特色是永远在探索新境,我向艰苦历程中的探索者致敬!"

画跋四则

一

一九六三年五月十六日，仃兄画芹像毕，张之于室，神形宛然。春秋花月，夏冬炎凉，尤存于眉头眼角，见仁见智因质所感：是耶非耶，上下求索，逝者如斯，风雨笔落。

二

记得曹公二百周年祭时，它兄为之绘像。当时一无所凭籍，追摹凝忆，挥毫半日，即成八尺白描，广额宽袍，个小神伟，坦荡肃远，如故交重逢，一旦相见，惊喜会心，不可言说。但仁者见仁，人人心中有一个曹雪芹。或绘其像，如竹如苇，潇洒隽秀，青衬纨裤，傍栏扶几，细腰大脚，长身玉立，顾盼传情。

曹公既无遗照，又无自画像，真假宝玉无从征询。七三年《文物》二期，刊出陆厚信书及所作雪匠写照，体态神情，一如它兄之作，不亦乐乎？感奋之际，它兄又再写曹公之像，以了心缘。

吁嗟，有缘时间空间无所用其阻力，屈原、李白、石头以至迅翁诸巨匠，意到形来，似曾相识，即宝玉所谓"这个××好像见过的……"也。

不尽一一。老蓝志于京都，七三年五月廿日。

三

它山有画太行山之想久矣。丁巳秋有邀去房山十渡写生者，即欣然偕往。盖它山画山水素重写生，主张一静不如一动也。初以为房山便在京郊，未料十渡已是太行山。一下火车，即见峰屏屹立，山势雄奇。四顾皆山，层峦叠嶂，气象万千。又见蓝色拒马河，急流呼啸，清澈见底，环山绕谷，奔腾而下。它山为景所惊，竦立震慑，心情激动，不可名状。从此日出而作，怀粮策杖，跋涉于荒山野谷之中，无视于饥寒劳渴之苦。尽四五日之功成此长卷，纯用焦墨为之，亦它山画稿中前所未有者也。太行山区乃抗日根据地，山民质朴勤奋，宽容好客。它山常常于山崖青石板之小屋与老乡同喝一碗水，同吸一袋烟，同是白须白发，谈笑之声溢于山水之间。所谓师造化，为人民，其庶几乎近欤？

戊午布文跋于北京白家庄。

四

丁巳秋它山赴房山十渡写生得一长卷，盈文纯用焦墨为之，冬寒蛰居于小楼斗室之中，又伏案临赵伯驹之《千里江山》，长丈余，亦系焦墨。是乃探求无色之有色也，所谓墨分五色者也。腊月遇袁君得四寸照片，十帧乃一九七四年间袁君等四人为北京饭店制作壁画之钢笔草图也。图自上海至重庆，溯江而上，经苏州、南京、武汉，过黄山、庐山，再经三峡入川，亦今日之《长江万里图》也。惜画未成，题未定即被"四人帮"以黑画之罪名而扼杀于摇篮中矣。它山有志于斯事，更有志于大江两岸之建设新貌与自然景色。因"四人帮"之流毒所及，其时它山尚不能自由离京作画，乃决意按小照之蓝图，旅行写生焉。

画成长卷二丈有余。或将为丁巳年它山长卷习作中之最长者欤？纵览祖国河山旧貌新颜，其中有高山大水草木楼台，更有近代化之桥梁、水库、厂矿、梯田等等，它山仍以自家法为之，亦百花中之一花云乎？

戊午布文跋于北京。

《张仃的焦墨山水》序言[①]

近几年来，它山的画，以焦墨山水写生为主。

关心他的朋友说："正是美术界大反形式主义的时候，张仃却研究西方的现代流派，——现在是美术界纷纷去探求新形式的时候了，他却又去搞焦墨写生……"

"文化大革命"期间，"四人帮"之徒，洗劫了他的美术收藏和全部创作，将那些纸墨笔砚，一扫而空，进而对他说："你这一辈子，就别再想画画了……"

他仍是画，——在挨批斗、服劳役的期间，一有空就画，用记忆，用抄劫后遗留下来的残纸秃笔。

因为画焦墨条件简单，一纸一笔，一点剩墨，连水都用得极少。而焦墨又是完全以线为表现的主体。加以，在"四人帮"摧毁文化的时期，心情压抑、美术园地的荒芜涸竭景象，使他更无意于搞什么金碧辉煌的画面。

它山对祖国山川、一草一木，无不热爱。他只有与自然景色相对时，才能使心情恬静，才感到天地间仍然保留了：真、善、美。

因此它山穿上爬山鞋，戴上草帽，背上干粮袋，怀抱画具，手持竹杖，风尘仆仆，跋涉于荒山野谷之间。

[①] 原载《张仃焦墨山水》，人民美术出版社，1979年版。

所谓"墨分五色",它山于焦墨写生中,对于墨色的层次与变化,有了更深的体会。在河北房山十渡写生时,忽然在焦墨写生的画面上,出现了银灰色的调子,使他兴奋与喜欢,这便是他的"所得"了。

"我们要色彩鲜艳的花卉……"有人听说张仃也画花卉时,兴奋地奔来,但看到他的却是焦墨写生,就垂下了眼皮。

"我们希望你搞创作……"认为焦墨写生不是创作,——印象派中,莫奈等人的作品,不就是色彩的写生吗?

1979年元旦,放卓别林的《摩登时代》,有人看过了发出议论:"这么大名鼎鼎的卓别林,原来是黑白片,又不是宽银幕,还是无声电影……"——真是何足道哉!

冰冻三尺,非一日之寒;艺术上的问题复杂正如"涸辙之鱼",先要放水,让鱼活起来,然后再研究是什么鱼,然后再论各人的胃口……

它山说:"焦墨是要画下去的,许多问题,还待解决,——至于,我是否变?我不知道,青虫可能变蝴蝶,也可能不变蝴蝶……"

1979年1月

关于哪吒的形象[1]

哪吒是古代神话传说中的儿童英雄。

他反抗强暴,奋不顾身,经过自我牺牲的痛苦磨炼,战胜为非作恶的四海龙王,为民除害,希望人民得到风调雨顺的好日子。

这是"人定胜天"的思想,使我国人民创造了这个故事。——而以极幼小的孩童来对抗极巨大的妖魔,宁死不屈,终于得到胜利,得到不朽的生命。故事情节可歌可泣,在中外神话传说中也是罕见的。

张仃珍视这个故事,他想通过哪吒,塑造出一个现代中国儿童的理想形象。

自晚清以来,我国以儿童题材作的画或装饰于日常生活用品上出现的艺术形象,常常是白、胖、圆、甜、呆、俗、媚……根源可能在于过去的商品年画上的胖娃娃,旧小说上的绣像插图,旧玩具中的洋囡囡等。

在从前,娃娃与美女的形象,都是迎合封建地主阶级的趣味与爱好而作。因为是商品,必然也在群众中广泛流传,也影响了群众的美学观。——如今有些人,便以为这就是我们人民所喜爱的儿童形象了,就应肯定而加以发展了!

其实,那种肥头胖耳、雪白粉嫩的娃娃,在从前那个时代,长大了,

---

[1] 原刊于《装饰》,1980年第1期。

脱去红兜肚，就会穿上缎马褂，成为小掌柜，再爬上去，就是油光满面的大商人大官僚了，如果穿上洋服，便是洋行买办之类。那种儿童形象与劳动人民没有丝毫关系，如果有关系，就是受他们剥削和统治的关系了吧！

这是美学上的一种混乱，也要拨乱反正。

近几年来，在我们的连环画上、年画上也画哪吒，他的精神状态、服装道具，已在人们心目中留下印象，要改变先入为主的印象，树立一个崭新的形象，谈何容易！

这次，作者所从事的"哪吒闹海"形象设计，不管是动画片还是壁画，都是集体绘制，大家都想把"哪吒"塑造得更加合乎理想。

作者曾在海滨渔村的儿童中，寻找哪吒的形象，再加上自己心中所追求的理想，但是各方面的意见纷至沓来，虽然在创作时努力排除，仍是受到干扰，哪吒是出世了，但作者并不满意……

在美学上，若是差以毫厘，在实际中，就将失之千里。

张仃对那些在海浪海风中生长的孩子们，那些黑瘦精灵的小家伙们，有很深的印象与感受。他希望哪吒能是一个矫健活泼，机智勇敢，英俊，明慧，有思想、有感情、有尊严的现代中国的儿童形象。

中国首都国际机场的壁画[①]

我国新建的首都国际机场,像一只巨大的海鸥,伸开她狭长的俊俏的双翼,欢迎天涯来客。

她以乳白色与淡兰色为主调,巍峨而明丽。她座落于北京东郊,建筑面积共二十多万平方米,候机楼的面积有六万平方米,高峰小时旅客吞吐量为一千五百人。

候机楼是三层,拥有贵宾厅、休息厅、中餐厅、西餐厅等十余座华丽的厅堂,其中几座厅堂里,有整面墙的大型壁画。

中国壁画艺术有两三千年的历史,曾经创作过无数精美绝伦的壁画,近百年来,这份遗产,濒临绝境。中国解放后,装饰画家张光宇、张仃等人,就希望把中国的传统壁画,赋予时代精神,使之复兴起来。

一九五八年,中央工艺美术学院,在张仃倡导之下,开办了中国第一个壁画工作室。曾经培育过两三届毕业生。——由于连续不断的政治运动,文艺上受到极左思潮的干扰,对于壁画,众说纷纭,既不了解,也不重视,甚至壁画工作室毕业出去的学生,在工作分配上也感到困难,一出校门,就得改行。

在"文化大革命"中,"四人帮"法西斯专政,横暴地摧残文化艺术,张仃由于倡导壁画,也成一大罪状,遭到批判和斗争!

[①] 原刊于《今日中国(中文版)》,1980年第C2期。

物换星移，严寒的冬天终于过去了。

一九七九年春天，首都国际机场的候机楼，决定以大型壁画，使这座现代化建筑生辉。

张仃虽已是白发银须，仍挂帅上阵，改行多年的壁画工作者，从全国四面八方，闻风而来，在百花齐放的舒畅心情中，开始创作我国近代美术史上的第一批大型壁画。

首都国际机场的壁画，齐集了十个省市的画家教授与学生，在实践中，发挥了各人的艺术特长和艺术风格，运用了各种传统的、现代的工艺与绘制材料。这批壁画的规模之大，题材与表现手法的丰富多样，完成时间之快，用了不到九个月时间，震惊了中外人士。

壁画工作者们，现在不必像"四人帮"时期的某些人那样，弯腰屈膝，满面陪笑，揣度主人的喜怒而作画了。今天，我们的艺术家，屹立于我国传统文化与世界艺术的光辉之内，在人民信任的注视之下，在时代精神的激励之中，扬眉吐气，对自己的劳动，充满了自豪与自信。

下面抽出五幅壁画分别作一些简单的介绍：

"哪吒闹海"，重彩壁画。十五乘三点四米，作者张仃，助画者六人。以古代神话传说为题材。故事情节，乃叙述一个数龄幼童，战胜为非作恶的龙王，为人民造福。——这是善定胜恶的思想。我国人民创造了这个歌颂少年英雄的神话，赋予少年英雄以不朽的生命。作者希望塑造一个中国儿童的理想形象，他活泼、天真然而有思想，勇敢无畏然而明辨是非善恶，神武无敌然而只抑强敌，与乡亲则和睦相处有如家人。以区别于：习见的圆、胖、白、嫩，娇呆甜俗的笑脸娃娃。瞧啊，我们的哪吒，脚踏风火轮，身披浑天绫，项带乾坤圈，手持斩妖枪，上天下海，除魔灭怪。有时三头六臂，分持各不相同的武器，同时对战几方面来的敌人，战无不胜！我们的哪吒还驰骋于浩茫无际的海洋上，为民除害，是海上的无敌之神。这副壁画，完全用传统重彩，构图新颖，线条流畅，色彩古朴和谐。

"巴山蜀水"，丙烯画。二十乘三点四米，作者袁运甫，助画者6人。以长江为题材。画面包括自重庆经万县、白帝城至夔门。这幅画，气势磅礴，色调雅致，把中国传统山水画的技法，与西洋现代绘画结合起来，峰峦重叠，江水环绕，巫山十二峰，隐约可见，一群白鸽从白帝城飞向峡口，用以增强画面的宽阔空间结构。全幅画面使人联想到李白的诗句"朝辞白帝彩云间，……轻舟已过万重山"。这幅画是用初次进口的丙烯颜料绘制的。全画用铝制金属线，划分为十一块，成屏风式。这样分块处理，可为壁画中间的六扇大门，取得结构上的协调，也使观者在长幅画的视觉上，取得节奏感与休息。

"快乐的泼水节"，丙烯画。二十七乘三点四米，作者袁运生，助画者五人。以傣族的节日为题材。描写了云南西双版纳傣族人民每年四月中旬举行泼水节的欢乐情景。

传统中的泼水节，故事是，一美女智除恶魔，但恶魔的毒血，喷溅到美女身上，起火燃烧，众人泼水往救。——从此流传下来，泼水节成为互助互爱，互致祝福的意思了！

这幅画面上，出现一百多个人物，每个人物各异的姿态、服装，以及种种热带的植物、花、鸟、蝴蝶以及龙舟等等，绚烂交错，而整体关系又十分统一与协调。这是大型人物壁画的成功之作。

"科学的春天"，陶版拼镶。二十乘三点四米，作者肖惠祥，工艺顾问郑可、严尚德，工艺监制四人。烧制，河北磁州窑。此幅壁画，用象征的手法，浓烈的装饰风味，描绘了绘画、音乐和诗歌，舞蹈和体育，物质和精神，爱情和幸福，冥想和探索。还描绘了生命的起源，物质的结构和天体运行。这三组画突出表现了三大基础科学，对未来世界的探索。全画用陶版拼镶，人物用金黄色釉，色调极为明朗。这幅画把现代科学的运动方式以美术形象来表现，为造型艺术的题材和表现手法开拓了新的领域。

"森林之歌"，瓷片彩绘。二十乘三点四米，作者祝大年，助理六人，工艺制作，江西景德镇。作者为云南西双版纳少数民族的生活，与自然景色所激动，用郁郁葱葱的色彩，描绘了亚热带地区的万木峥嵘，百花齐放，泉鸣鸟语。

　　这幅画的制作过程是这样的，先把画稿放大为壁画，然后去景德镇瓷厂，集中了景德镇彩绘老艺人二三十名，通力合作，烧制成彩绘瓷片运京，再由建筑技工，拼镶上墙。在这幅画上，洋彩与古彩配合在一起，不但十分和协，而且更加丰富，开扩了彩色效果。绘制这幅大型瓷片壁画，也是景德镇陶瓷史上的创举！

艺 苑 新 花[①]

——记张淑敏的小型泥塑

今年五月,在中国美术馆举办了张淑敏的泥塑展览,引起了人们很大的兴趣。著名美术家张仃同志在《前言》中介绍说,她的泥塑是"采用物质材料画的简到不能再简的速写","造型简单到极度、夸张到极限","材料处理常常出人意外"……

这次展出的八十件作品,都是那么小巧感人,每一件所给予观众的美的享受与情绪上的激动,只有真正艺术家的灵感之作,才能达到这种效果。

一九六一年,张淑敏在中央工艺美术学院学习,后因病辍学了。她体弱多病,身材矮小,皮肤黑黑的,总是默默地跟在别人后边。她在一个街道办的镜框工厂当工人,所以她只能在工作之余或休息日,挤出点时间来搞她的创作。

她的作品以妇女题材为多,其中像表现《简·爱》、秦香莲、白雪公主等人物的作品,造型都十分逼真、优美,处理方法亦简练、新颖。少数民族和儿童的题材也不少。就是那戴着黑面具,穿着黑披风,手持利剑,为民除害的游侠佐罗,也塑造得惟妙惟肖。

"这个《简·爱》是第二个了。"她说,第一个做得更好些,可是

---

① 原刊于《八小时以外》,1980年第4期。

已被一位美国友人，作为礼物送给他的妻子了。他的妻子是在美国影片里饰演简·爱的。"可我再做第二个的时候再没有那种异常的创作热情了。"张淑敏讲："做第一个《简·爱》的时候，正是我刚看完电影，我是那么的激动，回到家饭也没吃，一切都不顾了，一直到下午五点多，把它做出来！这时我才感到疲乏到极点，又饿又累，心里一空，竟晕倒了……"她的许多作品就是在这种奋昂的精神状态下创作出来的，她甚至不肯用同一式样再多做几个。

张淑敏在使用颜色与材料上也是独具一格的。她的许多少数民族和中外民间舞蹈等作品，都是在底色上画龙点睛地用上几笔单纯的大红、金黄或靛蓝色。而像混血姑娘叶塞尼亚，颜色的处理则绚丽多彩，浓艳夺目。还有一些作品是黑色为主，如《佐罗》除去小半个白脸之外，其他完全是黑色。而白雪公主则全然是白色的，公主的满头漂亮的卷发，竟是用金光闪闪的细铜丝制成的。《天鹅湖》中的四只小天鹅，制作得更是别出心裁，它仅用了一点点白色的羽毛作裙子，用一根根纤细的铅丝作四肢，其艺术效果恰似芭蕾舞的精灵，使这些小小的手工艺品，具有了很强的艺术魅力。

但是，张淑敏同志对她目前的这些作品并不尽满意。她说这些都是匆忙中赶制出来的。她表示今后要加紧学习，多看书，看画，不断向世界和中国的艺术宝库探索。

让我们期待着张淑敏创作出更新更美的作品吧！

张仃焦墨[①]

"绘事后素"——原意就是在素底子上用颜色画画。

中国水墨画比起西洋画来,似乎没有颜色了。"随类赋彩",从南齐发展到唐以后,水墨只略施淡彩,纯用水墨自王维始,到宋元逐渐发展以至成为中国画的主流。

即以水墨画来论,因为有水,水汽氤氲,以水破墨,结渍弥漫……在水与墨的艺术处理中深、浅、浓、淡、干、湿等等,加上用笔的轻、重、疾、徐等等。在艺术高手的挥洒下,墨分五色,墨色斑斓,苍润多姿,也能使人感到墨的色调异常丰富吧!

但是焦墨,水也近乎没有了,只有干渴的笔带着墨的精灵漫游……

五十年代张仃从事山水画写生时,主要是水墨淡彩,到八十年代,他的写生全用焦墨。按照一般概念,写生就是对景摹写的练习,而张仃的焦墨写生,本身就是进行艰苦的创作。

他不是游山玩水,冷静闲适,看到一处美景就来一幅写生,像打开照相机似的,得到一份占有的快乐与满足。

张仃是遇景着魔!——当然不是什么名闻遐迩的名山胜景……他在极平常的自然中也能发现美,于是他立刻紧张而兴奋起来,他要进行搏斗了,他要与之拥抱和欢舞了!不管是夏日炎炎,或冰雪凛凛,

---

[①] 作于1980年代初,发表情况不详。

不管是雨后泥泞，或谷底阴冷，他都是忘我地精神高度集中。心景、笔墨交融成一体，创作激情与笔墨表现力，一齐迸发。

用焦墨作画，不能改动，每一笔都是肯定的，决断的，每一笔都牵动全局。张仃说："我画焦墨，是练基本功，解决一些难题……"

张仃焦墨是用自己的艺术语言，是在民族传统的基础上，在现代艺术与民间艺术之间，广泛汲取，创造出自己的绘画风格。所以，张仃的画是不易模仿的，他珍视写生的第一感受，重视写生的初稿，要他自己模仿自己的画，他也很难做到。

张仃焦墨的题款也是新的，富于激情的。可以说他的题款与他的构图是同时产生的，是他对景写生时激情奔涌中所溅出来的文字珠玑。有的题款字多，有的字少，有的没有题款只有一个印章。都是依据他当时创作要求而定，既不事先推敲，也不事后吟哦。他的创作是一个整体工程，是一场艰苦的劳动，完成了，他就坐下来，装上烟斗……

张仃焦墨画幅，以正方与长卷为多，胸有亿万言，洋洋洒洒，总似纸短意长。即以较清淡的《新绿》而言，也是林木森森，枝桠苗条，疏落多姿，新叶嫩绿，潇洒迷离，整个画面，是一首形象的诗。

"江山无限好，不尽图画中"。张仃的长卷，正是对锦绣江山美不胜收的心情。他对每一个山头、每一棵树、一方田地、一汪水，都虔诚俯首。

众所周知，张仃是最早的中国装饰画家之一。这就是说，他是最爱颜色的。从他过去的装饰画中，可以说明，他也是最大胆敢于出格地处理颜色的。他对中国重彩、印象派、近代各流派，以及民间艺术的颜色，是一直欣赏与学习的。但现在，他对颜色愈来愈慎重，以至于完全不用了。

颜色如女人的笑，用得不好，就表现出妖、媚、俗、浊、贱……当然，这也是画家的整个修养所致。有人用赞赏他以前的装饰画来鼓动他现在用颜色，他常常一边翻阅名家画册，一边摇摇头说："不必了，我画焦墨……够了。"

　　张仃的创作态度是严肃的、严峻的,也可以说是严厉的。他从不对客挥毫,他不以画送礼,但有时他会把一幅精品寄给数千里外的山翁,也会把一幅精品,送给外地一个未见过面的手艺人。——他对知己是慷慨的。

　　作为一名山水画家,张仃到过的名山大川太少了。他没有时间去。他像一个樵夫,主要是上山砍柴。当他背着沉重的柴捆,在美丽的夕阳光辉中下山的时候,手上也许拿着一枝花,那是在砍柴的间隙中采的——那是一枝山花。

　　根据时间与精力分配,张仃只是一个业余画家。——特别是,在时间与精力上感到十分困难的业余画家。

　　如今,张仃白发苍苍,他微笑着对友人说:"我将争取当一个画家。"

张仃的漫画[①]

抗日战争前夕

张仃的漫画创作，从三十年代开始，就是从大处落墨。

他是以漫画为武器，反侵略，反内战，反独裁，反剥削……

他见国家危亡，就用画笔对当时国民党反动统治进行揭发和控诉，对人民的悲惨境况，寄予深厚的同情。

这一组画，是在"九一八"东北沦陷后，抗日战争的前夕创作的。

当时，蒋介石主张先安内后攘外，日本侵略者叫嚷"共存共荣"，以伪善阴毒手法，步步进逼，国内的阶级矛盾激化，民不聊生。

《共存共荣》画的狐狸，高高捧起公鸡的姿态，《以我心换你心，始知相忆深！》那副口蜜腹剑的敌寇嘴脸，何等令人触目惊心！

当时国民党搜刮民膏，搞"一日贡献国家运动"。——画家把在监狱中囚犯绝食的一日与在纸醉金迷，欢乐通宵的纨绔之一日相对照，以及用《两种春装》《爱护动物》等画幅，对贫富悬殊进行强烈对照，无不发人深思。

这本画册的第一幅画《玩偶大观》，是暴露日寇在玩满洲傀儡，腐朽的官僚资产阶级在玩女人，国际上的凶神恶煞在玩法西斯。

[①] 原载《张仃漫画》，辽宁美术出版社，1985年版。

其时，法西斯在世界舞台上，尚初露头角，有些人还莫名其妙，甚至有些人还对它倾倒膜拜呢……

抗日战争时期

张仃漫画，在内容上，富于战斗性，在表现方法上，富于装饰性。内容与形式，得到有机结合。

墨西哥画家珂弗罗比斯、德国的乔治·格罗斯和美国的威廉·格罗拜等进步画家，都是他当时最熟悉、最钦佩的学习对象。

张仃漫画，运用中国笔墨与传统的表现方法，同时也吸收了老一辈漫画家张光宇、叶浅予等人的长处，形成了张仃自己的独特艺术风格。

抗战前夕的《野有饿殍》《春耕》《休息》等作品，使今天的青年人知道，旧社会的中国人民，受压迫、受剥削的苦痛与灾难。《奴化教育》《平等互惠》等，戳穿敌寇伸进魔手的诡计，而《大轰炸》等幅，则是揭露敌寇入侵，中国人民大祸临头的悲惨景象。

一九三八年元旦，武汉出版《抗日漫画》第一期，封面《兽行》，是张仃用特写镜头，向全国全世界，揭发与控诉日本法西斯的暴行。这是在南京沦陷、日寇在南京大屠杀之后创作的，因此这幅漫画激动人心，鼓舞了抗日军民的斗志，起到了"唤起民众，同仇敌忾，团结抗日，誓雪国耻"的作用。

《收复失地》是正面呐喊，号召铁蹄下的人民"拿起武器抗敌救国"！

《世界和平阵线的公敌》是一幅国际题材的招贴漫画。当时，世界上有人对日本帝国主义面目还认识不清，画家就以浪漫主义手法，把日本侵略军与有角的战争恶魔合成一个形象,恰似今天的"外星人"——这是今日观者意外的一感。

解放战争时期

张仃漫画，可以说是中国近代史的形象记录。

中国近代史的特点是：外来侵略者铁蹄横行，对中国人民猖狂的蹂躏与掠夺；中国独裁者认敌为友，卖国求荣，对人民的残酷统治与血腥镇压；以及中国人民的艰苦奋斗，百折不回，英勇卓绝的抗争。

一般说来，观画应是一种艺术欣赏，常能使人在精神上得到休息与享受。但是，看张仃漫画，却令人一下回到黑暗时期的旧中国，感到异常的沉重与窒息。

"文化大革命"中，有一种落井下石的"勇士"为了讨好害人者，只管"下石"——于是就有打手上门，抄家逼供："把你的黄色漫画交出来……"

没有。张仃从来没有画过一张所谓黄色的漫画。

说实话，把张仃的漫画翻阅到这儿，真愿意能有几幅富于幽默感、十分有趣的小玩意儿插进来，可以使观众长舒一口气，轻松一下。

有人批评说："张仃漫画，没有幽默，只有讽刺……"

是的，他开始创作漫画的时期，就带着极其痛苦与沉重的心情——这使他的画，也太沉重，太严肃，甚至太严厉了……

张仃自我批评说："现在看来，那时期的画，实在太幼稚，太粗糙了……"

熟悉他的朋友说："那时候，你还不到二十岁，寄居在破庙里，每天为吃饱肚子奔走，什么参考资料也没有，在烛光下画画，连蜡烛都买不起……"

他说："这都不能成为理由，我那时的漫画，是幼稚、粗糙的，只能说内容还好，因为我确实有一颗爱国爱民的心……"

新中国成立以后

五星红旗飘扬，中国人民站起来了！

中华人民共和国成立了！

帝国主义的本性，决不因日寇的败亡而有所改变。五十年代，美帝一脚踏着台湾，一脚跨上朝鲜，把侵略的战火烧到鸭绿江边。

这个时期，张仃漫画中所刻画的帝国主义嘴脸，是兽性猖獗，贪婪而凶残，把帝国主义东方代理人的形象，刻画得逼真，突出了他本质上的怯懦、虚弱的奴才相。

张仃漫画，构图简练，寓意深刻，深入浅出，使观者一目了然，而又余味无穷。

一九五六年，帝国主义侵略的战火，又在埃及金字塔前的海上燃烧，《史芬克斯的新谜语》这幅画，使漫画与装饰画、政治与文学，得到高度的统一。它是一幅很有代表性的艺术品。

这一时期，画家曾几次出国，除东欧各国外，还到过瑞士、意大利、法国等地。在《今日巴黎》《地狱天堂》等画幅中，根据内容的不同，画家的风格，也有所变化。

《福赐天官》是配合当时的反官僚主义，"让犯错误的干部下楼"而作。时逢春节，所以用年画的形式表现。从诗句："恭迎诸神下界，密切联系群众，常此腾云驾雾，到头难免栽葱！"可以体味到当时的政策精神。

在文艺上，一九五七年，毛泽东同志提出"百花齐放，百家争鸣"的方针。作者热烈响应这一伟大号召，为了繁荣文艺创作，解放思想，他让孙悟空跳出清规戒律的老君炉。

这是响应伟大号召的一跳！

打倒"四人帮"以后

孙悟空这一跳,竟从一九五七年跳到一九七七年。

整整二十年,张仃没有画过一张漫画。——现在的年轻人,可能都不知道张仃是漫画家。

"四人帮"的倒台,是真正老君炉的崩裂!

"四人帮"倒台后,拨开云雾见青天——当时真是四海翻腾,五洲震荡!

北京人民庆祝第二次解放的游行队伍,汹涌如潮,口号声、歌声、锣鼓声、鞭炮声,夜以继日……

张仃也异常兴奋与激动,一天,他忽然说:"我要画漫画了,'四人帮'是绝好的漫画题材……"

《孙悟空三打白骨精》,他的第一张批判"四人帮"的作品,就令人拍案叫绝!

张仃是最早用漫画审判"四人帮"的画家之一。——可惜,其时他本人还没有得到解放,他还因禁在"文化大革命"的精神枷锁之中,他还不能参加打倒"四人帮"的任何活动。

一九七九年春,在北京北海画舫斋的"张仃画展"上,才第一次展出他批判"四人帮"的漫画《立此存照》。

一九八〇年春,在香港画展上,他的《立此存照》曾引起中外人士的震动。

《立此存照》这组批判"四人帮"的漫画,不仅在内容上尖锐深刻,在表现技法上,也达到很高的境界。——香港女画家唐乙凤在文章中说:"一组《立此存照》讽刺'四人帮'的漫画,真是太妙了,画家巧妙地运用了汉、唐壁画的技法与形式,掺和了民间版画和宗教木刻手法,又以欧洲现代派的某些色彩与中国传统色彩结合,运用传统笔墨,画出了这一组装饰性、艺术性极高的历史漫画……"

李立三二三事[1]

一九四六年夏，我到哈尔滨。

在延安抗战八年，真似从战壕里爬出来的小兵，风尘仆仆。但精神抖擞，为祖国的胜利，为建设一个新中国的理想即将实践而兴高采烈。

当时，组织部分配我一个临时性的工作，到遣送日侨办公室去当秘书。

遣送日侨办公室主任就是李立三同志。

学习中共党史的时候，对于"立三路线"的错误，印象很深，现在将看到他本人了，不免兴奋。当时有人在我耳边说："你知道吗？一九二七年、一九二八年，他到过香港、广州，做地下工作，后来是党中央的最高领导之一，日本报纸上称他是'中国的斯大林'。"——他旅居苏联十五年，才回来不久。

李立三个儿不高，但壮实稳健，说话有浓重的湖南口音。那时，他说俄语更流利而顺口，说中国话，倒像说外国话，慢而认真。

"你好！"他一进办公室就打招呼，总是高高兴兴，神采焕发的样子，一般常是提前十分钟上班。

"今天上午八点开会，应该参加的人，昨天你都通知了吗？"他仔细听你回答，然后点点头说："咱们准备吧。"当他看到你把座位、茶水、烟盘、记录本，甚至钢笔与墨水，都已经安排就绪时，他笑笑，点点头，

---

[1] 原载 1980 年 3 月 31 日香港《大公报》。

于是坐到围成一圈开会的第二把椅子上。

他喜欢坐成圆圈式开会,似乎作一种随意的漫谈。他不高兴用乒乓桌式的坐法,主持者坐在顶头。他以为那样显得疏远,又听不清,像家长似的,呆板而冷漠……

当时参加会议的,都是东北各部负责人,而那第一把椅子,是留给林总的。——其时林彪是东北军区负责人,我们都叫他林总。虽然座位摆成圆圈式,但李立三左边的位置,别人总是不肯去坐的。不知从哪一次开始,成为大家默认的规章了。

李立三对上级特别尊重。林彪比他年纪轻,但他处处都表示彬彬有礼,不是中国士大夫式的封建等级观念,也不同于延安解放区的稚气十足状,或驯服工具状。

他又非常遵守时间,特别强调时间观念。

有一次,八点开会,林彪迟到了。大家都笑嘻嘻地起身或点头打招呼,林彪坐下后,李立三看看表,清楚而准确地说:"林彪同志,你迟到十二分钟!"林彪看看他,然后垂下眼皮看着地,他是不轻易开口说话的,但李立三仍旧说下去:"我们一定要按时开会,希望以后没有迟到的同志。"——全场寂静得无声。

当时,我只觉得新鲜,觉得好,觉得如果所有的会都准时开,那真太好了。在我记忆中,根本没有什么会能准时开成的。年轻的人,希望一切快些好起来,希望严格。对于拖拖拉拉、散漫随意的作风,一扯半天,解决不了什么问题的情况,真是心急如焚。

如今冷静一想,李立三那种革新态度,恐曾引起某些人很大的不满……

有一天,开会已毕,还没到下班时间,他自己倒了一杯开水,表示要休息一下,闲谈几句了。

"听说你是喜欢鲁迅的?"他忽然这么问,而后,他慢慢地说:"我也喜欢鲁迅的作品,他的《二心集》记得吗?《对于左翼作家联盟的意见》

《中国无产阶级革命文学和前驱的血》《黑暗中国的文艺界的现状》,有几篇,从前我都能背出来。"——这都是鲁迅在一九三〇年和一九三一年发表的文章,其时,正是"立三路线"期间,正是革命者血流成河的期间。

我曾听说过,除了毛主席之外,彭德怀是最爱看鲁迅的书了。一九四五年从延安出来,可以说四面是敌人的时候,彭德怀的身边只有两样东西永远带着的,就是一支枪和一口袋鲁迅的书。——我不知道李立三也这么熟悉鲁迅的作品,可能有极多的领导人都爱鲁迅,只是我幼稚与寡闻罢了。

有一次,一位刚从苏联回来的人找他,谈完正题之后,那位同志笑着说:"李主任,听苏联同志说,你在他们军事学院讲课,特别受到欢迎,印象很深,要我带给你热烈的问候……"他微笑着,伸出一个手指说:"第一,你称我同志,别叫什么主任,我们不是都叫列宁同志、斯大林同志吗?请你也叫我同志。""第二,"他伸出两个手指说,"我在苏联军事学院讲课,我用的是一个苏联名字,讲的却是'立三路线的错误',我当然讲得最好,在全苏联,在全世界,没有一个人能比我讲得再好的了!"

一九四六年的哈尔滨,尤其是遣送了三十万日侨后的哈尔滨,特别安静而清幽,马路两侧的林荫道,街心公园,都令人驻足留恋——星期六下午四点,是下班时间。

我们几个年轻人,正谈着到江边散步的事:"李立三同志,你也散步吗?"

"我很喜欢散步。在苏联,我每天傍晚都散步,散步可以恢复一天的疲劳。——但是现在,我没法去散步,我一开步走,后边总跟上两个带枪的人,我已经提过几次,我不要他们,但是,据说,这是为了我的安全……"他摇摇头说:"我没法去散步,身边跟两个带枪的人,怎么还有散步的心情呢?"

今天看来，李立三是反特权的吧？是反官僚主义的吧？是反家长制的吧？

《人民日报》三月廿一日载："李立三同志追悼会"，"党中央决定为李立三同志平反昭雪"。——使我们悬着的心放了下来，"四人帮"倒台以后，朋友们常常不安地相问："李立三该如何地评价呢？"

吊 梅

苦雨凄风，
正慨叹炎凉莫测，
急报一星陨落……
灿烂夺月光华，长空划然明灭！

说甚："惊梦""还魂"？
休问："游园""醉酒"。
"别姬"从此无消息！

银河"天女""断桥""莽苍"，
"洛神"惆怅 凝咽！

寂寞情怀……
饮泪有三日绕梁，
再难得：阳春 白雪！

今而后，更不论，
人间声色！

一九六一年八月八日，梅兰芳逝于京都。
一代名旦，呜呼已矣，不亦伤哉。

海

我从不知道
你是
这样的自由
又是
这样的寂寞

你拥有巨大的生命和潜力
却又像
死一样的沉静

当我看到你
第一眼的时候
你就摘掉了我那
虚无的冠冕

我忘却了陆地
我不愿发现岛屿
我只希望
永远是这样蔚蓝

永远是这样寥远
永远是这样的没有边际

你从不了解你之以外的世界
你从不了解大地,星星,人

因为你——
比这一切有着
更加丰富的内在
你本身——
就是一个伟大的整体

你不发光
但是你比任何光芒
有着更加巨大的能量
对你谁也无从评赏

你是我
从未发现的故乡
你是
我一见倾心的朋友

你多变的性格
有时阴沉有时欢笑
有时你忽然掀起那
无情的风暴

在黑暗最浓的时刻
你勇敢地捧出一轮红日

海啊
人间是处处闹纷争
自然界也不平静
你宽和博大，无所不包
而又一无所用心

美 式 化[1]

时间：民国三十五年双十节。

地点：×省×县。

人物：摩登男女各一，全身美式化玻璃配备。穷汉二，赤着足，衣衫褴褛。行人数十，形形色色。

布景：热闹街头，商店林立，国旗满城。

幕启：摩登男女手携手，口中衔着马立斯香烟，挺胸凸肚傲视一切地走过。行人驻足，视线集中，穷汉二并着肩迎面走来。

穷汉甲：（连忙立定，回过头去仔细地看看，自顶至踵）老二，看见吗？真时髦，这些是什么？好像玻璃！

穷汉乙：管它，走！他们是玻璃，我们赤肩露臂，倒是透明得胜过玻璃。（把甲拖过身来）

穷汉甲：（还是扭过去）赤肩露臂，这难道也是美式化？

穷汉乙：（微带些怒意）嘿！有钱人可以美式化，我们没有钱人也可以美式化，所不同的他们在外面，我们却在里边！

穷汉甲：（一副怀疑的表情）呸！梦话，那里！

---

[1] 原刊于《善报》副刊"魏塘风"，街头剧，1946年10月19日，署名"蓝漪"。

穷汉乙：（硬拖着甲走）谁和你说笑话，我们天天在嚼着美国救济面粉，不也是肚中在美式化吗？！

穷汉甲：？

幕闭

顽右点头[①]

甲 （掷报喟然叹曰）岂有此理，真乃岂有此理！

乙 （忙上）老大看看报怎的又发起脾气来了？

甲 （递报给乙）你瞧，真是岂有此理！日本打到北平来了，我们还是自己内战忙。

乙 （按报微笑）你知道失望就是希望之说吗？

甲 知道。

乙 你知道失败就是成功之说吗？

甲 知道。

乙 那就好了。

甲 但是你想……

乙 不，你已知道了。

甲 但是，你想敌人已到了目前，还该闭着门自己打吗？他们又不是吃粪的，他们……

乙 你这人……

甲 《诗经》上说："兄弟阋于墙，外御其侮。"他们……

乙 你懂得逻辑吗？

甲 懂。

[①] 原刊于《论语》，1933年第21期，署名"绿寒"。

乙　懂吗？

甲　懂！

乙　那便好了……

甲　这又有什么关系呢？我们谈的是……

乙　你不是知道失望就是希望、失败就是成功之说吗？

甲　是的。

乙　那末北平失了不就是没有失吗？先安内后抗日不就是先抗日后安内吗？懂不懂？是不是？对不对？

甲　（释然）哦，懂了，是的，很对！

乙　还不大明了吧？

甲　明了极了。

乙　那么杀共产党就是……

甲　杀敌人！

乙　打同胞就是打……

甲　打日本！

乙　中国将亡就是……

甲　中国得救！

乙　哈！哈！哈！对了！

甲　哈！哈！哈！对了！

乙　中国得救了。

甲　中国得救了，我们应当大笑三声！

乙　不，应当大哭三声！

甲　依你的说法应当大笑三声！

乙　就因为依你的说法，应当大哭三声！

甲　中国得救，还不应当笑吗？

乙　笑就是哭，哭就是笑，我们要笑，不应当哭吗？

甲　不错，呜！呜！……

乙　低一点，别给日本人听了笑话！

甲　反正听见就是不听见！

乙　（唱）好一个听见就是不听见啊！

（完）

第三辑 书信

致 张 仃

第一通　1971年11月上旬

阿拜：

　　说句公平话吧，阿沙（张寥寥，张仃四子——注）实在是一个诗人：如果他的父亲在"50岁之前，都生活在幻想之中"，他才19岁呀！

　　他由宋正带回一本小诗册子。其中，好诗实在惊人，我看了几遍，我无法不肯定他的诗才，因此也无法不肯定他的人品。如果他曾给予人们不愉快，是因为他根本不知道他所做的事的客观评价。在主观上，他一步也没有离开崇高的风格，——此句不大通顺，无所谓"不离开"，因为，可以说，他本身就是崇高的化身。正因为此，就是他的妈妈也在怒斥他，因为，他的妈妈，一个凡人！

　　我是这样的震动与珍惜，以至于我一直还没有给女儿（乔乔，张仃长女——注）看，我藏着，因为，我不愿意有一丁点的，不恰当语言来伤害她，虽然同样气质的女儿未必不理解，但我仍只保留在自己手边，——你可以体会到我的心情与它诗才上的光焰！

　　正因为他写信来，表示要上壮白那边去，表示可能不等毕年就回来，所以我义正词严地给他分析，定规，告诫与禁限他的一切行动。我让他十二月以后来京，最好在12月15号以后到家，并且计划今冬的日程，不能再如既往……等等，我也给他寄了些食品，我关心他的健康，也更关心他在政治上、劳动上的表现。我不会使他感到过于困苦无援，但我更加不会去吹捧他的才华与秉性，只简单地说："你的诗，写得很好，劳动之余，可以看书或写作，但必须注意，保证休息和睡眠，切勿任性，切勿损害眼睛的健康和身体的健康！"政治挂帅是第一位！

我与你稍有不同之处是，我义正词严，但我心中有保留，这不是一个妈妈的心软或心慈之概念，是一个读者对一个诗人的看法，——我以前也是这样来宽待一个画家或诗人的；因为，我不能成为他们的保护人，但，至少，我将不成为他们的摧残者，当一个诗人成长的时候，亿万个恶魔在他们身边找岔子恶作剧，甚至下毒手，如果我的力量尚无法给他们——做斗争，至少，我不能参加，成为他们中的一个！事实上，在形式上，我正是他们中的一个，我的嘴脸与语言，正与他们相同。

毛泽东时代，伟大的时代，需要大大的歌颂与赞美，这是一个诗的时代，需要优秀的诗人来做这个伟大时代的号角！——我为这个时代而切望有优秀的诗人出现！

啊，我的亲爱的祖国，我的亲爱的人民，亲爱的年华啊！

"孤帆远影碧空尽，唯见长江天际流"。说到希望的"帆影"，我干枯的倦眼，有些酸楚……，富春江上的帆船真多啊！

收到良（张郎郎——注）的短信，是10月16日写的，却在11月1日才发，2日收：

妈妈：首先敬祝伟大领袖毛主席万寿无疆！
我在政府的关怀下，努力改造自己，身心均健康，请勿挂念。见信后，请将下列物品寄来。

他要的是小棉袄、栽绒棉帽、厚袜子等物。想想，既然要栽绒棉帽，他的生活还不错吧！

乔儿是因为有几个云南外调的人，说特来京帮她弄小孩，一齐回去方便些，但至今杳无音信，又不见来人，也许不来了，那么，行期将再推迟，她一个人是无法带孩子旅行的。——当然，可能一下子来便走的，我做好两种准备。

也跟从树章同志谈了，就是我们先向解放军告假，如果解放军要他在京了解情况时，他再向他们说。

目前，可能学习十分紧张，你们探亲假可能停止了，据说有两个学生，刚刚到校，就有电话来，令他们立刻返回。目前的重要学习，是决不能缺席的，我们家属，也听了一个长报告，然后进行十天的讨论学习，每个单位都这么办。——所以，你告假不会批准，是肯定的，请勿为此不安，听说目前全国都一律停止探亲假云云（都为了听报告和学习）。

壮家，再未去过，她也未来。——鹿等讲丰的故事，更加神奇，结构特别，不落常规，令人拍案之至。闲时听听他们扯扯，得点江湖常识，一笑！（我如今脑子坏了，什么故事也不会讲了，只好听听青年们的了！）丰丰有神经病，总是爱笑，说什么都笑个不停，我也有这个毛病，总想笑，毫无可笑之事，也一直笑。真他妈的出鬼。（乡下那个老角兔子，生的病也怪，不讲了，算了！）

我的脑子有毛病，羊癫疯根子之故；身体很好，腰闪了一次，感冒了半次，什么别的病再未生过！

来信不必具体谈阿沙的诗，因我未给乔看。

咱们家里，时时刻刻，可以听到乔乔在叨咕："雪来，雪来，别淘气好不好，我管不了你了，你又去抓什么了？"或："虎妞，你疯啦了，干嘛对我做怪样子。不要你了，那么叫我生气，这么乱闯，妈妈……"听隔壁戏的，一定以为雪来四岁，乔乔六岁，虎妞八岁呢！

一切都好极了，谢谢！

第二通　1972年1月9日

阿拜：

　　我大概说没讲清楚，所谓回乡看娘娘（长陈布文二十岁的大姐陈树玉——注）的计划，并非怀乡病或者忽然感情作用起来，只不过是为了阿沙。如今报户口很难，叫他回山西去，而他体质如此，那边天寒无助。总是父母之心作怪，不愿他搞糟了健康，所以才赔上血本去老家。（又因为不放心他一人在家乡，他住不长，甚至，关系搞不好，花了钱大家不开心，才再陪上一个当妈妈的而已。）

　　同时我又与大伟（张大伟，张仃三子——注）商量，如果他那边可以留，庐山当然更值得期望，又不愿大伟背包袱，所以把木桥（陈布文常州的老家——注）当最后防线。

　　大伟来信了，附上。礼拜六阿沙去检查了身体，证明心脏有病，不知这个证明，对他留京养病，是否可以顺利通过？

　　所以今天又与大伟去信，告他如他探亲假可以继续，只有十二天的话，立刻回京，阿沙与他一同去江西好了。我总是在精打细算，尽量少做蠢事，虽然我其实不断地做着蠢事，便是对阿沙的这一番苦心，他何尝领悟，弹弹唱唱，抽抽烟，开心得很，现代人面对一切全漠然。或者说让他回山西好了，他当然去，立刻去，甚至身体搞糟了，他根本无所谓，正如从前老朔，哼。我可恨不能坐视，因为后患更使我们麻烦，我们真能不管到底吗？真他奶奶的……

　　现在打算是：他能一直留京养病最好，不允许的话，住到月底，与大伟一同到江西住两个月。

　　所以大伟可能最近便来京！

　　我以为如果你不叫回京，也不会允许我去看望你的，如果其间有某种传达报告，一直没给你们听的话，是家喻户晓的国家大事，竟一直不告诉你们,还会让我们来吗?不怕泄密吗?

另外,你的路线图,很可以花费一笔巨款,又并不给咱们退钱,咱们未必充这个胖子有趣!我不明白老头子们,什么时候才管:不听报告,不退钱,太好玩儿了,真有意思……

又传,你们即将回京,又传三月,又传五月,反正地球照样转,一年还是十二个月。

因为大伟管他弟弟,不回我们那遥远的、寒冷的、蛛网纷繁的故居了。

回乡一次顶节省,到明显的吝啬程度也得白白浪费200元。(路费就来回120元,春节我这个北京回去的人物长辈,压岁钱,吃年饭之款,送礼,跑亲戚,哼,80元恐怕敷衍不下去。)

娘娘,甚至别的亲友,一定的,也全得白赔老本,对己对人全是不利,不利之至。

儿子们能互相照顾下去,我就独立寒春吧,你也岁岁春节,今又春节好了。

你说的不错,寥可能是那种青春病,他太像良了,易虚脱,有时控制不住心跳,也因为他虽然胆大,气魄尤其大,其实年纪小,是温室中的花草,而在自以为甜蜜的梦境中,忽然遭到风浪袭击,从家庭到他自身,从物质到精神,抄家、良事,及他的女友事,本身受诬事……。因为太自尊了,表现得全不在乎,其实伤痛到最根本处了,是他年轻的素质承受不了的,我也是为此之故才怜悯他,不管他表象,而努力帮助他。唉,不是真的因为爱子,还是为了爱人;爱这个人,即便不是我的儿子我一定也会这样待他,只要我知道他。

作为母亲,我太吃亏了,作为人,我是太无愧了,我深信你与我同感。

兰

七二、一月九日

如回,把你那灰色框眼镜给我带回,把一切纸口袋,包东西的,饭盒等带回。

阿沙的表修好了,可以把闹钟带回,如果你让他戴表就不必带回闹钟。

吴作人也回来了,西画、中画,都在努力干,这是易于理解的,今天的高水平。

不久要开中国画展,我忽然在半夜出了一个念头,我也画一幅投稿,如果是这么办可以的话,因为如今什么人全在画画儿了。

哈哈,一切全好极了,真正有趣啊!(大伟的女友事,一无所闻。)

第三通 1972年1月17日

阿拜:

我未必去扭秧歌,因为打蝴蝶结等等,很费精力的。老莱子学过武功,但并非是你不同意的缘故,你不是也唱戏吗?为什么只可以你唱,不可以别人扭呢?似乎这也是古已有之,所以我就高高兴兴地不往下细想了,既然古已有之……

为什么我总写阿拜呢?拜沪音爸。有两根不朽的线,贯穿着七个或八个"一"(其中一个,是无几之故)。它是七个宝贝,或者家中有七口,也极好,又如一条眼镜蛇,更极好,就是声音不适耳,拗口得很,如果画还不坏,写出来也不怎么漂亮。阿塞尔拜疆,多铿锵?拜什么?拜疆也,疆者,大地也,祖国也,无限的空间也,拜拜疆是对的,比用原子弹对付疆好,所以我愿叫你阿拜或阿赛尔,我似乎犯了洋病了。

我神经老毛病,不过还好,我从不打人骂人,我只是特别爱讲话爱笑,有时候说的话不太恰当,或欠通顺而已。几十年了,这个病也好多了呢!

　　给伟儿去了信,告他石家庄下车细节,阿沙给画的路线图,他可能收不到,已来京了,也可能他们假期又变更了。总之你也别当真盼望,如果大伟不来,就叫阿沙去给你拜年,可能二月初旬去,那时已过六九,天气更宜人了。目前三九四九,你们冷吗?我们室内仍有十几度,很好,至今为止,北京一共下过两次雪。一次是美国先遣队来,一次是定月来,每次下半天,所以不算大雪,地上却也冻了冰。

　　六号陈毅逝世,九号梁思成(逝世),都七十一岁,据说七十一是一个大关口,龙龙父已躺下,据说浮肿了半个身子了,庞薰琹也退休了,看他样子挺精神,似乎头发努力变黑呢!邻居遇上牛牛父(陈叔亮先生——注),她说:"哦,穿的那么漂亮皮领子大衣。"这一家很快乐!

　　阿沙仍然无事忙,看画册,搞照相,上新桥,送朋友,弹吉他,讲故事,滑冰奔走,停下来了,但高朋太多,这家那家,抽烟喝茶,二十四小时,一盒烟就过去半天。——恨铁不成钢,但教训无辞,不如学学铭山同志,老了学老人,是一新发现,不痴不聋是自我苦恼耳。现代人根本不在乎,挺老成的××一年之中,还换了三个朋友呢,其父母又为之何?而小犬如今不犯异性,还有何可言说的?

　　关于女友,伟也从未提及,连耳报神也没有,所以我与你一样无所知,只知道他如有了,也是他自己决定的事,没人可再变更的。

　　比如××,决心离婚了,而且不回北京,申言在农村苦读三年,再出马,真能如此,也是一条好汉啊,他至今未返。

　　青年们在传阅各种书,也有人苦画苦写,真正一等的与三四等的,只是胡混,养病的××主要时间都用在弄吃的,增加营养睡觉,吃罢睡足之间,翻翻书册,上上医院,下下馆子,打打牌,粪土当前名利虫。

　　阿沙,更加厌恶名利虫,比石兄(指张仃——注)更甚,因为时代在前进。

　　因为你关心教育问题,所以写一点儿去年情况如下:

有些青年没有格，常常天刚明就闯门来了，人家大人全未起身，他找的朋友也正蒙头大睡呢；有时深夜闯入，大人已睡静了；有时身上落了厚厚的一层雪就闯入，而且往床上一躺，就那么高谈阔论起来；有时全身料子服，新手表，雪白的硬领的的确良衬衣；有时全身补丁，襟前、袖口沾满各种颜色，戴一顶破旧帽子……

抽烟尤其剧烈，人人一支，一支接一支，（据说外省某地，小学生上学时，也口叼一支云云）有时见到那些学生，都是少女，刚放下书包，就一支点上了。前天××来，也连吸了三支，我奇，她大笑着说："一点儿瘾也没有，大家全抽……"我心中数了一下，所认得的人，只有乔乔还未随大流，可能因不在工作之中吧？

有一女子谈及她在狱中之父说："老头子要一条裤子，我弟弟生气了，说别管他。我还是送去了，我还是有点可怜他，六十八岁的人了，说死就死的……"而她父亲进去之前，给她姐弟二人，一个2000元存折。如今也都用光，正在叹穷思奇呢！

一般的优良子女，都是这么讲："家庭的老人们思想太旧了，他们不理解……"与五四时代不同，似乎年轻人都这么说，而在言行上进行抗击！五四时代，只是小部分先进分子才这样，而且还一肚子抱歉似的呢！

无非两个阶级争夺青年，必须大力宣扬毛泽东思想！

我们一切正规，早上冲鸡蛋，两块点心或年糕、面包之类。

中午，正式地餐一顿，肉菜颇丰富。晚上面条或咸泡饭。

写字，是一切，洗、煮，上街，写字，看书等等，写信等等。

传云主席说：一定要看鲁迅的书，鲁迅是圣人，圣人不是孔子也不是我，我只是一个贤人，鲁迅才是圣人。

现在各区举办画展，传云：不限题材，花鸟也可，风景也可。但区上传达的是：由各单位的人，画自己接触的事，如，大夫画医疗队下乡之类。

昨天在路上遇见牛牛妈妈,一个小胖外甥女跟着:

"叫张奶奶!"

"张奶奶,张奶奶。""老陈回来了吗?"

"回来了。""得多住些日子吧?"

"这一次住几个月再说。"

凡凡已去新乡教中学美术,行前买了一个480元的手风琴(自己借钱)。张新华买了一个540元的照相机,而××手上戴了一个700多元的表。钱,已经不成其为感觉了,年轻人爱买东西,必买顶好的,已成风气。

乔来信,对有一个收音机,一个吉他,高兴至极。事实也是,比我们当年强多了。她回去后,一切方面全很好,特别满意。她也听了所有的报告,生活上,政治上全好。放心。雪莱出了两个牙,黛黛一放学,就带好几个小朋友来,抱了雪莱去玩,所以雪莱总是兴高采烈,还是一开收音机,他就努力大声唱,表示他会唱,比过收音机内的声音,并且会叫姐姐等各式称呼了!

因为天冷,丰丰又是全天上班了,所以乐乐一直没有来,丰说乐乐很好。

三九今天完毕,天并不太冷,室内总保持十度以上。再过十天,冷的高峰就过去了。唉,又得爬另一个坡了,温暖的坡。

兰 七二,一,十七

第四通　1972年10月25日

两条辫子的贵兄:

如果你确实用火炭代替心,我也无法使它凉爽;但,万一,上帝帮忙,你还没有找什么人谈什么桂林之类的事,就请决不再谈一字吧,我想想也不是味儿,好了疮疤忘了疼,是顽童的糊涂,如果那疮还没收口,还痛,就高兴地与挖你的肉的恶少游戏起来,也无法不与王××同流一污了。——那精神上的姿态,岂不有些近似他实际上的行为吗?对不起,我说得当然不对,我所以这么刺你一下,是因为,咱们已奉命闲白了中年头,不能再为难自己了,很清楚,天下事,正不知有多少巧妙,过去咱们根本瞎碰,以致跌得鼻青脸肿还弄不清来因去果;现在,咱们更糊涂,并没更聪明,如何一听安老婆子叨咕,便起劲地活动呢?咱们这种傻子,还是待在一边吧。这几年大风大浪,咱们也一任他雨打风吹,没有任何活动,如今平静些了,还可以坐在墙角抽一袋烟,管什么娘,什么桂林,还跟歪嘴合伙干?(不必解释,歪嘴固然无所谓好坏,自然固然佳丽,但是亲爱的,白头翁公公,哪儿都少不了一碗饭,咱们还少年朋友似的,自己去物色吗?)便是河北,也不去,哪儿也不去,以不变应万变,咱们笨,就笨在一个点上,至少可以省省心省省力,万万不可不安于笨,以为有巧宗儿可以掉到怀里来,像苹果似的。几十年,从未有过这码事,别上当,混蛋天下太多了,几年来还不明白,总之,咱们决不动,不说一个字,不写一个字,也不找一个人,也不跟人说任何一丁点此类废话,咱们失去了一切,请把尊严保住吧,不跟那些混蛋叙家常,更不去叫他写什么桂林……桂林要变,自有计划,自有人,绝不等他上书,也绝不派他去,也绝不又来搭档,怎么搞的?死了一个老海(作家海然——注),天下的交易,还是老一套主管与伙计吗?耶稣必须找犹大做伴进天国吗?

无毒的人,太可叹了,你为了一个艺术,因为全心全意盯上了她,所以别的一概不洞察,就如浪子跟上一个婊子,把深渊当游泳池,只要能盯上她,别的全不计较,还自以为别的全被自己利用了呢。醉汉,你为了艺术,你在高一脚低一脚地奔,向一点亮奔,是对的,但已跌得这么痛,就算留了一条命而已,又这么不管脚下光景来奔吗?不行,也不必，家里几本破书，也可以喘气了，坐在家里也一样遇神仙，你的道行，可以不朝山拜水也见到神仙了！

如果，我的要求不使你困难，我希望，你就痴痴聋聋地当傻瓜吧，千万千万不要有那种时间空间与气氛，让任何人与你谈心里话，叙家常；千万千万，为了我们唯一的，还残存的，那可怜的微弱的自尊！亲爱的，我命令你，为了艺术，为我们共同的命运，为子女的光荣，为鲁迅，立刻哑了吧！

这几年巨大的战争，只有我们没有害过人，我们没有增加任何人的痛苦，我们是被害者，人们糟蹋着我们赤诚的心取乐淋尿。……亲爱的，因为我们这么纯洁，这么神圣，这么溺沉于痛苦的深渊中，我们顶好的儿子还在囹圄，我们岂可以与群氓共事而同乐呢？请怀着这一块铅吧，千万千万不能失去重心，我们只有发呆，发傻与无比的骄傲！

我们的儿子手铐脚镣，我们的头上是荆棘之冠！

冷静，正视，——就是天女全光了屁股在眼前跳舞，我们也应当"一片冰心在玉壶"！

我们受害，只因为我们是纯洁的；是有才能的，是爱国爱民的，是真正努力为这个时代，这个阶级，这个人世，做出贡献的。

一只天鹅，掉入泥沼之中，长久的，长久的，为癞蛤蟆、蚂蟥、小水蛇、孑孓以及各式各种害虫毒物包围，抓咬叮啃之后，还活着，那么，即使伤痛太大，飞不起来，也不至于自己便以为也是一只癞蛤蟆或一条蚂蟥吧，也不会与癞蛤蟆或蚂蟥谈心交友吧，虽然，既然癞蛤蟆与蚂蟥也是地上生的，不必特别判明其好坏，至少，是不一类吧！——那，或者，全长一样的人脸与变了调的嗓门呢？那么，亲爱的，就凭一双真正的艺术家的眼睛（不必有鲁的眼睛），也可以看清那精神面貌上的丑恶吧，即便美得像一只白蝴蝶，也绝不与天鹅属同一类生物吧！

不知为什么，我真不愿你与白骨精套交情，便是说一句话，都太失体统了，要知道，圣人诸贤们，都可以做奴隶，但绝不做奴才的兄弟或朋友,奴隶不是奴才,当你做奴隶的时候,一切混蛋全可以践踏你,其中下脚最狠的,穿了钉子底皮鞋踩你的,就是那些奴才们!而当你情况不同时,混蛋们全变过脸来,最变得快的是踩你最狠的奴才,老×不是已开始了?他们,不是与老×一种货色吗?

过去,我没有这么讲过一句话,因为,我们都呻吟在奴才们的鞭影下,如今,我要在你耳边不住地叨咕,因为,亲爱的,你用艺术的眼睛,原宥了一切,美化了一切,嘴里说着冷静与刚强,心中是糊涂的,浑然一体的,无所谓的;这不行,这是违反鲁老夫子遗训的,这不允许,自尊不许可!

而且,为了儿子,为了我们最爱的儿子尚在囹圄!

我们有什么开心,我们儿子这样,我们女儿又那样,他们又妨害了谁?不只因为他们太纯洁,不只是因为你吗?

以前,一直,我们昂然生活下来,决不向任何生物做过任何要求,甚至连那种内心轻微的活动也没有过,我们就这么照旧骄傲地屹然不动,像长城一样,让一切头头来拜倒吧!

新的学年开始了,他们不会再折磨你了;你可以用自己的面目、你的本色来生活了。当奴隶时养成的驯顺卑屈的习性除去吧!无冕之王,横眉冷对,把骄傲的头抬起来,你是艺术的圣者,你有几个稀世之宝的儿子,你们一家是富贵不能淫,威武不能屈,贫贱不能移的奇才高士。

伙食怎样?每天干什么?如果他们不能解决你的问题,你下去何必?你可以照实告诉我。在这些人中,更其可笑了,老×是老友了,大家低趣味地说说钱之类,一屋子那些人,看书行吗?如能,早些回京,咱们真是总在受愚弄而自己不知,千万千万别在目前一批人中谈什么友话,……我真不知怎么讲……

书,我也未去学校,更不找什么人,抱定一点,人找我,我听命,我决不找人,我蔑视!(其实是省麻烦,太不值了!!!)

据说，王昆回京是参加什么演出。

耿等未来过。亲爱的，你上火车当流浪汉，人家骂你没有？他假老子来时，夫妇接，走时全体送上火车，更不用说买票什么的了，咱们还那么念念不忘干吗？至于书，老天，未必以后咱们买不到，忙什么，目前非学那玩意不可吗？而且，他未必买哩！——你的天真，是无穷无尽，也真无法可治！（我反正决不说，已有了无数例子，说明此人有奇处，我又无好奇之心，我宁可少费唇舌。）

不管对儿子，对灰孙子，你都是赤裸裸，你不能穿一点什么吗？

我也是可怜的，一性急，字写得更糟了，我怎么说呢，我自己哪能比你强呢，我们是两个瞎子，互相指点着，在深渊的边上行走，我因为太担心你，所以只管嚷嚷，其实，我也看不见路！

因此，我只能自己创造一些神来安慰心灵，那就是千百年来的一切大智大圣多苦多难的先辈们，他们的光辉，使地狱明亮，使我的心灵温暖，并充满了仁爱与活力；物以类聚，咱们与他们是一类，切切记住，类是这样分的，绝不能弄错。

好人有好报，吉人天相，我祝福我每一个儿子平安有福，健康而快乐，我祝福我女儿外甥，我祝福我关心的一切人，我更要祝福你，我亲爱的白发艺术家，天真汉！

兰 七二、十月廿五

加页：

这张纸，为了八分邮票，胡扯一通，也为了你总不嫌我唠叨……

有人说，学校要搬白堆子了，要大办，……有些人极烦躁，为争小利而挖空心思，奔走不已，功名忘不了，金钱也忘不了，忘不了的事儿太多。忽然，在这么美好的秋天愁起来了。

又背会了一首郑板桥的《道情》，我有时唱唱，你会唱吗？

吊龙逄（读棒音），哭比干。羡庄周，拜老聃。未央宫里王孙惨。南来薏苡（读意似）徒兴谤（似珍珠之米），七尺珊瑚只自残（石崇绿珠之事）。孔明枉做那英雄汉，早知道茅庐高卧，省多少六出祁山。

你那儿有庄周，可以攻读清心也。

说也可笑，我唱唱《道情》，又喜欢起老郑的字来了，他的字，人们一开始便喜欢，因为不俗；然后不喜欢，感觉做作，现在我又喜欢，觉得他不是做作，只是自得其乐，自视甚高，自有美才，自我潇洒而已，他确比一般人高出多多！

我与阿沙写字，总似小巷的破戏院散场，人群夺门而出，反而挤成一团，不成样子，弄得塞门嘈杂而已，永远无法有秩序，挤塞问题解决了，人也完了……连自己的意与字都配合不好，还谈什么大事业呢，可叹，呜呼！

昨日问日本妇，学日文如何？她竟大谈其难，仿佛天下文字，再没日文之离奇奥妙的了，因之，没有一天八小时，学三年苦功，连拼个名词物件，全会不了似的，——我真是几年不与是种人交谈，一谈又得几年冷场了！又说西城一带中小学，有 2/6 学英语，4/6 学日语，真是，中国人极怪！

第五通　1973 年 8 月 3 日

拜兄：

有一本儿黄宾虹的选集咱们买吗？浙江博物馆编的，北京人美印的彩色的 60 幅。其中有 4 幅铅笔稿，50 年以上到 54 年的有十几幅，在外文书店卖，32 元一本。我记得你看邹雅的序，咱们还讲了几句，我以为家中有，查了一下才知道，是章士钊题签的那本，香港出的。想来想去决定买吧，就是你以为不需要时也方便出手，这类书，反正，一部少一部了，一时未必再出（耿来报的信）。

丰丰的开刀很好，良性的，没事儿了。

8月2日可以说是最热的一天，上午寥去画画。

下午我在炎炎赤日中挤车去王府井买画册，看了吕凤子的那本，5.5元，就是咱家有的，于是决心很大的，买了那本黄宾虹回家来。——说来也奇怪，书一到手，忽然我觉得咱们有那本，封面有点儿旧，还破了一点，其中的画，有些我记忆中极分明，那颜色的用法尤其分明，为什么我竟没找到，或者就在大桌上或者在放纸的大橱子里吧。于是我大为懊悔……

当夜未找，太热了，晚饭后，华漪（原名张振洲——注）来，十点半始返。8月3日一清早，我就细致地寻找每一橱，都过细地看了，放纸的箱子都也没有，大桌上更没有，莫非记得是数年前的印象，莫非最近你借别人的来看过，我真想不明白，但我也没看到吕凤子，足见是我鬼迷双目，视而不见。你看信到此，一定大为发笑，你会清清楚楚，告我是怎么回事，我只好让32元躺在一边儿，我真兴趣索然了，不管多么好的书，真的，咱们想卖出时也太不容易了。忽然，送来了一本速写集，作品100幅，附条，知名者有邵宇、李平凡等人。

你共来三信，我收到的。我去的信似乎你收到得很迟，也许检查同志先细细研究吧，下次我决定写正楷，看时省力些，否则言语枝蔓，文字草率，岂不令人不快吗？

至于吃东西，关于健康等等，你放心，我一定照办，你记得那几条金鱼吧？所以我不会忘了如何吃东西的，金鱼还记得吃呢，你就放一万个心吧，丰丰以为有病的人，倒是不会死的，总死那些自以为壮实如牛的家伙，阿沙吃那一点奶，用蜂蜜治他的咳嗽，我总尽力而为之。

听说崔巍的儿子死了，从什么高度（摔）下来死的，据说他就一个儿子,——过去听老海讲过,那小子顶爱上房与同学追打,无聊,竟殉于此祸。(是这两年中的事,如今也二十几了,似乎爬山跌的?)

《印象画派史》,华漪第三天便送回了,她已细细看过。下礼拜,麦田来,决定叫她看看,如今又十分娟秀了,真是十八变,讲了些王一腿的情况,据说王极受欢迎,因那女子是不会料理家务的,王什么全做,从繁琐的衣食住行,谈论文化艺术等等,所以乞丐,王子,又再版了,

天又阴了,谢谢,如果再来几次雨,这个夏天算是温和地过去了。

玛 七三年八月三日

据说爱莲住在明明那儿,一叹。

为什么我写不了正楷?我的扫把笔干不了,我一写就是扫把,是如今笔的质量差了,还是我手艺不行?手艺不行能写坏笔吗?我的笔全是扫把,就一点尖儿,而且写大字时肚子就开花。

第六通　1973年9月12日

拜兄:

我之写信,无非是谈家常,你不必回信,我并不对你所讲的有任何兴趣,而且我对你本人已较能放心了。——亲爱的上帝,给予了远比九九八十一更多的锻炼,我以为你已有所悟了,虽然,你的学习不够好,迟迟不悟,但已到可放心的程度了,我希望我的估计,不是过高。

我们应快乐、健康,而且站得高高的,不只在智能上,而且在体质上,而且在情绪上,都大大地不同于庸众。

回过头来看看,不是有几次都差一点都失足落井吗?坏事真是好事,对于呆子来说百试百验。画画的时候,我最佩服你的是,你总能

很好地进行分析总结，什么也骗不过你的眼睛。然而，在别的方面，你却与我一样，绝不总结，或不善于总结，或自以为总结了不少经验，其实是没有，正如我写字，是盲目的用功罢了。

若是在碰得鼻青眼肿的情况下，悟到一点道，也就比什么都珍贵了，当然，受苦是会更多。

却说中秋节。

我正在欢迎大总统的时候，华漪来了，我上楼与她聊了一阵，她走时，总统也走了，大总统匆匆而过时，竟没有在大树下看到我，这将使她何等的遗憾啊！

晚上，我正是燃了一支艾，灸我的皮炎，阿沙下去逛了一转，领了两个什么人，在小屋里谈他们有趣的事。

晚饭时就研究了天，天上阴云厚重，阿沙说，"这不怪，白天很晴的，今年又不给月亮了吗？下半夜一定会出来……"我一边灸，一边听王洪文的报告，我在学习上真是抓得很紧。

已经睡下了，忽然想，还没看月亮呢，立刻爬起来，努力瞅，又打开窗子，有月亮了，好稀薄的黄色点在生宣上，极浅的模糊的黄色圆斑……我明白了，她本不想出来，然而她得给我把信捎到，这么带病而至，于是我就对她说，请转告我的儿子，说我们极好，说不久咱们一定欢聚了，希望他健康；对我的女儿说，使腿快快恢复功能，不要皱眉，要快乐，一切全好得很……正要去睡，又加上，孩子的爸爸，晚安，要健康，中秋有的是……于是高高兴兴地去睡了，刚落枕，啊，还有我的大伟儿子呢，于是又跑到窗前，对月亮祝福了大伟，把老姐姐也祝福了，又把每个人的名字之类，清楚地叮嘱了一遍，既然她是纯属帮忙，总得说清楚才对。……后来，她就走了，于是，我们这儿就没有月亮了，但有阴云，很厚很厚的。

她在中秋，特别累了，诗人们搞的鬼。

八月十六清晨，"死不了"开了五朵花，二朵红的，三朵黄的，很好看，天仍阴着，像小孩子哭丧着脸，但不掉泪。

昨天因为欢迎总统，没时间上街，所以在下边小店里，买了两个月饼，但晚上没吃，16早上吃的，中午上街去买了几个好月饼吧。

刚刚上街，不料人们皆以我为师，而且捷足先行了，满街满巷的人，如蚂蚁的旋风，我立刻下令，随波逐流，欣赏这人海的浮沉，把购物之类的事，置之度外，于是脸上立刻有了笑容，身上立刻轻快，而且觉得十分有趣了……

月饼顶好的就是这两种了，没什么可买之物，在回家的途上，在王府井南口，永远有不少人仰首张嘴的看造房子，看那些老雕……忽然，久违了，看见油光满面的诗人，及其更加油光满面的胖女人，奇怪，这一段时间，似乎他们都泡在大肠猪蹄及肚肺的浊汤中过来的，忽然又胖又肿，又油光光又腻……一下子丑得可厌了，本来，我还称赞他不显老的。所以我悄悄地从他们背后过去，他们看什么，过去之后，我又回过头来，从他们的目光望上去，不过是灰糊的高空，有几架老雕而已，市井之徒，总有呆看不已的，而他们二人，竟也十分爱看……

上次，在西单已看到过一次了，也是这么油光光，但比这次在阳光下稍好些。

决不给吃任何东西，他们的肚子全胀得鼓鼓的。

收到大伟的信，数风流人物，还看今朝，我的孩子们是何等纯朴高逸啊！

兰、七三、九、十二

致陈乔乔

第一通 1984年10月5日

乔儿：

你好吗？情况如何，有时间来信，甚为不放心。我们都极好。薇薇每天上学，一切正常合度。爸爸昨夜（10月4号）十一时半的车去山西，李绵路陪同，可能十天左右返京。十二月二日上午，郎郎来电话，告你平安抵港，因为十月一日，郎郎白天与晚上，都有请柬上天安门观礼……

十月三日，收到东京一信，七页。写得特别整齐，（联想到你写字太潦草，千万努力改正，人家以字喻人也）称你乔乔同志。署名是濑户。

信中，中文字为：贵信拜诵……某某中山狼……骗子……病院逃避……某某密告公安……离婚原因……小川裁判延期……诈害犯……刑事犯……义父关系断……等等。——写得似乎义正词严，十分公平好意，濑户是律师吧。

收到李和的信，她说某人狠毒，曾利用她父亲的名义活动，等到利用不了时，便诬陷她，很可怕，不可再与之交往。收到黑川姐姐信，一般的写问候之词，但她的中文已不错了，可能比你的日文好些吧？

你必须十分平静，每日行动计划要拟定。总的目标，把工作定准。每日为了工作，努力学日文与备课，然后再定与×交涉进行之步骤。工作第一，绝不误工作，切不可以为中文不用准备，切不可仍听音乐与看电视或与友人闲扯，把时间混掉。如今你在舞台上，也是在战场上，每一步都关系到你以后生活的道路，胜利与否？！！（小胜勿喜，要警惕大忧；小挫勿惊，勿沮丧，只作教训，更加振奋向前……）

可强也来一长信，言辞恳切，劝你千勿硬碰，宜先以和解姿态，先礼后理之意，很诚恳，也很压抑，无奈无能为力之态。

工作有余时，再与特别可信托商量的友人研究对策。濑户、李和、可强都是可以倾听良言之处。关于你真正的底牌，先对谁也勿说。当然，所谓底牌，也是从各方面收集到的材料加上你亲身经历与我们手中×的信。（现在知道，除艾外，他又寄了沈求我，韩湘……）他的诬陷罪（造谣破坏人的名誉，日本法律会有条文的），他解除关系的法律手续与应得权利，爸爸的画，这几条是千金石，他真是王八，也会被压扁，起不来。

我主观的意见是，第一步，看你到后，他的表现，与一切人的表现，收集事态与材料。第二步，找中间人示意，愿法庭解决，上边几条，他先考虑……如和谈解决，他必须道歉，写出更正信，照诬陷信份数一一更正；按法律规定之权利与义务，来解除××关系，立刻交还爸爸的画。

总之，亲爱的，这种小人要表演，咱们奉陪。你要冷静，先与友人、律师，一切可信托的人商量倾听，研究对策而后行，要稳（勿急躁，勿粗糙），要准（抓住他的陷害罪，诈骗罪：关于编造××关系，把名贵的画，据为己有而押出去），要切中要害，打蛇打在七寸里，不要慌慌张张乱打乱拨，反而被蛇咬了。什么毒蛇，一棒打在七寸里，蛇必灭亡！

关于元元妹妹等，需问好的人，代为问候，谢谢，不另！

布文 84.10.5

第二通 1984年10月12日

乔儿：

　　收到你的第四封信，很高兴。——每次拆信时，心中都默祷，希望你在那边一切都好……我常常默祷，有时，一个人便出声地说："保佑她吧，保佑乔乔安定、快乐、健康吧。"这种心情，过去从未有过。

　　亲爱的，对生活，只求目前满意，便可以了。努力学好日文，寥寥说，学好日文，以后回来能在大学教日文便不错了。

　　记住，认真备课，教好中文，努力学日文。时间都放在备课与学习上，便可以赶走寂寞了，千万不可再梦想。清醒地分析，目前的舞台上，诗情画意，正因为彼此都寂寞，都怀念过去的梦，都希望再入梦境，彼此把失去的青春再装饰起来……如果一结婚，便进入后台，一切美感全都失去，真善美反过来，便成截然相反的东西了。年轻人在资本主义社会，都说结婚是坟墓，何况不是年轻的人了。何况除生活习惯、性格脾气之外，还有身材、牙齿等等不可改变的失误……为了珍惜、重视，保持与享受目前舞台上短暂的快乐，切不可放松舞台艺术，切不可再未完全化装好之前上台露相。人生是可悲的，生活本身是残酷的。结发夫妻，由于自小，由于第一次进入生活，是在一起的，那么，在文化修养、品性情操特高的人之间，尚有互相原谅，互相心照，对缺点与丑老，加以宽恕。若是另一种情况，便在国内，那些很老而丑的男子，对年轻、尚有姿色的女人都说："你算什么东西，还不是为了钱……"

　　大伟可能回京。郎郎帮他找一工作，能否干得了，都看下回分解。他与小春也无法分手，因为已经好几年的恩义，你们黑脸人，真是令人不安。C是什么肤色？

　　黑脸白脸。咱们家最灵验了。凡是感情问题，全是你们黑脸人闹出来的，白脸是冷的，理性的……

　　以女人来说，你也顶多只有五年舞台生活了。比方丹凝，还有什么可观呢？德士普因为是太忠厚，加上丹，又当了专家大夫，种种原因，混成这样。

我主观为你计划的是，再在那边待一年或五年，保持舞台形象与条件，然后回来，教日文当工作，有华侨待遇，比李和似好些。至于幸福，你说哪一家特别幸福理想呢？昨天苏丹丹来电话，告我那位导演与天津某剧人结婚了。据说，其儿女不满意。他本人如何，未听他讲……这就是冷酷的现实。

因为你目前还不能非常流利地用日语说一切，这也助长了你的优点，你知道吗？不只是那个理发师说的"太爱讲话"，所有你的朋友，都以为你太爱讲话……由于你内心寂寞，太需要感情，所以你就真情汹涌，以为对朋友可以畅谈一切。其实，哪个人愿意听别人的废话？现代生活这么紧张疲劳，休息时，只愿轻松闲读，谁也不想听什么话，不管那是多么好，多么巧，多么有趣或多么重要的话，谁也不想听。宁可打瞌睡……昨天邹琏忽然来访，她70岁了，可叹，仍是不断地讲，虽然她讲的，都是我不知道的，也很浓缩，但仍累，不想听。——所以我不出门，我警惕自己……可以说，儿女都说妈妈唠叨，丈夫都说妻子话多，咱们尽量少犯错误吧……

我们都很好，VV的功课都在90分以上。现在学校代订酸奶，课间加餐。有人吃牛奶，VV订一瓶酸奶，每天总吃鸡蛋与水果。因她不爱吃菜，所以苹果、梨、橘子等等，每天吃几个，你不在家，我对一老一小比较想得仔细，放心。郎郎月初回港，尚未返。

今冬不雨不雪，天暖。再过一星期便上暖气了。目前并不冷。VV需添衬衣与外裤等等。全可买到，不必你带。植物奶油也在北京饭店买到了，勿再带。总之，只希望你快乐健康，把日文学好，北京各人的事，你全可不管，什么也别分心。

　　祝
万事如意！

布文 84.10.12

第三通　1984年10月28日

乔儿：

　　我祈求上苍保佑你，希望你得平静安宁与愉快的生活。

　　万一，你遇到什么不愉快，你必定要如唐僧对恶魔那样，用高姿态，垂怜他们，只当是可悲人在舞台上的邪角……切不可自己动感情，上信我比喻，对犬之狂吠，只有避开，没有人会顶着它大声对嚷的，因为人与犬不同……请冷静自爱！

　　你担心什么，顶多不过回来工作，回来便是在家住几年，也无妨。何况，塞翁失马，说不定更加幸运呢……亲爱的，凡事用乐观态度对待，何况，咱们有的是路……

　　我们相信，有教养的，高尚的日本人，定能明察是非，帮助需要帮助的人。目前，你已受到他们的帮助。我们很感谢，也放心了。

　　若××不进行什么错误的干预，你能一边工作，一边学习，那就安心把工作努力做好，一定要充分地备课，不可以认为应付得了，便简单视之。即使我，如今若要到一个小学的班上去讲课，也必定细心准备，尽量做好，这是工作态度问题，也是本人的修养与风格问题……

　　比方写字，我的字，虽然努力写整齐，仍然不行，你的字，也太飞舞飘忽，咱们必须每次都用小学生的态度来严格要求自己。否则，字，本身就会歪曲咱们朴素真诚的品德，字，代表精神面貌，上次，那封日本先生的信，写得太清楚秀拔了，咱们要努力学习。

　　我健康仍然不佳，头痛发冷以及四肢酸痛，不想走动。忽然东北又来了母子二人，母72岁，子42岁，陈执中夫人也。因为你未满月时，到西安便住在她家，如今陈于浩劫中故去，子孝母，出差广州顺道把母带到北京咱家，这是无法不接待的。其子去广州后回来再一同去沈阳，老母在沈阳乡间与当农民的二儿子住一起……我将忙半月，爸爸在开各种会议,他很好,VV 也很好。

写此信是为了你信上有一句:"可能理性与人结婚……"我以为,我们以为,不必想到这一步,不走这一步,真不好解决,就回来。(那一步,将失去一切……)

若能顺利地工作,就先不忙去多奔走,找门路等等了,我相信你,只求平安淡泊地过日子……多一事不如少一事,既然不求名利,何必呢?

总之,尽量做好工作,尽量学日文,去掉一切耗时间与精力的活动。

万一困难不易解决就回来,祖国与家庭在欢迎你,一定可以生活得极好。(明年二月回来,有什么不好?)

决不结婚,以后面谈。

布文 84.10.28

第四通　1984 年 12 月 10 日

乔乔:

我们都很好,复信迟,是因为忙,先得办理或决定你信中所提的事,要找人谈,更加拖时间了。昨天星期,沛沛夫妇回来搞涮羊肉,因为爸爸、大伟也顶爱吃,我和薇薇吃鸡,砂锅鸡,很高兴。星期六,李玲萍接 VV 去工艺,洗了头,洗了澡,把手上脚上的春皮肤也洗好了,以后,他们每星期帮忙给她洗一次。大家都忙,华华没时间了,寥寥也正式参加一个进修班学英文,所以一直没回家,他休息时间,全得做英文练习云云。郎郎是上月 20 号到京的,本月 20 号又回港过节。

你需要送礼的物件,最好再具体些,围巾三条(女用、男用,颜色?)我努力于 15 号能购全。宋佳说,有人去,告诉我,我只有等她电话了。

你不必给家中寄物,如有便人,买几匣植物黄油便行。

关于美术杂志约稿之事：总标题"中国新山水画"（简介）。

张仃介绍中青年作家：1.龙瑞 2.姜宝林 3.王庸 4.赵准旺 5.蒋正鸿（次序未定）。它山写介绍文 1000 字。

关于首先刊出它山画页之意见：你带去的长城饭店之（1）泰山，（2）华山，今附上 6 幅焦墨（标题在伟信页后）。如编者同意，再来信，再谈版面编排等等。文字稿，可用吴冠中或范曾的，或用两篇，都可。

爸爸虽然退休了，更忙。最近去了山西、石家庄，因天冷，不想再走，但 20 号得住香山饭店开几天会，山东又来请。都是实在推不掉的会。

大伟目前，去北京饭店半天，以后再整天。住家中。薇薇很好，放心。你与那位女经理交往，何感？弟弟们听到你生活安定愉快都高兴。

那位××不必多谈了，但必须记牢十渡长卷非取回不可。可强的信收到了，代致谢。写信可摘要，不发议论，省些时间。

B. W. 10 号

第五通　1984 年 12 月 16 日

乔儿：

祝贺你圣诞快乐，生日快乐，新年快乐。

由宋嘉同志托带之物，是我与爸爸送给你的礼物，作为生日与新年的礼物，不再寄贺年卡等等了。

如今，每个人都非常忙，根本没时间来做自己所负工作之外的事。寥寥，沛沛一对，都长久不见，打电话也找不到，也未上班。大伟每天上图书馆之类的地方，他也实在不会办任何生活上的事。那天宋来电话说，星期一便有人去东京，当时已是星期五晚上，谁也找不到，我只有求助于郎，托袁小姐在北京饭店买了。星期六中午，才找到寥寥，让他立刻去送小包给宋。沛沛也找到了，他跑了北京各处，只找到一件大号的大红色羽绒衣，未买。你如仍需，说明颜色，只有大、中、小三号，据说出口的，也是同等三种号，讲明买哪种，70元上下。——郎郎20号回港，爸爸仍开各种会议。北京忽然下了四次雪，真是大伟之故，他是带雪的人。天很冷了，室内尚可。薇薇很好。

对了，告诉你一个好消息。薇薇户口批下来了，（一个户口，要它山一幅画！）与此信同时，我寄给个旧杨重光准迁证，请他办手续。

薇薇功课很好，身体也好，但个性特强，以后你会感到烦恼。她有些不是你的性格，可叹！

你的照片很好，年轻而潇洒（决不能带孩子了）。如能维持生活，就不必太劳累了，反正，又不搞家产存钱，何必呢？人生，可怜得很，能快乐，就轻松快乐地过，我为了你得这份自由自在的生活，才照管VV的。因为，人一生，不易得到，我就没有得到几天快乐理想的生活……

文物方面的东西，没有很合用的书，寄几本杂志未必有用，但，仍寄。你也向邓健吾借借，他又是中国文物专家，他有书……

关于画刊，编者意见可详告，最好等中年画家东西寄上时，开始逐期刊用。目前等你这方面的信息，中青年们也都在准备，水平比他们已介绍的要高，不失中国画家身份的。（不丢脸！）

何以大家这么忙呢？大伟即将去广州进修商业，是袁弓夷之决定，大伟愿意，正买票，可能20号前后便到，可能到广州后，再给你信了。×××已来几次长途，（一个月中）每天一信，满纸泪痕，真……大伟本是铁汉子，偏偏他总是遇上这种事，旁观者云，他遇的，过去是狐狸精、妖精，现在遇上山鬼了！

郎郎的健康，顶令人不安，他是聪明人，只有嘱他自己科学对待，别无良策。

爸爸又成书法家了，不是目前流行的，而是名家特别赞赏的，香港来人专为请爸爸写字，别人的，不要。——爸爸快乐，什么事也不去分心，只有艺术，因此精神、身体都好。

我据说，是顶虚无的人，但因为过于透顶了，也就快乐安然，与积极分子一样了（反反得正了）。

有人辅导孩子弹琴或画画，一小时得交钱二元。耿已买了钢琴，每星期二请人教女。我也托人找英文或舞蹈老师教 VV，没人教，她不肯自学，胡混可惜，或者学书法，她也能写的。

匆匆祝快乐健康！

布文 84.12.16

第六通　1985 年 1 月 2 日

乔儿：

新年好，祝你 1985 年万事如意，健康快乐！

我们虽然天天盼你的信，但知道你忙，只是心中祝祷你平安罢了。

不知为何，如今都忙。我们也是连写信的时间也没有似的。收到篠宫的信与你附的信时，已 24 号，所以只给篠宫发了贺年卡，因为他来了信，因为关系不同。别的，根本没有通过信，也就算了，你们是同辈人，你与他们相处得好便行。

你的工作，夜里过迟回屋合适吗？要小心，你一个异国女子，夜半独自回来，是否安全呢？

带日本的一包东西，是匆忙中电话告郎郎，请袁小姐选购的，不知好不好。每个人都忙，寥寥又生了一次病，双子又怀孕了。沛沛一对没地方住，东奔西走。（目前住在寥寥一个朋友屋中）都自顾不暇，谁也不来家帮忙，当然，也帮不上什么忙。

元旦，事先告沛沛一对，来家包饺子，饭后，他们带薇薇去看电影，明天（三号）回来上学。爸爸二号便到美协开会，然后到昌平开会，都是一级重要会议，非去不可的。

元旦，我们薇薇给买了礼物，是糖类、水果、玩具等物。她很高兴，穿上你那件白色冬背心，她又长大了，功课很好，就是个性强，不太听话。

大伟于12月21日去广州，是袁弓夷要他去的。广州的冬天春色，使他大感新奇，生活与工作，别人都以为"坏透了"，他却感到"极好"，似乎咱家成了新时期的贫下中农了，所以什么生活，也感到好了。希望他一直愉快前进！大伟在新环境中感到好，是咱家一件大事，从此咱们可以放心了。你与大伟，两个黑脸人，最令我们挂念不安，你们两人能生活得好，对我们是顶高兴的事了。

如果以后收到你的信或东西，不一定立刻给你写信，你别盼。对于薇薇与北京家中，你放心好了。只因为忙，或因为没有新事可告，就不写信了。——薇薇户口，云南的也寄来了，过了年就上派出所去办。春节，伯成要接薇薇去住几天，薇薇不愿去烈烈家，烈烈也对她很好，华华因为工作太忙，没法管她的。现在是沛沛一对，带她洗澡等等。总之，自己一家人还是照顾的。

叔叔因为进进忽然得了怪病，卧床，疑是癌症，所以不安之至。——人生很难预料种种的事。你一人在外，必须小心。防人之心不可无，甚至也要防自己。我就是把要说的话，和什么存款单，全放信封内，夹在《鲁迅日记》的青布封套中。我对你讲此事，可记住。

你的东西，也应有两种打算，比方我那存单，你应把存的银行、账号、姓名等等告我，多一份存根，更好些，不可把人生想得太天真。比方沛沛养母，她有钱，为了恨沛沛不听话，她一字不漏，若忽然得病而逝，完全作废，何不给沛沛留个底呢？不告他数，可告他银行、账号、姓名，或密封于信，告他放于何处呀。养母已70多岁了，她还以为自己永远活下去呢……王德威才50多岁，当了浙美副院长，在打电话的时候，脑溢血死了，什么也没说，家中人一切茫然。（王德芬弟弟，你听说过吧）这种事不少。

好了。上帝爱我们，一切都好，祝你平安快乐健康！

布文 85.1.2

第七通　1985年1月20日

乔儿：

因郎郎的信，我只先附一页，过两天再细写。——郎郎于前天（18号）回港，今天（20号）尚未来电话。我叫他给北京饭店打工作电话时，顺便讲一下健康情况便可，不必专给家中电话了。他走时笑眯眯，咪咪也笑眯眯的，寥送上飞机，回来说，一切均佳。

这次郎郎的病，很惊人，很紧张，大夫都缩手，是肺炎，有心脏病，不能打退肺炎的针药，而肺炎不好又引心脏病，日夜咳不停，不能躺下……沛、寥一直在他身边，他不让我与爸爸去看他，咪咪特赶来……总之，我力主张找中医，我找了中医，买了药去，协和才一边反对家中送大夫送药，一边才把他们医院的中医找来（75岁施今墨的女婿），一服中药吃下，便感到轻松些，总之肺炎稍好便出院，咪咪接他去香港养病，我们想留在北京诊治，但他们是夫妻、父女等等，感情方面……希望回香港后更好，并要他合适时，即返京……你放心，上帝保佑，一切，命运之神会爱我们……

你的生活态度与情况，郎郎极欣赏，甚至表示赞佩。你们黑脸人太重感情，如今你有超脱傲然面对现实的勇气与魄力。郎郎收到你信后，即给我电话（正在病好起来时），他高兴你目前的生活态度与生活方法，他说，他一定也解放自己，重新安排此后的生活道路……

你若给他信，只要报喜不报忧，只讲轻松愉快的事与心情，可以关心他爱他,千万别带一丁点儿教训咪咪的口气或暗示。千万千万小心,咱们常常会爱一个,忘了另一个在身边,而语言不当。将心比心,若是你有一个极爱的生了病,他的姐姐语言中,有对你不十分放心,哪怕只有千分之一的些微感觉,你也会特别清楚觉出……

总之,千万明智。再说,咪咪确是顶好的了,要才有才,要貌有貌,很温柔,又很坚强,比咱们所知的一切同等女性都好,我们对她很满意了,希望郎郎一生平安愉快地度过。咪咪是一个新时代的贤妻良母,而且也有工作的才智与能力。

照片上,可看出双子似乎很不健康,小李也不行……

今天才收到你所带的两份物件。谢谢,好极了,爸爸说:"还是女儿最关心老爸爸……"VV也高兴,春节的糖果,没吃完呢,薇薇比起你们小时候,是生活得极丰富快乐的了,放心。

植物做的起司与黄油,那么好,比香港的漂亮,是否贵得多呢?植物奶粉,足够吃三四个月了,不买了。——以后,若与那个中国什么旅游单位联系上,就再不叫日本人带物了。他们太客气,咱们又没法招待,也没时间与精力来交际。你知道,动一动都难。比方茧山在华都饭店,他约晚上9点去,连雇汽车都雇不到,黑暗中从公共车站走去找,沛沛也办不了,薇薇更不能去,他一定以为爸爸可以开自己的小车去吧……我们又是晚8时便睡。总之,也不知为何现在每个人都忙极了,真是一点时间也没有……

大伟有信,很好。坚定明确。他将帮袁弓夷渡过目前的困难时期。四月后,再决定去留。如今伟、寥、沛、双芹等人,工资都近200元了,你听了也高兴吧。只希望你一切顺利。

B.W 1.20

还给××写信干什么,难道要他忏悔赔罪吗?什么也别写,也别去找他,等精力有余时,再要画,再解决养父关系,完全法律解决,一丁点儿感情也不必带了。

未提及之事,下次再写,保证人换后××知道了,有什么反应?(不必去看他,不知就算了)关于要画的信下次附,先寄此信。——又及。

第八通　1985年1月下旬某日

乔儿:

　　长久未见来信,一定是忙之故。我主观以为,你必须冷静分析,决定生活的目标与工作的取舍。为了维持生活,那么一边教中文,一边学日文,能够对付,就不再奔走拉扯什么别的关系了。做任何一丁点儿小事,都要费去极多的时间与精力。为名,谈不到,有什么名可言?为利,何必,既不能发财,也不必以赚钱目的,奔走其间,却给不相干的人去得名得利,而自己为此疲劳衰老,太不值得!

　　你瞧,D还是最老实的人,也为得利忘义呢……别人更不必说,尤其如今咱们面对的一批人……无文化,无教养,乘风而起,咱们只有警而远之,不必给他推波加浪了……

　　所以美术杂志要出中国画,最好,印几张它山的便算,一定要连刊数人,今先带上二人的,由他们挑选好了,真一定要,再有赵、龙、刘等的可寄。它山也可在刊前写几句。——最好,别这么麻烦,因为好的中国画,尤其是焦墨等,没色彩的,日本人是否识货,是否顾忌每期都是黑白稿?不如选一个算一个,不必搞一组几人……

　　因为未再得你详谈此事的信,所以不知进行如何,如果不搞,也不必去催办,顶省事了。如搞,一个人也很好,一定非搞一组人不可,再来信细谈……

　　你有时间应办之事似为:(1)十渡画,如何要回来?(2)保证人换成没有，××有何表现？（3）关于养女，既然改了姓，办了手续，法律上有规定养女的权利，不可放过他。虽然他的钱都早早安排安放远了，但既是奸徒，更不放过，哪有在日定居而没有自己房子的事，××两座房子都卖了？一定要按法律取得养女权利。

没有当养女这么让他胡搅一阵便算了结的，他必须付出代价。必须有房子，否则，你如何定居，还有小孩子如何来？总之，别因他病，或态度变化就马马虎虎，咱们态度也好，也不出恶言，咱们的教养不会不好，但绝不放松权利。

关于上述之事，也别因提到便烦恼，不必在心中负担，但不能对坏人马马虎虎，按法律治他好了。争取是正当的，没有什么面子问题，因为你脱离这个家庭，你不能分到这个家庭的产业，你进入那个姓氏，他的产业必定归你。日本法律如何，先打听清楚（不可因咱们在无产社会惯了，以为有没有家产无所谓，资本主义社会，特别讲究此点）。

我们都很好，薇薇健康用功，放心。双子怀孕，似又流产。寥寥已一个月未回，不知确实情况。老实说，他最好没有小孩，我一听有孕，心里就为他着急……

郎郎已返京。似乎他家一切顺当愉快。大伟到了广州，来信很高兴，很适应，那边的人对他极好，这个大师兄，因仁厚朴实，居然在广州也很有人缘。

沛沛一对也很正常，人称模范夫妻，最近两次，都是小李给VV带饭店洗头洗澡、过阳历年等等。

希望你清理一下自己的思想与工作，让生活愉快，而不太劳累，不必闹许多关系，与什么国内人通信办事，可节省精力，尽量不干，多余之事。

B.W. 一月二十

第九通 1985年1月31日

乔儿：

希望你一切顺利。你不必为那些事不安，顶多不过回来当侨民。如今一切待业青年都有工作，都能自谋生路，什么也不用怕，再不必去看他了。

再不去看他，等你立足稳定，有了结实的基础之后，再向他要画，画收到后，再向他要养女权利，经法律手续办，无情面可言。

小雯把信、粮票，你给小李的信都取去了。老孙来过电话，他说"叫乔乔不必××了，他是有病……"爸爸在电话中说："××似有神经病，他这样对乔乔太不应该了……"孙说："别再理他了……"

VV户口，顺利办妥，我给杨重光和会计，各寄年历一份。云南你可不再给任何人通信了，这对你更轻松些，不更好吗？

29号夜里，郎郎去看了蚕山康彦，取了东西，蚕山也给我来了电话，因为爸爸去山东开美术会议，我有病，所以不能接待他了，让沛沛带VV去饭店看他。

我们预备送他一个瓷盘，是有匣装好的礼品。

爸爸的字，裱一下送人最好。篠宫家中那张，为什么没裱？日本有一种快速裱画法，我们本来还希望你去学呢！能掌握一门技法最有用，小苏和艾青的继女，都在日学裱画。

你没给波兰去信吗？丹也没给你信？西乃夫妇已去加拿大云云，一离开日本，才知道外边更自由，更有广阔天地云云。

谢谢你，东西全收到了，爸爸天天吃的，就是你带的植物奶油等等，对篠宫也谢谢，送东西的都代谢。我们很好，放心。2月1日，VV放寒假，28日开学。

布 85.1.31

第十通　1985年2月15日

乔儿：

春节到了，你好吗？一切情况如何？——我们天天盼信，十分不安。希望你能健康愉快，什么问题也不必忧虑，因为你有祖国，有父母兄弟在等待你，就是回来，仍可以生活得极好，亲爱的，千万勿为小人之计所陷，勿自苦。

我们都很好，VV身体一直很好，功课也好，放了假，也按时做功课。爸爸最好，健康，又努力作画写字。地铁大壁画完成后，目前，正在计划绘制石家庄新火车站的大壁画，比飞机场的还大，由袁运甫系的师生包工，爸爸是最高指导。寥寥也在给电视台搞什么广告，放了寒假，未回来，忙。双子已上班。大伟去广州后，郎郎又犯了一次心脏病，忙累中昏倒，助手小马，又自立门户，辞职，所以沛沛每天下午到郎郎处帮忙（他因小李跌伤了腰，可以半天在家照顾病人）。我让沛沛每天屋内没外人时给家电话，他也忘了此事。

今天（15号）中午，爸爸去赴烤鸭宴了。我打电话给沛沛，有一女性接电话，告我，郎郎去首都医院了，肺炎，因这几天洋老板来，他硬顶住，误了时间云云。

郎郎太忙太累，我们一再劝他，不能负担这么重……希望这次的病，能使他改变生活态度，以健康与自在为主，宁当贫儿，不当皇子……你放心，上帝保佑好人。

我们同样担心你的健康，你又特别重感情，又孤身在异邦，——我们焦急也无用，只祈天佑……

亲爱的，物质的层次是无止境的，咱们也并不为此而煎熬自己，同样，感情也是变化多端的东西，也不必信赖，没有当真，就没有失望。你也过"不惑"之年了，经历的也多了。欧阳××如果混蛋不已，干脆一切滚他的,你回来好了,不必想混蛋也在国内搞坏气氛,事实就是事实,你什么坏事也没做,怕什么,走遍天下也不怕。——有精力与时间时,再给混蛋打一个漂亮仗,让他的丑恶灵魂大暴露……他如此混蛋,可能仍有什么后台可靠,否则,他没这份胆气,所以,不可轻敌。战略上藐视,战术上重视……

不管多么忙或心情如何,先来几行信吧,盼盼。

我们这儿,一切全放心,很好,很好。

匆匆祝

春节吉祥!

布文 85.2.15

刚刚沛沛来电话,郎郎已回饭店,服药休养便可,主要是疲劳加感冒,放心,祝你康宁。

蚕山康彦先生来时,大家太忙,那次沛沛带VV上北京饭店看他,本拟送一瓷挂盘,当时找你的东西,时间紧迫,匆匆赶路(挤车,有时花一小时才能到,出租,没有,郎郎出门都雇不到出租,难极了)。没来得及带去,所以没有送蚕山什么。他请沛与VV吃一客冰激凌,照了相,又送VV巧克力与一条据说是他自织的墨绿色毛围巾。郎郎以为他对你有什么友谊,此人实际情况如何?(家庭等等)我们对他印象很好。

北京前几天暖,这两天又冷起来,刮大风。尘土飞扬,听说东京也很冷了,你的衣服够吗,屋子冷吗?

我曾给你一长信,回答你心中事的,有关于VV给C当养女之议。后来蚕山物中又附信,麦克去日本,带一包蒋正鸿与黄云的画底片等等,麦克打电话,找不到你,他寄了,收到没有?如杂志不用,一定妥存,寄回或带回,那些画家,对自己的东西都宝贝极了,所以,可不必张罗,累人，不讨好。

据说日本有一种削苹果的刀子，特方便，不贵，VV 让你买一个。日本在生活上的用品，日常小东西，有极好用的，他们生活太方便了。上次 C 带的油和粉都特好，可能"雪印"是名牌货，那种社会，牌子极有用。（起司也好）一般物，可勿带，托了人情，受者并不特需。如今，似乎人人忙得玩的时间都没有，闲情一点也没有了，怪！

B.W. 又及

第十一通　1985 年 3 月 2 日

乔儿：

长久不见来信，极不安。你大概为了等候换证人的答复吧！

希望你平静愉快，不管什么情况，也不足为虑。你的祖国与家庭，永远在欢迎你，相信你，爱护你……

我们都很好，昨天（2.28）VV 已开学。发了新书，她很高兴，一直是健康而愉快的。只有郎郎病了一次，开始是受寒感冒，因有心脏病底子，所以症状令人不安……总之，住在首都医院，西医又是 30 年代的老一套，耽误了治疗，使患者受苦。咳不停声，嗓哑了，夜不能卧，只能坐着咳，气喘晕眩冷颤心口痛等等……第八天，由于一再要求中医诊治，西医打针服药不见效，拖了那么久，才同意让中医看。75 岁老中医，一服药就感到松弛，咳也好些，可以躺下了……现在，他可以打电话告我们情况了，你放心。——当然，你一定要特别注意身体，万一生病，如何办，事先各方面都得想清楚……

爸爸仍是开会忙，都是非参加不可的会。今年将给石家庄火车站绘制 100 米大壁画。寥寥、沛沛目前都在帮郎郎料理工作，沛沛是下半天，上半天仍在原单位上班。寥寥预备以"停薪留职"的申请,去照顾兄长。大伟在广州,先是很高兴,后来发现资本主义那一套可怕实质,忽然辞职不干,写信说即返京。15号信上说即返,25号来信仍说即返,尚未回来。——可能先在广州到处旅游一番再走吧。放心,他也是"停薪留职",反正开学上庐山也行,没关系。

春节期间,咪咪来北京,本是与郎郎过春节的,结果一星期全部陪郎郎在医院度过。现已回港,她母女均佳。

关于你的问题,我们没有听到,也没有什么人来谈过这些事,你不必过虑,咱们没做错事,怕什么?

当然,你要十分冷静科学地考虑与分析问题,人都很复杂,日本人更需小心警惕……

我们不需要什么,咪咪带了果子粉及无脂奶粉来,极方便的情况下,可托带两匣(大型)植物黄油。如果起司也是植物性的,也要,极合爸爸口味,二三匣均可。

别的都不必带了。黑川母来京。顶多是寥寥、沛沛可见到她,告她父母均去四川成都,开一个工艺会议。

亲爱的孩子,不管什么情况,有时间便写几行,我们知道你的处境才放心。——若长久收不到我的信,不必担心,我们都极好的,因为衰老,我有时便一拖很久忘了写信,却盼你的信。

布　85.3.2

关于画,它山不想写介绍文字了,也不想介绍什么人了,现在年轻人不易理解,你为他,说不定他还以为,他为你呢?要发表就这二人,用他们自己的文章,不发表无关系,只要将那些底片保存好,带回便行。

第十二通　1985年3月28日

乔儿：

　　给C的字是："又是一年芳草绿，依然十里樱花红"。根据他自己挂画的房间，来决定：或裱方块的，或裁开裱成两长方的。

　　因为匆忙，范曾走时未附信，也不给黑川带什么了。——以后，如果那中国旅游的机构可带物，再不让私人带了。我们也不要什么东西，不值麻烦他们。关于苹果刀是从《文汇报》上看到的，说："日本的苹果刀太方便了，只要转几下，苹果就削好了，削的皮又薄又整齐，这种刀便宜得很……"日本日常用品，实在有极好的东西，李和等可问明。以后，就是植物油与起司需要，别的，此处可购。（头发髻夹子，日本老妇用吗？比咪咪买的好些，样子好些，便行。只要简单，黑色或咖啡色。咪咪的上边有A字或别的小花样，不用花样。大方，简单，一色。）

　　可能日本已经樱花烂漫了，我们却冷得很，此时，我仍穿了三件毛衣，两件毛背心，一个棉袄，（因暖气已停）刮了一夜七级大风，灰天灰地，灰沙沾满所有物。

　　目前，大伟在广州，可能工作一阵回庐山结婚，尚未有肯定的信。如他结婚，你也不必寄什么，告他回来时带好了（你无时间写信也没关系，我会写的）。我怕你又急于送东西，不送也无妨。

　　寥寥与沛沛都在北京饭店，寥寥全天，沛沛半天，仍到单位上班，为了维持好郎郎的摊子。情况尚佳，放心。

　　郎郎无信，袁媛打电话后告我，仍在养病，口气上，精神似好些。本拟买些药带去，大夫又说，还是本人就诊取药好，因为不根据当时症状开的药不合适……（你的药，也未找到。）

　　关于爸爸买的衣裙，是那朱红格子的吗？可能仍太小，似十三四岁小姑娘穿的，只可以薇薇穿……

薇薇很好，学习好，但爱玩。告她写信或画给你，她也不在意，性格很强，自作主张，好久又不画了……

日本那种咸脆的小吃，特别好。中国一色甜，只是糖油的倍数大，便以为好。——你不必节省，尤其是衣服，必须穿中上级的，八十分以上的，不可穿八十分以下的，那社会是认衣不认人的，何况那批上层人士呢。特别小心，警惕，这是一个政治上特别有手段与花招的国家，绝口不谈政治。那个××有什么表现？

B.W. 85.3.28

第十三通　1985年4月6日

乔儿：

我们都很好，收不到你的信，又担心你正等我的信，所以先寄此件。这次，可强未见到，黑川莉莉量也未能带物，因为人人忙，可能谁也分不开身，一切在匆忙中过去，好在也并不是急需之物，也不必见怪他们了。——自你换保护人后，尚未听到××的反映，我们不放心。有时间写几句，只写我们所不知的事，不必写心理与各式解释之辞。范曾夫妇，也匆促至极，未及附信。不知你见到他未，还有阮波同志……

家中，爸爸仍是身体、工作、学习上最好的人。

郎郎回返养病，据说好多了，无信，只是他们工作长途电话上感到而已。大伟也一个月不来信了。广州更忙，他又得给庐山信。寥寥忙得嗓子全哑了，沛沛还正常。这个礼拜，要带VV去洗浴，礼拜日回来包饺子云云。搬家的事，无消息，房子开间小也非常可笑的……（兆龙旅馆仍在铁架中荒芜呢……）

薇薇身体好，学习好，每天都开心，昨天开运动会，她当快报记者，每天写日记，如今，不画了，又爱写了。脚大许多，已穿上你留的那双黑皮鞋。原来的红的，蓝的，单鞋全不能穿了。不是上公园旅游，就是看电影，每星期都有花样……

收到你信后，就把委托你收回"十渡长卷"的信附上。因不知目前一切情况与你的心境。希望千万别生病。

对门凡凡回来过一次，在家住两天便飞广州回香港，她也做生意云云。（是其母语，她未与任何人见面。）

愿你万事如意。家中你放心好了，一切均往。

四月六日 B.W.

第十四通　1985年4月15日

乔儿：

如果能带小录音机，就太好了，因为我们手边没有，让寥带一个来，太旧式，居然走不动。沛说他的拿来，结果，至今不拿来。——都似乎忙得没一点时间了。沛沛也找外活干，常常画到深夜云云。

范曾夫妇已回，东西带来了，谢谢，起司爸爸顶喜欢了。——那种方匣的，吃一次取一片，顶合爸爸的用量了。长匣的，得自己用刀切，当然都一样好，价钱相等，就买方匣的吧。（爸爸一直在吃你带的植物黄油，不过，托人带东西顶不受欢迎了。你什么也不用带了，别找麻烦。）

阮，最近宋迪，他们在临走时来电话，实在没法托带什么。

有一对美籍华人（台湾人），是丁、秦的好友。男是建筑工程师，女是画廊主持人，目前她画廊内，就陈列秦元阅的画。他二人到工艺，特别重视爸爸和爸爸的画。爸爸送了她一张字，也给了一张画，她一定说买，目前尚不知她怎么办，是秦爱人取去字画的。那两人尚在游览中，他们曾居东京 8 年，她从东京来，打电话找你，未通，竟又电话找××，回答："不在我处了。"此次回去，仍到日本，他们要找见你，所以把 C 的字，托他们带了。因为他们还要去西安等地旅游，男的又是坐轮椅的，所以没让他们多带什么，信也未附。你见到他们，可亲切招待。

大伟也可叹，4 月 7 号到庐山，来信十分怅惘空漠，在广州回想庐山一切都好，到庐山便觉得一切全失落了。无从说起……生活本就如此，现实本就如此……他将又经历一番感情上的波折，此次信一个字也没提"结婚"……他将彷徨……你去信，可寄：江西，庐山，庐山中学张大伟便行。我们，VV，都很好，放心！

B.W.85.4.15

发髻夹，你也用过的，有大方更佳的便购。西哈努克夫人用的，与保姆用的，就不一式。咱们用的，在西、保之间。希望日本有西那种。又及。

第十五通　1985 年 5 月 8 日

乔儿：

收到信与照片，阮波女士带的小东西也收到了，你走后，薇薇的小吃没断过，总有大量存货。因为过年，我们又给，水果也未断过，比起你们小时候来，她是很开心了……

薇薇的功课很好，总得 100 分，得功课好的奖状。

她个性强，自己有主见，不听别人的话，可能是个劳碌命，将来独自打天下，当女强人。作为女儿，或别的，不合适，如果你与她一同生活，会感到不容易，太累，太心烦……

为了你可以过几天愉快的日子，我们尽量帮你带孩子。

亲爱的孩子，人生多么可怜，每个人，能得几天快乐呢？你目前的情况，可以穿自己爱穿的，吃自己爱吃的，环境清静，只要有钱，什么都可以买到，也可以到处去玩。——这就是好得很了。你在此，这些都无法办到。（昨天我上街买菜，自选市场，也什么菜全没有，累了半天，回家只买了两条黄瓜，6毛8，你可感到其贵了吧，幸好鸡蛋还有，天天以鸡蛋充数……）

对于我们，你只管放心，我们总努力维持好生活。

你自己，心要冷静，分析要科学，关于服饰，一件衣，一个夹子，不管大小，要购买顶好的，上等的货，不必管价目。——因为，在那种社会，只重衣衫不重人，千万不必在衣饰上省。头发可上店去染，不必怕贵，你不可以自己弄，一定上发型屋去做，贵也做，按时去，何必省钱？万一，无钱，还可以回来，回来吃大锅饭好了。

千万千万别省钱，为将来，为孩子等等。我已作例，我当年希望的事，一概取消。等到现在，我可以有条件办了，我已不能或不想要了。比方，服饰，旅游。（现在，我穿旧衣服，都是够了。打扮干什么？此地无社交，而且我是老太太了。对于出门，一步也不想动。无精力，所以也无兴趣了，可叹，可叹之至，你要警惕啊！）

从照片看，你的服饰，还是很简单朴素。——当然要有选择，有标准，但，不必找便宜的，要上等的……

总之，我们只希望你过一阵快乐的、美好的、人的、有情趣的生活……

大伟已结婚，他的性情与风格，很不容易与人相处。小春既然一切服从拜倒，那也好，生活是二人的事……

郎郎此次到京，已十几天，尚未回过家，电话中说，他很好，希望他能安排自己的劳逸。寥寥与沛沛也在帮他，经济上也有收入，工作似乎尚佳。沛沛是半天班，寥寥是留职停薪，全天在郎郎处。双子、华华等，都有高收入，都很好，都忙极了。

我告诉你没有？嬢嬢已与咱们永别了，是 1985 年 2 月 22 日吧！祝她在天之灵安乐。

咱们在世之人都安乐！

布文 5.8

三页不超重，我再写些，当然，随意扯，没什么条理与意义的闲聊……

我的心境，莫名其妙地消沉，可能是衰老所致，万念俱灰，什么兴趣与欲望都没有，每天不看电视，只翻翻报纸，八时便睡，早四时前便醒，（真睡觉时，也在深夜十一二时了，躺着，因为无力无神之故）生活是负担，一早便疲劳无力，勉强对付，出于理性，不得不为一老一小管家务。因为连谈话也费力，所以畏来访者如畏虎，太讨厌来人了……爸爸比我好，但也讨厌来人，因为时间宝贵，精力有限，近来感冒，5 月 2 号本要去济南开美术界代表大会，他还是常务理事，忽然胸中不适，脸色大变，犯了心脏病，心跳过速，从前有过此病，已十几年不犯了，最近又犯。今天好些，他心情一下子与我相似了，非常消沉。——人，很可叹，经不得一丁点儿变动……我们常常担心你，独自在异邦，如病，太不方便了……小心啊！……

我一再劝你，勿省钱，吃好，穿好，打扮好，尽量把钱用光……比方我，既无可用，也无所求，一切均失去时机了，多么可悲呢！今天到团结湖买菜，那些称菜、卖油的店员忽然都用上脂粉、口红与耳环，明显是作为响应上级号召而照办的，太可笑，太怪，令人不敢正视，因为与所有一切条件太不相称，与她们本身举止也不相称，化妆又不上品……唉，伤心！

由此可见，我们生活在多么古怪复杂的莫名其妙之中，你处的那个社会，是成熟的资本主义，你就高高兴兴，自得其乐地过好那种生活吧，回来便没有了。但决不可与外人结婚，不管东洋或西洋人，一结婚，一切快乐便结束了……就这么当自由女神吧！

人一老，不但万念俱灰，而且思想枯竭，什么也不想，不会想，怪！有时，我埋怨我妈妈，为什么不在我年轻时对我讲这心境，——但我妈妈61岁便辞世了，可能她还没到我现在的心境……几年前，我还不这样……

B.W. 又及

第十六通　1985年5月16日

乔儿：

今天是5月16号，不知此信你收到时，还有参考价值否。——你可以泰然处之，只当闲聊可耳。

薇薇是7月14号放假，7月8号和9号两天大考，也就是她大考卷子交上去，恰好回家过生日！

如果你能推迟一星期启程，比方说7月8号到北京，最理想了。因为她准备考试之际，心情紧张，需要精神集中。（能9号中午到京是顶顶好了，把生日放在中午或晚上过，轻松愉快。）

可能你办理手续，日子固定，没法变动了吧？

你只回来半个月，若是9号回来，12号带了VV去无锡，18号回北京，准备去东京。那么，VV过暑假，你的住宿旅游问题等等都可以解决了，都比较理想。——无锡姓张的，人比照片上更有风度，从字迹也可看出，此人修养高，已过年少气盛阶段而达炉火纯青时期。爸爸对他印象好，说他有点像刘宾雁的样子……

因为你没有把自己的计划告我，不知你打算怎样叫雪来，到什么地方相会？

杨正秋忽然到北京，与郎郎电话，约定今天下午在北京饭店见一下VV。VV很不愿意，劝她去了，是寥寥来接走的，张郎郎已去香港。

正秋何意？你与他通信，把北店电话告他的？

你几十年的坎坷生活，所谓命运，也包括你自己的糊涂，而凭感情行动，明知有害无益，也仍然一意孤行……不肯正视现实，不肯科学分析，怎能不白费心血，劳民伤财，种花得刺……

北京天气，热时32℃，只穿背心便行，今天一下雨，我又穿上大毛衣了。兆龙旅馆还在造，可怜的资本家，他以为给了钱便可办事，不，慢慢来吧……

至少丢了一封信，关于美籍华人等等，一字未见你写。

大伟是要感情，寂寞太可怕，牛脾气更甚了，以后面谈。

无锡张，比×××更佳100倍，当然，也是主观之见……

我们以为你是疲于奔命的，不如回来吃大锅饭……

若能把VV寄读，好些，我如今很废物了，多说两句话都累，听别人说话都累，真衰老得可怕……

你要把目前生活，当一幕剧，是在舞台上，所谓："一朝幕落锣鼓歇，悲欢离合总无情！"

真的把前台当后台的话，一切矛盾、丑恶、粗暴、专横、歧视、压制等等都来了。尤其是日本人，你天天体验，不用我说，朋友时，互相扬善扬美。

什么也不用买，尤其不必为各人送礼物，费力不讨好，大小是一种浪费，中国人仍在穷，一定要送，不如送钱。（当然，绝对没有一定要送的事。）

VV的东西，也可在京买，人家送了就带，自己什么也别买，大包小包，费那么大事，结果不一定好。（爸爸出门，也嘱，人家送，收。自己，不买一物。）

林为什么不去，不明白，她也孤寂之至了……

蒋，不必再去信，她在生活态度与两性观上，都美国化了，她可能以为你落后了……至少，她不愿来信再谈下去……

如今男女也可怜，要漂亮，要搞钱，不择手段，有时，却弄得更丑，更倒霉……

每天你看电视吗？据说日本电视上都大声宣布中国物价高涨之事（一条黄瓜二毛五分）……

今早雷迅来电话，告他爸爸病好了。目前在画石家庄壁画稿。

VV在北京饭店，杨只给她喝了汽水，呆坐看电视，沛沛顺带送她回来的，下午一时去，五时返。

VV是冷静理性的，她说："杨正秋对别人讲，我是他女儿，他凭什么说我是他女儿，八年，没来一次信，没给一次钱，没见一面，他给别人家小孩当爸爸，又来找我干什么……"完全是大人话了。她说："雪来可能来，又一定要妈妈花钱了，妈妈总是把人想得好，谁知道变成什么样了……"

不知为什么，每个人都极忙似的，根本没闲聊时间。今天第一次见到华华、双子，他们坐车来接VV去郊区玩（星期日）。

植物油和速溶咖啡，是爸爸每天吃的。你东西多，也可不带，郎郎就没有带（别的全可在北京买）。

再见　B.W. 16中午

第十七通　1985年5月23日

乔儿：

因为眼镜打碎了，我用爸爸的旧眼镜，半盲式写，可能更不清楚了。——我没时间，也没精力去配眼镜，我已一年多不上王府井了。

昨天（5月22日）文化部有人来电话，他们带了爸爸的画。——今天我去取，先写此信寄你。××用心恶，他为了绝不让"子女"得到……详情下次说，希望你来信。

你的情况，都好吗？沛沛单位有人到日本，我们没给她地址，一切没意义的交往，就不进行了，以后没有我们事先告你的信，找你的人，你都可不理，他们可能自己找关系。

你的信，只写"做"什么，让我们知道你的工作与生活便可，不写心理、心情等等，这太费时间，又对实际情况，全不明白。

美籍华人夫妇见了吗？

你的计划如何？夏天回京吗？

定月那边，据说她办了理召去游的手续，此人有许多咱们不知的内情。丁绍光也是大艺术家……总之，你要谨慎。我如今变得十分保守，只顾平安清净，过一点与世无争淡泊生活。大伟如果真想通了，宁可做山民而感心平气和、闲散自如，那极好，可能并不到此地步，年轻关系，不甘心当教师……别的事，全与钱拼搏，教师是面对人，这个工作，还是较佳……

郎郎太紧张，自己身体又差，把两个弟弟拖在身边，他表面似冷静理性，其实仍极重感情（其实，感情是害人害己的东西）。

爸爸于5月21日去合肥，那边开什么工艺大会，来了三次电报，文联陈登科又来电报，让我们二人去。可旅游黄山等地，一切招待。我因VV等原因，没法同行。廉小春也开工艺会，托他照料爸爸。从合肥再去苏州。本来大伟说回京有事，就让他陪爸爸了，都是人家邀请招待。忽然他又不回来了，可怜，大伟是苦人儿，劳碌命……

秦友梅开戏剧会来京，特来拜访。她竟那么衰老，我完全认不出了，——可叹，也是一个时期的红星，40年代哈尔滨的名人。如今十分凄苦，一个女儿嫁在大连，她那个编剧的丈夫，什么也写不出来，反而脾气大，每天她上街办菜做饭，侍候他……

钟玉屏要当女强人，努力攻服装设计，又活动去美国，还要进修当硕士呢，预备40岁当上硕士云云……当然，婚姻是很难了……

林平偶尔回来，活守寡，美国是没有寡居的人，都有临时同居者，现在中国出去的留学生，都可以带老婆，可见风气之浓烈……袁运生，当然有女同行，据说丁绍光也一直与洋女同居的，小月也与人同居很久，闹翻了，再与洋人，因有孩子，才与洋人结婚的……罗婉仪夫妇回来了，司徒平的妹妹去了三年，已自己开了服装店，很好了……他二人回来，一是爱国；二是，我以为，国内吃闲饭自在。三天叫花子一做，皇帝也不要做了吗?

张一曼是很有事业心的人。——二楼的宾宾，对门凡凡，都回来过几天，全闪一下就不见了。上星期，再上星期，寥寥都来接VV去玩，在怀柔郊野玩一天，有他之兄弟及朋友。实际上是花钱找累，咱们那郊野太没意思了，各公园山寺等，都人挤人，无法玩。再谈!

我信少，别盼，我懒。放心好了，VV顶好，功课100。什么全贵1—3倍。现在小学有英语班，星期天上午一小时，15元（!?），我们叫她上，每星期花费都不少……

郎郎本拟回京几天，后来又一个月，现在又说到七月初再说了。他宁可在京，与弟弟们在一起，也是感情上的原因。阿沙对去美都不热心，也是觉得那种孤寂无意义……

三思后，决定等爸爸回来再取画，他可以检查一下，文化部应妥放待领。——另外，大清早，我就一点力气也没有，就像饿了几天似的，身体日渐衰弱下去……天气炎凉难测，前几天穿毛裤，刮大风。昨天小孩要穿裙子了……

希望你快乐，尽量过几天快乐日子，然后，回来，过平淡闲散的晚年。人是寂寞的，无边的寂寞，谁也解脱不了……再谈

布文 85.5.23

第十八通　1985年6月10日

乔儿：

　　你可能盼信，今天决定写告近况。5月20日，爸爸去合肥，那边省长，还有什么矿长，连来电报，文联陈登科，又来电报，邀请爸爸与我去游黄山，开一个什么工艺的会。——爸爸去后，一直无信，昨天学院来电话说：苏州工艺美院给电报，告以爸爸还有一星期才返京。（现在在苏州开会）

　　所以日本人到工艺时，未相见，带的东西由李绵路捎来。

　　一切均佳，谢谢，VV附信。她的鞋可穿，大一些。目前穿凉鞋了，秋天穿正好。她还有一双白皮鞋，一双黑皮鞋，只缺冬鞋了，若你那边有特便宜的就买，否则，本地买便可，这边凉鞋3元，棉5元。

　　总之，放心，缺，就买。你那边，人送，可收，自己买，顶多买一件，因明年穿，又不合适了。小孩的东西，与大人相反，尤其在这边，只要便宜，千万勿买贵的，这边都做的确良，贵，单一条裙子，4元或5元，极难看。（表示宠小孩，小孩东西都贵，又丑）你那边可能更贵，就不必买了。

　　她不愿穿皮鞋，孩子一年一个样，总在长。

　　再勿给我购物，我都穿不完（你的旧衣便穿不完了……），什么也不用给我们买了，天气凉时，带植物油便行。你带小吃，日货小而精，正合爸口味，小饼干也咸的，我们用好蛋糕给VV交换，她不吃咸辣物。——每次，爸爸都叹"还是女儿好……"和"日本东西少而精……"咱们只求量，实在糟。以糖油加料为主，老人不愿吃。

　　郎郎病前病后，可能85年吧，未回家过一次，也未带任何物。他身体如此，工作忙，累，有时间便躺着……在港可能更无闲时。上次由广州来京，他以为没法带植物油了。咪咪那时，带了两包脱脂奶粉，所以今年不用买咖啡知己了。(植物奶粉,在港必得叫咖啡知己,怪,可怜)水果粉也有两罐呢。

5月20日,大伟忽然来京,既无信也无电报。早5时有人敲门,奇,我猜只有大伟会如此,果然。什么也未带,可以说没带一根线,胡乱卷了两个空书包,是预备走时装物的,疲极。仍是呆、木、冷冷的态度。我本以为爸爸走后,可以休息一下了,命中劳碌,又忙起来,我老了,又能弄什么好吃呢,他绝不买去,一天给他钱,让他任意购物,告他什么好菜也无。他转了半天,给我买了一副眼镜回来……总之,他是为庐山什么人办什么事来的,那人出路费,回去是郎郎购的票,当然,我们都给了他礼物与钱……(回来细谈)匆匆于6月4号返庐山,仍那么清苦,对生活茫然,是否感情上有所得,也一点看不出来……

郎郎常常给家中电话,以示关怀。昨天早上来电话,问了爸爸与你的消息,问问家中一切。后来寥寥来电话,告我郎郎12号去港,已购机票。——他早上竟未讲,怪……他也太寂寞,而且住旅馆,总得不到休息,身体如此,也不易,人生问题,必须个人自己努力解决。自己不超脱,谁也帮不上忙。这么聪明的人,也居然为妻儿拼搏,其实他在港教几点钟普通话,就能生活了,如要维持高水平,那是无止境的……

当然,人各有其因果,旁人不参与为佳。你若到港,对郎郎、咪咪:(1)只笑笑,谈高兴的话。(2)决不问深一步的情况,连健康也不问。因为只两天便走,何必?!(3)尤其不干预他们的一切,就是不必关心他们的一切(健康啦,工作啦,孩子啦,保姆啦,一切事实,决不涉及)。必须像大使做外交那样,亲爱的,其实人人如此,都不愿别人干预,哪怕是关心与爱,那些都是闻而生厌,烦腻而感多余……

今天天气哈哈哈——是永远最高的人际关系!

布 85.6.10

致耿军

第一通 1969年9月29日

耿风：

来信收到，已附信所述情况，令人浩叹。

我们都很好，爸爸原定9月25日一早下乡，24日中午，很多人都处理了老人小孩，都纷纷把行李送到学校，忽然通知说，不走了，国庆节之后再说，枫枫之母，亦当如是。又有人说，国庆节后一时也未走得了，总之，一切又如常进行，学习劳动……

有与良同屋之青年回家来谈，（此事似已告你们？）从68.11—69.6，他们在一起，良身体好，精神尤其好，并号令同屋的人，谁也不可以愁思，愁思有感染性，必须大家愉快健康……伙食不坏，无劳动云云。6月后，他去学习班了……云云，总之，很好。

附上乔信，此女处境种种，令人不安，不安之至，万里遥遥，又有何法助她，究竟是何病，因何而生？枫枫可分析，不必给我们来信，可省下时间，给乔乔去信，她需要你们的支援，但愿吉人天相逢凶化吉！

大伟来信，本来小队大队公社全批准了寥寥去，只要到安办（知青安置办公室——注）开证明了，不料山西各机关，大办学习班，重整人马？！安办连个人影也找不到，这一阵，恐怕无有闲情来办此公事了。但愿这一切，都是极好的开端！！！

所以耽必须有精神准备，做好各种考验之精神准备，天若有情天亦老！

在秋风细雨中，又过一次中秋，老天总要等咱家人团聚时，才放出明月来也！

"心事浩茫连广宇"。——人家说爸爸胖了；哦，这两件事告你们没有？

9月6号全院各系开会，工宣队同志讲，复查工作告一结束，其中刘、吴、原是从严的，敌我矛盾，原是罪恶滔天的东西，现都是内部矛盾，解放！……似全院没有一个戴帽子的，只有一二工友厨子，当过宪兵特务的，是历史问题，但也内部处理了！最后讲："还有三个人未定性，即张、雷、陈（张仃、雷圭元、陈叔亮——注），这三位，要由上级定案，本院不做决定云云。"（但天天仍是钻锅炉，最苦之劳动，奇！）

同日又找爸去保管室，叫把抄家时拿的东西取回。6日中午，寥约一同学，借工艺美院平板车，拉回四个竹篓，两个皮箱，一个手提包，其中塞的是：草末子，衬衣，乒乓球，泥儿，瓷缸子，破皮鞋，盆、碗、瓶，真还有一双筷子，除了寥寥觉得有趣，将泥人泥马摆了他一窗台之外，别无可观之物了，书画，暂不给，连我小学时的作文，也不给，算来有四十年多矣。

总之，我们全极好，快乐天使似的！

吃了月饼，买了鸡，还买了一个羊头呢，哼！

气枪之举，大家称快。希望十一月能翩然来京，一家人都好上加好，出外行猎，在家听音乐，又照相又放大，……决不闷闷的当苦行僧了，世界革命斗争的方式，将有完全不同的形式，吾家亦如是。

小道消息云：文艺界要搞516了，还有敌人捣鬼，王效禹是大右派……

……

华欣及昌来，可惜我上街了，回来只谈几句，他们便走，国庆节后，如有闲，将约他们来玩玩。

如有什么可观之物，万勿忘寄我。

匆匆，又闻铃声，将有事赴召也！

玛 69.9.29

国庆节好，一年比一年好！

第二通　1969年11月15日

耿：

你的家当，似乎全建立在八元钱上了，开始颇为奇怪，但转念一想，立即恍然，岂不闻当年鲁老头儿出门远行时，他妈妈给他所筹之路费，也就是八元钱吗？

所用之相片，皆出于八元之相机，所闻之佳音，将皆出于八元之吉他矣！下次来京，请仍携华山来，那时再把胶卷等带来；目前有放大机之邻居，正在大破成规，改装机器，待其新的理想建立成功时，再借，或可也；而放到店里去洗，有些人的片子被没收，不知何故，似乎那些人的情调，不够革命化云云……

枫枫还没信吗？别被人家保了密，从此不与外界来往？有新址时即告。看来复原的可能是不多了……

定月（蒋定粤，张郎郎初恋女友——注）十一月一日回京十天，三日、七日、十日来咱家三次，其中心内容是：她母亲兄姊等人都劝她别等良了……而家中人颇悦意万老二，万老二者，万里副市长之子也，最近万里又解放了，她呢……尚无感情之可言云云……总之，一切有其发展规律，不必吾人费心机也，试观其发展可耳。

鹿兄弟全到京，又说良将回云云。姑妄听之，又说本拟国庆节前回家的，忽然抓516，又拖下来了；定月说听人讲他们被疏散，九月底迁出北京了，……都有可能，也都有可能是传闻；但我们深信，他是好的，健康而愉快，学了不少东西，终生有用，上了极好的大学，安知非福？！

你所寄之参考（关于法西斯的阴毒诡计）我们也如此分析，靠欺诈吓唬的大流氓、大骗子、大战争贩子、大刽子手……什么干不出来，难道咱们知道的还少吗？

我也挖了三天防空壕，爸爸们更不用说；至于疏散，西城与东城又不同，我们尚无具体项目，也未传达任何具体方针，爸爸们在搞516，和挖煤烧暖气……我们家属在保存大白菜，也学习清华大学的清队经验……

纷纷传闻之消息也不少，比方说老弱残投亲靠友之类，我很想能回故乡跟老姐姐过去，大伟、寥寥一走，（手续已办好，一声叫走便启程。）就我们二人了，卅年来，第一次如此轻松爽利，真也是一种解放也，对于我，可是百分之百的解放了，如爸爸可以与我同去江南故乡，就同去，否则，我将独行。

当然，也想：到洛阳找你，到山西找小家伙们？可能这办法，一时还不易进行，就是到江苏，是否能转户口，人家要不要，也未必是轻而易举之事。

当然，顶希望能转入小城市，如太湖之滨、西湖之滨、青岛、四川之各小城市，或潘什么弟的江苏之南乡……总之，万一可能投亲靠友时，你有什么好友之小城市，或好农村，可以介绍去的吗，请好好想想。

因"靠友"二字，就可大发挥，找一较理想之地，有山有水有树有米有鱼，……你一定想想，并且试打听一下，试着办办，比方问问，某某的乡下，（镇上）找房子，迁居可去吗？（不是去公社之粮，而是居民户口，仍吃商品粮，似乎好办些，就是从大城市搬进小城小镇或村子罢了！）像来京接岳母的人，只三个月，那当然我就上娘娘家了，如更久，一定迁出去呢？——唉，目前，一无所知！

乔乔仍居半山，由正秋背了作防空演习云云！（乔乔腿骨折，正

秋是她丈夫——注）

烈烈有信，他们可能全来京进学习班云云！

寥寥因太爱玩，不知怎么闹了一个痔疮，一直拉血而未治，如今很重才言，脸白如敷粉，明显贫血，一针灸就晕倒，大伟在给他治；同时又看王友虞吃药，真是没事找事；大伟也如旧清瘦，气色较好，原来他省得了不得，比方：把枕巾放箱内，枕一块木板，一毛钱买了七个苹果，以为自己挥霍破财而不安，回家给他吃家常饭，以为太好，叫我们不可再买肉了……他尽量劳动，而不穿不吃，当然壮不起来，人家邻居，赶集时大吃肉大喝酒，他们兄弟，又壮了几十斤，巨人似的，贪之不已……

其实，都是耿老二一流人物，虽然寥寥表面上极随意，也是数了三颗子弹，跑两天路，舍不得放的人，郎郎上高中时，还穿姐姐的女裤（旧的）。直到去年，也未穿一件的确良之类，在大学生中，也罕见了……

不过，清苦成病，也需大警惕，我们说，刚刚为此开导了几次耿军，不料大伟又犯……其实我们二位，也是"文化大革命"后，才这么有一点放……也不过如此而已……

互勉互爱，正视现实吧。

玛 69.11.15

第三通　1974年7月25日

耿：

在香山住了几天，雨天，所以还说不出什么大感觉来，只是阿爸睡得很好，他是一直在赞美，虽然常常弄到中午还什么也吃不上，一连几天是咸菜丝泡饭（饭也馊菜也霉了）。但他仍是赞山赞树……

在家千事好，出外一事难，目前并不方便，才买了一个煤炉，但煤饼得廿八号才送，自己去弄，只好买四个！！！所以，也未请你们来玩，恐怕八月七号立秋，那时候一定就绪了，在那以后，请你，枫枫与乐乐来做秋游吧！

暑天给雨冲凉了，是否留几只秋老虎呢？！

我们走时，把有关汽车的书集了几本，放于大黑桌子上，你后来又买没有，关于天文等等的买了没有，书似乎不轻，本拟有人去带去，寄书也可能不贵，又想，弄齐了就寄吧。你可把书放白家庄，你若觉自己寄包扎更好，就把白家庄书取来你寄？怎样都谢谢你，这是很费你时间与劳累的事。（搬家也谢谢你，你自己事情那么多，还为我们劳累，还用你一元呢！）

说来也无人明白，我们，住到这简陋农舍之中，新鲜的空气与泉水，满目的绿色……似乎返回童年与故乡，心情恬淡安怡，真是去病良方，再也不想返回万丈红尘中了！

因为雨的关系，闲谈常常散漫，也说到，或者乔乔、耿军也愿意做一名普通劳动者而可以安于乡居吧？！在山西，这次你还找时间搞了一阵画，一回京都，杂务纷繁，恐怕你又分不开身了！！

人生易老，风景这边独好！

（1）中国文人画研究一书，请还，阿爸正要看。

（2）那一把椅，你修好，在用着吗？我们实在没一把椅子，如你不做主要之坐具，可带回白家庄，我将回去再运一次货物。见信即送去椅子，我可能26日、27日再搬物到香山。也会等半天的。

（3）你之各种计划如何，可写告，我们通讯处是：香山卧佛寺北沟村五号徐静福转，绝密。

（4）周家（指张郎郎同案犯周七月的家——注）可给他儿子寄吃食等等，什么全行。方便时可告她。（良址：河北石家庄133信箱，301号）

玛 74.7.25

致张郎郎

第一通　1970年4月7日

毛主席万岁、万岁、万万岁！

郎儿：

你的身体是否健康？

你的衣服恐怕都破得不能穿了吧？

上次你要被单，我给你送了一条旧毛巾被，你是否用它铺床，将床单当布去补被子等物？

我一直等着等待着，什么时候就能收到你的取物单了呢？

三月八日，大伟回山西，二十二日，寥寥也去到大伟那儿，如今都来过信。他们很好，他们极爱农村，与贫下中农相处得十分融洽，高高兴兴地接受贫下中农的再教育；他们身体健康，精神旺盛；寥寥长得与大伟一样高了，都穿三尺长的裤子了，时光如飞！

姐姐也很好，腿尚未完全恢复健康。正秋照顾她不错，玬玬仍住娘娘家，已是二年级小学生了，春节时寄来了成绩单，政治优秀，语文算术100分，评语是：劳动好，自我批评差些。

枫已复原回京，等待分配工作。她希望能搞医务，更希望去工厂，但可能当店员，目前正需要店员云云。

我本拟回故乡一趟，因为娘娘已70岁，年老体衰，玬玬在那儿，一老一小，不放心，暂时恐怕还不能去，过一阵，如去时，定给你信。

爸爸身体亦好，我们都住原来房子；即便我去老家探亲，你取物时，爸爸可以送。信仍寄旧址。如今一切更好了，信不会寄丢的。

我相信你一定能好好学习毛主席著作。彻底改造自己的世界观，成为新人！

敬祝

伟大的领袖毛主席万寿无疆！

布文

七〇年四月七日

第二通　1971 年 6 月 18 日

郎儿：

夏天来了。

姐姐住在小角屋里，今天我把北边小窗子给她打开，为了过冬，曾用好几层纸糊过，打开就可以通些风，但仍有西晒。

据传爸爸他们将有探亲假，他是去年五月二十日下乡的，最近将开始探亲假，十天，轮流，不知爸爸轮在什么时候。——他常来信，身体好，他的学习尤其好，在劳动和学习中，努力改造自己的世界观。

你的学习如何？身体怎样？附上的照片，全是小弟拍的。

孩子都在长大，但你嫂子的健康不佳，生育后一直有病，如今又添了肝炎；姐姐却胖了，正努力治腿。

敬祝

毛主席万寿无疆！

布文

七一、六、十八

致张大伟

第一通　1984年7月1日

伟儿：

今天是1984.7.1——上函的日子写错了两天。

薇薇说："今天是七一，咱们吃面吧。"所以中午是吃黄瓜、西红柿冷面。天很热了，室内32摄氏度，不下雨，也不见蓝天，灰、闷、干、压。

我预备每十页作一函寄给你，时间不定，去年我也给郎郎写过，但寄了两次便中断了。——我年过花甲，尚如此浮动无恒，自己颇失望，不知这次给你写，是否可以表现好些。

我想十页之中，以三分之二忆昔，三分之一谈今，都以你们中之一为主心骨，此集，即以大伟为主。

1949年4月23日晚9时，你来到人间。——那时住沈阳北陵教育部宿舍。东北的房子宽敞，尤其比起北京来真是有些豪华了。（阳台有50平米，是日本高级住宅，那时已经烧煤气，说豪华，是因为爸爸住城里，还有一座英国洋房，小铁栅门。）当时我在教育部任科长级编辑，是中学语文教材编辑组组长。我带了乔乔、郎郎住两间屋，又高又大，抵北京的四间屋子。有一个保姆，保姆另有住的地方，每早六时便来，晚六时去吃饭休息。一切似乎很有秩序，是供给制。保姆是公家雇的。每天公家供两磅牛奶，你诞生后，还要增加，但我们拒绝了，因为吃不完，伙食又好，乔乔、郎郎在幼儿园，根本不肯在家吃牛奶，那时幼儿园不仅伙食好，上午下午还发水果。夏天有西瓜，冰激凌……老师水平也高……

你知道，因为正在看《大卫·科波菲尔》，所以取名大伟？其实是，那时很多小孩，可以说全部小孩，都叫小什么——小东、小方、小辽、小阳、小林等等，于是我决定不叫小什么两个字的，也不想找两个同音字了，三个孩子这么叫起来音韵太平板……就先叫大卫。因为有个干部说，这不是信教的名字吗？陈布文是教徒吗？其实，真正的教徒是不这么取名的……为了不必总做解释，才叫大伟。其实，也开了一点玩笑：横写张大伟，不就是伟大张吗？既有洋味，也预约了远大的前程。——先让人们口口声声叫伟大张吧……

照顾你的保姆叫李素英，她比我大几岁。卅四五的样子，却是一个在押犯。那时，有一种向监狱里找保姆的办法。她们多半为了做媒人谎骗，或虐待儿媳等等。监狱中人认为，放她们出来当保姆，不会有问题。——我们根本一点也没考虑这点，至今我也未清楚她犯的什么过失。她一直跟我们，从沈阳到北京，1952年，他儿子结婚，才接她回去，她一直叫我陈先生。

其时我们都是积极分子，因为全国得到解放，新中国欣欣向荣，万事俱兴，真是一天做两天的事，每天一早上班，到家时，已在晚上八点以后。

在北京找的一个保姆，似乎也很好，她家就住附近小胡同内。她匆匆忙忙把咱家收拾一下，就抱了你，把门锁上，回她家去。下午五点之后，她抱了你回来。爸爸下班了，有时我也回来了，她就帮忙做晚饭，然后回去住。

那时，爸爸在中央美术学院，我在北京市五中。（乔乔在儿童剧院，郎郎在育才小学，都不回来住。）

我们住北京北池子，是与故宫隔一条小河——护紫禁城的河，在50年代，人较少，显得安静平和，尤其是北池子那一带。西是故宫，北是北大红楼,似乎特别洁净的大道,有绿树浓荫,有红墙碧瓦,令人发思古之幽情。星期天,或某日下班较早回来,我用小车推着大伟去散步,那时才几个月,坐在小车上,需用带子拦腰围住。否则,你就把头向前俯冲,头颈与腰背,都没有力量自己撑持呢。所谓带你去散步,只是透透空气,换换环境罢了。——听你说,你全记得,你竟十分清楚当时的一举一动,这是料想不到的。每个人什么时间能懂事记事,可能医学上,科学上,都尚无定论。

我是手工顶无能的,但我必须为孩子们服务。于是只有创新……首先我用大红绒布,给你做了一个"小红帽",你脸很白,戴了小红帽,确像童话中人。

大伟婴儿时期是一个恬静愉悦的孩子,不哈哈大笑,也从未哭喊闹人。他总在默察沉思,高兴时舞动两手,笑着学语。上班时,他安静地举起小手说"再见",晚上回来见面时,也是笑一笑,便自己去玩。所以后来,我们把他寄放在保姆家,带了郎郎去故乡探亲时,就非常放心了。觉得他天天主要的时间跟保姆在一起,他当然与保姆更亲近,别离不会有什么问题,甚至他都不会感觉出来,当时,他才三岁!

大伟,你在电视上看到爸爸。其实,有关文艺界活动,差不多全有爸爸,只不过,他总坐在后边一角,他不愿上什么镜头,有时,实在避不开……最近,爸爸给西苑饭店画的一张壁画:《群仙聚会》,已上墙装制完毕了,喝过庆功宴了!(应当说喝过酒了。)

这幅壁画,是去年画的,要制成玻璃版刻,其中饭店与工厂等等,关系弄得很麻烦。画的内容是他们规定的,要画八仙等等,后来,又说不用题字了……总之,一件事要完成,不知费多少唇舌与功夫,这已成必定之规了。

暑假中,爸爸可能仍要出省开会,可能是成都,也可能别处。你如回来,就可以跟爸爸一齐去——我因有薇薇,我去不了。爸爸独自去,不放心,届时就叫寥寥去。(你去更好……)

郎郎是根据他们的工作而奔走。沛沛给寥寥信,说"借调"不成了,本来就是胡扯的事吧……随他去,叫寥寥把校中房子退了。姐姐好久不来信了,叫人不放心!

薇薇功课很好,但有些习惯与你们小时不同,不爱看书,爱表演,总在自己化装编戏,不知前途如何发展……

北京人,小伙子都赤膊赤脚光腿了,晚上都坐在马路上乘凉了。我们也不能盖什么了,要点蚊香,扇扇子,不喝茶,喝冰水了,清早就喝冰水!

你所提到的种种新人新事,种种妙人妙事,处处皆同……

诸葛亮在《空城计》戏目中,摇着鹅毛扇,在城楼上唱道:"我本是,卧龙岗,散淡的人……"听到这句子,令人心酸。他为国为民出了山,但是阿斗仍是阿斗,弄到后来,连自己的小儿子也牺牲了……

历史不因英雄美人而留情,所以我以陶渊明为友:"悟已往之不谏,知来者之可追。实迷途其未远,觉今是而昨非。……倚南窗以寄傲,审容膝之易安。园日涉以成趣,门虽设而常关。……悦亲戚之情话,乐琴书以消忧。"

愉快、健康、恬淡、平和地生活吧!

第二通　1984 年 7 月 5 日

大伟:

今天是 7 月 5 日,接到你的电话。

大家都说:"大伟,你至少独自过完这一年……"其实,你已经独自过了好几年了,无非是只在今年,你才不背任何包袱,真正自由自在的独立自主,一个单身汉!——也是说明,不少人的心情,对婚姻的反感,就好像笼子中的鸟,看到你好不容易飞出了笼子……

生活是人生最大的难题，婚姻是难题中的核心。什么样是幸福？在日本，据说也是，女子都倾心于爱情，希望订下终身！男性都是一再拖延，有的干脆宣布，不结婚，可以同居，可以随时分手……世界潮流……

当然，在我们前一辈的人中，丰子恺、叶圣陶，都是顶好的丈夫与教师，文章也写得很好，真是："为人师表"！

如果你的生活观与婚姻观与他们一致，那就又何必要离开庐山呢？

寥寥说，中国任何地区，任何单位，都同样，何必换一个陌生的地区，又得从头——识别他们的原型呢？本来已经清楚了的环境，可以省力，而知己知彼更易前进！

若是为了摆脱一切，远走高飞，那是另一码事了！

当然，青年人总希望换换地方……我今天已托袁运甫打听，他会向南通了解情况的，却听下回分解。

姐姐说7月28启程，在香港两天，到广州（可亮大概有什么事，他广州人），再到北京，约在8月5号了，如去庐山，在8月8号之前，一定有电报给你。如无，就是不去了，你自己玩吧！

当然，也欢迎你回北京。北京热极，姐姐回来，过不惯了吧……

你不必去黄山，这些名山，人多如蝗，华山一再出事，（居然还对抢险者表扬得没个完，却暴露了另一方面，对游客何等不负责任！）泰山等地也如此，而且人挤人，也没可游的了！（北京香山都没法上，寥寥等人，找了汽车到香山，原车而回，又累又饿又气又热……）最好到一个可住的清静的山村中，休息几天……那只有庐山了！九九归一，避暑还有比庐山更好的吗？你不离开庐山为上策！（若为了另一个问题，那就另做打算了。）

郎郎7月底回港，咪咪9月去美国，是跟她母亲，去一个月，玩玩。

寥寥是，若忽遇良机，很方便的，可去（国外），则去，否则，他也不急赶胡抓，那是资本家的天堂，无资本的，去干什么？硕士、博士，大学毕业生，没工作的，满街都是，哪用得上连英语也说不好，汽车也不会开，也不认识路的黄脸皮呢……若有一技之长（哪怕是当裁缝、厨子，裱画的，做豆腐的），还可找混饭的路，否则，真是苦不堪言。据说，不少人去了，没钱回来，有一个演员，跟剧团去的，他偷跑，留下了，后来，无路可奔，自杀了……

时代在动乱，咱们必须"一片冰心在玉壶"！冷静，正视现实……

沛沛匆忙之间，在一连串辩解中结婚了。沈阳是九平米，母子一屋，北京女方，住集体宿舍，——他又说，将借调来京，要我们帮他找房子……一下子又变了："不行，不肯借调，走不了……"不知以后会如何……

我总觉得，姐姐这次回来后，再次归期，似很遥远了，所以，若这次姐不上庐山，你还是回京一次好，你来，可以看到所有的人，住家中，可以无所不谈。当然，一个人仍十分寂寞，那么，就请小春一起来！

虽然北京很熟悉了，但只要心情好，仍是可以游玩的地方。每次，你都没有吃好、休息好。现在，我也没把握，我一天比一天劳动能力更低了……

如果你们已定了很好的计划，那就按计划进行，总之，要健康、愉快，平安恬淡地过假期，万万不去探险觅奇！不值得，目的要明确。

爸爸本要去成都开会，——这两天，为了去石家庄，收拾一点东西，就感到很累，去成都得不偿失，所以决定不去了，地铁壁画本来由朱军山、蒋正鸿几位包下了的，经过数次会议，领导上还一定让爸爸做一个样板示范，还是画长城，70米长廊。（不知我听错否。）今夏，可能爸爸上地铁画壁画了，日去晚回，我仍走不开，另外，有薇薇，我也无法走，带了她，太累太烦……

辽宁画报社，今冬，出版一本《张仃漫画》。今天的各种漫画，水平实在不高，我一力主张把爸爸过去的漫画印出来，爸爸不画漫画太可惜。（对某些人，正中下怀，居然在过去的漫画选集上，都不选了……）这本画集，是我一手办妥的，爸爸自己不想办，他觉得过去的，算了，——如今，没有爸爸那种风格与内容深刻的漫画了！

爸爸是一个艺术家，总以善心待人，十分重感情，易于激动，常常心好，形式不好。年轻时，脾气大，急躁易怒，其实是他的真意，不被人理解或理解不够所致，有时又往另一个方面误解，他悲天悯人的胸怀，被当作庸人的儿女情长……爸爸这些特点，在姐姐和你的身上也有，我常说："你们黑脸人常被感情左右，缺乏冷静的理智，虽然你们是量大的，但你们无毒……"这也是缺点！白脸人可能被视为冷酷无情，但确实明智些，后悔的事少些……郎郎、寥寥是白脸，他们的妻子，也是白脸，所以××虽然颇有些"多愁善感"的样子，但她竟能力劝寥寥去美，并说："若是两人分开，一年之后，就自动离婚，大家自由，不必挂牵……"（听寥说的，不知是否夸张。）两个黑脸人，好不好呢，我想不到例子。

姐姐现在又落入某种自造的感情陷阱中，因为是自己吐丝自己缚，所以说是自造的，根本不可能，何苦呢，但愿一切能随风散。（不细说，目前还保密呢，而且是无果可结之花。）

郎郎只在清早六点半，骑自行车回来过一次，很快，十分钟即走，短袖汗衫，短裤，像个运动员，身体不错，因为他忙，阿沙也不去找他，他又有两个助手……阿沙20号放假，还没有什么暑期计划呢。

我如今混日子，已是老资格了，处之泰然了，不烦不躁了，每天做饭、买菜、翻翻报纸、睡觉……既不悲叹时光之消逝，也不痛感浮生之虚度……跟一楼卖冰棍的杨大娘一样了，好了！

庐山一定什么好吃之物都可买到，亲爱的孩子，你就买了吃吧，喜欢吃什么，就买什么，一定吃好些，使身体健康些。切不可清教徒似的，咱们都养成自苦的习惯了，我也在改。——现在想吃不吃，以后不能吃才糟呢！

二楼的陈伯伯，81岁了，现住院，天天打盐水、点滴什么的，日子可数了！

致张寥寥

1981 年 10 月 29 日

寥儿：

　　我写信，你一定明白，是讲一些不顺耳的话。虽然，你这么聪明，也不能再孩稚气了。你已有足够的涵养与意志力来冷静思考了。但，我想想，还是写几句吧。

　　有人，不是一个人——最近听到的，是第四个人讲了："寥寥酒喝得太厉害。他又不善酗酒，因此，酒喝多了，就控制不了自己的语言，这很危险，有些话是太出格了……"

　　不是咱们家的人，绝不是弟弟姐姐等人，完全是少见的人，可能你都不认识他，都是只认识爸爸的，但他们听到这是爸爸的儿子，为了好意，他们特地找我来谈……

　　亲爱的，千万别生气。——我没有告诉爸爸——咱们心平气和地来思忖一下。他们没对我说是些"什么话"，我问，也不会讲的。前前后后，都陪衬了很多温柔善良的解说，是希望我们了解，希望你能警惕改正，否则，不但对你留下祸根，对爸爸、对家庭，都不好之意。

　　你比我更清楚，任何地方，尤其是旅店酒楼，都有拿薪金的和义务的耳朵，真为国家，倒也罢了，多半是为私人奔走挑拨。——祸从口出，是非皆由片言只语引起。你是沉默寡言的人，你是深刻思考的人，但几瓶酒，几个引火物一哄，你会失去控制……

亲爱的，我相信你能冷静，能有所分析。

我甚至相信你会戒烟戒酒。——生命诚可贵，风格价更高。若为安全故，烟酒皆可抛！

既然烟酒已经是时代落伍者的嗜好了，那么，正如瓜皮帽过时一样，为什么不丢开它！

今天，物质的诱惑力，世俗的贪欲横行，种种颠倒是非的丑剧，人面的兽，以及兽面装金等等，使有思想的、淳朴的青年人受到污染。亲爱的，必须再站得高一点，虽然，攀登一步是何等艰难，甚至非常痛苦，但是，我相信你行。

B.W 81.10.29

致邬枫

第一通　1969年6月27日

枫枫：

七亿人或八亿人，真是一个大国啊，可爱的，可尊敬的，可赞叹的，可信赖的，可期望的……如普氏兄弟者，但愿很多很多……

你所讲的故事（或今事），属于狗抓耗子之类，唉，据我所知，狗抓耗子的事，你们做得还少吗？古人云，"君子成人之美"，似乎值得称善的，不过在鬼见愁（北京香山顶峰——注）上练跳高，又似乎危险而胡闹，要小心啊，亲爱的，切不可去弄莎士比亚的喜剧，好好学习样板戏，思想革命化！

一边浪漫主义，一边又搞科学，给老大娘治绝症，精力可佩，你们这班青年人：指点江山，激扬文字，风华正茂，粪土当年万户侯的旺盛之气，蓬勃于字里行间，完全是新人，新语言，新气概，新时代的声音……

我忽然语涩意沉，觉得自己实在旧得难堪了，确实应当去咸宁挖土搬砖……不过，我们方面还一无所闻，寥父仍在学习班发奋云云……

其他无可奉告。

敬贺

毛主席万寿无疆！

玛　六月廿七

王姓出了那么多不好之人，奇，请你捏指一算！

第二通　1969年7月16日

枫枫：

看了你的信，我们对老普（长子耿军之昵称——注）之两个月不给我们一个字，就更了解了！

在这方面，他是主观的，而且是不体贴人的，虽然他非常热情，有火一样的心，但当他出现这种疏忽的时候，仍是令人伤怀……

你放心，他是健康、活泼，而且没一分钟不是精力充沛，时时有建设性的、创造性的念头爆发出来，时时在创造令人赞叹的行为……

告诉你一个好消息，他买了一个半导体唱机。某日，他在某处之某寄卖店，发现一个飞利浦半导体唱机，观赏再三，决定不下，于是奔回家来，与我们商量，因为在他为自己置备的货物中，尚未有过百元之记录也，据寥寥与他的对话中，我得知，此类品种，不要时可再出售，其中零件也可值六七十元，于是，决定买。他又携带寥寥一名，兄弟们匆匆奔去品评，以备万一之不慎而破此大财也……

总之，试听，又打开内部细查，一切满意，大赚之举也；是日，又收到你给我之信，福竟双至，足证老普乃幸运之化身也！

这是一件可赞之事，——还有可叹之事二，我既知道，也顺便告你，或有助于他也！（今天"也"字何其多也！！！）

据普谈，他在财政建设上，新创奇径二：一、借人钱造房子（修屋子）；二、借人钱结婚，自以为都出于深思熟虑，颇高明之措施……

呜呼，你们仗义疏财，是好事，奈何修屋娶妻，同是一个工作人员，竟要借债来办，借不到便不娶不住吗？而普竟以十八世纪之善心，慷慨解囊，而颇自得，以为谋划有方，实堪浩叹！

因为你们没有借过债，不知道借时笑嘻嘻，还时铁面皮也；我们几十年都这么过的，因此劳累半生，分文不赊，如今一嘴脸市侩气，也是经济学院之新生耳！你们必须万分清醒地知道，即便是一个真正的观音在世，你借她500，她顶多还你15，而且是在极度急需，亟待救助之下，你仿佛是癞皮乞儿，伸手一再地去讨……天呀，别蹈覆辙才好，如果你们是酒肉浪荡之徒，也罢了，可叹老普，吃冰棍取三分，在王府井喝一分钱冷茶之苦行僧，使我不得不一再展示市侩图，以求有所领悟耳！

今晚，普去大连，正是海水浴之良时也，但愿他快乐！

七月份，良寄来取物单，后附言云："妈妈，信照片均收到，一切都好，勿念，望常来信。"这次要的是扇子、拖鞋与笔记本。

乔乔仍卧床养伤，因该文工团搬到半山，住破庙中，人们均下山演出，她独处山野，未见寂寞耳，你有时间，请去信：云南个旧市红河州文工团陈乔乔收。

大伟在乡，过此大忙，极辛苦劳累，也生过非常之病，也看过非常之大夫，得到非常之治疗……总之，现在很好，在劳动上，社员们都夸他，与老乡关系极好，所以很愉快。最近正在办寥寥插队的事，希望寥寥能上他那边去。他已谈过，可以，正在进一步落实，弄得证明，办一切手续耳！

寥寥是游泳忙，据说他的蝶泳已到十分出色之境……对于你送的像章、军裤，都高兴得了不得，他将给你写信。

寥父，一如你们在家时境况，前些日子，随全院师生下乡麦收20天，很好，听说七月定性毕，八月整党建党，九月要筹备20周年国庆了，不知真否，能否一一按时办到。华欣曾来信，说将给我一份九大报告文件，并谈谈。可惜我忘了她的地址，无法复信，她就没来，耿去信约她礼拜六来取药，也没来，可能离京他去了？你那药的效能及用法，耿都未及与我们谈过，可见他来去匆忙到何种程度了！

北京各中学，似乎都在斗流氓，又听说全市有廿余个杀人抢劫等凶犯，将交群众判决。前些日子，有个化工学院的24岁男生，把他所爱的一个女生杀死了，也判决枪毙立刻执行！（20余人的大凶犯，从16岁到66岁！）

长久不写，如此啰唆。

你有何见闻，有时间多告诉我些，我是既无可读之书，也无可谈之人，以做饭洗衣为专业，虽然在家属学习班，每天有半天学习，"老三篇"及报纸社论等等，进步不大！

匆匆祝万事如意！

玛　七月十六日

第三通　1969年7月28日

枫枫：

今天阴雨，但仍闷热如蒸笼，我们吃饭的"三味"（居所小，饭厅的戏称——注），气温表上是30摄氏度,(昨夜是32摄氏度)如云开日出，外边的炎阳，其热可知。

广播一再大声宣告，沿海地区，尤其是福建、广州，将有九级到十二级的台风……想到善良厚实的人民，傻乎乎的，面对这大灾祸，真是心痛如绞，因为厌恨自己的无能为力，心情暴躁……大自然亦是恶棍，为什么不将十二级化为几个三级或四级，分吹于各个炎热区域，使灾星成福星呢？作恶真是天性吗？可恶之天！

既然人们已经能够到月亮上去了,为什么不能把地球上的灾害先消除,……"为什么"太多了,不说了,总之是,好人受难的日子还没有过完……至少是,在这台风下的好人,正在受难!

有些人,为了下乡,计划异常周密,竟都去检查牙,似乎一下乡,全剩野猪,嚼熊掌似的。我听后也曾想到去检查一牙,似乎有一个牙露出了神经,在某一个空隙或什么特殊关键时刻就极痛;但,我对目前的某些医务,是不太信任的,很可能自找苦吃,不能去病反而添病,就作罢了。不料你竟当了牙司令,这很好,希望你在遍历群牙,普治齿患之后,医术精良,牙学深博,(通乎?)有朝一日能给这个家族治牙。

我们曾有一个族称:"银河",乃自谦如一大群小太阳之意,目前尚无新的,仍用此。

对于这样谦虚的家族,你切不可再加恭维了,事物总是平衡的(如今又有负世界之说,正负之负也),有那么多优点,必有同等数量和质量的缺点,或者你也已感到,不说而已。对于这类人,越远越亲,越近越恨,远则他们的优点全部凸出,无可比拟,近则他们的缺点全部凸出,无可比拟。——虽然都万分热情,其实宜散不宜聚也,亦可叹异!

关于"学习""劳动""活思想"等,来信谈得极恰当而符合实际,有普遍的意义,不另论。

关于各种新药,新疗法,希你努力学习。中国人民是智慧而勤劳,不管什么事情,都足以震惊世界!关于风湿性心脏病的治疗,及药物反应,更请长期地、细致地记录和观察;另外,你也帮我注意这个脑病,我健忘到极怪诞的地步,比方,刚刚买的东西,在柜上付账时,我已不记得了,要一包一包打开来再算,比方上厨房取碗,我能连去五次,因为每次跑到厨房,已忘了干什么,回来盛饭,才知取碗。再去又忘了,五次往返;至于中午吃的什么,下午全忘就当然如此了,与"头"有关的是:每睡必两手环头,常常反对自己,偏放下手来,但转瞬又自动如此，再，睡时不舒服，觉头重，似全身万物皆集于首府，"除头一身轻"，因此清晨必烦恼。有时头痛，有时昏累不堪，睡时也努力学吐纳之法，企图用气功疗法，运万物于四肢百体，使头脑轻松愉快；——因无功能运，叹几口气作罢，如此已三五载矣，不过"于今为烈"耳。

所以我最近几年，总以为自己将死，而且必死于脑病，此事家中长者深知，非忽然给你吹也！可能真有脑疾，故有些不良之预感，如无脑病，而敏感至于此境，也有神经病矣。你可博览医书，试研究各种脑病之初期感觉，及各种以为有脑病之神经病患者症状，或者有可寄我参考之书，或者能有对此症之药。

大伟在山西，乡人有议他为赤脚医生者，因他有时与人谈些卫生医疗之事，帮农民去小毛病，他正青年，有好记性，看的书能记住，他来信要一些实用而有医理的中医书籍，有插图的植物药学，就是什么中药什么草什么样子，山西有山，大概他要在闲时去采药吧，至少有这种兴趣是好的，比打砸抢诸才子，对人民有益些，可惜京都无旧书铺了，你那边能找到借到或买到，请帮忙寄他："山西运城金井公社曲凡大队，东曲凡一队张大伟"。

关于乔乔，谢谢，你是这么关心，这么热情，如今她薪水照发了，她可以自己办理了，以后需帮忙时，一定告你们。

据说七月份各单位复查完毕，八月份整党，26号，不少单位庆祝工人阶级登上上层建筑历史舞台，领导斗批改一周年纪念大会，同时欢送回去抓革命促生产的工人同志们，一片热气腾腾的气象，形势大好。——无具体可告之消息。

老普去大连，地址是：
旅顺220信箱接待所十号房间。
你给良之信，已寄，不知此月来信否！你给普之信，已转去旅顺。
如果你复员回京，当然好极了，却听下回分解。
作为一个穆桂英，当然要一马当先，但聪明的小猫，总是把爪子深深地收藏，我们那个黑姐，只要对她说："握握手，握握手。"她就郑重地伸出她的小手来，你不管用多大的握力，紧紧地捏住也决感不到她有任何爪子存在，只是异常绵软的小绒绒球，而她的神态，也像公爵小姐那么温柔腼腆到万分，但当一有敌情，闪电似的，她的爪子一亮，公爵小姐忽变孙悟空，勇不可当，使中央美院两个女学生，吓得大叫大躲，以为我家畜有猛兽"美洲豹"之类……！

你是疾恶如仇的，但要分清矛盾性质，有时"恶"不成"仇"，就不必去嫉，嫉必自苦自恼，麻烦纷起，因为癞猫才爱互咬……不过，我是相信你有放有收，你有冷静与科学的洞察力……

昨夜我做了两个梦，关于乔乔、玳玳，和关于良的，不愉快，也不记得了，只有头疼存在……

你别以为"梦是心中想"，我很少有家中人入梦，我也很少愉快的梦，近年来，我的梦是沉重的，闷塞的，有时甚至是非常非常肮脏别扭的，例如处身于乱石荒郊，双目所及都是娄坑之类，人老了，梦亦丑恶低级到这地步！

华欣一直没有来。

耿也再无信来。

你那儿热吗？有西瓜吗？——北京西瓜很多，因雨水多，瓜甜的不多，西红柿也坏了不少。

昨天，我与爸爸上了北海，呜呼，别来有三载矣；——从后门入，转后街，爬后坡，至一后院，有池及山石残屋败亭，如谐趣园款式，爸爸竟未到过，十分高兴，我们坐山石上，看人们游水玩乐。雨后风凉，野草长有三尺余，草丛中，发现一对一对，贴伏于淋淋滴水之草中谈情者，亦有坐于众目大睹之山石上，互相抱偎如入无人之境者，呜呼，亦可叹，人，感情动物也，感情似乎更重了，一对一对真多极多极了！面如幼女，手抱佳儿之小妈妈，也不少。

我们邻居，正在怀孕并且有流产先兆，而正在告假休养中。你没有什么这方面的情况吧?

关于杨,无话可说,乔乔孤苦之甚,困境如此,万里遥遥,爱莫能助,能助她的,便是猪八戒、沙和尚,我们也只有表示感谢……

爸爸特别痛苦,他以为无力帮助自己的儿子女儿,明知而旁观,真天下之凄楚事也……因之,觉得倒是无子女的好,赤条条来去无牵挂;人之多情,亦是恨事;我淡泊些,有比如无,则亦解脱矣,何迂愚之甚也!

匆匆 敬祝

毛主席万寿无疆

玛 七月廿八日

附:耿离京前,又丢一次钱包,据云:钱不多,报销单不少。——我后悔,未叫他把钱留家中,他不善守财,何必怀款?听说是太原的钱取了一些;你放心,这次失窃未失财,别提。

第四通　1969年8月8日

枫枫:

如今老天患了旱涝失调之症,似属肾脏科,但从信中得知:云南、山西、河南、江苏、湖南、湖北、安徽、哈尔滨等等地区,都是先抗旱,在烈日炎炎下,担水提壶,昼以继夜……忽然又在淋漓下抗涝,呜呼,能抗涝者,幸运儿也,不少志士仁人,已在汹涌澎湃中,不知其所至矣!

所谓床,也就从火炕而变为小船了,耿信中言,南京某宿舍的床铺,一齐在水上漂游……

我自觉意识,是浑浑噩噩之徒,既不思前想后,更不思女想儿,更更不思失去的精神，想毁损的物质，更更更不……总之，似乎什么也没有思想，为什么头脑如糠了的萝卜？谢谢你抄来的症状和病理方面的材料，其中确有颇对症的记录……或者我只是精神病所致，不会死于脑病？或者竟极长寿，竟能目睹中国人，不受水涝旱灾等等痛苦，姑娘像姑娘，床像床……学习、劳动、工作等各方面，都照毛主席的话实现了，我亲爱的祖国繁荣富强……

你好好学习口腔科，祸从口出，病从口入，口乃是非之门也，但"心有灵犀一点通"，关于"心"，你最好能找到关于此道的中医，向他长时期请求教导。还有神通广大、神不守舍之"神经"，这两门医学，从传统中好好学一下，是极必要的；我似乎叫你在火焰山上吹箫，你可姑妄听之，若有可能，则不妨实践之，于咱们家的这伙活宝，以及于国于世界，皆有补益焉！

最近阿拜（即寥父也，以别于枫爸及太原之爸，以后用是称。）忽然心脏部分，大感不适，常近虚脱状，面色发绿，冷汗，心中忐忑，似顽腾，似蒜辣……长久以来，我曾视其气色，而戏呼为熊猫拜。因其眼四周深黑，如欧美明星之化妆后，抹上的黑眼晕；眼角靠鼻之尖端，如捏一指甲痕似的，深陷而乌色。从相面术上讲，乃一脸晦气，正在厄运期间之象，细析之，尤其是对妻、子、女，大有损黑之兆，——这一套内容，过于令人不安，故弃而求中医书。关于气色，眼乃心之苗，眼周黑，是思虑过度，伤心所致，因部位涉及多方面，所以有脾、肾及小肠等方面病变。呜呼，观书而论书，只不过增加不安感而已，于病无补，于人无助，凄怆无已。

朝阳医院，中医老大夫一诊，果然，未及申述，他就说："你的心脏有病，气血太亏，心竭而不能通四肢，而手脚麻木，胸闷神躁，恶心厌食，神倦而不能睡，卧床而不能宁……"

想到你的党参，大夫说可以吃，于是打开包，天哪，全虫生而蛾飞，蛀成多孔，粉末成堆，恐怕只可嚼药渣了。请你问问大夫，这虫蛀后的党参，吃了是否仍有些好处。——吾等，穷人也，收藏而未服，以待必要时之用也，根本没有一点中药常识，绝不知此等物品要防蛀！当然，我们拍拍敲敲，将残枝败秆，晒于烈日下，亡羊而补牢也！千万请你原谅，实在太可惜了。

花子拾金，必然遭窃，穷命难逃，信然！

山西武斗，中共中央已大张布告，如派争不休，将惩其首凶，征其余恶也！因此大伟那边廿天无信，正在寥寥要办手续之期间，叫人心中焦急，据说，八月份将送走13万毕业生！

今夏大暑，由于多雨而未大热，只热了几天，如果没有秋老虎，那么1969年之夏又将告终，而秋风秋雨即将来临。——文艺界消息寂然，受再教育之苍苍白发者，仍在每天劳动中度岁月！

据说北京油水多，小偷撬门者，除之不尽，于是家属老太太们，成立红卫连矣！我如今也是一名红卫连战士，每天有两小时站岗，严守门户，查问出入者，京都家属，处处站岗，并已有建立功绩者焉！生命财产，因此而有保障！

东北叔叔，非常关心你们，一再询及你们情况，并因为你们结婚而未致贺，表示莫大之遗憾！你有工夫时，可去一信，礼应你们先致谦辞，叔叔是个大热情家也。地址：辽宁省沈阳五七干校办公处，张德成同志。

华欣未来过，家中也无新事可奉告！匆匆。毛主席万寿无疆！

玛 8月8日

全国粮票若有，可便中寄些，无，亦无妨，此乃添补玳玳乡下之需，一时云南寄不到时填空隙耳。

第五通　1969年8月25日

枫枫：

你总是有很热的心与很重的感情，总是不断地在发现别人的长处……这，首先使我们感动，也使我们感叹，因为这种特点，正是我们，正是我们共同的长处和短处！

有些事很怪，不容旁人插手，尤其是关于恋爱……很少成功于旁人的努力帮助之中，常常得之于偶然机遇！千方百计寻求或培养的对象，差不多都以悲剧告终，而幸福的伴侣，常常取决于片刻的倾倒。所谓"一见钟情"之类，字面似乎唯心，其实乃真正唯物的，说明对方具备了极大量的、彼所思慕的特点，一旦相遇，就会产生"我们仿佛见过面"的感觉，而心心相印！

良经此风浪，理智上，感情上，必有不少变化，关于此类事，就更非旁人能窥其肺腑矣！就是大伟、寥寥，也是，普天茫茫，不知其红线飘飘来自何处；各人自有各人福，吾等只有袖手拭目以待之，做个现成的祝福者而已。

以己度人，此理自明，明智如汝者，更不必细细分析了。并且，希望你也不必再做任何人之良媒，媒者霉也；"新人请进房，媒人踢出墙"，旧时有此成语，足见倒霉之状，岂可疏忽？

如今备战气氛，自四方来，北京本无明显措施，但人人交谈，皆以此为中心。纷纷下放之徒，均互以"战后再见"作辞告别，一似抗日战争之初段状态；呜呼，忽忽卅余年，又将经历战事，中华儿女多壮志，真正了不得也！

寥寥正在办去山西手续，不管如何，国庆节前，总分配毕云云；寥寥一走，我真正从家务中解放出来，"子走一身轻"，将飘飘然如卅余年前矣，便是想到这种境地，也有梦似的感觉，人世恍惚，匆匆奔波，无宁静之时日也，又都做好背个小铺盖，穿上草鞋，战斗于山水之间之姿态！

大伟一走上征途，就见战绩，希望他从胜利到胜利，小鹰儿翅膀硬了，高飞了，多么美妙！

不知战前，你还能返京一晤否，天下事诚不可测也，谢谢你给大伟寄的书，他收到了，针也收到了，乔乔也收到你的信，她高兴看你的信，她是天真人物，以后希望常相扶持！！

玛　1969.8.25

第六通　1969年9月12日

枫枫：

为什么不来信，是否我们的信也属于节约之列？耿一去无音讯，他怎么样了？

寥寥还问你，他做的那小匣子唱得如何？性能上有毛病吗？

我们颇好。寥寥仍未办毕手续，山西的人来了又走了，要等县安办来接，叫人心焦，不知县安办能在国庆节前来京否，其中还有变化否，弄得什么也不相信了，总怕失望……

告诉我们耿在安阳情况，近况，你的一切。

在九月六日，领导上叫阿拜把抄家时拿走的东西领回，寥寥找了一个同学，工艺美院借给一辆平板车，取回来的是：玩具、乒乓球及筷子瓷缸、鞋子、皮包、袜子、一个被面、一大堆碗盆、口袋、带子之类……因为有四个大竹篓、两个方木箱、三个小皮包，所以得平板车，而其中塞的东西，却是这些破烂也。……书、画、笔墨印章之类，未给，属于封资修的不给。

工艺美院在各系分别宣布复查定案告一结束，书记是内部矛盾，吴劳主任也是内部矛盾，原来定性时，这两位是敌我，而且是从严的……

全校只有一个厨子，一个工友，还有些教职员，做过特务宪兵、伪警长和国民党的什么小官之类的，是历史上有政治问题，敌我性质的，也不戴帽。很多全是内部矛盾。

最后宣布："张仃、雷圭元、陈叔亮（三个副院长）定案由上级决定，本院不能决定。"

在礼拜二宣布，工艺美院与其他艺术院校一样在国庆节前下乡，不是五七干校，也不是插队，而是劳动锻炼，轻装出发，从12号起放十天假，以作准备，——我又忙寥寥，又忙寥父，所以如果缺乏时间，匆匆写这几句，无非希望时常收到你们的信，备战紧张，请勿失联系为安。

今天给家属宣布，有粮票的全去买了粮食积存，如交通中断时，粮食买不到，有粮票也无用。

你们有什么备战措施，也详告，别的文件或情况、消息，勿忘及时告我们，我们真是听到的东西太少了。阿拜走后，如寥也走，家中只有孤家寡人矣，千万来信！乔乔也一月之久不来信，她那边似乎仍清队（清理阶级队伍——注），而且对她颇严……我也不安，也无可如何，但愿天下好人必得好报，好事必然水落石出也，良也无消息，吉人自有天相，吾复何言！

附上耿照等，如打起仗来，那就更丰富多彩了，社会更活跃，生活更有意思了，天之降大任于斯人也……吾中华民族，必成世界第一天才之人群也！

大伟也好久未来信；月（即蒋定粤——注）来信，6月份给薪水了，但仍告不到假回家，其母大病，也不能探望云云。

我原拟国庆节后，返故乡一行，也看看玬玬了，若备战这样忙起来，未必有那工夫了吧？

匆匆，不写了，记住：第一，别忘给我们来信；第二，可能时，也常给乔乔、大伟去信，天下知己，数人而已，彼此当永相爱！

玬玬住我大姐家，通信处是：江苏常州西夏市 邱杏珍（我大姐之女儿）。找到她，便知一切。

因战时无奇不有，或许萍水相逢，互通问询，亦未可知也，而且，那是我之永久转信之处，也告耿记住。

玛 九月十二日

第七通 1969年11月中旬某日

枫枫：

许昌是否曹孟德的老巢呢？"山川相缪，郁乎苍苍，……月明星稀，乌鹊南飞……酾酒临江，横槊赋诗，固一世之雄也，而今安在哉……"河南多古迹，出土文物最丰富了。你们将在那块土地上创造出千百年后的，惊人的文物与史迹吧？

我们都很好，十一月一日，大伟到京，将休息一下，然后偕寥寥同返山西。他对中医尤其爱好，每天阅读中医典籍，并动手搞针灸，可惜不能拜名师求指导也。十一月三日，定月来咱家，她精神爽然，全无受苦劳累之态，得十天假，七号与我们一同为良生日祝贺，——当然，她母亲极力说服她对良一刀两断，勿误年华……她内心紊然，我们也无可言说，只是由她自己决定耳。十一日临行前，又来一次，都匆匆，只是说些一般闲话，大家对良，都无新消息可相诉。

乔乔仍照旧，卧床养伤，其心情处境，都不容易坚持，但她算是坚持生活下来了，足证人是万物之灵，人定胜天也！

本来想待耿的衣服做好后，给你写信，等来等去，尚须十来天云云，又得方进信（附上）才决定先写几行寄你……

你的梦写得多么好啊，我是，长久，长久没有做过这样的梦了，近几年来，脑质朽败，弄不出一点有趣味或情节的梦来了，更不用谈什么色彩与情调了,我健忘的程度,除了说出叫人不相信之外,别无可形容之词。

我们,老太太们,也挖防空壕,挖了几天;也要演习防空,不知限多少时间防毕,如只三分钟,肯定有的老年人还未找到鞋呢(若夜半的话)。这光景,都听下回分解。

最近,文化部所属各单位,先把老弱残迁出京都,到武汉金口云云,第一批月底便走,没有咱们的人。填表时,我们填的是,因我的老家在江苏农村,愿返故乡,阿拜愿与我返我之故乡。——当然,只供参考,一切服从上级分配。若是我们走得太匆忙,就打电报给耿,一个字曰:"迁",然后等我的信好了。你给耿信时,可提一句,否则他会发急,弄不清一个"迁"字何意也。可能不走不迁;时间方便时,当然就在信上谈。

天很冷了,我们节约煤,暖气必得在零下某度才烧,烧时也只在清晨与晚上,也只暖片刻,以不冻坏水管为标准。——所以我们全副冬装,一如到北极去。加以我的脑质败坏,加以我的市侩气增加颇猛,加以我的心已成钢铁,加以我万分近视,对一切茫然木然,加以阿拜闹气管炎,加以小兄弟们成天招待从北冰州来的哥儿们,满嘴巴的熊瞎子、豹子、猁子、讲武斗用斧子、讲报复杀人家的狗子等等……总之,我恐怕只好安排当个丁等的外婆了,方进不知听了你们什么胡诌,大大地褒奖我一番,我对镜子照了照,决定正确认识自己,你可自复。

玛 六九.十一

第八通　1969 年 11 月 30 日

枫枫:

耿今天在家玩了一天,他们父子四人,都有决心,在一次谈话中把上下五千年，纵横十万里，党、政、军、工、农、学、医、电影、交通、以及龙卷风、冰雹、半导体、防空壕、疏散、香山的水、洛阳的旧城、两年后的云南、气枪、照相、游泳、针灸、各种草药、蒙古、苏修以及月亮等等谈完。我守住一个厨房，较平静，饭后又跑步去看《宁死不屈》（阿尔巴尼亚进口影片——注），是反法西斯的卓娅式故事，心情沉重，但仍努力谈、谈、谈……到夜九点半，离白家庄去牛街落脚，走时对我说："妈妈，你给枫枫写几个字吧，我今天没写，回去想恐怕也写不成……"他们有四个人来京，住一个月，办公事的。

耿十分风采，总是朝气蓬勃，喜气洋洋，似乎腰揣十万，骑鹤而来的样子。

虽然他以不善料理生活著称于世，但他这次，可穿了一身新绿，整齐而且美观，翩翩佳军人也，确是第一流青年人物。

我们家中，也永远人口兴旺，嘉宾惠临，有北大荒回来之李庚，开口便是："一斧子抡过去，削下半个脑袋……在马背上打瞌睡，猛地一惊，马呆住了，睁眼一看，老大一只野猪，迎面而立，也瞪了两只眼看我，它身后还有五六只小仔……我气极了，给它一拳，它抱了头，蹲在墙根，吐了半脸盆血……"英雄式人物也……有陕北回来之公子，微笑而言："家里只要给我五块钱一月，就可以躺在炕上，每天煮几个鸡蛋……"有老阿飞鹿，有小天才蛮……各路好汉云集小舍，言必惊人，语求吓众，富于表演，极为形象，都是明朝之风流人物也！

阿拜照旧，只是生了一个礼拜气管炎，我胖了，每天下午学习，防空壕已挖在团结湖，疏散的消息尚未具体下达。

两盆水仙，正努力茁长，天很冷了，寥寥又开始游泳，并一再暗示我冰鞋之重要，我也收罗了家中两双冰鞋，两双球鞋，到寄卖店，以十四元之高价，当场成交。再添上五六元，便可购进一双球刀鞋云云，以四双加钱，换一双，好买卖。目前我仍握紧票子不给，却看有冰场没有，却看我们家疏散不疏散，却看对这批小家伙是否由他们逍遥到春节……

大伟给自己的腿上臂上，灸出大火泡，日本法，其实何必用鬼子一套，但他力求实验，无可阻难也。一方面看医术古籍，更加书生气十足。

寥寥昨天，以半夜排队法，购得猪油一斤，寄给乔。这是他除"玩"外，非常罕见的服务态度，志之不忘。

耿把华山带来了，还带了一架二千元之宝货，弄得小老百姓十分担心，藏在衣服底下，不敢用它照相，难道说，我们的贵相，值得用此宝物一照吗？

北京什么全有，你需用之物，告我们，可寄。否则，大家全不管你，只叫你管大家，太可叹了（说可怜，怕你恼火）。你喜欢吃什么呢？

昨夜谈疏散时，我们竟想到许昌去，以为"代婆婆找住处"亦事出有因也，耿说，军人是不可以办这等事的，我们才恍然作罢。

乔乔有时宽心而乐，有时不宽而哀，仍如旧。

耿之探亲假也不提，京事办毕后，可能去沪，他的运气一直不错。

你父母姐弟等人，有何消息可告否？

月回队后，一直无信，可能受母教而断来往乎？此等事，是幸，是不幸，只有老天明白也。

每个人都梦见良，只这一点，良也有福，良仍无信，可能不在京都？比方耿老已去石家庄。

古往今来，什么故事都有，我们如今，全不去细想也。

我的智力猛退，干巴至极，写不出几句话来，你有工夫时，常来信，我们尚能欣赏你的好信。

我做的馒头，奶猪式，自以为独创而得意，又煮极好的芸豆粥，你如能回京，可大吃一顿。柿子放在阳台上冻一夜，便甜而凉，天下最好之水果也。我们又添置闹钟一架，十四元之好货，每天有日历在小圆之中示意，不易弄错日子了。

玳玳考算数，一百分。寥寥蝶泳优胜，一百米。我们很想去长城一望，总不能使愿望与精力、时间及兴致等等统一起来，我私下打算，趁耿在京,轰轰烈烈地来干一下,却听下回分解。

玛 69.11.30

日子仍写错了,小闹钟上是"十二月一日",良辰也。

良辰美景之良辰,非良已回之辰也。

第九通 1969年12月8日

枫枫:

今天奇冷,冻得韧而锋利,无疑是属于钢种货。以四毛之巨款,购进大柿子十枚,其甜度与凉度,诚人间天上之美味也;传说中讲一个农妇,设想顶顶享福的场面云:"皇后娘娘午睡醒来,一定伸着懒腰叫唤:'丫头,拿一个冰柿子来……'"或竟是写实主义之作品乎?

耿之衣已取回,在阿拜严峻的苛求下,一再品评,认为做得不错,式样是上等的,手工尚可,料子是好的,只不知此人何时试装耳!他乐意穿了士兵的制服而招摇,充满了孩气,永远以极度真诚与朴实来感动人。

说到我的文化程度,及当时读书的环境,——如今很可以亮一亮底了,如今不至于脸红了,因为年过半百,总能板起面孔,装成长者的道貌,必要时眉头一皱,鼻子一哼,使年轻人立刻畏缩,至少假装畏缩……

小时候有人说过我聪明,到初中的时候,就十分崇拜起天才来,似乎也悄悄地下决心当个"天才"什么的……可惜,家父母不能供我上大学,而,方时我以为天才必须上大学,或者是唯有大学才能培养出天才。——因此,深深地痛苦……于是在街头浪荡,也对警察喊过"打倒蒋介石",希望入狱,理论根据是,高尔基说过:"穷人的大学,就是监狱和医院。"……当然,人家没有把十四五岁的女学生之狂言当回事,却混到了一个小神经病的绰号,不料南京也有一个绰号叫神经病的穷画家,在我从苏州漂荡到南京时就认识了,因为是同病,谈得特别热烈起来,他画讽刺画,我写讽刺文,居然靠稿费生活,平均每月十元大洋,主食是白薯,一分一碗的糙米饭,两分一碟的豆芽菜,主灯是:洋蜡一支,主房是:贫民窟一破屋中一木板之铺,四壁肃然,无丝竹之乱耳,无书报之劳神,为了房钱便宜之特点,我竟住过一间屋,是没有一扇窗户的,所以日出而出,日入而入,出则踯躅街头,惶惶然不知所至;有一次,不知怎样一举足,踩进了南京中央大学的图书馆,肚子里塞一块烧饼,半条黄瓜,就在那儿看一天书,如此云云,也只有几十天光阴,日本鬼子就开炮扔炸弹了。

那时候,努力于学习的第一是"革命",第二是"吃饭挣钱法",无暇涉及文艺之类也。

关于写讽刺之文,要附注,却说家中贫寒,自小只看过七字一句的《孟姜女寻夫》,及《梁山伯与祝英台》之类,到初中(我生平所受之最高教育),同学们都看《小朋友》,或张资平的三角恋爱小说了,我因年龄关系,对后者绝无兴趣,对前者,又觉其不如孟姜女深刻,所以什么书也不看,不料无意中翻开了一本《呐喊》,看完这本书后,别的书更不爱看了,就专找鲁迅的书看看,其时,鲁迅的书在学校是禁书,我还是弄到几本,记住了几个古怪名字,如:阿Q、蓝皮阿五、康大叔,也记得狂人……大概受了鲁迅杂文的影响,所以也写起杂文来!

一九三九年到延安,一边爬山开荒,一边抱小孩洗尿布;一边学习政治,开会,一边纺纱;一边整风,一边上图书馆借书。有些书,其实没看或没看完,胡乱都在卡片上画上一个名字,以至于有人说,鲁艺图书馆的书陈××都看过了,帮我大吹,我坐享其成,没花一点宣传费!

五十年来,我一共上过两个图书馆,看书也不过几十本,而且只挑故事有趣的书看,脑力好的时候,给人讲故事,也给孩子们讲故事,如今是什么也不记得了……

这便是，希望大有作为的一个平凡人的半史。——一代比一代强多了，我在你这个年龄，是完全沉在梦幻的最底层，在空想中窒息……

老太太们爱唠叨衣食住行，因为她们在这方面费尽了一辈子心思，她们熟悉于此。——我也同样，我不就是唠叨那些抽象的废料吗？因为除此之外，我还能说些什么，我什么也不能再多懂一点了！！！

谈到咱们"顽童"的病（张寥寥当时患痔疮——注），他在你信中看到那字眼，便冲入厨房，对我又跳又吼，他十分讳疾忌医，当然，以翩翩美少年之疾，告其年轻的嫂子，是欠当的；但我不过以将下乡插队的学生之病，求助于大夫，是科学的，所以如果"挑×"法易行，可写于另一纸条上寄我，备用。

中国的医学，是把文学、哲学等等提炼在一起的，所以在世界上的人们，披着老虎皮，爬在树上掏鸟蛋的时候，中国人就披着长长的头发，翻山越岭尝百草，学猛兽，蜷伏深洞作气功；学鸟而歌，学鱼而泳，学龙飞凤舞……举头问天，问月，问云，问星星……问山，问海，问灵，问智……惊叹水之涟漪，花之芬芳，四季之变异，日月之如梭……啊，我亲爱的祖先，我那逝去的大智大勇的先辈啊，他们是怎样的英雄、怎样的天才、怎样的美、怎样的珍贵啊！

礼拜六及礼拜天，耿都回来，他上了一次天津，又十分勇敢地办了不少货，不过，尚可，如今不用工业券能买到东西，就是大赚，他给你买一件长袖衬衣，一件呢子上衣，不过，似小，又转赠给我了。

他是欢乐的，总是兴高采烈，万事报喜不报忧，我原为之不安，但从相面学上说，可能是优点，也许他就此快乐一些，这不是幸运儿是什么，我们越来越重视人的高兴了……

他约定礼拜六上午，寥、伟去找他，他与其同伙，一齐去吃涮羊肉云云。昨夜打电话，他正在洗澡，今天未必能回来，你的信他看不到，你就将更迟的才收到他复信，我因此匆匆胡扯一通寄你，请你不必因收不到耿信而作苦思也。

别无可告，良仍杳然！

乔处于某种艰苦中，又卧病，难矣哉，天佑善者，但愿一切顺利，安然回来！

玛 六九．十二．八

有任何新闻都告之，我们寡闻至极矣，耿亦然，奇；又是十二月中，一年又将过去……你那儿有水仙吗？水仙可架于玻璃器上养，上茁生翠绿之长叶，下茁生洁白之嫩根，上下可观赏！

第十通　1969年12月12日

枫枫：

自从得知你的毛衣失踪之后，我们就一直悄悄地在给你物色毛衣，于是在王府井、西单等处各百货店，忽然经常出现本人游踪。天下事也奇，没有孩子的人，都以为小孩子是真的天使，想得发疯者不乏其人；而小孩子多的人，肯定孩子是不长犄角的魔鬼，绝不是张天师的符能镇压得了的。当我无意于毛衣之类的业务时，眼梢所涉，觉得唯有毛衣尚有漂亮可人者，但一旦带了钞票去购买时，怎样也挑不到一件勉强可用之物，颜色不多，样式更少，踌躇再三，每次都摇摇头自语曰："不行。"——后来我想了一个窍门，请阿拜去办，让他买了后悔，我在一边可以幸灾乐祸；此人乃耿之亲父也，老实当然比耿犹胜一筹，所以此计必成；不料他上礼拜天，竟患气管炎而在家咳嗽，足不出户；这个礼拜天，你来信说，毛衣尚在，正为耿之绿毛线恼火；我们便悄悄一笑收兵。

你很不必想到汇款的事。耿真到山穷水尽之时，我们可放高利贷，只要利息能令人满意，我们可以为他开放荷包。却说这个礼拜六回来，我们十分慷慨地,把他自己那件灰色毛衣取出来借给他穿……你放心好了。

如今在耿的肚子里,有一只烤鸭,一群墨斗鱼。因之,他总是快乐王子似的,满面红光,谈笑不倦,又画画,又下棋,又针灸,又古文,学而不厌。

昨夜大家正在说得口干喉燥,各捧一个大柿子咬的时候,忽听屋外有巨大之呼声曰:"电报,电报!"当时我的脸立刻黄了,耿走出去又退回来,一脸不安之色,寥寥飞奔下楼去取。——因为乔之事,乔之体,她又一月多无信息;打开一看,五个大字:"毛主席万岁!"阿拜展颜说是好事,一定她政治上作了好的结论了;我与耿长久在疑雾中,事先并未约下这暗号。一室都悄悄,大伟在三味,都不敢推门而入。

乔实无辜,当然是好消息,我们将等她的信,先告你,下回详解。

玛 69.12.12 夜

第十一通　1969 年 12 月 20 日

枫枫:

你的信写得多么好啊,真是鲁翁风格。

穆桂英能挂帅,当然也必定能写信,她的信准是这么泼辣,这么英勇,这么果断,这么生动,这么风韵,这么战斗,这么富于诗……

同时,我与阿拜,也为你担忧,正如同以前为良担忧似的——"难得糊涂",你们更加难得,而这是不对的……因为,你们应该"得"……可叹,你们是真的傻子……

这个病也不易治,至今,我们仍在努力寻找方药!!!

耿是愉快的人,现代的"安乐王子",他有宝石的心。

十八号晚上,寥寥打通了电话,他先是纳罕,为什么叫他十九号回家吃饭,终于明白过来,兄弟们在电话上大笑一阵。

十九日晚上,我们摆了几式平民的菜肴,阿拜与我和耿,都一一祝酒,总之,为了健康、幸福,与一切的胜利而干杯。

我有点懂得,为什么喜鹊是报喜的,它之所以报喜,并非是它来选择好事而宣扬,而是因为它的耳朵构造较特殊,唯有喜事能入耳,非喜之音,生理排斥,因此,它所报必喜,根本用不到选择什么的……我是从耿之特点,有此联想的,不知是否合乎科学化?

至于 F 的信,我看得头痛极了,我所以一一看完,是为了你,既然寄来,我就得看……今早与阿拜谈,你寄信之意,我估计是:你觉得此人很好,热情而善良,也聪明,又能写,她自然肯与你如此深谈,一再企求你最高的友情,你没有任何理由不与她好,包括与她通长长的信,然而这对你是很不小的负担,你并不想干下去,然而你不能不干,她的信你也未必那么乐意拜读,而且,我以为你也会看了头痛的,然而你因此更加生自己的气,"这么好的信"……你找不出头痛的原因,既然这人,这信,都好,而又头痛和不快,其原因必定在你自己这边了,或者你自己是一个不识好歹的蠢蛋,或者是冷血动物,懒虫……总之,你只能生自己的气,忽然出于第 120 种本能,你附给我瞧瞧,看我作何反应……我猜错了吗?

这是不好分析的一个题,我把枯柴一样的脑筋转了一下,就弄了一个不三不四的比喻:F 是鱼,你是鸟。那鸟孤寂地栖止于一株池边的小树上,俯首看到清清的水中有一条可爱的鱼,它就倾注自己那颗伤痛的心,鱼儿悠悠地游着,在明亮的大眼睛上流着泪,鸟更加感动了,或者就是那啼出血来的夜莺吧,它有时悲怆,有时欢乐,有时高飞入云,有时深深地隐于密林……不管在什么时候,它总能看到,清清的水中,那条鱼儿悠悠地游着,这鱼儿柔和而稳重,纹丝不乱,悠悠的,但常常流泪,也抬头看天,看云,看落下的花瓣……这是两类性质不同的生物,那鸟,即使在漫天大雪中,冻得从树枝上掉下来,它的心是热的,血是热的……

而鱼呢，即便眼泪与水流一样多，它是冷的，……似乎生物学上有科学的语言，我不再描述了，总之，鱼是很好的鱼，但绝不是鸟。

四海之内，即便是顶顶深刻的鱼，或者说鱼中之天才分子，也不能飞，鱼绝不能飞上天空——是的，鸟也不能入水，但鸟不小心，却可能失足落水，比方，有那么一个叫乔乔的……

我的头总是昏沉沉的，做梦都在分析自己的脑病，所以，上边所写，或者正是一种昏话，如因此有损于你的朋友，请原谅，我其实是颇欣赏这样的好姑娘的，虽然，我并不爱……

你是不习惯有礼不还的，虽然人家的礼，只是笔头上的情意，你收了一片人家精神上的叶子，却想捧一个实际的大西瓜来报偿，你不是歪着脖子，在瞧着良的大脑门吗？——我又何尝的不是如此呢，我为了锁上良的门，而企图从隔壁拉出那个Ａ来，那个海员。

当然，尽是痴人说梦，Ａ正与良在同一境地，而且，Ａ难道不是鸟吗？——或者Ａ是一只水鸟吧？或者是我的偏心吧，似乎Ａ较合适，如果鱼儿还漂亮的话，我可以拉出Ａ来，老实说，除了我家几个活宝之外，Ａ就是我所知道的顶顶好的青年了呢！

（如果谊行，更佳，了却你的情债，不过，你也别插手！由他们各自努力好了，叫你袖手，也是出于几十年经验之谈啊！）

写信要政治挂帅，别写什么文章，好好拔牙吧！

乔乔解放了。这是真的，因为，她已从半山荒谷中，一个破庙厨房堆破烂的屋中，搬上小楼，住到一间有雪白粉墙的屋子里了，她是一句一行泪，句句高呼毛主席万岁，句句是感谢解放军，感谢工人宣传队，感谢广大的革命群众……

你是深深知道耿的，所以你也能了解阿拜与乔乔，他们是多么忠厚啊，我的天，它在创造他们时，把几仓库忠厚全用光了……

据说，本月二十二号开始数九了。

"冬天来了，春天还会远吗？"这个诗人，原来是科学家，他如也知道数九,就可以和我们一齐数着冬天的脚步……我也想春天,与所有的凡人一样,我现在悄悄地在盼望着温暖的春……

有一天清早,我忽然发现太阳一暗一明,并无云彩遮隐,我用了玻璃反映,戴上墨镜,捧了镜子,临时凑合了一副超时代的天文仪器,仔细观察了它,发现一团薄云,如一个松弛了的白蚬(蚕结的丝茧)笨笨的长圆,有极亮的火兔在上边奔驰,古人云"金乌",可能,仪器再完备些,能看出一只火老鸦来……咱们就听凭这一堆胡烧猛燃的火……越想越发毛,生命真他妈妈的,令人冒火……

疏散之说法颇传,尚未落实到我们,都听以后消息。

胡诌二首给乔之诗:登上险峰天下小,广宇浩茫来者少,花发无须笑多情,风云变异人间好!可叹天下父母心,思儿念女徒沉吟。遍地英雄待烽火,横扫四海白骨精。

玛 六九,十二,二十日

第十二通 1969年12月29日

枫枫:

今早用墨笔给郎郎写了一封信,接着就给你写,祝贺你的生日。

并非郎郎有什么消息,而是我们自定的,每个月写,何况又是新年了!

耿总极忙,又奔太原去了。你如自己过生日预备什么没有?或者你什么也没弄,你是对自己无情的吧?

我们如常,只是前天我闪了腰。寥寥下了两天挂面,我与大伟胡乱搞针灸,今天好了,能僵着腿行动了,也不知是否与针灸有关。

大伟每天在背穴位,如今三百几十个穴位都熟悉了;寥寥在努力蝶泳，非常希望去滑冰，但我不给他买冰鞋，为此气苦万分，我也有些老而不死的毛病，偏不买！

人总在爱她所不能爱的，而不爱她所能爱的，只为了增添人间的烦恼与痛苦，可悲，但不易改变。

礼拜天，耿一直在画你的像，他申言，除了用漫画来画坏人外，画好人就只有一个枫枫了！——像耿那样古典式的钟情，现世少有，他可能常常苦于找不到那么多表达感情的语言，所以，你是幸福的，极多的人以为获得美满的爱情了，比起你来，他们只是抱了一个大蚌，而你是得到一颗珍珠。

你觉得痛苦吗？那是因为你幸福的缘故，那些全不知痛苦的人，也从未见过幸福，在这个意义上，我们也是幸福的，我们一家总是生气勃勃，仿佛刚刚赴了国宴回来，试看漫天风雪中的苍松翠柏。

玛 69.12.29

第十三通 1970年1月5日

枫枫：

说到猫的颜色，我们的意见与你一致。耿对此特别宽厚吧，比方绿毛线……凡此种种，我们更加庆幸耿选择了你这个伙伴，他将得益不少，不可估计……否则，我们将可惜耿这份人才，不易改正他所具有的一些微妙的缺点。——你能看出来，说出来，他听你的话，这就好……我们身边，没有比耿更加谦虚好学的人了。

我对自己闪腰的诊断是：先天体弱，从未得到保养，十几岁到了延安，后来又生孩子，只出不进，体质消耗过多，我怀孩子到六个月，必定腰痛如折，不能翻身，长达二三个月之久，据说是小孩长骨头，正在从我的骨架子中抽份子呢，严重缺钙，其实是缺一切营养。所以我的孩子，都是身体差精神好，总似林黛玉式，病不离身；耿是初到延安生的，所以他身体最好，我那时不知忧患，对革命生活，兴高采烈。良是整风时生的。

如今老骨头了，不可吃钙了，闲下来要查查书，看有何法，一天忙得非凡，——比方今天下午，是"公审大会"，原该排队去参加的，只因腰能站、走、卧，不可久坐，告假在家写此信。今天不知枪毙几人？九人！

在十二月卅一，收到你给耿的信。（他卅日已赴太原。）但邮差说，在卅日有一封你给我的信，是否？——至今未取到，不知何人偷去，你还记得写的什么话吗？

已经二九了，很冷了，窗玻璃都冻出冰纱了，再过两个九，冷的高峰就过去了，春天又要来了，靠希望，人才有力量生活……虽然记得鲁迅的话，也诚然喜欢希望！

原计划，二月耿去沪，是否在你那儿过了春节再走？你不能去洛阳过春节吗？他拿的探亲假是 1969 年的。

大伟背熟了三百几十个穴位，他给针灸泡上了，哪儿也不去，寥相反，除了吃饭睡觉，绝不在家耽搁，楼下确是有人喊，他一进门，楼下便有人喊了……那个病似未好，自己在吃药丸，又搞什么熏汽，但千万别讲，这是旁人万万不可说的事。——中医似乎以为是过于劳累，肠胃上火，瘀血积滞所致，他劳累在于玩，马不停蹄地玩。

乔乔已搬到山下，天天可上医院去，骨折一年零四个月了，仍未长，还有明显的裂缝，大夫说，在山上耽误太久了，但现在催她赶快治几天，马上要迁散到山野荒谷中去，全团老弱残，几十口人都去，病怎么办？答，第一是去！很有趣，都看这骨头多久长好！

别无消息可告了！

玛七〇·一·五

第十四通 1970年1月中旬某日

枫枫：

今天有个从内蒙古回京的中学生说：严行九回来了，她知道良的详细情况或情节，她父亲也在武汉，不知什么性质，母亲仍在家……你如方便，可以问问她，但在信上说合适吗？可以写得很具体吗？千万不要相信不丢失，也千万不要以为丢失了毫无关系。你给我的信是丢失了，寥寥说可能还附有他的信吧！那信中你说的什么……

耿未回，也无信。

一月五日，云南的地震，九日夜才广播，下午接到乔乔的电报，她"安好勿念"，谢谢！

别无可告之事。三九了，天也并不太冷，也不下雪。昆明湖的水只冻了一半，寥寥仍以游泳为主，每天我都得怒骂不休，我一边自己叫自己别发脾气，一边照发不误，大概是有病吧，——我看不惯散漫闲荡的人，其实，谁又在做基本功呢，我自己就是十足的废物，可叹，希望他们有出息，怎样才叫有出息？叫他们如何努力？……

我大大地发胖了，从相面术上，我将是有福的人了，也许年岁的缘故，我很愿意有福……

日月如梭，春节转眼便到，时光不误，白发猛增，——犹记某年，我尚未桌子高时，我哥哥的女友，送我一顶粉色毛线帽，打的极新之花式，戴了很像蘑菇，但很洋气，我父、母都笑，我哥哥红着脸，嫂嫂低着头……如今他们全作古人了，哀哉！

第十五通 1970年1月21日

枫枫：

关于你怎样调才好，我们想来想去，也弄不出个决定意见，我们只能想到,如上洛阳等处,耿若离开时,你是否有再跟着调动的可能呢?但如来京,(比方真能调回京的话)是否也不易再调到一块,若天南地北的遥遥相别起来,北京家中人也并不都驻而不移……天知道,人难知道,一切事物的发展……

你自己掌握的情况还多些,你的头脑还灵活些,只有靠你自己的分析或靠你自己的……我们每个人都一样,无可用心……

十七号了,为什么耿仍不返京,一点消息也没有,忙什么?春节他能到你那儿吗?

水仙全亭亭地开了,有淡淡的香意,天很冷,窗上的冰纱整天不化了。

我的腰未好,又发了几天烧,表示感冒,今天仍头痛,正吃感冒丹。

九号广播昆明之南地震,是一月五号半夜一时的事,九号晚上,乔乔来电说:"安好勿念",至今未来信,一定有严格之纪律吧。——万料不到,乔乔竟是这么重要的一个人才,天将降大任,故如此玩着花招来试炼她的意志力与勇气……

你听到什么地震的新闻吗?

又闻,中央美院搞良、乔的纠纠武汉(武汉者,武斗之汉子也!)中,竟不少是五一六分子……

北京各院校正猛攻五一六。

不知严行九什么心情,她是认识我的,她如不介意,可以来玩,当然绝不可糊涂地去提这种话,必须政治挂帅;三日不见,便当刮目,你也别主观。

既然都叫插队,月未知如何,但事情也变化莫测,一切不可想得太多太细……

十七号

因为全属空谈,信未寄,想等等耿的消息,但仍杳然。

乔来信了，附上。

月也来一信，未提什么插队之类，她春节可能返京，家中对她婚姻似大加压力，希望她嫁给市长的儿子之类……我们也无话好说，因为……实在无话好说。

如果春节可回京，当然回京好。耿去太原前，就讲过，他在京弄了一个招待所的关系，一切极方便，以为你来最佳，再不去混在家务中泡时间了。

北京不下雪，干冷，我们都咳嗽……

水仙全烂漫地开了，毫不以寒冷为意，所需唯清水，远近皆芬芳，青青春色早，数枝齐辉煌。

玛 七〇.一.廿一

第十六通　1970 年 11 月 5 日

枫枫：

　　谢谢，谢谢。

　　我将妥为保存（指邬枫寄赠的存款单——注），在适当的时候，它将回到你那边，但那美好的记忆，将永留存于我心中。

　　那天，我听到好的歌声，引起莫名的难受，是的，不习惯于此，十分的不习惯了……美好……引向美好，不可以引……太痛苦……

　　对于饥渴垂危的人，拿出佳肴美味，等于毒药，只能给一点点糙米汤喝……

　　同样，冷漠刻薔……比和顺温文习惯，至于恳挚热情就受不了，会有剧烈的刺激。——在零下四十多摄氏度活动中的人，跑进屋子，万勿用熊熊的炉火来接待，让他待在结冰的冷屋子里，否则，掉下一只耳朵或半段鼻子还真运气呢!

你在这个时候,需要真正实际力量帮助的时候,却只得到一些影子部队,只是精神上的关切,屁也不顶。——是的,这批人富于精神,便是在深夜和凌晨,普(即耿军——注)的精神也傍着你,然而你自己却又苦又累,又孤凄,……我更对这种只富于精神的家伙们摇头,他们之令人烦恼,更胜于猪八戒们,更胜于××奴、××鬼……

昨天打听了一下,我们这边医院,生育也是一天出院,如非头胎,还有半天的呢,如,礼拜六晚上进,夜生,早上便回家了。

一不怕苦,二不怕死——便是飞到火星上,咱们也能生活得似小天使那么快乐!

再别东跑西走了,再别以为感冒不是病了,稍稍注意些自己吧,你这么活动,会提早很多,会出你意料,请当心。

任何时候,我都能及时赶来瞧你。

在毛泽东思想光辉照耀下,你将平安顺利地得到一个小小的成功!

玛 七〇.十一.五

第十七通　1970年11月21日

枫枫:

祝贺你平安分娩,祝贺你快乐健康,并将更加快乐健康。祝贺小家伙在战斗的美妙气氛中来到伟大的中华人民共和国首都,欢迎贵宾,欢迎明天的主人,欢迎创造幸福的人!

欢迎男同志。哼,不管怎样,枪杆子里出政权,拿枪杆子的总是咱们棒小伙子啊!

欢迎新战士,希望他努力增进健康,努力长大成人,努力赶上爸爸妈妈，并且超过爸爸妈妈，啊，站在时代的前边吧，当个新时代的小号手吧！

至于你，好好听老年人的劝导，吃好，休息好，千万不可任性，千万别自作主张，因为老年人总是出于经验，出于爱，出于长久的关切，只要是合乎科学的，必须严格服从。

刚收到信，大伟正去姚家，先致贺，同时寥寥去购胶卷，装胶卷。下次再由姚带华山给你，别急，让小家伙更长大些，对这人世界更熟悉些，再照相，更加好！

脑电波确实灵，我正想，你一定忙、累，一定早产，一定这几天就分娩，前天（正18号）伟从姚家归，我问："知道枫枫情况吗？可能生了……"而天真的云南人昨天来信，大篇长抒，说他们夫妇全得来帮助你，预言他们将使你产前过得快乐，产后万事安心。你竟这么谦虚，悄悄地就分娩了，你在任何事情上总是为别人服务，而不肯让人为你服务的。

需要什么东西，咱家有采购员，只管告我，天太冷了，万万不可出屋，尤其不可抱孩子出门，过两个月也不许，何必呢，注意健康是顶重要的，耿之一心所虑者，也就是你母子二人的健康耳！

我们真不知道怎样来祝贺你，只是心潮如海潮……

70.11.21

第十八通　1970年11月22日

枫枫：

我用打电话的速度来写信。

今早，忽然想到，叫"无畏"吧，"无畏于天下"，他妈妈的，咱们的孩子就是一条好汉，一定无畏于天下，但转了几个念头，又不知是否好，供参考。

南南是壮白的大女儿，人家已叫了一年了！（第二个孩子，或者也已生了。）

既然耿有信来，大可宽心了，你必须首先把自己的心情放宽，要有舒徐的神态。"我醉欲眠君且去，明朝有兴抱琴来！"要傻乎乎的，能吃能睡才好。你要能运筹方寸，善于调动、分配，同时一分为二，成则喜，不成亦颇喜，才好；万万不可急躁烦虑，更不可哭，除一切你已知之原因外，要加上产后绝对不宜流泪，伤眼后患太可怕；第一勿思，第二勿哭，可保脑与眼之健康也！

只要能吃能睡，自得其乐，自然就有奶了，没奶就喂牛奶，他这个男子能行，不会闹病，请想想，普天下贫下中农，就在咱们邻近，有多少吃不上牛奶之子，至于吃了气泡……无妨，咱们的耿就是她（指耿军的养母——注）一手养大的，肚子里的气泡没关系，哭哭便好了。产妇绝不宜哭，婴儿应哭，请问，他来到这世界上，不先大哭几十场，还有心肝吗？

我不能来给你胡扯，（至于做吃的，我那水浒式粗货，也未必有什么优胜之处。）——我似乎奢望，咱们谈谈可以使你少哭，少关心一些婴儿……

用惠特曼的眼睛看世界吧，对一切都爱，都看到那极为可爱的诗意，总是高兴，总是满意，总是充满了欢乐的柔情，亲爱的，你是一个妈妈了，当妈妈的，第一，要容忍。请学此第一课，既可使婆婆安怡，又使婴儿无所顾忌，你自己则健康！

玛 70.11.22

第十九通 1970年11月27日

枫枫：

如仍那么吃不好，睡不好，赶紧找一个保姆，顶好是半日工，或早来晚去附近之人，可到派出所或居民委员会找，似乎很有愿意出来帮忙之妇女，以前咱们已谈过。

姐姐可能这两天即到京，可惜……

希望一切已比较就绪……

就是正大忙而特忙，弄被子之类……

因为你婆婆也累，岁数到了，她恐怕也实在累得很……总之，找一个人干，由她做助手或补白之人……一切从积极建设性上找办法，万勿急躁，万万勿哭！

廿七日

第二十通 1970年12月17日

枫枫：

健康恢复得如何？是生奶疮什么的，真为你着急，这个月你吃了不少苦头了，也没有个说处。

我真是时时惦着……我竟因感冒而躺了十多天，破生平因病卧床的纪录，本不是什么大病，连热度也没有，然而衰竭似的，全身没一点力，又有说不明白的难受之感，觉得绝食并不难……

小家伙怎样，对这个世界习惯了吗？听说长大了，很漂亮，……如今小的总比老的更易于适应似的，或者你将自己的苦恼，因他之安怡睡态而得以补偿吧？可怜的小妈妈，再过二十年，当你出现一缕银丝的时候，当你的儿子成为翩翩美少年的时候，那时候，你将叹息云……这一阵纷争忙碌又为了什么……？是的，你将感到空虚……

或者你会来吧，天气好，没风，你可以自己来，别把孩子抱出门，让他中间吃一顿牛奶，你出来散散心，以后，春天来了，再抱他出门，那时更大了。

本来，我要给你买很多吃的东西，但对你的情况一无所知，不知怎样办才做得对。

十八是小家伙满月，十九是小爸爸生日，廿五是乔乔生日。

此信是我起床后的第二封信，第一封是给阿拜写的。你的家中人如何？父母姊妹弟弟们都好吗？哪些人在京？

尤大夫极好，乔乔看了腿照了相，谢谢。

我们热闹而快乐，虽然，老庚和他弟弟仍未来好消息，但是，我们深信他哥儿俩是平安有福的，但愿，半路上，别出现一个小人物来烦扰我们。

老天爷，希望一切邪魔滚开，让咱们家的天真汉们，不至于被盗窃他们宝贵的年华。祝你和你的儿子有福。

玛 七〇.十二.十七

第二十一通 1971 年 1 月 18 日

枫枫：

本拟今晚来医院瞧你，大伟说不必，似乎我这么做并不恰当，如今我很怕年轻人，不明白他们的用意，所以十分听话，叫我别去，我就不出去，若是你叫我上医院，我就马上来。

我不放心你开刀后的情况与乐先的情况，保姆走了又怎么办，再找，还是不找呢？

我想，叫乐先，声调既近，意义又好，爱怎么解释全可以，供参考。

大伟回家什么也不说，连一病房住了几个人也不清楚。

开刀后一切都好吗？大概住多久能出院？你一人在院中，生活上困难是否多？需要什么东西，想吃些什么？

至于信，我以为不用复，这么，省了事，又更乖！——因为只写开刀等等，对人没一点益处，有些时候，宁静胜于一切！

我希望上医院看你，你以为哪天合适，可告大伟。

出院后，又一直没法见到了，春节了，乔又将分娩，以后我出门更不容易了。

总不下雪，太热又闷，空间太肮脏了，小虫子全长得胖乎乎的了，怎么好，三九四九本是横冻一切害人虫的严寒时期。

乔也有点浮肿，这两天又似好些，人多，一天乱哄哄，我的头总发昏。

止于此，祝小乐先及其小妈妈健康！

玛 七一．一．一八

第二十二通　1971年2月4日

枫枫：

你上班了吗？情况如何？

不管我们有多么关切，也无法帮你的忙，必须自己科学地处理，万万不可有一丁点儿感情作用，实事求是，健康是一切的基础。

太原老人仍在照顾孩子吗？你也勿过于多想，她可能有些琐事，趁你未上班时，合总办一个彻底，她也实在太闷了，两三个月，只在一间屋内进进出出，未能与知己的人谈过畅快……希望如今老人孩子都极好，使你没有后顾之忧。

小亚歌实在讨人喜欢，或者说令人惊爱，因为他那副表情，不由得凡人们不惊讶，小小的脑袋里装了多少深思呢，本该只有一个奶瓶的形象，似乎所记得的婴儿都是痴乎乎的，不闻不见。我们家的小子们就算天下第一怪才了，可惜没条件在那么小，留个照片，不记得他们是否睁大眼睛来摸这个世界的底，只记得他们的嗓门太高，一哭惊人，易醒，姨母说阿廖沙抱在手内，总是看墙上画，我下班过迟，饿得受不了时，姨母就抱了他，沿墙一路观画，否则就哭得嗓子发哑，一看画就忘了饿了。因为太小，又不是我目睹的事，总当姨母夸张，或者记错了时间，哪有两三个月婴儿看画治饿的事，所以也微笑听之。后来，说得多了，我竟觉得不好意思，当了人家的面，过分吹一个婴儿的聪明，怕人家听了心中发笑，就阻止我姐姐讲，自己心中也不相信，至多不过是小孩子无意识的东张西望罢了。如今看来，这个小侄子大可给小叔叔作证明了。他如果能开口，一定清清楚楚地说："两三个月，我们就开始欣赏艺术作品，那完全是事实。"而他的爸爸和二叔叔，都是关在窑洞里，三叔叔是由一个瞎叽叽的老保姆，丢在臭炕头，他们曾怎样寂寞地张望，永远成为一个谜了……

枫枫，亲爱的，快乐地对待一切吧！

你所说的引狼入室，以为你被责备，到处挨骂？完全是误会，我们都极爱你，一点不怪你，可能乔乔说过这种语言，因为她太爱自己的弟弟，她又怕妈妈心烦，她自己又是病态。——事实上，乔乔，伟与我们全体，一点也未怪你，只是对你的健康与家务关切，觉得插不上手，我们所爱的，没人有一丁点儿怪你的意思。

对于那件事，我们与你同感，不必过问了，如果他们是头脑清醒的，自己会懂得怎样才恰当，不误人误己。如果头脑已失去正常效能，谈又何益，你放心，我们全不把那种事当什么问题来搅扰家庭的愉快气氛！

可惜你未能在这边住几天，你春节过得怎么样也未能详谈，匆匆坐了半天，说的倒是一大堆累死人的废话，为一时感兴所波动……不知使你增加了几许疲劳……

天下事也真未可料，忽然上海来了个胡姓又不知引起几个回目，却看以后分解吧！

至于庚，你也不必多想，自己的一言一行，必然要万分警惕，不可天真，不可稚气十足，不可信口开河，人面的兽，何其多乎！

千万不要忘记阶级斗争！

这个冬天，不下雪就过去了，春天又怎样呢？但是，温暖的时间，总要到来，花总要开，树总要绿，孩子们总要成长！

一切全好，快乐起来！

玛 一九七一.二.四

乔的分娩期，可能是预算有错误，很可能早算一个月，因为目前并无迹象……

千万快快乐乐，用乐天的精神来对待一切，毛泽东思想的光辉照耀着你！

第二十三通　1972年6月28日

枫枫：

我可能星期五，才能来看病。

先寄上照片，备购月票之用。（如今不让外地人购月票了，新规定。只有本市职工可买。）

希望能够愉快地得到休息，除努力吃喝、充分睡眠之外，就是与小乐乐玩了，先使健康有所增进，别的一切，来日方长。

房子搞妥没有？此事必须办好，才住得安定。可能时，弄弄画倒是好的，有了月票之后，早上带孩子到公园走走。

玛 七二．六月廿八

那种治"神经性皮炎"的药膏，也可先买好，也可与中医大夫谈谈，中医对皮炎的看法，主要症象是：一想，就痒，抓，皮一层一层掉下，抓不易止。

另外，也可使耿先请王大夫看看脉，健康检查之意。

第二十四通　1974年8月12日

枫枫：

我与阿爸在樱桃沟的一个小屋里，在想念你。

我们一到这个地方，就听说你身体不好，我们就说，让枫枫来，让她住在这儿，她会很快恢复健康的。

本来，以为你八月中可能去石家庄（去石家庄监狱探视郎郎——注），带一个听诊器，你是我们家的一个大夫，不料你自己却住了院。

我们叫乔乔、寥寥、正秋他们去看望你，他们说，你气色极好，总是笑容满面。

你气色好，笑容满面，你一直如此。

几年来，我一直关注着你的健康，为了你生过肝炎，你工作的忙累，家务的烦恼，不安，你的消瘦，以及种种……我不以为你的笑嘻嘻和朝霞面是足以慰人的。

后来，我又更加切望，能像真正的母亲那样有助于你。

然而，我也只有口头上说说而已，便是对真正的自己子女，我不是也只能说说吗？

子女们各自生活在天地间，父母们的语言能起多少作用呢？何况，一切事物均繁复而多枝，也绝非良好的主观愿望所能奏效。

亲爱的孩子，我们同属一类痴人，善于空想，我早先想，我们大家都上庐山，有你，有良，甚至有振……我感到上次你与耿玩得不尽意，咱们都去，要玩得极精彩，何等欢乐与美满啊……后来我把计划缩小了一百倍……你曾说过，到白家庄吃饭有味，但我们竟没有为你做过一顿正式的饭菜，我还想给你做衣服，送你内衣……总在等一个时候，总在等什么特别令人欢悦的大庆吉日似的，我确实要这么做，但我总在等待……

不能等待，咱们得抓住现实的每一个节骨眼。

所以请立刻想，想到就说，你爱吃什么，穿什么……

说出一切自己所爱之物，我来办，试试我能否战胜迟钝腐朽的农民意识与庸混哲学。

平庸的混日子，是可怕的，请你帮助我跳出来，提高一步，看看人生，看看年华的消逝！

我们甚至没有好好地谈谈心，虽然我常常想，枫枫是可以深谈的，不久前阿爸还说："让枫枫、耿、乔、廖、秋、霜、振等等都来，谈谈伟大的毛主席的革命路线，谈谈无产阶级专政，谈谈儒法之争，谈谈世界大事，谈谈家务琐事，谈谈人生、生活与生命。"

谈一切……

亲爱的孩子，我们等待你，希望不久又能看到你笑嘻嘻的，又看到你那神采焕发的朝霞面！

咱们一致奋起，努力战胜病魔，一定能战胜病魔！

布文 七四·八·十二

致陈宗烈

第一通 1956年5月10日

烈烈：

　　我无法把要说的话全写在纸上。

　　我希望你能感到我与我全家对你始终如一的亲切的关怀。

　　去年冬与今年春，我曾一再打听轰轰的地址，我想能给远离故乡的少年人一点帮助，哪怕只是精神上的也好，但是未蒙答复。

　　无论如何要健康地活着，努力学习，不要被回忆所窒息。

　　做一个真正刚强的人，是不容易得很，但也是可能的。你年纪轻，希望你能像春天一样——她从不把泥泞苦寒的过去（冬）留在自己美丽的土地上，而却使处处开遍了鲜花。

　　匆匆，语不从心。祝

　　健康，进步！

布文　五月十日

第二通 1956年5月23日

亲爱的烈烈：

　　大姑二姑和我，衷心地祝福你：前程万里，胜利归来。

对共产主义事业，忠诚而勤劳的人，一定有福！

我们也一定能在快乐的日子再见，因为我们彼此的心中，尚有千言万语，未得倾谈。

生活，对于有些人是一帆风顺的，对于有些人，就是惊涛骇浪！

亲爱的烈烈，你生活的时间虽不长，你遭遇的苦恼却不少。我们常常谈起，每一念及，心就悸痛。

今天，我在五圩埭，与荣度、杏云、青云、川等欢聚时，正在谈到你的孤苦，你的聪明，你的谦和诚恳，你的努力奋发，你命运的崎岖……不胜感叹的时候，收到了你将远去边疆的信。

我们能说什么呢？在这种的时候，语言都未必能表白多少心思，何况一纸书信？

张仃临行前，也一再念及你，希望你是健康的，希望能早些见到你愉快的容颜！

现在，他远在法国，只有乔乔、郎郎尚在北京。——我希望你们能有时间谈谈，我的孩子，虽然年纪还小，但也颇懂点事，他们对你的友谊，较之以往，只有更深！

你如真的远走，轰轰怎样？在生活上学习上，任何方面有问题时，请告他直接找我们吧。现在可找乔乔，七月二十号后，我即返北京，唯愿轰轰能如你一样，对我们认为是可依托之亲人！

我四月七日到西夏市，五月十九到五圩埭。

农业合作化在故乡，由于经济基础，特别是政治基础之薄弱，所以困难重重，一两年后，自然也就好了。

小学校的白杨，五年前只是几支树梗，现在已高耸如桅，飒飒有声！多少儿童不相识！多少亲友白发新！

我仍住前边房里，傍晚清晨，窗外树间，小鸟啾啾如故，但我思前想后，心绪萦如乱丝，深夜难寐！

你既做记者工作，除摄影外，可以写写。——我的临别赠言即是：

要健康愉快地生活，要在摄影与文学上努力，并且抱有雄心大志！

布文　五月廿三日

第三通　1957年9月20日

亲爱的烈烈：

　　我收到你发自黑河的信之后，就连着给你寄出两封信。过了一个多月，两封信先后全退回来了，一封的退条上写："此人已不在此处"，另一封退条上写"查此处并无此人"，以后你也未来信，我也无法给你再去信，曾担心你的安全问题。上月听乔乔说，她的信你已收到了，最近，又见你给娘娘来的信及寄的钱，才放下心来，只要人健康愉快便好了。

　　因为反右派斗争的紧张，一直无时间给你写信，今天也只是匆匆涂几笔，闲时间似乎永不会到来。

　　上次你给娘娘寄的钱，是这样处理的，一半，给你父亲买应用物品寄去，一半由我给娘娘买吃的穿的……因为娘娘有勤劳刻苦的习惯，钱到她手，立刻存入银行，从此就算担个虚名，无一点实际应用价值。当然，年轻人与我们，都是以节约俭朴为主，事实上也一直如此，有钱自然立刻存入银行去。但娘娘已年过半百，未过一天舒畅日子，未曾有过任何一点足以称为"享受"的生活，哪怕吃一块蛋糕，也宁可挨饿，决不肯买的。我平日买了些吃的或用的给她，也要争得吵架的地步才收下，真麻烦透顶！想到她这种态度，真无办法。你一片孝心，希望她由于你的缘故可以生活得更好些，事实她并不，你岂不是白花心思，多少难受，所以我决定给她办，凡此真正应用的东西，以及没吃过的东西，常常买一点，而且告她这是"烈烈的心意"，免得她又当我的情……最近一百元，她收到，即入银行，可以预计，此钱在她生前，永不会流通在她身边的了,万分可叹。至于二娘娘,与她恰恰完全不一样。现在兆良已去兆熊处,她一个人,我曾请她来北京,可是她拒绝了,因为三个女儿嫁走了,自由愉快得多,当然她也困难,可以说从来不停嘴地说困难,我们也一直接济,但她的生活方式与态度都欠佳,所以无法挽回她的幸福了。现在我们也好久不通信。据说她的家中东西全卖光了,所以你也不必与她写信,她会担心你与她发此种问题。另外呢,乡下人不知你远去西藏,她一口说是你叫她卖的,说你仍在北京云云,那也算了。

你父亲来信,一切全好,并于上月得工作模范奖,参加积极分子大会(当然是本地农场的),他是一个小事聪明大事糊涂的人。他是有朴质善良的品质,但这种品质,只有在他彻底改造思想之后,才能成为人民的,否则,当然更糟!

对于你的进步,你的自我斗争,你的克服困难与努力学习的精神,一直为我教育孩子们,甚至对伯成等教导的范例。希望你注意健康,不要为小小的成就而骄傲自满,不要为小小的挫折而垂头丧气。特别是前者,为害更甚,多少有才能的人,被自己误了。这次反右派的材料中,可以清楚看出,很多人是由于个人小有所得便忘本忘党,狂妄自大以至反党反人民,特别是知识分子。你在困苦的阶段没有跌下去,现在要注意,在顺利的阶段脚边仍有陷阱,那个人主义的陷阱。唯一的警惕方法,便是永远忠实于党,永远听党的话,永远为社会主义和共产主义事业奋斗;为了保卫党的事业,与一切反党、不利于党的东西左右严厉的斗争,其中也包括自己落后的方面在内。

如果能坚持记日记最好。不知你们那边是否能看到《人民日报》?

我们已搬家,乔乔没考上。今年大学特别难考,中学生差不多老师包教个个优秀,而比例还是两个取一个。乔乔基础差,虽然很知用功,到底不如天天上学的孩子。现在她很平静,组织上给什么工作便做什么,目前正反右派运动,一切都在运动后才处理。郎郎初二,大伟小二,功课都好。我仍在家中,有时也写写,在《人民文学》《人民日报》发表过几篇，自己当然羞愧得很。并不好，且慢慢学着做吧！

娘娘有时住伯成处，有时来我家，今冬在我家过。伯成也是反右派忙得不了，他们学院要到十一月才开学，今年也不开课，主要在政治思想教育方面进修。

伯元已复员，已结婚，并将生小孩子了，在常州。

轰轰在阴历年，到我处坐了几分钟，便匆匆去了，至今未见过，不知他如何。伯成因为夜以继日地搞运动，所以也无法去看他。

西藏生活情况怎样，我想你可能需要很多东西，而那边不一定买得到，想与你寄些，你可以老实对我讲，并在邮局栏内写什么，是否只有一个拉萨邮局，或你住处还有分局，近一点的？

国庆将到，西藏一定有人来吧，即来信，如用什么东西，我可托他们带或邮寄，毛衣之类一定需要吧？吃的东西，最想的是什么，也告我，买些罐头也好，你看怎样？一点儿也不麻烦的！

我们新搬的地方，有一点小院子，可以种些花木，你那边有什么有趣的种子，可以寄一些。不知那边气候是否与此相同，能否种子发芽也难说，我在信中寄一点花种，是郎郎的同学给的，名叫步步高（长叶的）和寿仙花（小圆的），明春你种种试试。

如果恋爱，万分冷静，内心外形全得注意，不要主观。"秀外慧中"，此语有讲究，如外形过于粗陋胖大的人，说十分聪明温柔，是不常见的。但一切总是先打好基础再说，勿急于成事，你在这方面是可信的。伯元是"快"，订婚快，结婚快，生孩子快，目前一月三十几元，当然无法养母亲，自己妻子也难照顾好，小孩如果一个一个生起来，岂不大麻烦？所以凡事须有计划，以后你也不必给这个寄钱那个寄款，自己好好积蓄一点，以备将来生活之用。

生活是一部大学问，谁处理不好，一直影响到他的各方面。你父亲与二娘，即先例。

反正我们都很好，娘娘也吃穿不缺，你弟弟正在读书，也以俭朴够用即行,不必过于优厚,对他无好处,只有坏处,此点请注意。

匆匆即顿

秋安!

布文
九月廿日

第四通 1959年3月下旬某日

亲爱的烈烈:

西藏真是块佛地。以凤凰涅槃的无比壮丽的雄姿,经过火焰的洗礼获得了新生!

你不仅目睹了,而且亲身参与了这历史上光辉灿烂的一页,对你年轻的生命是一种何等巨大的收获啊,这就是幸福!

幸福是什么,幸福就是为了多数人的幸福贡献出自己的精力。

当西藏的叛逆的枪声到达北京的时候,我们自然想起了你,就在第二天清早收到了你的电报。所以我们认为你不仅是坚强的、勇敢的,而且也是无比的细心!

北京,什么时候你回到北京来呢?北京也大变了,它会给你不胜赞叹!

关于庆祝十周年国庆的宏大的十大建筑计划,恐怕你早知道了吧,目前,天安门前的公安部邮政局等全没有了,另一边司法院也没有了,将有两座巍峨的宫殿耸立于烈士纪念塔左右。

如果你明年才回北京,你将在新的火车站下车,如果你到后年才回京,你将在火车站踏上自动阶梯,像在苏联的地下火车入口处一样。

我们都好,娘娘有时住我这儿,有时去看看伯成。所谓伯成的通信爱人，目前似乎还有变化，实际情节，无从知道，因为伯成是最不爱讲话的人，下放回来也有两三个月了，我还没有见过他一面呢，也实在忙，星期天常常也只休息半日。——所以，这方面的消息，是娘娘的，可靠性未可知。

一月之前，二娘娘有信来，碧云照旧，二娘娘有时也参加厂方劳动，以补家用，其他各人未细表，也提了五圩塅，这地方总似特别落后些，闹点笑话，希望将来我们回去时，它已赶上全国先进地区了！

第五通 1960年2月2日

亲爱的烈烈：

很久不通消息，不知你是否一直都在拉萨？

有一件令人高兴的事，早就该告诉你了，就是：你的爸爸，目前，已经是青海诺木洪农场副业加工厂的一个工作人员！因为他热爱自己的工作，几次被评为积极分子。——现在，你可以无愧地对全世界说：你的爸爸，正如一切爱国的中国公民一样，他是一个国家的正式职员了。这光荣的职位，是十周年国庆节后获得的，我们全家，为了他光荣地列入了社会主义建设的人民队伍中来这件事，对他表示了祝贺，并予以种种必要的物质支援……据他说，以后，每月将有三十八元月薪……他说，如果你们愿意给他信的话，当然非常高兴，否则，也无妨……通讯处是：青海柴达木诺木洪农场，副业加工厂陈长冕……

上次你的同事来京，匆匆一晤即辞，只听到你工作好，对自己生活则不加注意等等。

在刻苦自习、力求进步这方面，你是同辈弟妹们的模范，当然国家人民，特别是党在培养你，但你个人的主观努力，也是肯定的因素。你的健康情况如何，个人生活如何？应予以适当的重视，我们常常关怀到你这些方面，但是路远信杳，我们的思念，实际上于你又有何益？总要自己正视这些问题才好。

以下分条告你一些琐事：

1. 娘娘仍健壮如昔，伯成仍在行政学院工作，她有时到我这边住几天，生活愉快，买了无线电（你送的）。轰轰又送了她一座小闹钟，房间内布置得十分好。

2. 伯成仍然单身汉一条，工作学习劳动均极努力。

3. 二姨母经济情况颇有好转，兆熊夫妇有了固定工作。（剧团已散伙）兆良在工厂（也是武汉地区），所以兆祥读书无困难了，二姨母住碧云家，碧云仍然病而无危机！

4. 乔乔的昆明电影厂，因为这几年暂不拍艺术故事片，所以转入云南省话剧团，一切都好，正在忙于演出，似乎有了男朋友，但尚非爱人云云……

5. 郎郎因为去夏初三毕业考，过于用功，入高一之后，功课劳动各方面又不肯落后，所以心脏病宿疾大发，以至于医生命令休学治疗，目前居家养病，外表看来，情况好转了，附上照片，你将发现他是长大了。

6. 大伟、寥寥，是四年级与一年级的优秀生，平均成绩是九十六与九十七分，只是淘气异常，惹人气恼的家伙。

7. 张仃仍任中央工艺美术学院副院长，几年来工作多得日以继夜，所以没有时间画画了。

8. 我仍在家中，不工作，而且也写不出东西来，主要是脑子坏了，写信似乎看不出来，但我那语无伦次，记忆力可以说一点也没有了，思索理解力都可怕地减退，劳动力也弱极，中医说是气血亏损之故，西医即统称为神经衰弱与心脏有病。我自己知道的原因是：过去的二十年，在极艰苦的条件下，自己过于要强，完全不估计健康问题，尤其是营养方面的缺乏，总以为无关大体，面子上很好的。因为小孩子多，每一个孩子还要从体质中，乳汁中大大搜刮一番，只出不进，终成枯竹式，一旦倒下，再要婆娑挺立于时代风云中，似不易得很了……当然，家务劳动，自我学习，也是一种不甘虚度岁月的弥补……

9. 杏云是五九年常州市特等农业劳模，伯元是工业劳模，荣度下放未返，伯元之妻也当女工，生了一女，又生一男。

10. 附上照片，你一定觉得其中多了一个郎郎了。那穿深色衣服的孩子，即是十八年前，在延安送给人家的大郎郎，那时他一岁，一个朋友特别喜爱，当时我因学习，无法带三个孩子（乔乔才三岁），所以由朋友抱去了。不料，那位友人后死于难产，将他转送给另一女工，我只见过一面，其脖子稍歪（病的一种），姓耿，其他消息全无，她带此子即奔走他方，远离延安。有时友人们从信中也略提此事，说曾见到一个小孩子，长得像张仃，又爱画画，可能是他……这种消息，常从不同处所、不同人物处传来，我们也不认为可据，因为子不一定像父，更不会也画画，环境如果全不同。去夏郎郎考入西郊一〇一中学，开学时，该校初三入高一的旧生，全迎新同学，一见郎郎，即说："你不说，我也知道你姓什么？""我姓什么？""姓耿！""不，我不是姓耿。""你如果不姓耿，我割下我的脑袋，你长得与你哥哥一模一样！"有的人说："世界上再没有比你们像的哥俩了！"有的人说："耿军都不告诉我们，他弟弟要到这儿来上学！"有的人说："声音表情全一样，你爱画画吗？你哥哥是全校的美术组长！"

就是这么认回来的大郎郎。他叫耿军，其父为太原公安厅副厅长。他去夏毕业于一〇一高中，现在留苏预备班，今夏去苏留学，是五好学生，全校标兵，体格尤其好，能入冰窟中游泳。样子更像乔乔，你在照片上可以看出来的。

与此（我）家关系，目前是与郎郎的同学一样，常常来玩玩，或住一夜，非常冷静、理性，而精明稳当，此种后天性格，是耿家影响成的，与我们这种一团火焰似的性格的全体人员，不大像。

春节，他在学校搞两天晚会，在此处住两天，回太原住七天。为了不使其父母不安，此事秘而不宣。——故事有趣，实情平淡，如此而已。

你什么时候回京？

亲爱的孩子，你总要懂得爱惜自己才好，投入工作，决不能损伤健康，我深知这种危机，希望你不要过于疏忽才好，目前到西藏工作的人很多了，应该找一个合适的姑娘结婚了，生活正常才对。

轰轰很好，特别懂事，你兄弟二人，真是好得很，我们是时常谈起的。匆匆，下次再谈，盼来信。

春安！

布文 二月二日

第六通　1969年7月19日

亲爱的烈烈：

二姑转来你的信，我们高兴极了，真是长久长久长久的未通音讯了！

张姑爹已于去年春节前解放，他现在很好，愉快而健康！

北京有些大学，曾经派性闹厉害，文艺界的运动，也不平衡，种种情况，与你所说的很相似。

必须听毛主席的话，去掉派性，增强党性。

阶级斗争尖锐复杂，有些手段，不很高级，你要冷静分析，万勿冲动，感情用事，易受蒙蔽。关于伯成，他在我面前私信上，倒从未说过那种话，要防其中有人把蚊子说成飞机，夸张变质，挑拨对立，急需警惕。三年，什么花样没经过，你还这么天真吗？——你们都是一棵苦藤上结的瓜，不会变种吧？千万当心真正的坏人，或者极为糊涂的人。

要更加提高自己的政治认识，亲爱的，不可生气，要冷静，冷静，要万分冷静,要站得高高的,那么你就看得更远,更全面,你就更加恍然了!

当然,首先要用毛泽东思想武装起来。

伯成在藏离了婚,回西夏市结了婚,如今婆媳不和。不和,就各自夸张彼此的缺点,真是清官难断。二姑信上未讲,是怕你也为之生气,其实两边都有不对,都是"私"字作怪,一有"私"就主观,就片面,就不能心胸宽厚了,一家两口人,尚且互不相容,如何能胸有大局,放眼世界呢?娘娘老矣,年轻辈能不勉哉!

北京我们全很好,如今只有小寥寥一个人跟我们在家,他九月份也将分配了,我们希望他能到山西插队,参加大伟插队的公社,正在办手续。——但山西武斗,常中断邮政,一切都要办得较慢。

我曾是怀乡病患者,1962年到了一趟西夏市没有这个痛了,但因为两个姐姐,都到风烛残年,既然人之生死,不可预测,旦夕之间,变化多端,我就很想回去与他们聚聚,在寥寥分配下乡之后,我算把家务的担子,都放下来了,我将偿此愿。

或者,我在1969年国庆后,将返故乡一行。

此信也不知你是否能收到,匆匆止于此,待你获信后再谈一切。

有照片,就寄些给我们看看。

敬祝,
毛主席万寿无疆!

布文
七月十九日

通讯处:北京朝阳区白家庄设计院甲楼16号

第七通　1969年9月6日

亲爱的烈烈：

收到你的来信和照片。

我又看到那个祖居的老屋，它是何等可悲，何等可亲，它是何等的衰败和不堪啊！

我的奶奶曾经为了给祖父看病，在战乱中卖去她乌黑的长头发……我的妈妈，在她生下第一个女儿的时候，每天都背了孩子到远远的村庄当忙工……她生的唯一的儿子，在八九岁的时候，就显出了高于同辈的才华……后来一直谈论着儿子童年的故事。比方说，在夕阳西下，学校放学回家，他就鹤立于东沟小桥上，引吭高歌："天下雄丈夫争战功，天下乐，英雄……"不可一世，令人久记不忘。

我清楚地记得，在一次中秋，我站在桌子边看妈妈分月饼，我的头还不及桌沿高，我觉得妈妈已很衰老，她分一块给我，我高兴地正吃时，妈妈忽然说："我们吃月饼，不知道你哥哥在学校里能吃到月饼不能……"当时我哇的一声就哭起来，妈妈以为我想哥哥了，其实，我是感到原来妈妈对着我，心中却是想的哥哥，感到异常的酸楚与空漠，——便是这种感觉，四十几年了，也仍然明白如昨……

我记得，我穿了好看的雪青色绸夹衣，全家热闹非凡，大姐在喜宴上喝醉了酒，所有的人都只管吃、玩，仿佛世界变得互相友爱，绝对不分彼此，不讲利害了……我睡在妈妈里床，在哥哥结婚第二天一早，新娘子抱一床小点子红花的，极厚、极软、极大的被子来，我高兴极了……以后就是东下塘的小园子，以后，唉……我再没有见到他们，生老病死，如今已在我妈妈的独生子身上完成了一出！多么奇怪，一切又为什么？

我曾经非常怀念过家乡，真是成了病，在梦中，每一段落，都清晰在目，等我回去过一次之后，我这个病没有了，可惜啊，由无可医治的空漠代替它……现在，我只是理智上的关怀，我仍爱，那土地，那气候，那物产……我还有风烛残年的两个姐姐。或者，我应当找时间再去告别一下，啊！我的故乡啊，我是何等的爱你，然而，我又懂得了你，我不能久留，失去的亲人，永不复生；失去的童年，永不再返。失去的已失去了，我还有何求呢！

如果寥寥也分配走了，国庆节后，我可能返乡，但也未必一定。如今，我极吞吞吐吐了，因为我不相信，我所说的真能实现，我已长久地、长久的受到失望的苦楚。于是，我学会了不去希望什么……

乔乔的腿，由中医在治，居然能治好，但需要长时间，又得营养好，要种种条件好，她是否有那么好的条件呢……我当然尽力帮助……但，她是否愉快呢？万里迢迢，吾复何言！！！

耿于今年五一结婚了，是一个学医的，很好的女子。

郎与你的情况相似，以后面谈。

大伟在山西，夏收后，评为积极分子代表，喜报一直送到北京家中，这孩子能吃苦肯思考……

寥寥长得比他爸爸高了，时光如飞！

我已白发苍苍，年届半百，眼花耳聋，老态明显了，附上几张照片，——关于我的，比实际的人照得好。

匆匆，我也忙，半天学习，半天放哨。如今家属老太太，也忙极，如战事起，更忙呢，望常来信。

梅　69年9月6号

我不知道，为什么，娘娘自己选的媳妇，又闹得不可开交，伯成是苦恼的，如果秀英能理解他还好些，我担心秀英也未必真能理解伯成。居说自伯成走后，娘娘只从秀英那里拿到过两次生活费，每次15

元,而伯成说每月都寄的,给他娘娘每月 25 元;七月份起,每月 20 元,但娘娘从三月份起,就一文未收到,当面要没有,写信更不行;玳玳寄养在娘娘那儿,我每月寄一份生活费,这些都真的话,娘娘当然太气,秀英也太特别了,可惜都是一面之词,我也不知全面情况,真难判断,——我已告伯成,把他娘的一份直接寄木桥,你如给他信,也提一笔,并把你寄钱之法告他,伯成以为木桥不能电汇到,他不知地址怎样写,——你怎样写的告他,寄陈树玉(娘娘有这个图章)。在西藏,你与伯成,可能时,要互相联系、互相帮助,(伯成在木桥,曾给我哥哥几十元,他的心是好的)你们是兄弟,你们生在一块土地上,要珍惜!如果可能,回来吧……叫伯成也回来,回来大家再聚聚……

  中央又下九条命令,备战更紧张了,胡志明同志逝世了,世界上,阶级斗争将更激烈了!

又及 梅

致 梁 任 生

第一通　1973年7月12日

任生同志：

今天是七月十二，小雨，凉爽。

收到来信，很高兴。照片全好极了，小孩很可爱，孩子的母亲予人以良好的印象。

忽然想到罗亭。

很久以前，似乎人们这么谈论着你的，如今，有了幸福的家庭，那种于雨色蒙蒙中坐上马车，在寂寞中出发的形象消失了吧……当然，那时人们不是指这类画面，那完全是另一种取材法。但是不管怎样，总是安定下来了。

征途漫长，学习无限，以此互勉。

七月十日夜，张先生又去乡下，因为要他去，他便去了。

今天，大伟动身，十二点半的火车，到武汉；十一点读了你的信，记下了你的地址，如果他有时间上景德镇，一定先给你们去信。

大伟是高中学生，23岁，1968年插队，在山西两年，又转到江西庐山红旗林场，也两年了，每月19元，仍是插队青年待遇，可以考大学，或分配工作，听说考大学走后门十分紧张，就放弃了，现在等待分配工作。

他希望能上庐山植物园什么的；对哲学有些基础，看的书较多，文学是不差，最近几个月跟郑可先生学学画，据说他在图案上颇有前途，对生活，不通之甚，一副书呆子样。

你还记得寥寥吗？如今也长了一米六九了，20岁了，在山西插队，弄了一身病，在京治疗，也跟郑可先生学画，仍继续在画画。

本来，对他们上边的孩子，我们一再勒令不碰文艺的，他们自己又钻进去；这两兄弟也仍是性相近，我们也想通了，干什么不全一样吗？何必一定要他们誓戒于此呢，于是不阻止了，由他们去，他们是有些聪明，但也有更多不驯，令人烦心。

李瀛夫妇等同志，在郑家看了青年们的东西，一齐全发奋起来，真是很用功的。

至于我们，——时光如飞，岁月无情，我们的脑力大为消退，绝不似人们所传的那么用功，也用不上功了，似一段呆木头，而且是朽木！

当然，也仍然说说笑笑，有时就大讲黄山庐山……尤其是我，一再声称，如有条件时，我将立即赴庐山。

我们极爱自然，山水木石，一见倾心，我们可能落户于庐山，然后到黄山等地逛逛，不亦乐乎！

请代向夫人孩子问好。

布文 七三．七．十二

第二通　1978年3月18日

梁之：

你的信都收到了。

因为，当时，实在没有什么可奉告之事，希望等一下，能写一点新消息，所以未复。

最近，似乎有大新闻，其实，本质上，仍照旧，并无可谈之点，略叙如下：

1977年12月30日，我们的郎郎回家了，"四人帮"判罪15年，如今，坐了九年半牢，算是无罪释放了，感谢华主席、党中央的英明决策，全国人民得解放，也解放了张郎郎。

1978年3月1日，中央工艺美术学院才宣布，恢复张仃的组织生活。是中央组织部下来的文件，第一条，恢复组织生活；第二条，安排工作；第三条，解决生活问题（房子）。至今，第二第三还未落实，工艺美院仍是死水无波。

你在外省，以为此处多么沸腾，多么群英聚会，多么江山如此多娇……亲爱的，别太天真，咱们中国的事，以慢为特征，尤其文艺界，尤其工艺美院……目前，仍是老班底说了算。所谓提名找回老教师，吴劳同志提了姚发奎、张世彦等业务较强的，据说陈叔亮同志也提了什么人，全打回，全不行，理由哼哼一万条……仍由那些人自己筹划，他们仍在招兵买马，权仍在他们手中。张先生才恢复组织生活，别的什么也没有，能说上话吗？他不上学校，根本什么也不讲，根本绝非讲话有任何意义的时候，讲话只是自己开玩笑而已……

所以，你不用写心情与愿望，计划与构思，谈不到那地步，工艺美院运动未开始，正在呼呼好梦香呢！

法国画展也不如事前想的那么好，天南地北奔了不少人来，大家都找上白家庄，以为大有可谈之局势，其实，张先生仍是十余年来之平淡中国画家，身体不佳，晚八时便睡，早三时便醒，以陪客为苦事，无权帮任何实际问题。自己的孩子，一个也没工作，大伟插队十年了，寥寥户口才落上，与郎郎二人，都仍在家吃闲饭，没工作。一家仍挤小屋内，天天打地铺，胡混。

本来，张先生是真正艺术工作者，除画画外，一无所长，尤其不懂一切实际事务，几十年如一日，很需要别人帮他搞一切，"四人帮"搞他，我们就束手待搞，打倒了"四人帮"，我们就待着，别无作为。

你其实看得清楚，我们一家，往好处说：都是书呆子而已，什么本事也没有，否则我会当家务劳动者吗？

对于你们的种种期望，张先生也只有感叹，好在，你们都十分精明干练，只要形势越来越好，你们都能学有所用，为党为国做出自己的贡献。

本来，张先生希望天暖时，出外写生，如今只好在京等待落实政策了。郎郎、寥寥，也听有关方面的安排。乔乔最近要带二小孩来京，她的种种问题，都有苦楚，什么也未办妥当，说也不必说了，——真使人心烦。——所以我们并不那么兴高采烈。

问全家好！

布文 78.3.18

致张新华

第一通　1982年2月18日

新华：

　　你的信予我们极大的愉快，很高兴，我们的朋友没有变，依然是个诗人。——这是可贵的，如今我们的军官，竟是一名诗人。美好中国出了莱蒙托夫了吗？不管你正在学习什么，你的内心充满了诗，你的内心没有污染……

　　我们家的人，虽然比较真诚与朴素，可惜都有好兵帅克的毛病，总似昏头昏脑，兴高采烈，傻乐，干不出正经事来。例如，这封信就拖到今天才复……

　　祝你1982年万事如意。

　　我们怎样过的春节？

　　耿军一家，去太原团聚。大伟，1981年的春节，据说是躺在庐山五老峰顶上，看云……今年回家了，1月16号到京，2月6号返庐山。你知道吗？他似乎与姚不睦，因性格不同，他爱庐山，她不爱等等。情况不妙，详情不知，却听下回分解。他的地址是江西，庐山，庐山中学。——他也看到了你的信，十分激动，不知是否已给你写了信。

　　寥寥仍是烟雾腾腾，据说酒喝得少了，可能是酒涨了价吧？在工艺美院图书馆，住鲁家，每月可见一两次面。正如你所说，他与自己为敌可惜,他给你写信了吗?

乔乔可怜,带一个五岁女孩住家中,已二年余。最近可能要解决工作与户口问题,也难说。我们不会找门路办什么事,弄得很糊涂,也毫无办法。婚事上,再开始也不易。时光如梭……(你知道她已离婚了吗?你有50岁左右的朋友吗?以后千万别声张。)

它山(乔乔爸爸)总有开不完的会,没一点画画时间,令人浩叹,决定用春节假期,躲到郊外去。

除夕的会,开到一点钟,我们吃了几口东西,就赶快走,三点赶到颐和园后边的藻鉴堂。

这个藻鉴堂,位于一个半岛上,在颐和园尽西沿湖中,据说是江青造的一座小楼,有几十个房间。由于江青水平不高,设计布置均俗不可耐。如今这房子归"中国画研究院"用,全国画家,都可申请借住,搞创作。在春秋佳日,湖环山掩,树木森森,确有一番景色,如今严寒未消,湖水冻结,草木枯萎,土山荒秃,再加春节时期,画家们各自归去团聚了,只留一个职工看守,他带了一个三岁小儿,有两个做饭的,——由于不高兴春节留下做饭,所以一天只吃两顿,基本吃素。我们从除夕到初五,三个半人,一直是两顿素餐……亲爱的朋友,是种创新吧,全国或世界,这样过年的人不多吧?也是一种出家吧!

为了安静,为了躲开那批拜年说废话的人,为了远离电话,为了求得一丁点自由的时间与空间……

初五,叶浅予、赖少其夫妇、黄胄等等才来,总共也就是三四个真正画家,但工作人员,倒有几十个。呜呼,中国,我们亲爱的祖国……

明天,我们又要回城了,在此只不过十几天,(其中,还进城开几次会呢!)从此又是一连串的会……

郎郎是幸运的人,目前给人这种印象。但那边节奏太快,我们这种人很不习惯,尤其是他的心脏,不那么特别健全。那边的一切,也无聊,——不用提我们的理想了,便是你们这一辈的理想,也有点抽象派……

我衰老了,头脑不灵了。1981年什么也没写,真能混!

春安!

布文 82.2.18

第二通　1983年3月28日

新华:

你的信,使我们很感动,也很感慨。

你仍然保留了那一颗赤子之心,这是你极可珍贵的秉性,也是你常感孤独与痛苦的根源。

本来,你应准备条件,做一名令人肃然的军官,也许不多几年,你将成为一名将军,以至于更高……

如果你不抛弃你那颗赤子之心,那么真善美三姊妹,就不会离开你,你的智慧、情操与诗的生命将不断成长,——当然,你的孤独与痛苦也就更深。

正如那松柏,枝高叶茂,必然根深……

人们,都在努力开拓自己的路,其中,以派头十足的伪君子,最能巧言令色,趋炎附势,吹拍奉迎,名利双收……仍是:聪明人、傻子和奴才,不管他们背上插着什么样的旗帜!

艺术也同样受到污染,当你走到所谓有艺术的地方,丑术难道没有刺痛你的双目?——我哪儿也不敢去,我是连心也被他们刺伤了!

难道如今还要以丑为美吗?——难道不是吗?为此,我还庆幸你的从戎呢!!!

当然,都一样,各有巧妙不同耳!!!

如何使学习与生活更有意义呢？老一套说教，看些真正的好书，有时间，就地取材，也可画画……就在自己目前的条件中安排，这也是对自己的一种考验，一种磨炼，一种试探……沙漠里不正在种树吗？寥寥他们正在京郊石头山上种树，据说完全是石头，一部分人，用挖煤的工具狠劲开凿，一部分人，到山下用书包背土，一部分人到山下五里外去挑水……中国，北京，各处闲荒的土地可能多极了吧，偏偏这么分配，妙极。只有高呼妙极耳！

为此，你就身在福中了，亲爱的，瞧瞧广大同胞，其中有你顶熟悉的兄弟们，都在如何生活？

世上有难事，偏多无心人，——缺一点头发都成秃子，何况缺心肝呢，呜呼……

你的儿子都上学了吧，你这么天真，以后你的儿子要教导你了。我们老了，今天天气哈哈哈……春来了！

布文 83.3.28

代张仃复李骆公

1983年3月28日

骆公兄：

新年好！

收到你的信很高兴，尤其高兴的是你给它山刻的名章，他特别满意。因此他又要请你再刻几方，这可说是"好事多磨了"。——因为你作了"好字"，所以就又得多磨石头刻印了！

老郎　它山之石　三馀　探索　拙夺天工　寂寞之道（后者压画角用，最好是不规则的长方形）

以上写的，供参改，你对哪些有兴趣就刻哪些。

到桂林的事，又告吹。因寒假病假均无法离北京，不赘述。谢谢你，来日方长，桂林总得游一番的吧！

忽然想起，去年或前面，有人打电话找它山，似乎说的是"陆地"？没听清，孩子们回说"不在家"，对方说"晚上来访"，回答"晚上睡得早，明天到工艺学院吧……"从此无音讯，令人纳罕，似乎对方还说带了你给它山的东西，可能，对方觉得自尊上受不了，不理睬我们了，东西是否还给了你？——今天方想起，如果是延安的陆地，在延安时很熟，彼此极平等。如今，他似乎做了重要的工作，忙，又敏感，总之，可能大大使他见怪了吧。其实，我们这家人是"济颠门下"，完全有口无心，散漫胡扯惯了……

　　它山问，桂林春雨什么时候停？当然希望雨过天晴便到桂林，至少目前有此愿望，方便时请告雨后的时期。

　　陈叔亮同志病了，住院，仍是老毛病，今天它山到医院探望他，精神仍佳，放心！匆匆祝阖家安康！

它山　81、1、6

骆公兄：

　　多谢你代我安排游桂一事，明春雨季过后能成行，最为理想了，"长安不易居！"——我每分钟都想逃开京城。多谢您，容见面细叙，总之目前是不行了。

它山附言

致 韩 羽

韩羽同志：

　　长久不见，我们常常提起你。

　　因为我们都喜欢你的画……

　　它山今天又找出一张你的画挂了起来。

　　你忙吗？近来画什么？

　　它山希望你把最近的画送他一张，如果我也跟着说要一张，是否使你为难呢？

　　你出的画册，我们也没有，你自己也没多余的了吧。

　　告诉你一个好消息，1985年，它山可以回花果山了！

　　他辞了三年，恰逢政策英明，于是，归去来兮，悟已往之不谏，知来者之可追！

　　什么时候来北京呢？

　　每次你来，总是匆匆而去，因为我们不会弄吃的，我虽然在家当收发与伙夫，也是不称职的永久工，奈何！智者不怪，就看画充饥好了！

　　祝

　　春节好！

陈布文
1983年1月8日

致黄苗子

1963年①

苗子同志：

关于曹雪芹的画像，我一直想给阿英同志写封信。

但是我虽然努力克制运用气功，也无法使我的语言中不冒出火来。为明哲保身计，只好不去看他，但是报纸杂志居然一再登载，使中外人士心目中印下这么一个曹雪芹来，实在忍无可忍。

请问：是根据对曹雪芹的考证呢？是根据其作品所做的想象呢？是根据其有关诗词的描绘呢？是根据人们的口头传说呢？……请问根据什么画出这种——

大脚大手大身材，鼓目鱼睛，眼露浮光裹色，蒜头羊鼻，面带假怒佯嗔，两耳扇风，肥项叠折，持笔作态，一派矫情。——《红楼梦》中，人物虽多，作者未曾肯下笔勾勒此等形象。顶多只能设想，在薛蟠叫云儿唱曲子的时候，于屋角小凳子上，也许侧身坐着这么一个拉胡琴的小子耳。而以此来辱曹公，不亦甚乎？

画像者无过，他要怎么画便怎么画，但竟认为曹公毕肖此种形象者，诚奇才也。而似乎无一持异议者亦奇事也，如此多的红学家，如此大的展览会，竟由如此一个形象来领受，不亦堪称奇迹乎哉！

---

① 此信不全，写于1963年。

致李世济

1964年12月15日 ①

世济同志：

十四号晚上，我看了你们的《杜鹃山》，十分兴奋，几次都情不自禁，猛然鼓掌……

你们演出是成功的，每个演员都恰到好处，布景、服装、台词等等，都出乎意料的好。

裘、马等等老将，风采焕然，净角特点在扮演杰出农民领袖代表人物的形象，似乎别具神态，大可发展。

尤其是你，把那程派唱腔的抑郁悲怆，发展到昂扬激烈，把那柔中含刚的嗓子向音色壮丽的峰顶前进，这将是程腔在革命中茁壮的新枝，而这，正就是你的戏剧创造性的前景。

因为程腔已在它自己的历史时期，完成了艺术使命，它本身有其自己的成长发展成熟的一段艰苦历程，这座八宝楼台与金碧辉煌永是我国艺术宝库中的珍品。

只是模仿它，学习它，继承它是不够的，我们生活在这样的社会主义大革命的时代，我们的时代使命，促使我们必须付出艰巨的努力，改造思想感情，改造艺术观念，为了更好地服务于这个伟大的时代。

---

① 此信写于1964年12月15日，为草稿。

我们必须演工农兵，必须重新创造我们的艺术形式。

因为你是自幼即对程派艺术迷恋生根的，所以你的艺术革命将更艰苦，更具决心，付出的意志与毅力也更大。

有几点意见，供参考，因为只匆匆看了一遍，也许未看清或未听清，想到就写，希望这种热情不致使我犯过于冒失的错误。

你们的服饰都好，有舞台色彩，又符合剧情要求，温与郑的好，乌也好，只是那件灰色夹袍不舒服，披土豪的讲究大皮袍或山农的陈旧老羊皮半袍都似更好些——你的服饰目前也很好了，不过还可以加些变化，更可增添效果。头饰：上绞架的一场，因为地下工作被捕，是否可以梳辫子或披长发？那年代在农村中剪短发工作，不引人注目吗？（年龄23比32好，下条说明）如果根据剧情，在头发上可分：长辫子、短发、黑布帽有红布五角星帽徽的（或该地方特点的冬帽）、大皮帽、草帽，这样头上就可以变为四五种形式，帮助了关于时令、地方性、情节等效果。

服装：上绞架的一身也不错，是否可以更突出些，用白粗布做一身裤腿小而短，上衣大如马褂的无领囚衣，背上别一块红布，写了罪状。（要显出女子身姿，囚禁的磨难与凛然就义的严肃性，切不可有滑稽或夸张，红布要大而正。）似乎贺湘一出场，就有一种夺目的红色光辉，是人心之所要求！上山之后，可以一直穿灰布裤绑腿，但上衣不妨变换，黑布中式袄，蓝布衣，扎条皮带。学文化那一场，甚至可以穿条子布或格子布中式裋子，外边都扎一根皮带，也可以披羊皮短袄之类。一身灰色，在作战的场合可穿。（似乎一身灰军衣是八路军时期的服装，游击队什么服式都有。）

贺子上山后，可否考虑一律戴上红臂章与黑布帽子带红五星帽徽，既可与孩子口中红军形象呼应，又可以把农民起义式的各种包头去掉，但服装照样不动，这样也符合初步政治化和当时物质条件，这样反而更突出好看。

所有服装、帽子、旗子全用布的，绸的感觉不好，颜色也并不好（反派当然可用绸的）。

鞋：草鞋，我们从前穿的鞋头上还打一个绒球，各色的，或红白、蓝白夹花的，男的也有，白色、黑色蓝色的，单色的大球，此点加上，事小而效大，既实际，又美！当然打仗时也可不带球。第一场乌豆光脚上镣，是否更好，服装要更因褴些！

你们的服饰，基本上还发展了京剧的白衬里，袖口领子下襟等方面，白色一亮，醒人耳目，裘、马同志等都配得好，此点贺湘要适当加上，卷个白袖口，很好，太照实即刻板，要加工渲染一点。

（1）整个剧情时间长，可分春夏秋冬，短可分朝夕晨昏、夜、风、雨，这可使各方面发生丰富的变化，《杜鹃山》没有别的特点可以表现其他。

（2）主要是贺湘离家，不妨是逃荒时放在竹筐里挑，不是几个月的娃娃，现在她来领导乌豆及郑，就更加突出有为。贺湘有时是否立正站定更好些，如倾听杜妈妈诉述，乌豆自责转身。紧急军情转达上级指令，等等。姿态很好，绞绳下尤其好，自然恰当，唱词剧情的交代也爽利，煤窑里死掉他大哥和父亲，一把火烧了他母亲和妹子，让贺湘当闺女，这将在舞台心理上更满足了观众的要求。而青年女子的语气、姿态、服装、性格，与她所负的巨大使命以及和刚莽怒勇的乌豆来对照，戏剧效果将更强烈。

（3）《杜鹃山》只因为山名就当剧名，意义单薄些。既有杜山又未出场，杜妈妈不能叫杜娟妈妈，而男孩小山不妨改女孩小娟，以小姑娘出现，这样先有一个陪衬贺湘的女孩上场，以后，这女孩子可以在小辫、花衣、活泼的动作上来丰富舞台，任何方面都比男孩子好，而且一上场，小山戏过于硬加，以后又没什么戏，（也不必给他加戏）。这方面情节是否重新斟酌。既然贺湘是本地人士，在绞架前要对群众说明，"我就是小湘子"，那么一切语言都可以转入更亲切感人环境，又作为与郑见面的伏笔。

（4）在学习文化一场，作为花开满山（把杜鹃花强调一下）如小山改小娟，好上场，主要由乌豆，小女孩，贺湘，突出轻快欢畅的调子，也助增加放心的戏的节奏。

（5）配角情感未入戏，在绞架前木然盯着看，其他时候也茫然无内心活动。反角：温服式好，后加背心更好，他可以穿绸的，还可以不断加些小零件，（从地主京绅那儿抢来的）情节发展层次不够分明，怎么投土匪居然要贺湘带头去，太突然，似乎临时决定出这么一个叛徒似的，没有伏笔，贺湘也未虑及此，因而观众也意外。

总的来说，你们的戏是好的，可以看出你们曾经做过多大的努力，观众们都交口赞赏！因为你们拥有这么多富于艺术修养的好演员，在党的领导下，在不断地演出中，你们将一再开发，更臻完善。

匆匆写了不少外行话，请不见怪。

祝

艺安！

陈布文

致有关部门

我的申诉和请求

我名叫陈布文。1952年的北京市中学特级教师。后以"自动离职"失去了工作。什么是"自动离职"？为什么把我作为"自动离职"对待？这就是我要申诉并请求解决的问题。

一、我的简历

陈布文，女，1920年生，江苏人。

爱人，张仃，中央工艺美术学院院长。

1938年张仃同志与我同到延安。

张仃同志直接给毛主席写信，由毛主席介绍到延安鲁迅艺术学院工作。

我在鲁艺学习，听文学系课。

1940年我到延安鲁迅研究会工作。

1945年抗战胜利后到张家口，在张家口女中任教。

1946年到哈尔滨，在哈尔滨中学任教。

1947年到佳木斯，在东北书店编辑部工作。

1948年到沈阳，在东北政委会教育部工作。

1949年国庆后到北京。

1950年由中央组织部分配,到北京市男五中任教,我是一直听组织调动,由组织分配工作的。在中学教高二高三班的语文。于北京市男五中任教期间,被北京市教育局评定为北京市中学特级教师。工资96元,当时是全校最高薪。

1953年到北京市女四中任教。(因住处近便些,是我要求调女四中的。)

二、所谓的自动离职的经过

1954年我因积劳成疾,瘫痪卧床,无法去公费医院看病,只能自费请老中医大夫,来家中诊治。当时中医大夫自己开业的很多。

我的病假证明是施今墨大夫开的。

那时,我有四个孩子,一个保姆。

张仃同志出国在外。我用张仃同志的工资,维持生活。

在我卧床八个月期间,未领工资。

女四中的领导与会计,也没有来找过我。

教师与同学们,虽然常来看望,我与她们只谈工作与学习,从未提及生活与钱的事。当时幼稚地认为,谈论生活与钱,就是资产阶级思想,是可耻的。事实上,由于长期过供给制生活,确实是根本没有想过这方面的问题。我的生活完全是延安标准。无饥寒之感就十分满足了。

不料却因此失去了工作。

当我可以走动时,便去学校上班。

女四中校长潘基同志说:"你已经自动离职了。"她说:"你的中医证明无效。"我既未书面写过,也未口头说过要"离职"的话。而且我的工作一直是由组织分配的,我根本不知道有"自动离职"一说。校方也没有对我说过中医证明无效,更没有及时把中医证明退还。

潘校长令我去找市教育局。

市教育局中教科的接待同志,把我作为旧社会失业知识分子对待,态度很不好。

我多次奔走陈述，无效。
　　因在大病初愈之后，受到意外的各种刺激。又得神经官能症。从此，只要一提及有关工作问题，我就情绪激动，不能控制自己的言语与举止。
　　张仃同志回国后，劝我先养好病再说。就这样拖延下来。
　　1957年反右斗争扩大化，以及后来不断的政治运动，使我神经更加不健康，错误地认为，如果我再到自己单位谈什么工作问题，只是惹是招非，根本不敢有此想法。
　　"文化大革命"期间，因为张仃同志受到诬陷，我家多次被抄，我的有关证件和单据，也洗劫一空，对于解决我工作问题的事，完全绝望了。

　　党的三中全会以后，使我的健康与理性复苏。正像当年，满怀革命豪情奔向延安似的，我又看到了光明，看到了前进的路。
　　时光如飞，我已年逾花甲了！
　　要求恢复原来的工作，是不切实际的了。
　　我是请求组织，重新调查和处理我的问题，使党的知识分子政策落实。
　　从前是"老来靠子女"，如今是"老来靠组织"。这是每一个老同志都特别深切与具体的感受。
　　我的申诉与请求，如有不当之处，愿领导和组织上给以严格的审查和批评！
　　此致
敬礼！

陈布文
1983.3

附件：

摘要提供几位在北京的证明人。如有需要，我再提供更多的证明。

萧军　　延安鲁迅研究会主任、北京市作家协会主席

刘彬艳　哈尔滨一中教师、中国作家协会书记处书记

张夫　　北京市男五中校长、北京市西城区政协委员

杨黎初　北京市男五中政治教员、中央教育科学研究所工作

女四中1953、1954年时期的教导处与语文组老师，均可作调查对象。

第四辑 日记

1962 年一则

1962 年 5 月 14 日

一

从前，我只以为绘画是一种"普遍的语言"，因为这种平面艺术，有目共睹，它唤醒人们的心灵，不需要通过特种文字的翻译介绍。但是现在，我觉得文学，也是一种"普遍的语言"。文字的障碍，在辉煌的作品之前，犹如可怜的竹篱笆对于花圃所造成的阻拦。

我必须更好地熟悉这门艺术——文学，是的。我应当明白我具有良好的条件，在今天要找到一个像我这样有时间可以自由运用的人，而且已经具备了其他方面的一切修养和认识的，实在太少了。我必须坚信我的脑子没有坏，甚至我的记忆力也很好，（最近读英文的学习，证实了这一点。）我要下苦功努力学习一次"文学"课，然后，我将写出东西来。

当我的热情还在，当我还这么敏感，这么爱着真善美的生活，这么为不朽的艺术而激动的时候，就足以证明我还有才华与写作的潜力。

我尊敬的伟大的先师们早已逝去，他们散居在古今中外各个我所不知道的地方。但他们的心灵却与我如此接近，他们简直就在我身边，并且亲口在告诉我那些故事，——故事只是零散组合的物质，而主要的，给予这些故事以永久的生命的,是作家伟大心灵的光,不是文学的故事有永久性,而是作家的伟大的心灵不朽,永生。

我不能悄悄离去这个人世,我要留下我的语言,我的躯体可以消失,但我的心灵必须永生!

二

不知道喝茶是不是会增加眼泪,近来似乎更易于流泪了。罗曼·罗兰给托尔斯泰寄信的时候,不过是二十岁的毛头小伙子。但老头子,那么固执而常常当面对举世拜倒的名流说着难堪的话,两手插在睡衣腰袋里,讥讽地眯起眼睛,像一头蕴藏着怒火的披发大狮子的托尔斯泰,却给他回复了一封三十八页长的法文信。这在一八八七年十月四日,开头写着:"我亲爱的兄弟,我已经收到你的第一封信,它使我心里很受感动,我一边读一边流着泪……"

生活在有伟大心灵的人活着的世界上多么幸福!——我们没有鲁迅了,而别的什么也不能做,而脆弱的心灵如孤儿一样,常常因为能依傍着伟大的心灵,才有成长的希望……

我将给鲁迅先生写信,虽然他的居处很远,而没有留下地址。但是,"文学是普遍的语言",它既然没有国界,而且可以走向未来,那么它一定也可以走向过去,也不会有什么人世的界限。何况,我的现在,不就是鲁迅的未来吗?

三

学艺术是需要精神自由与物质自由两大营养剂的。梁启超那么年轻,十九岁,黎元洪即以三万元,送到瑞士去,那时间的三万元是何等巨款？那时候北平的芝麻烧饼是一小铜钱一个，十个小钱，合一个铜板，三十个铜板，才合一角钱，十角为一元。

四

周建人96岁逝世，比鲁迅多活40年！鲁迅乃智者千虑，如此伟人，预言了一切当时的大问题，对人对事，都洞彻如照妖镜，但自己却让日本特务，陷害致死。鲁迅都会认敌为友？！——令人震惊，能不警惕！

鲁迅受害于日医特务之手，岳飞受害于皇帝状元之手，纳赛尔受害于身边近卫之手……不用评述了……既然伟人英杰尚且如此，平常人还论什么得失祸福呢！

1964 年一则

十二月十五日 晴 礼拜二

"欲"仍继续活动,一天少"刚"。

从上午八时至下午的三时,一直在给李写信,写了八页,而后再抄,决定只抄二页,表示对她艺术革命化的祝贺,关于对戏再进一步改正的意见不写了。如此人有思想,她便会有求教的表示,如无,则送"教"不大智也,何必呕心血换丑角的滑稽与无聊呢!

没有白信封了,特地上街买了白信封与一瓶新糨糊,一共开了五个信封,最后仍用了第一个信封,闭目丢入信箱,否则我又绝对不会寄出了,为什么?为什么?为什么?任何一点行动,心中便问为什么?这封信,心中发出几十个为什么?弄得我头痛极了。咬牙答云:"有什么坏处呢?顶多以为我是一个年纪很大的戏迷罢了!——如果她有一点思想,她就会感到这种热情是多么珍贵了;有此感又有何意义呢?什么意义?一点小事都必须有大意义才办,我必须不思想,不激动,不言语,与世隔绝当活僵尸吗?不已经太清教徒了吗?不给男子交际,给女子也如此顾虑重重。活着也太苦了,……当然没有意义,可能有意外的不好效果,试一次吧,像赌博似的,我规矩得太累了,我厌烦,自己的清教徒生活了……"

我心中有火,火的熔岩,如果我恋爱的话,一定在爆发中毁灭自己，放心得很，绝不会发生此事了，因为我不肯当真正出丑的滑稽角色，世界上也没有那么一个理想之人，即使奇迹出现，平地跳出个万全的人物来，也绝对不可能用一瞥的时间对外祖母大人，表示什么注意，除了宽厚的大地会拥抱我之外，不会取得任何眷顾了！可怜的人生，北极的冰山已经沉重地压上了这个火山口，它将变成死火，就是鲁迅所看见的……

我知道鼎也如此，他比我更热，他的火山性能更强烈，我们并峙的两座火山，严寒封锁着，彼此看到那死火的蓝焰，彼此同感、同情，彼此痛苦与悲悯，彼此安（以下残缺——注）

1977 年四十三则

5月22日　星期一

下午翠来，伟归。晚饭后阿沙朗诵:《青年一代》及……序诗。停电，烛光下读的，翠谈了什么有人写古体诗以及《向往未来》什么的，目前，便是自以为思想新而又懂诗的人，都迷于法国式，或假装迷于洛尔加、伊利亚等等，对马雅可夫斯基，本来不懂，而就更加不所领会了。九时许，翠、伟、芹，三人同走。

5月23日　星期二

下午伟归，定明日去庐山。
晚上胡女小玉来，介绍给郑以汶。
燕生来，讲李宗津死，因患癌之痛楚而上吊了，伤哉。
半夜，令箭荷花放开。

5月24日　星期三

一早阿沙与众友坐大卡车去丰沙线玩。中午阿爸送伟上火车。今天令箭荷花大开，是我们居京28年首次开放这么美丽的好花，但愿幸福到我家。
母鸡下了第12个蛋，妙哉。阿沙住芹家。

5月25日 星期四

今天阴冷，成天穿大毛衣。天津孙氏来，带到韩代购药，沙贝来。

晚上停电，阿沙中午才回，晚上又去芹家，自从做沙发，收拾屋子，感冒以来，廿余天什么也未干，充其量，前一阵也只画了三四天，——阿爸大生气，冲动式，很伤健康，此人总不能对儿子们放开手，何苦呢……

5月26日 星期五 阴冷

上午，它山去艾（青）家，也为阿沙户口事情，仍生气，要他回后留屋中，中午尚未回！

阿沙到丰沙线玩，回来又与芹去李宗津家吊丧，黑夜从西郊归，把小钱包丢了，到芹家也未找到，买了十个小粽子回来。

下午四时它山回，艾家饭后又同上管桦家。管之子捕后用"保外就医"在家，——我又想到良，我们的良是真心的病号，但未帮他保外就医，因其父尚未定论，当然，奔走也未尽力，心中极恓惶苦楚。

5月27日 星期六 小雨 阴冷

早上胡凑二首——

又是风雨四月天，盆盆绿叶一枝艳，怅立楼头无限意，一任春风扑绣帘。

怅花何堪小楼西，林中湖畔语笑痴，只说芝兰百年秀，岂忘浩劫落花枝。

不知何故，因玕玕的怀念和别的心情，泪水不断，真是心血来潮吧，什么缘故呢，自己也不明白，今年总是十分伤感，十分伤感，我从来不如此，怪……上天佑我全家，佑我子女！！！

6月1日 星期三

天气好,收到乔乔的信,她们已收到我寄的小包,很高兴。

今天给阿沙二元过节,算是最后给他过一次儿童节,明年不给了,也因为他此次丢了钱。

6月2日 星期四

今天寄钱给乔,挂号信寄出。

收光华信,杜继琨信,下午阿沙去未未家。

6月3日 星期五

下午三时,翠来,谈了她写的三首诗,很好,她年尚轻,当有诗,——我心如久涸之池塘,不仅龟裂,而且风化了,呆木,什么东西也没有了,我的心如盲者之目!芹至,阿沙读了几首好诗,又读了最近写的六一,以前的清明五一,都极好,都沉重,我们成了深水中的鱼了,在万顷波涛的重压下,习惯起来了,晚九时送翠至呼家楼。

6月4日 星期六

卜维勤来,夜,淋雨,送画报与他的画,但又不肯留下,它山已睡,他说以后白天来。

米谷来,未用午餐便走了。

它山开始画毕氏像,以开心寂也。

寄光华信。

6月5日 星期天

给良寄小包一个,收良信,很好。

未未和王及狮子来,谈办户口等事,阿沙玩去了,上午给何搭棚子,下午上了紫竹院。寄国启信。

看红楼，八十回后，确实写得太次了。

6月6日 星期一

温度29，很像夏天了。

它山画毕氏像，极效，心情也好。

母鸡生蛋达20枚，时光快哉！

大伟一直无信，寄良信。

高续红，把贾之人散家破，黛逝，宝玉痴颠，贾母亡，钗装伴，仍不错，也不容易。

6月7日 星期二

寄伟信。韩羽来，看了他画的《红楼》《聊斋》人物，请他带函给苗子，问田地址，上次它山听他讲，田住东郊某处。

何搭棚，找阿沙，阿沙感冒无力。

6月8日 星期三

它山拉肚，一下子，人躺下，无力无神。天下了一阵雨，空气好些了，收云信，广东黄云及其美院什么先生来访。

卜来，送一个青花碗，一页儿童画。

6月9日 星期四

决定去找王友震，阿沙去问了，下午看病，叫景山医院了。

下午，天阴，我陪它山去医院，王开了三服药，脾胃不和又受风寒云云，如去朝阳（医院），顶多一包土霉素，一包安眠药，可想而知。

回家即服药，晚上似轻松见效。

6月10日 星期五

因小春寄来玩具展览会票，本来它山病，不能去，服王药后，大效，今天竟能去美术馆了。

玩展，就是民间及木制小品，地方上有些优秀传统佳品，北京顶次，以机械物造价贵见长。

另一票给双芹。

6月11日 星期六

何家居说取了路边污土中18块砖，闹到派出所，拆开一面墙，还新砖不要，就要那18块，而其他千千万万的棚子，所用砖、木、柱、树干、门、窗、铁条，各种框框条条，及价贵的钢筋，棚布……！！！！

收大伟信（23—6.11），约19天！字写得好，到了庐山，头脑清醒了，才华也见了，通灵宝玉，发出光彩了！唉！！！

6月12日 星期天

上午，阿沙上医院检查病。

韩羽来，送一猫画，它山赠以一牛画，我给猫画题词："猫是老虎的师傅，虎乃百兽之王，至柔至刚，发人深思。"仍由韩自书其风格字。

晚上到吴家客坐，我不去，已四个月了。

中午，刘西基带油五斤来访（乔托带）。

6月13日 星期一

今天收到乔的信，定准日子，极好。

6月14日 星期二

上海季信，仍老一套，此人真过迂……

大汪看了灰姑娘等三部洋片，目前正有几个单位在放禁品云云。

6月15日 星期三

寄乔信，劝其不必上庐山，就地搞好过夏准备……

给它山购一白绸睡裤。

夏云来，带了几种花，不知种得活否，下午四时后返，关节炎未完好，上车似困难。

今天大热，许龙龙送粽子4枚。

6月16日 星期四

清早，毛毛雨下了5分钟。上午它山出门，李英来送党参。吴祖光来小坐，下午夏云来，送花。

6月17日 星期五

中午双芹来。

下午送双芹去沈（从文）宅，与沈氏夫妇兴谈，双芹表示决心跟他画插图，取文物照片四张，小描笔二枝归。我是从不出门的，15年不与沈先生相谈了，为了双芹，也许此事影响她一辈子呢。

晚上钟灵来，报：陈今言突然以心病亡。

今午寄出三封信：乔乔（为元元伯父代其谈工作之事），复季峰，复肖容（告书已收到）。

6月22日 星期三

今天上午艾夫妇来，魏明夫妇来。晚上李英送书法展览票来。阿沙去看足球，有三四位来找他的。

艾妇大谈良之种种英伟智勇之气概……

6月23日 星期四

今天上午韩羽来,画一张它山像,画一张《野猪林》,一张《打渔杀家》。

十时许卜维勤来,同便饭,同回卜家。

下午,它山与阿沙去卜家。

收乔乔信,附有给朱明同志信。

吴冠中先生来。

6月24日 星期五

下午看日本书法展。午饭后即去中山公园,日本人有时间与其他条件,练好基本功后进入创作,把书法当艺术创作;我们仍拘泥于各体之间,顾影自怜,虽有根基,颇感陈旧。

本拟在园中走走,只转了一下花房,大丽花,大朵矮茎,如折枝太短浮植小盆中似的不舒服,是新植的短枝大丽花,盆大仍如旧,色泽之多,变化之奇,如梦如诉,不胜感叹……

算来已八九年未上中山公园了,记得顶清楚的一次是带玼玼来,因我不去逛公园,但是为了她,总觉得她离京后不知何时再来,应让她好好玩玩,所以在儿童运动场,在转椅中处,坐紫藤下喝汽水,种种形态,如昨,悲从中来,泪落难阻,没法继续走下去,不断地擦眼泪,找空椅子坐下,……后来,只好出园,就是在天安门前,也引起不少联想,所以乔乔不能在云南过下去。心中的悲苦,久久不能消止。

就我们所知,天下青年,再无过于良之优秀者了,艾夫妇是听管华儿子从暗室回来后讲的,凡是经过近似途径的,所得见闻,皆如此,我们还有什么讲的,——而良竟遭此困境。

天下女儿,未有如玼玼那么妖美才慧的了,而她竟于四顾孤寂中沉没而永逝……呜呼!!!

收夏云信,寄大姐信。

6月25日　星期六

大雨，天一下凉为秋。

上午周丽云来，她拿了脚蹼，去野河游泳云云。中午双芹来，她到沈家去，谈了许多，沈之为人更加有德而眷顾青年，全力工作，屋小书多，局促而不求人知，亦感人！

补：星期五上午，它山去电话问，吴冠中先生不在家，他仍上鸦儿胡同6号，恰好田归，谈了一阵，知他住处只离此处两站路耳。

它山行前，发二信：一朱，一德芬。

6月26日 阴 星期日

天凉如深秋，早上，毛毛雨。

下午阿沙交水费时让他去东坝河找一下田家，未找到，天下雨，它山不能去。

在6号小坐，看到了大刚新妇。

6月27日 雨 星期一

上午阿沙去医院。

王玉林送来一大包山楂干，此人真情而傻。

倾盆雨，真叫人不安。

6月28日 星期二

上午萧（军）来，接它山去椒园。

它山极受（刺激）……，所谓："真真碰到了痛楚"，因为竹篱茅舍更是他长久的愿望，而萧真的实现了。

晚上元元来，才把乔信带去。

过几天，都有足球赛，每晚阿沙都去看。

6月29日 星期三

上午，卜来送它山去彦家看画。

叶家保姆过来送函，叶邀它山晚上去吃饺子。

下午四时半，它山去叶家，而廖冰兄与苗子来此，看了它山及画，极赞。

晚上，大风雨雷电，极惊人，如今与过去不同了，自然界的通常情况都令人担忧！

收郭子祺子信，需钱，其父母病危云云。

收杨四起回信。

6月30日 星期四

今天寄乔钱35元，5元为子女之礼物尔，九号，女一周也，寄郭伟20元。

7月1日 星期五

今天，报纸主文乃五卷少数民族版发行及大寨生产事。

想到它山花甲大庆，乔又重感情，又不似其他二位，不易返京者，宜令乔归祝寿。于是商之于廖，又商之于阿爸，决令去电报促归，又担心五号未必能赶到，故告她迟到无妨云云。

唉，早宜如此办，匆匆决定……这多年来，万事损人心智，弄得人木然、茫然、淡然……

晚上去发电报的。因为想打长途电话，不通，再发电报。阿沙办的，夜一时骑车归。

7月2日 星期六

下午，它山去吴家观画，冰兄等来，带了黄的一个烟斗两支笔。

双芹来，大雨，谈了沈文琐闻。

7月3日 星期天

上午顾中一大汪找阿沙,下午丁绍光带女儿及二同事来,卜维勤来。张振州夫妇来。阿沙那边又有三四个人,天大热。

晚上,阿沙去双芹家。

寄良信、大伟信。

7月4日 星期一

早上,阿沙去买蛋糕,无,我买了粽子及面条。它山去取工资。

上午,朱来,正好吃面条。下午二时返。

清晨,大雨,下午又大热,太阳。

收乔信,二日发,四日收到,并已收电报。

收德成信。收良信。收乔回电,七号抵京云云。

7月5日 星期二

一早,它山带红柿辣子去王家。

来回路上只四十分钟云云,破屋已定,似到七月十五日才可迁入。

上午阿沙去买蛋糕,只买了酱牛肉、香肠,一小束花,几个桃子。双芹来,帮缝了被子。

中午,自做担担面,颇成功云云,喝啤酒。

丁绍光赠送烟十盒,茶叶二包。

我送它山新衬衣一件等等,今天很高兴。

7月7日 星期四

下午三时寥、芹接乔回,雪兰很好,很乖。

7月8日 星期五

丁绍光等人来,送来大画册。

雪兰习惯都好，不哭不闹，吃睡又定时。

7月9日 星期六

今天雪兰一周岁，抓周：糖，娃娃，高级品。喝啤酒，蒜肠，牛肉，阿爸很高兴。

7月10日 星期日 大热（36—25）

收良信，减三年，记功一次，共三次。

收大伟信，一切均佳。殿来，送西洋参。

7月11日 星期一

早上，它山去河北，屋已定局。15日迁入。

寄良信，附乔信，祝贺等等。

7月12日 星期二 下午有凉风

寄良小包。夜耿来，阿沙往元元家去。

1984 年五则

3月23日

今天郎郎来电话时说:"你为什么不写了呢？""我找不到写的意义……""我看，妈……""好，如果有一个人看，如果你看，我也许再写……"对于父母一代的情况，也许作为闲读是有趣的，也许郎郎这么说，也是一种安慰。黄永玉说，艺术就是一种骗……

当然，我曾许诺，要把郎郎的幼年时期写出来，我应努力于这一主题。

刚才苗子送来一张印刷品，是毕加索的《羊》，铜刻照相版。是永玉在意买的，"我立刻想到，要给张仃买一张……"目前，苗子与永玉都将去日本，他们是以世界为舞台……

"齐白石，毛泽东，鲁迅……，也都没有跑多少国……""阿Q也没有……""是的，阿Q当好兵帅克，一直帮咱们的忙……"

我真是哪儿也不想去，更不想出国，为了说废话，与废人相处，每天花那么多时间……它山也老了，我以为他不宜奔走了，何必呢，多画100幅与少画100幅，在历史上，同样价值，而对于生活中的自己，可大不一样，何必！！！（比如，二黄，再跑半个地球，对于他们艺术上的水平线，毫无变化……）

关于这次听到的，郎郎穿天添的背心，大声抱怨:"洗衣机把我的背心弄得这么小。"实在登峰造极！当然，日子还长，以后的杰作，仍未可限量。

本来以为,上初中时,一早戴了他弟弟的兔儿帽去挤车,灰毛线帽上,有两只长长的兔儿耳朵,全车注目,他坦然无所感,一直到进了校门,同学一见,大叫着跳过来,抓下他的帽子时,他才莞尔……

绝料不到,他与咪咪结婚后,在香港那势利的市侩群中,他竟错穿了咪咪的绣花粉色套头衫上班……

只要把这些小事记下来,作为郎郎的传略内容,也堪称创新之举了!

7月25日

我要记下昨夜的梦。

拜在与一个人谈论什么,我以为不必说,根本无用。"还说什么……"我站起身往外走。"你别管……"拜声色俱厉,怒视着我嚷,我一边快快地走,一边轻轻地说:"……我是为了你……""你说什么?"他一下子冲出来追我……我逃跑似的奔跑,一边说:"……你总是敌我不分……"他的声音,表情,完全失去理智。急于追上我,把我打垮,我也恐怖地奔逃。忽有一人,挡住他问:"怎么回事?"他停顿一下,用平静的调子说:"怎么回事。"——我知道,他不愿外人干预,他必定还要追捕我,所以仍没命地跑……"你回来……"他发出疯狂的吼叫,我一回头,见他如暴怒的猛虎般扑来……

我醒来,心跳不已,心跳很久,——我的手,并不在胸上……

我想了很久……

这些表情感觉,甚至声音,都很熟悉,这是我几十年生活中,某种生活经历的缩影,这是真实的,熟悉的。

为什么又做了这一种梦?近来,可以说近几年来,——可以说"文化大革命"以来,我们很少发这样脾气了,因为更加巨大的痛苦压迫着这个家庭……

近几年来,尤其是80年代以来,我们相敬如宾,将成为模范家庭了。

83年,居委会在春节前,就送了一个奖牌,是大红底金字:"五好家庭"。

当然,不是说在别人眼里,在别人眼里,从来就是五好家庭,在别人眼里,这一家,孩子聪明懂事,父母能干谦和,没有什么不如意的了!

我们自己常常笑着说:"咱们就算是幸福的了……"

谁都希望生活中弥漫着温柔优美的情调吧?我们是搞艺术文学的,更加渴望这一点……

人的气质竟有这么多种不同,我们恰恰都缺乏这一点!

我们好像石头与铁,一碰就冒出火花!——过去,总碰,总在燃烧,总在损毁着自己和对方……

现在,如果好了,就是不碰了,互相让,努力忍让,成为习惯,——也许,即所谓休养吧……

就因为此,在漫长的几十年岁月中,如果曾经有些插曲,就很可理解了吧,……而小小的插曲,必定短命而逝,也就很可以理解了吧……!

似乎这两种气质,根本是不可相容的,万一,竟能形容了,就永不相离了。

因为这种相容,通过痛苦与斗争,经过重新冶炼,成为一种新的物质,比黄金还贵重,比钻石还坚硬,任何质量,相形比较,都低下去了……

然而,昨夜竟出现了这种梦,痛苦的创痕,正如年轮一样,记录在生命的剖面……

8月8日

吴家这个煤气的事,使我悲从中来,久久不能释怀。

今天下午三时，乔乔在放音乐，我在画室看书，忽听大门有人急敲。我说"请进来"，仍无人进来，不断敲门，我匆匆外出，见是吴，他说："我家煤气不知出了什么毛病……"他手中有火柴，……我快步到他厨房一看，两个煤气盘全大开，未点火，煤气嗞嗞地直响，满室煤气浓重窒人。

"你开着煤气……"我赶快把两个盘都关上，幸好，他的窗子是开的，天气太热了，——更大幸的是，他没有点火，如果他又去点火，如果这事发生在夜里，不堪设想……

"老了，老了，咱们都老了……"我内心独自说，不觉悲从中来……吴却惶惑地笑着说："我记得这么拧是关着的……""唉，你完全记反了……"

我心中悲伤……——不管是谁，不管其人优劣，当他因为衰老而做出这些错误而危险的举动时，实在令人伤感……为什么，我们都这么老了？

大伟是很能分析问题，常常是处理问题较好的人，但今午看电视，奥运会女排中美赛时，他端了碗，一边吃一边看，我说："不要这样，吃了再看吧。"他立刻变了脸色，把碗往厨房一送："我不吃了！"——我什么也没说，也很凄怆，作为母亲，总是好意，即便不顺耳，也不必如此，如他对我这么讲，我也不会如此。可怜，当母亲本身，就是愚不可及，她消耗了最宝贵的岁月与精力，她为孩子们失去了智慧与健康，但得到的，最好的，可能就是我们家了，尽可能互不相关，尽可能相敬如宾，若是，偶尔，以平等口吻说一句使对方不悦的话，就将遭到："你不知道，你不工作……""你没见过人家怎么生活……""再没有比我们更糟的伙食了……"等等，等等……

而且，我还没有落到靠子女生活的地步，若是我住在他们家中，吃他们的饭，如果我一无所有……

可能，他们并没有恶意，只是任性，只是年轻的缘故，他们根本不知道老人的心，他们根本不知道对老人的伤害何等地重。即便说了，他们也不清楚，只觉得老年人难对付……必须到他们衰老时，才会明白……

当然，那时一切都成遥远的过去了……

8月2号，乔乔回来后，——其间又来进进等人，我忙忙碌碌，昏头昏脑，这几天什么也未做，只是翻翻报纸，午觉不能睡，晚上也不能早睡，感到疲乏极了……

对于从前的五世同堂，儿孙绕膝的种种光景，不胜浩叹。古人们为了维护封建礼教，曾经受了多少痛苦，永无人知！

8月13日

7.7是卢沟桥事变，日寇入侵。

8.13是中国全面宣布抗战开始。8.15是日本投降之日。——经过八年抗战……

为了今天是八一三，我想了许久，才把这些重要的日子弄清。人真善忘，这么大的事，有关国破家亡，几万万人如丧家之犬，流离失所，全国战火弥漫，轰炸、炮击、屠杀，中国人血流成河、尸骨如山……居然，忘了。报纸上也没一个字提及。日本教科书上的胡扯，却由日本人自己在揭发与斗争，妙哉。不单连淡淡的血痕也没有了，便是看到血痕，可能还有诗人来描绘成玫瑰花的芬芳吧……

8月16日

上午双子来电话，她们不去北戴河了。——清早，大伟上火车去八达岭……也就是找不到更好的去处，如今，举步维艰，个人旅游，谈何容易，劳民伤财，受气受罪，甚至有危险。（华山之灾，昨天又报载：青岛崂山山洪之丧……）

陈布文小传

1920年陈布文生于江苏常州农村一个破落的末代秀才家庭,自幼显露文学异禀,十四岁开始在《论语》《女子月刊》等杂志上发表散文、短剧。在常州教会女中读书时,因文笔酷似鲁迅而使国文教员大为惊骇。而当时她并不知道鲁迅是谁,经此提醒,开始读鲁迅书,从此成为鲁迅的信徒。十七岁因不服从父母的包办婚姻而失去升学机会,只身闯入高尔基所谓的"社会大学",成为卖文度日的"京漂"。在南京,她与出狱不久的天才画家张仃相遇,两人一见钟情,同病相怜,从此风雨同舟、共同生活近半个世纪。

抗战爆发后,加入抗日艺术宣传队。1938年年底,辗转来到革命圣地延安,经一番周折,张仃执教鲁艺美术系,她在文学系听课。1940年秋,张仃因桀骜不驯的个性不见容于鲁艺美术系而出走重庆("皖南事变"后即返延安),她进入"文抗",任鲁迅研究会秘书,敏锐的文思,深得研究会负责人、自诩为鲁迅衣钵传人的萧军的赏识。延安七年,她以鲁迅为榜样,坚守"党外布尔什维克"初衷,没有入党(以后也如此)。在艰苦的生产劳动之余,读书不辍,相传鲁艺图书馆的借书卡片上,每一张上都写有她的名字。1946年至1949年,在东北从事文教工作,曾任李立三秘书。

新中国成立后到北京,先后在北京男五中、女四中执教。在男五中任教期间，因出色的业绩被北京市教育局评为北京市特级教师。1954年，因兼职过多，积劳成疾，卧床八个月，其间因未去学校领薪水，提交的中医病假证明不合校方的规章制度，被当作"自动离职"处理，从此成为一名没有经济收入、没有公费医疗的家庭妇女。相夫教子，博览群书，沉思写作，成为她的日常生活。"双百"时期，在《人民文学》上发表《假日》《从朗诵诗谈起》等具有批判锋芒的小说散文，并留下一篇思想超前、抨击极左的奇文——《春天的来客》（未发表）。此后七八年，在孤独中潜心于无处发表的"抽屉写作"，留下大量创作手稿。

"文革"狂飙中，与受难的张仃相濡以沫，以无微不至的亲情，先师的精神之光，挽留住他的生命，陪伴他经历艺术的蜕变与升华，自身亦浴火重生。她对历史的反思，曲折地表达在这一时期的家书中。之后云开日出，否极泰来，然岁月已无情损耗了她的健康，世风人心又与她的孤迥高洁日渐相违。

1985年夏，一个偶然的发现，使她万念俱灰，卧床不食数月后，于12月8日凌晨辞世……

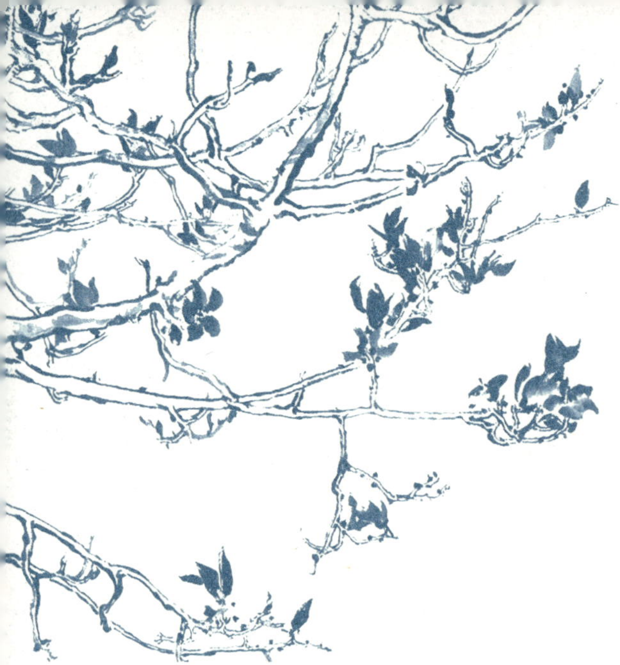